Ich widme dieses Buch all jenen, die auch nur ein einziges Mal einem anderen Menschen eine helfende Hand gereicht haben.

IMPRESSUM

Lektorat: Lena Eichinger

Korrektorat: Lena Eichinger

Covergestaltung ZERO Werbeagentur, München unter Verwendung von Motiven von FinePic/shutterstock.

ISBN: 978-3-96443-345-9

VORWORT

Ich begann dieses Buch im Oktober 2015 und beendete es im Januar 2016 und hätte mir nicht im Ansatz ausmalen können, wie sehr sich meine Fiktion bei Veröffentlichung des fertigen Romans als Wahrheit herausstellen sollte.

Als ich das Manuskript in den letzten Jahren verschiedenen Menschen vorstellte, war die häufigste Antwort, dass dieses Thema ausgelutscht wäre. Niemand wolle das mehr hören und schon gar nicht verlegen.

Für mich ist diese Thematik niemals ausgelutscht oder nicht mehr erzählenswert.

Für mich ist diese Thematik immer präsent.

Jeden Tag, in jeder Situation, in jeder noch so kleinen Gemeinschaft.

Und ich hoffe für euch auch.

Toleranz sollte eigentlich nur eine vorübergehende Gesinnung sein: sie muß zur Anerkennung führen. Dulden heißt beleidigen.

Johann Wolfgang von Goethe

TEIL I

Kapitel 1

Mein Name ist Hanna, Hanna Mahler, und ich wohne in Deutschland.

Ich bin eine Gefangene, in meinem Land herrscht Krieg.

Meine Mutter hat mir erzählt, heimlich, wenn niemand zuhörte, dass der erste Satz unserer Nationalhymne früher *Einigkeit und Recht und Freiheit für das deutsche Vaterland!* geheißen hätte.

Ich weiß nicht, was Freiheit ist. Ich stelle mir immer vor, es muss das Gleiche sein, wie barfuß über eine grüne Wiese zu laufen oder im Gras zu liegen, den Vögeln zu lauschen und in den Himmel zu starren. Das habe ich auch noch nie getan.

Ich weiß auch nicht wirklich, was sie mit *Vaterland* meint. An meinen Vater kann ich mich kaum noch erinnern und ich lebe in einem Land, das weder mit meiner Mutter noch mit meinem Vater zu tun hat.

Sie summt mir dieses Lied manchmal vor. Ganz leise, mehr ein Atmen als ein hörbarer Ton. Das ist gefährlich, denn Musik, singen, tanzen, all diese Dinge sind verboten. Darauf steht die Todesstrafe. Ich ertappe mich dabei, wie ich manchmal in Gedanken anfange zu summen, hohe und tiefe

Töne, lange und kurze Laute, auf- und abschwellend, und meine Beine zu zucken anfangen. Ich möchte mich bewegen, die Arme in die Luft werfen und zu meiner Musik, meinen Tönen tanzen.

Wenn ich nicht sterben will, muss ich damit aufhören. Und das tue ich dann auch.

Ich heiße Hanna, bin siebzehn Jahre alt und lebe in Frankfurt.

Dein Vater hat deinen Namen ausgesucht.

Stolz und Wehmut schwingen in der leisen Stimme meiner Mutter mit, wenn sie mir von der Vergangenheit berichtet, wann immer es möglich ist.

Vom ersten Augenblick an warst du seine Prinzessin, sein Liebling. Auf deinen kleinen Füßen bist du kichernd durch unser Haus gelaufen, hast dich hinter deinen Händen versteckt und gedacht, er kann dich nicht sehen.

Ich habe kein Gefühl zu ihren Erzählungen. Mein Vater starb, als ich vier Jahre alt war.

Sie haben ihn getötet, sagt sie immer mit Angst in den Augen. Ich weiß nicht, wen sie damit meint, und ich frage auch nicht.

Ich besuche keine Schule. Nur die Jungen dürfen in die Schule, für Mädchen ist dieser Ort verboten. Trotzdem kann ich lesen und schreiben und rechnen, denn meine Mutter hat es mir beigebracht. Sobald ich alt genug war, fing sie an, mich zu unterrichten. Weil aber auch Bücher verboten sind, schreiben wir auf Papier, das wir dann verbrennen. Wir streuen die Asche in die Luft und der Wind trägt unser Geheimnis mit sich, verschwiegen wie ein Grab.

Mein kleiner Bruder Alex ist zwölf Jahre alt und er besucht eine Schule.

Er kann lesen und schreiben, rechnen und schießen. Die Ausbildung an der Waffe ist das wichtigste Fach. Schließlich soll er später Deutschland verteidigen.

Bald ist es soweit, und er wird sein Können unter Beweis stellen. Unser Stiefvater ist bei der Regierung angestellt, und Alex wird in seine Fußstapfen treten. Ich habe Angst um ihn, Alex aber ist schrecklich stolz und kann es kaum erwarten.

An meinem zwölften Geburtstag zog mir meine Mutter ein seidenes Tuch über den Kopf. Seitdem sehe ich die Welt nur noch durch dünnen, dunklen Stoff.

Nur zu Hause ist es mir erlaubt, mich zu zeigen. Wenn ich nach draußen gehe, in die Wäscherei, zum Einkaufen oder in den Gemeindesaal, verhülle ich mich von Kopf bis Fuß. An der Tür ziehe ich über mein Kleid einen langen Mantel, über meine Hände dünne Handschuhe und über mein Gesicht ein Tuch. So haste ich durch die Straßen, den Kopf gesenkt, und verschmelze mit dem Hintergrund.

Sei unsichtbar, Hanna, haucht mir meine Mutter ins Ohr, nachts, wenn mich Albträume heimsuchen und sie in mein Bett schlüpft, um sie zu verscheuchen.

Ihr warmer Atem bläst mir in den Nacken, wenn sie mir von den Anfängen des Krieges erzählt.

Europa war einst mächtig und stark, Hanna, flüstert sie. Im Schutze der Dunkelheit, beleuchtet einzig durch den sanften Kerzenschimmer auf meinem Nachttisch, zeichnet sie mit ihren Fingern eine Landkarte auf mein Laken. Die Furchen und Ritzen, die ihre Nägel in den Stoff kratzen, sind Länder ohne befestigte Grenzen, bizarre Linien, die heute keine Gültigkeit mehr haben.

Es gab keine Wachtürme, keinen Stacheldraht und keine Kontrollen. Unser Kontinent bedeutete Freiheit und Reichtum, Hanna, Frieden und Demokratie. Deutschland hatte ein Grundgesetz, das die Menschenrechte bestimmte und wahrte. Wir waren frei und tolerant und mitfühlend. Dann aber kam die Veränderung. Hunderte und Tausende von Menschen, die Zuflucht suchten vor Tod und Zerstörung in ihrem eigenen Land. Am Anfang halfen wir, wo wir konnten, unsere Herzen waren weit und unser Engagement groß.

Ich drehe mich zu ihr um, wissbegierig sehe ich in ihr schönes Gesicht. Auch wenn ich es schon hundertmal gehört habe, kann ich nicht genug bekommen. Ihre Konturen verschwimmen im diffusen Licht, sie streicht mir zart eine Haarsträhne aus der Stirn.

»Was ist dann passiert, Mama?«, wispere ich ungeduldig.

Dann, Hanna, kippte die Stimmung im Land. Teile unserer Bevölkerung wollten die Menschen, die zu uns flüchteten, nicht mehr haben. Sie bekamen Angst vor der Veränderung. Hetzkampagnen wurden laut, Notunterkünfte brannten, Deutschland spaltete sich. Während unsere Regierung noch beratschlagte, wie vorzugehen sei, machten andere Länder in Europa ihre Grenzen vor den Menschenmassen dicht. Sie wählten Parteien an die Macht, die gegen den Zustrom waren, Politiker, die den Zorn und die Angst der Menschen noch schürten. Nach und nach bauten sie Zäune, hohe Zäune, um den Flüchtlingsstrom aufzuhalten. Die Menschen erfroren und verhungerten, kleine Kinder, Alte und Kranke, direkt vor den Toren des reichen Europa. Nationale Egoismen waren wichtiger als Humanität. Die Zerreißprobe für unsere Staatengemeinschaft begann.

Sie verstummt und kneift sich in den Nasenrücken, um die aufsteigenden Tränen zu vertreiben.

»Ich muss gehen, kleine Hanna. Ich bin schon zu lange hier, er darf nichts merken. Ich erzähle dir die Geschichte ein andermal zu Ende.«

Er, damit meint sie meinen Stiefvater.

Meine Mutter hat ihn vor vier Jahren geheiratet, um unser Überleben zu sichern. Zuvor waren wir alleine, meine Mutter, mein kleiner Bruder und ich. Aber weil Frauen nicht arbeiten dürfen, wurde unsere Situation immer bedrohlicher, denn eine Frau ohne einen Mann ist früher oder später dem Tode geweiht. Wir hatten kein Einkommen, nichts zu essen und auch kein Dach mehr über dem Kopf. Und so suchte meine Mutter einen anderen Ausweg. Das Schicksal ließ sie eines Tages vor ein Auto stolpern. Der Mann, der hinter dem Steuer saß, ist heute mein Stiefvater. Meine Mutter ist eine sehr schöne Frau, ihre Haut ist zart und schneeweiß, ihre Augen sind groß und klar. Ich weiß, dass sie ihn nicht liebt, aber er sorgt für uns.

Ich mag ihn nicht. Seine Seele ist schwarz wie die Nacht, bedrohlich sperrt sie ihr dunkles Maul auf, bereit, uns beim kleinsten Fehltritt zu verschlingen. Aber Alex hängt an seinen Lippen, wenn er von den Aufgaben und Pflichten erzählt, die mein kleiner Bruder bald übernehmen darf.

Leise schiebt sich meine Mutter aus meinem Bett, drückt ihre Lippen sacht auf meinen Kopf und schlüpft lautlos aus dem Zimmer.

Ich weiß, wie die Geschichte ausgeht, denn ich lebe darin.

Europa zerfiel, die Werte der alten Welt hielten dieser Belastung nicht stand. In Deutschland entbrannte ein Bürgerkrieg, der bis heute andauert. Unsere Stadt liegt in Schutt und Asche, wie viele Teile des übrigen Landes auch. Die meisten Menschen sind geflohen, als es noch nicht zu spät war. Heute ist das nicht mehr so einfach. Die Grenzen in Deutschland sind bewacht, Panzer patrouillieren durch die leeren Straßen, Strom und Lebensmittel sind rationiert, weil es an allem fehlt. Es gibt Ausgangsperren und Bomben, die auf uns herabfallen.

Mein Geist ist wach, meine Neugier unbändig, aber gefährlich. Überall schnappe ich Gerüchte auf. Ich belausche meinen Stiefvater, wenn er Alex von den Geschehnissen in unserer Stadt erzählt. Die Tatsache, dass ich ein Mädchen bin, lässt ihn manchmal vergessen, dass ich überhaupt anwesend bin. Mit gesenktem Kopf, den Blick nach unten gerichtet, erledige ich meine Arbeit und spitze die Ohren. Ich höre Worte wie *Widerstandsgruppe* und *Terroranschläge* und *zurückerobern* und erledige meine Aufgaben noch langsamer, in der Hoffnung, mehr zu erfahren.

Ich bin klug und verstehe, was es bedeutet, und meine Mutter erklärt mir die Dinge, die ich nicht verstehe. Der Widerstand ist verantwortlich für die Instabilität in unserem Land. Er verübt die Attentate auf Unschuldige, wirft die Bomben und zerstört den Frieden, der herrschen könnte, nur um die Regierung in die Knie zu zwingen.

Wenn ich allerdings zu lange verweile, wenn meine Neugierde zu auffällig ist, schnellt der Kopf meines Stiefvaters nach oben und seine hellen Augen verengen sich zu Schlitzen.

Er mustert mich argwöhnisch, und sein Blick verweilt eine Sekunde zu lang auf meinem verhüllten Körper.

Er ekelt mich an.

Manchmal kommt die Wut. Die Wut über mein Schicksal. Wenn ich im Bett liege und nicht schlafen kann. Sie kommt nicht auf leisen Sohlen von hinten angeschlichen. Sie überrollt mich wie ein Güterzug. Laut und schwer und alles einnehmend. Dunkel ballt sie sich in meinem Magen zusammen, und wenn der Platz dort zu eng wird, dehnt sie sich aus wie ein Ballon. Ich drücke mir die Faust in den Mund, beiße auf meine Fingerknöchel, bis sie bluten, und unterdrücke das Bedürfnis zu schreien. Ich will schreien wie ein verwundetes Tier. Über die Ungerechtigkeit und die Unterdrückung, die mir widerfährt.

Meine Wut kämpft gegen meine Angst. Meistens siegt die Angst. Die Angst vor meinem Stiefvater, die Angst vor einem Leben in Armut und die Angst vor dem Tod. Danach liege ich erschöpft in meinen Kissen und weine. Weine um mich, um meine Mutter und um alle Mädchen und Frauen in diesem Land.

Kapitel 2

Am nächsten Tag ruft mich meine Mutter leise aus der Küche. Wir leben in einem Haus mit vielen Wohnungen. Unsere ist groß, Alex und ich haben jeder ein eigenes Zimmer.

Mein Stiefvater ist ein wichtiges Mitglied der Regierung und wir leben gut dank seiner angesehenen Stellung.

Dem Ruf meiner Mutter folgend gehe ich in die Küche. Sie steht am Herd und kocht.

»Hanna, wir brauchen Zwiebeln. Ohne Zwiebeln schmeckt ihm der Eintopf nicht. Geh und hole welche.«

Sie streicht sich über den dicken Bauch. Ich bekomme bald ein Geschwisterchen. Meine Mutter hofft inständig, dass es ein Junge wird, denn ich höre sie leise flehen, wenn sie sich unbeobachtet fühlt. Ich würde mich auch über eine Schwester freuen und bin schon ganz aufgeregt.

Als sie mit mir schwanger war, musste sie jeden Monat zum Arzt.

Es gab medizinische Kontrollen und einen großen Kasten, auf dem ich dich in meinem Bauch sehen konnte. Ultraschall nannte man das, Hanna. Du hast in meinem Bauch am Daumen gelutscht und Purzelbäume geschlagen.

Ihr Gesicht leuchtet vor Freude, wenn sie sich daran erinnert. Ich kann nicht glauben, dass so etwas möglich war.

Sie wusste schon früh, dass ich ein Mädchen werden würde. Im Internet, so erzählt sie, einem Medium ähnlich wie ein riesiges Buch, in dem weltweit Informationen für jedermann zugänglich waren, las sie täglich, welche Nahrungsmittel gesund wären oder wie ich mich entwickelte. Ich staune, wenn ich so etwas höre, und verstehe sie manchmal nicht.

Was ist Internet?

Die Freiheit, alles sagen und tun zu können, was du willst, sagt sie dann. Ich habe überhaupt kein Vorstellungsvermögen dazu.

Ihr langes, dunkles Gewand verdeckt ihren schwerfälligen Körper.

»Ja, ich gehe zum Laden«, antworte ich und streife mir dünne Baumwollhandschuhe über, weil kein Zentimeter meiner Haut zu sehen sein darf.

Sie gibt mir die Lebensmittelmarken und ich verlasse die Wohnung. Als ich auf die Straße trete, ist es kalt. Ich laufe ein paar Schritte, biege nach rechts ab, umrunde Schuttberge und passiere Häuserruinen, die durch Bomben zerstört worden sind. Einige Stadtteile hat es schlimmer getroffen, andere weniger. Ganze Straßenzüge liegen in Schutt und Asche, aber die größte Welle der Zerstörung ist schon lange vorüber. Vor ein paar Jahren noch wurde erbittert gekämpft, heute ist die Lage weitestgehend stabil. Einzig der Widerstand verübt vereinzelte Racheakte, feige Bombenattentate, die viele Menschenleben fordern, und trotzdem geht das Leben weiter. Wir sind abgestumpft und leer und wütend und verängstigt, aber wir sind am Leben. Zu lange schon wütet das Chaos, als dass die Hoffnung noch ein Gesicht hat.

Unser Bezirk gilt im Moment als sicher, denn er ist fest in der Hand der Regierung.

In Gedanken laufe ich die Straße entlang, und dort stehen sie.

Junge Männer, in meinem Alter. Ihr Übermut macht sie unberechenbar. Sie können sich alles erlauben, niemand weist sie in ihre Schranken, wenn es um mein Geschlecht geht. Mir wird heiß, meine Kopfhaut beginnt zu kribbeln.

Geschichten von Mädchen, missbraucht und geschlagen, liegen gelassen im Dreck der Straße, hallen in meinem Kopf wider.

Meine Mutter warnt mich. Jeden Tag.

Sei unsichtbar, Hanna! Sei unsichtbar!

Ich gebe mein Bestes.

Die jungen Männer unterhalten sich laut und lebhaft, und ich wechsle verstohlen die Straßenseite.

Den Blick fest zu Boden geheftet, hoffe ich unsichtbar zu sein, drücke mich an der Hauswand entlang und wage kaum zu atmen.

Schnell noch ein paar Schritte, und ich bin vorbei. Ich husche um die Ecke und lasse langsam die angehaltene Luft entweichen. Wenn sie mich in die Finger bekommen, bin ich ihnen ausgeliefert.

Im sicheren Laden inspiziere ich das spärliche Angebot an Gemüse. Vertrocknete Karotten und runzelige Kartoffeln liegen neben einem Sack alter Zwiebeln. Ich fische drei Stück heraus, drehe und wende sie in meiner Hand. Lebensmittel sind streng rationiert, frische Ware gibt es selten. Wasser wird mit schweren Tanklastern aus den Flüssen und Seen geholt, notdürftig aufbereitet und pro Kopf verteilt. An der Kasse bezahle ich mit den Lebensmittelmarken und husche aus dem Laden. Auf meinem Weg zurück stehen die Jungen immer noch an der Straßenecke.

»Bleib stehen!«, schreit plötzlich einer.

Angst schnürt mir die Kehle zu. Ich halte den Kopf so tief gesenkt, dass meine Nasenspitze fast die Brust berührt.

»Bleib stehen!«, schreit er abermals, noch lauter.

Selbst wenn ich renne, ich schaffe es niemals bis nach Hause, ohne dass sie mich einholen. Hinter mir höre ich schnelle Schritte, dann raubt mir ein heftiger Stoß in den Rücken die Luft. Ich falle vornüber, auf die Knie, Schmerz durchzuckt mich, und die Zwiebeln kullern auf den Boden. Sie rollen mit einem leisen Geräusch auf die Straße. Auf allen vieren verharre ich reglos, und schon spüre ich den nächsten Schlag in meine Niere. Ich kippe kraftlos zur Seite. Jemand tritt mir mit dem Schuh ins Gesicht. Mir wird schwarz vor Augen. Immer weiter traktieren sie mich mit Fäusten und Füßen.

Ich wehre mich nicht und hoffe nur, dass es bald vorbei ist.

Eine laute Stimme pfeift sie zurück.

»Das reicht, lasst sie in Ruhe. Ihr hattet euren Spaß, es ist genug. Na los, geht! Geht!«

Die Augen geschlossen, kann ich vor Qual kaum denken.

»Komm, Mädchen, komm. Schnell!«

Eine Hand zieht an meinem Arm. Ich versuche die Augen zu öffnen, Blut verklebt mir die Lider.

»Komm, steh auf. Komm. Hilf mir, du musst hier weg!«

Angst und Sorge lassen ihn schnell sprechen, den Mann vom Lebensmittelladen. Er schiebt die Hand unter meine Achsel und schleift mich zurück zu seinem Laden. Ich kann mich nicht auf den Beinen halten, knicke weg und stöhne laut.

»Ssch, Mädchen, leise. Gleich sind wir da.«

Grob zieht er mich weiter, immer weiter, alles um mich herum verschwimmt in einem grauen Nebel.

Wir erreichen den Laden, er trägt mich fast durch einen Gang in ein Zimmer. Ich kann kaum sehen, lande auf einer Matratze. Behutsam legt er mich ab.

»Hol Medizin«, weist er jemanden an, »und Wasser.«

Ich höre ein Wimmern, es klingt wie von einem Tier, bis mir klar wird, dass dieses Geräusch aus meinem Mund kommt. Vorsichtig versuche ich den Kopf zu drehen und die Augen zu öffnen. Schmerz explodiert in meinem Körper.

»Ruhig, Mädchen.«

Eine Hand schiebt das Tuch, das mein Gesicht bedeckt, nach oben.

Nein, will ich sagen, *nicht das Tuch!*, aber ich bringe nur ein Krächzen heraus.

»Ich weiß. Es ist gut, keine Angst. Ich muss sehen, Mädchen, sehen, wo du verletzt bist.«

Es ist egal, denke ich und lasse es geschehen. Der Stoff

kratzt auf meiner geschundenen Haut, als er ihn sanft über meinen Kopf streift.

Jemand kommt ins Zimmer. »Hier, Papa.«

Ich zucke zurück – es ist die Stimme eines Jungen. Langsam öffne ich die Augen, sehe alles verschwommen, mit einem milchigen Schleier.

Der Mann, bei dem ich die Zwiebeln gekauft habe, tränkt einen Lappen mit einer stinkenden Flüssigkeit. Er tupft zart auf meine Wange, meine Lippen und meine Stirn, trotzdem brennt es wie Feuer.

Mein Blick wird klarer, und ich sehe einen Jungen hinter ihm stehen. Er blickt beschämt zu Boden. Ob es ist, weil ich mein Gesicht enthüllt habe oder weil ich so zerschunden aussehe, weiß ich nicht. Es interessiert mich auch nicht. Ich muss mich auf das Atmen konzentrieren, ein und aus. Ein und aus.

»Gib mir das Glas.«

Der Mann hält mir ein Glas an die Lippen, die andere Hand hat er unter meinen Nacken geschoben und stützt mich.

»Trink, Mädchen, das tut gut.«

Auch wenn es mir Höllenqualen bereitet, weil meine Lippen aufgeplatzt sind, trinke ich. Ich habe schrecklichen Durst. Das kühle Nass lindert die Schmerzen und vermischt sich mit dem warmen Blut in meinem Mund. Metallisch rinnt es mir die Kehle hinab. Mit einem Blinzeln gebe ich ihm zu verstehen, dass es genug ist, und er setzt ab. Ich lasse den Kopf zurücksinken.

»Ich muss nach Hause.« Mein Versuch zu sprechen klingt kläglich und ist kaum zu verstehen.

»Ja, das musst du. Gleich kannst du gehen. Ruh dich noch einen Moment aus, dann bringt Sayed dich nach Hause.«

Ich bin zu schwach, um zu protestieren. Ich schließe die Augen und würde am liebsten schlafen. Hier und jetzt. In einem fremden Haus, bei fremden Männern. Es ist mir gleich, ich bin zu erschöpft, um mich darum zu scheren.

Nach ein paar Minuten, vielleicht sind es auch Stunden, rüttelt mich der Sohn, Sayed, an der Schulter.

»Mädchen. Du musst aufwachen!«

Er hat eine schöne Stimme, weich und melodiös.

»Wir müssen gehen, du musst nach Hause.«

Ich sehe ihn an. Er hat die schwärzesten Augen, die ich je gesehen habe. Besorgt blickt er mich an und hilft mir hoch.

»Kannst du aufstehen?«

Ich versuche es, mit aller Kraft. Sterne tanzen vor meinen Augen, als ich mich aufrichte. Mit einer geschickten Bewegung ziehe ich mir mein Tuch über das Gesicht und die bekannte, tröstliche Dunkelheit umfängt mich. Schwindel erfasst mich, und ich wanke gefährlich. Sayed hält mich am Ellenbogen, bis ich mein Gleichgewicht wiederfinde. Langsam setze ich einen Fuß vor den anderen. Schritt für Schritt verlassen wir gemeinsam das Zimmer, den Gang, den Laden, das Haus. Auf der Straße lässt er mich los.

»Wir können nicht zusammen gehen, aber ich bleibe hinter dir. Ich passe auf, dass du nicht fällst.« Er blinzelt mir aufmunternd zu.

Ich nicke nur. Und so schlurfen wir um die Ecke, die Straße entlang und noch einmal um die Ecke.

Zwischendurch stütze ich mich immer wieder an Hauswänden ab, weil ich das Gefühl habe, keinen Schritt mehr tun zu können. Sogleich fühle ich eine starke Hand in meinem Rücken, die warm und sicher zwischen meinen Schulterblättern liegt und mir die Kraft gibt, weiterzugehen. Sie signalisiert mir, dass ich nicht alleine bin.

Als wir an meinem Zuhause ankommen, perlt mir vor Anstrengung der Schweiß von meiner Oberlippe. Die tröstende Hand fällt herab, ich flüstere ein tonloses *Danke* und verschwinde im Eingang.

Wie eine Ertrinkende an einem Rettungsseil ziehe ich mich am Treppengeländer hoch, die Stufen sind scheinbar unendlich. Oben angekommen stecke ich den Schlüssel ins Schloss und trete ein. Im Flur steht meine Mutter. Mit einem Blick erfasst sie die Lage, bemerkt meine gebückte Haltung und mein keuchendes Luftholen. Sie kommt auf mich zu und führt mich sofort in mein Zimmer, den Zeigefinger am Mund.

»Hanna«, flüstert sie und legt mich aufs Bett. »Was ist passiert?«

Ich schüttle ganz leicht den Kopf und drehe mich zur Wand. Ich muss ihr nichts erklären, sie weiß es selbst. Sie kennt die Gefahr, die unser Geschlecht mit sich bringt. Die Gefahr, ein Mädchen, eine Frau zu sein. Wertlos, gesichtslos.

Tränen laufen ihr über die Wangen, lautlos betrauert sie ihre Tochter. Sie streicht mir über den Kopf und will mein Tuch herunterziehen. Zitternd hebe ich die Hand und halte sie davon ab.

»Bitte nicht«, murmle ich.

Es ist meine zweite Haut, meine Identität, und ich brauche es jetzt. Sie nickt nur.

»Sei schön still. Ich habe gesagt, du bist früh schlafen gegangen. Er braucht es nicht zu erfahren, bleib einfach in deinem Zimmer. Später bringe ich dir etwas zu essen.« Zwischen den dünnen Fäden blicke ich ihr in die Augen.

Ja, geh! Bevor du für mein Verhalten büßen musst.

Sie versteht meinen Blick, und die Sorge in ihren Augen sticht mir ins Herz.

»Es tut mir so leid, mein kleines süßes Mädchen Hanna.«

Sanft küsst sie mich auf die Stirn und verschwindet aus meinem Blickfeld.

Kapitel 3

Drei Tage kann ich mein Zimmer nicht verlassen. Ich husche aufs Klo wie ein Kaninchen auf der Flucht und höre durch die geschlossene Tür die Geräusche unseres Alltags.

Meinen Bruder, der fragt, wo ich bin.

Meine Mutter, die ihn zurechtweist, sich die Hände vor dem Essen zu waschen.

Meinen Stiefvater, der fragt, was mit mir los sei. Ihre Antwort, meine monatliche Blutung fessle mich ans Bett. Diese Erklärung genügt ihm, er interessiert sich nicht wirklich für mein Wohlbefinden.

Tagsüber, wenn niemand in der Wohnung ist, kommt sie und versorgt meine Wunden. Mein ganzer Körper ist blau und grün. Links habe ich mir eine Rippe gebrochen und mein Gesicht ist geschwollen und blutverkrustet.

In ihrem früheren Leben war meine Mutter Hebamme. Sie hat ihren Beruf geliebt. Heute darf sie nicht mehr arbeiten, aber ihre lindernden Berührungen haben die Routine nicht verloren. Sie versorgt gekonnt meine geschundene Seele, bringt mir Nahrung und Tee.

Wenn wir allein sind, wenn ihr Mann arbeitet und Alex in der Schule ist, sitzt sie am Bett und erzählt. Sie denkt, ich schlafe und höre sie nicht, aber hinter meinen geschlossenen Lidern lausche ich ihren Worten.

Dein Vater und ich waren in Rom.

Ich weiß, wo Rom ist. Meine Mutter hat mir die Weltkarte oft genug aufgezeichnet, die Blätter verbrannt und im Wind verstreut.

Früher, Hanna, wispert sie und streicht mit einem kühlen Tuch über meine Hände, *früher konnten wir die ganze Welt bereisen. Mit dem Flugzeug oder mit dem Auto. Als Kind bin ich oft Fahrrad gefahren, hinaus, so weit, wie ich wollte. Überall konnte man sich frei bewegen und es gab keine Gefahr. Auch nicht, wenn man ein Mädchen war. Alle Kinder durften die Schule besuchen und Bücher lesen und Geschichten schreiben und rechnen lernen.*

Ihre Stimme singt die Worte fast, geschwungen und bunt wie ein Regenbogen. Ich kneife meine Augen fest zu und stelle mich schlafend, weil ich will, dass sie weiterspricht. Meine Mutter spürt, wie sich mein Körper bei ihren Worten entspannt. Die Welt, wie sie sie kennt, ist so schön, dass es schon fast wehtut, und ich kann nicht glauben, dass es so etwas gegeben hat.

Hanna, Freiheit ist ein Grundrecht. Sie haben es uns genommen und durch Krieg ersetzt. In Deutschland, dem Deutschland, das ich kannte, war das erste Grundrecht »Die Würde des Menschen ist unantastbar«.

Manchmal hört sie mitten im Satz auf und ich will ihr sagen: *Sprich weiter, es wärmt meine Seele!* Aber sie kann nicht, weil ihre Stimme bricht und sie lautlos weint. Dann hebe ich meine Hand und lege sie an ihre Wange, um sie zu trösten.

»Wir sind jetzt und jetzt ist anders«, sage ich fest.

Am vierten Tag kann ich wieder aufstehen und mein Bett verlassen. Meine Rippe sticht bei jedem Atemzug, ich habe ein blaues Auge und eine hässliche Schramme über dem Mund, und außerdem bin ich immer noch sehr schwach. Aber vor meinem Stiefvater lasse ich mir nichts anmerken. Er soll nicht erfahren, was mir passiert ist. Vielleicht denkt er, ich habe die Gruppe der Jungen provoziert und bestraft mich dafür. Deshalb trage ich die nächsten Tage mein Tuch, denn es gefällt ihm sowieso, wenn wir uns zu Hause verhüllen. Er mag den bedingungslosen Gehorsam.

Während des Essens sitzen wir getrennt. Männer und Frauen teilen die Mahlzeiten nicht. Meine Mutter und ich kauen stumm, was mir recht ist, weil mich das Schlucken anstrengt und ich so Alex und meinen Stiefvater besser belauschen kann. Meine Hände schieben die Nahrung unter meinem Tuch mechanisch in den Mund, und meine Ohren sind gespitzt. Aber zu meiner Enttäuschung bleiben die Männer heute stumm.

Danach stehen meine Mutter und ich schweigend in der Küche und erledigen die Hausarbeit, und Alex verlässt mit meinem Stiefvater die Wohnung, um eine Versammlung zu besuchen, die ausschließlich für Männer ist. Was sie dort tun, weiß ich nicht. Wahrscheinlich besprechen sie Dinge, die Männer eben besprechen müssen.

Ich gehe schlafen, denn Schlaf verspricht Vergessen.

Am nächsten Tag ist Waschtag. Zum Waschen müssen wir in eine Wäscherei. Das ist meine Aufgabe, doch heute habe ich Angst. Ich will nicht nach draußen, die Erinnerung an die brutale Gewalt der Jungen ist noch zu frisch. Dabei weiß ich, dass ich Glück hatte. Sayed, der Junge mit den dunklen Augen, und sein Vater haben Schlimmeres verhindert.

Ich muss weit laufen, mit einem großen Sack voll Kleidung. Meine Mutter kann das nicht mehr, weil ihr Bauch zu dick ist und das Baby bald kommt. Verängstigt stehe ich im Flur und möchte den schützenden Kokon der Wohnung nicht verlassen.

Trotzdem schnallt meine Mutter mir den Wäschesack auf den Rücken. Mein Stiefvater will die Hausarbeit erledigt wissen, und uns beiden ist klar, was geschieht, wenn ich nicht gehe.

Also streife ich mir meine Handschuhe und mein Tuch

über, und meine Mutter küsst mich zärtlich auf den Kopf. Das ist ihre Art, mir Mut zuzusprechen.

Wortlos drehe ich mich um und lasse sie allein zurück. Ich muss langsam laufen, das Gewicht ist noch zu schwer für meinen geschundenen Körper.

Draußen ist es immer noch kalt, aber wenn ich mir Mühe gebe, kann ich den Frühling schon riechen. Er riecht gleichzeitig mild und würzig. Der raue Winter riecht nach Tod und lässt unsere Stadt noch hässlicher erscheinen, als sie sowieso schon ist.

Auf dem Weg zur Wäscherei rumpeln Militärfahrzeuge vorbei. Auf den Ladeflächen Männer, ganz in schwarz, mit Gewehren über der Schulter. Grimmig und aufmerksam suchen sie die Umgebung ab, nach Unruhestiftern, unverhüllten Frauen und gefährlichen Attentätern. Sie sollen uns das Gefühl von Sicherheit vermitteln, aber in Wahrheit ist niemand vor ihnen sicher.

Ich laufe durch die Innenstadt. An manchen Gebäuden ist der Glanz der alten Zeit noch zu erkennen, wenn auch mit viel Fantasie.

Doch die habe ich. In den dunkelsten Stunden hilft sie mir, das Licht zu sehen.

Die Häuserfronten sind rußgeschwärzt von Feuer. Die Straße, die damals eine belebte Einkaufsstraße war, ist mein Lieblingsabschnitt. Ich betrachte die geschlossenen Ladenfronten. Schilder, die wie Skelette am Galgen im Wind baumeln. Eingeworfene Fensterscheiben, Dreck und Müll, der durch die Straßen weht.

Dort gab es früher Schuhe, hat mir meine Mutter erzählt.

In allen Farben und Größen, und im Sommer haben sie kaum den Fuß bedeckt, sagt sie und ihre Augen glänzen dabei.

Ich besitze zwei Paar Schuhe, ein Paar für den Sommer und ein Paar für den Winter. Die Sohlen sind dünn und abgelaufen, aber sie sind besser als keine zu haben.

In einem anderen Geschäft konnte man Telefone kaufen.

Kleine Geräte, kaum so groß wie meine Hand. An jedem Ort konnte man jemanden anrufen.

Alle hatten eins, sagt meine Mutter. *Auch Kinder, so alt wie du.*

Wir haben kein Telefon zu Hause. Diese Apparate sind verboten, die Kommunikation ist gefährlich. Wer zu viel spricht, wird abgeholt, gefoltert und gehängt.

Noch ein Gebäude weiter gab es Kleidung. Frauen trugen Hosen. Und kurze Kleider.

Bunt und seidig, wie Blumenblüten, sagt meine Mutter.

Nicht kratzig und schwer und dunkel wie mein Mantel.

Ich umrunde einen Schuttberg und stelle mich geduldig in die Schlange vor der Wäscherei. Die Frauen vor mir sehen aus wie ich. Jede trägt einen Korb oder Sack gleich meinem, die Haltung gebückt und demütig, die Augen zu Boden gerichtet. In der Gruppe haben wir mehr Sicherheit und ich bin froh, in ihrer Mitte zu verschwinden.

In der Wäscherei ist es heiß und Dampf hängt in der Luft. Ich reinige unsere Kleidung, die Hosen von Alex und unserem Siefvater, die Gewänder von mir und meiner Mutter. Durch die Lauge der Seife und die Hitze des Wassers sind meine Finger feuerrot und brennen.

Nach einigen Stunden bin ich fertig. Meine Rippe tut schrecklich weh und ich bin furchtbar müde. Eilig schultere ich den Sack und verlasse die Wäscherei, Durst und Hunger treiben mich an.

Ich bin schon fast vorbei, als Leben in die Schlange der Frauen vor dem Eingang kommt. Unruhig tuscheln sie miteinander, rücken näher zusammen, Gemurmel und verstohlene Blicke machen die Runde.

Ich weiß, was passieren wird, und mir wird plötzlich eiskalt. Automatisch ziehe ich die Schultern nach oben.

Ich will das nicht sehen.

Hastig schiebe ich mich durch die Menge, als ich die Frau sehe. Zwei Männer halten sie an den Armen fest, ihre frische Wäsche liegt im Dreck der Straße. Sie schreit panisch und zappelt so heftig, dass ihr das Tuch vom Kopf rutscht. Ihr braunes Haar peitscht ihr ums Gesicht, ihre Augen sind so weit aufgerissen, dass sie wie weiße Murmeln in den Höhlen rollen.

Quer über der Straße steht ein Auto mit laufendem Motor und offener Heckklappe. Am Steuer sitzt mein Stiefvater, er sieht dem Schauspiel gelangweilt zu. Die zwei Männer schleifen die Frau über die Straße zum Wagen. Sie wehrt sich mit aller Kraft, wirft den Kopf nach links und rechts und fleht uns an, ihr zu helfen.

»Ich habe nichts getan. Ich habe doch nichts getan!«, kreischt sie den Männern ins Gesicht. Ich stehe wie erstarrt auf dem Bürgersteig und kann nicht wegsehen.

Mit grenzenloser Angst in den Augen fixiert sie einen Punkt neben mir. Ich folge ihrem Blick und sehe ein kleines Mädchen. Verloren steht es in der Menge, mir so nah, dass ich es berühren kann. Unverhüllt, es ist noch jung, vielleicht sechs Jahre alt. Das Mädchen weint, dicke Tränen kullern über seine geröteten Backen. Es zittert am ganzen Körper und blickt voller Entsetzen auf die Männer, die seine Mutter festhalten. Verzweifelt streckt es die Arme nach ihr aus, will zu ihr laufen, aber die Frau schüttelt nachdrücklich den Kopf.

Ihre Lippen formen ein lautloses *Nein!*

Das kleine Kind macht einen Schritt nach vorne, und ich packe es kurz entschlossen am Kragen, um es aufzuhalten.

Ich bin nicht die Einzige, die verhindern will, dass es den Männern in die Hände fällt, und wie eine Wand schieben sich die anderen Frauen langsam vor das Mädchen und mich.

Stück für Stück machen sie uns unsichtbar, bis sie uns vollkommen verdecken.

Sofort erschlafft der Widerstand der Frau.

Sie hört auf zu schreien, hört auf sich zu wehren, und die Männer heben sie grob in den Wagen. Ein letztes Mal sehe ich ihr durch die Heckscheiben in die Augen, voller Dankbarkeit blinzelt sie uns an. Die Tür des Autos schlägt mit einem endgültigen Knall zu und mein Stiefvater gibt röhrend Gas. In schnellem Tempo fahren mit sie mit ihr davon.

Die Stille nach dem Ereignis ist so laut, dass sie mir in den Ohren dröhnt. Nur das Mädchen neben mir heult und weint, Rotz läuft ihm aus der Nase. Ich lasse es los, als hätte ich mich verbrannt, und löse mich abrupt aus der Menge. Wenn ich nicht sofort hier wegkomme, fange ich an zu schreien. Hastig renne ich über die Straße, drehe mich noch einmal um und starre auf die Frauen, die das Kind verstecken. Mit ihren langen dunklen Kleidern bilden sie einen Pulk, der wie ein schwarzer Klumpen Teer unbeweglich am Asphalt klebt.

Ich schaudere, meine Haut beginnt zu spannen. Sie ist mit einem Mal zu eng für meinen Körper. Und obwohl ich so etwas wie eben schon etliche Male erlebt habe, wird es nicht leichter.

Das Grauen lauert überall. Hilflos sind wir, klein und unbedeutend. Frauen existieren im Nichts.

Zu Hause angekommen, schlingt meine Mutter ihre Arme um mich, hält mich so fest, als wolle sie mich nie wieder loslassen. Geborgen, mein Ohr auf ihrer Brust, lausche ich ihrem Herzschlag. Ich erzähle ihr, was geschehen ist. Sofort zieht sie mich an sich, als müsse sie sich überzeugen, dass ich hier vor ihr stehe. Die Erleichterung, davongekommen zu sein, birgt zugleich grenzenlose Scham.

»Sie hat um Hilfe gerufen«, sage ich mit erstickter Stimme, »und niemand hat sich gerührt.«

»Ihr habt das Kind gerettet, Hanna, das Kind! Das ist ihr Hilfe genug. Für sie gibt es keine Rettung mehr.«

Ich schmiege mich noch dichter an sie, und meine Tränen benetzen ihren Hals. »Es ist gut, mein Herz, es ist gut.« Ihre leisen Worte gehen in einen Singsang über, beruhigend und tröstlich.

Ein Schlüssel dreht sich im Schloss, Alex betritt den Flur. Erschrocken fahren wir auseinander.

»Hallo«, sagt er verwundert. »Ist was passiert?«

Meine Mutter schüttelt nur den Kopf, Alex würde unsere Trauer nicht verstehen. Ich wische mir über das Gesicht, nehme wortlos den Sack mit der Wäsche und gehe in mein

Zimmer. Dort lege ich die einzelnen Kleidungstücke ordentlich zusammen.

Die Arbeit geht mir leicht von der Hand, doch meine Gedanken kreisen unablässig um das kleine Mädchen.

Die Kinder von Menschen, die verhaftet werden, Widerstandskämpfern oder Attentätern, kommen in ein Waisenhaus. Dort herrschen fürchterliche Zustände, das weiß jeder. Die Kinder werden behandelt wie Tiere. Es ist dreckig und armselig und es gibt niemanden, der sich um sie sorgt. Die meisten reißen aus, hauen ab.

Sie landen auf der Straße und betteln. Die Augen groß im verhärmten Gesicht, stumme Zeugen des Hungers und des Elends. Oft sterben sie einfach.

Niemanden kümmert es.

Ich schüttle mich und bin dankbar für das, was ich habe.

Nach dem Essen liege ich im Bett, die Beine schwer vor Erschöpfung. Mein Geist kommt nicht zur Ruhe. Es kann auch mir passieren. Jederzeit. Ich hänge an einem seidenen Faden, dünn wie eine Spinnwebe. Einzig gehalten durch die Position eines Mannes, der nicht mit mir verwandt ist. Er ist der Mann meiner Mutter, und das bedeutet gar nichts.

Mein Geschlecht macht mich wertlos – ein Wort von ihm, und ich bin weg. Wie Schnee, der schmilzt, sobald die Sonne hervorkommt, werde ich verschwinden und einzig meine Mutter wird sich erinnern.

Ich will mich dagegen auflehnen. Die Ungerechtigkeit ist so ungeheuerlich, dass ich spüre, wie die Wut wiederkommt. Sie füllt meinen Kopf, bis er beinahe platzt, doch ich habe kein Ventil. Die Hände zu Fäusten geballt, spanne ich alle Muskeln in meinem Körper, und das fühlt sich gut an. Wut bedeutet Leben. Den Willen zu überleben. Als meine Anspannung nachlässt, stehe ich auf, gehe zum Fenster und öffne es. Die kühle Abendluft streicht mir über die Haut, beruhigt mein erhitztes Gemüt. Sie kitzelt meine Wimpern, und meine langen blonden Locken wehen mir ins Gesicht. In der Ferne höre ich

Donner grollen und weiß, es ist kein Gewitter. Wenn ich mich weit aus dem Fenster lehne, kann ich am Horizont den schwefelgelben Farbton des Todes erkennen. Schwarzer Rauch verdunkelt den Abendhimmel, an dem eine rotglühende Sonne untergeht. Hier in der Innenstadt ist es ruhig. Die Straßen sind leer, Abfall stapelt sich in den Ecken. Es gibt kaum Grün, keine Bäume, keine Blumen. Beinahe, als hätte sich die Natur vertreiben lassen.

Vergiftet von Gewalt und Tod.

Kapitel 4

Als ich wieder kräftig genug bin, schickt mich meine Mutter erneut zum Einkaufen. Unsere Vorräte sind aufgebraucht. Und trotz des Vorfalls an der Wäscherei bin ich dieses Mal erleichtert, die Wohnung verlassen zu können. Mein Alltag ist eintönig und furchtbar langweilig.

Im Laden angekommen, steht Sayed hinter dem Verkaufstresen.

Gemächlich suche ich Waschseife, Mehl, Zucker und Tee, Gemüse und einen Kanister mit Wasser zusammen.

Wenn meine Mutter erzählt, dass es früher Obst und Gemüse aus fernen Ländern gab, muss sie mir die Farbe, den Geruch und den Geschmack genau beschreiben.

Mango ist süß wie Zucker, faserig und weich zergeht sie auf der Zunge. Ananas schmeckt sauer, ist gelb wie die Sonne am frühen Morgen und saftig. Bananen sind sättigend, fleischig und schwer und am besten sind sie, wenn die Schale schon leicht braun ist.

Während sie spricht, läuft mir das Wasser im Mund zusammen. Wenn ich mich anstrenge, kann ich es riechen, und die Sehnsucht nach diesen Köstlichkeiten ist grenzenlos.

Leise seufzend lege ich die wenigen Habseligkeiten, die ich ergattert habe, auf die Ladentheke und schiebe Sayed die Lebensmittelmarken über die zerkratzte Holzplatte.

»Hallo Mädchen.«

Seine Stimme klingt freundlich, und ich hebe verblüfft den Kopf. Er lächelt.

Beschämt senke ich den Blick, obwohl er meine Augen ja nicht sehen kann.

»Hallo Sayed«, flüstere ich.

»Geht es dir besser?«, fragt er.

Ich nicke, will nur schnell weg.

»Wie heißt du?« Sein Ton ist herausfordernd und selbstbewusst und die Frage überrascht mich.

Warum will er meinen Namen wissen?

Zum ersten Mal traue ich mich, ihn genauer anzusehen. Schwarze Haare fallen ihm leicht gewellt bis in den Nacken. Er ist groß, größer als ich, und dünn. Wie fast alle, der Mangel an Lebensmitteln ist nicht zu übersehen. Die Nase ist etwas zu breit für sein Gesicht, aber seine vollen Lippen, die sich zu einem Schmunzeln verzogen haben, sehen aus wie gemalt. Zwei Grübchen in den schmalen Wangen geben seinem sonst eher kantigen Gesicht einen weichen Ausdruck.

Die Augen sind immer noch so dunkel wie in meiner Erinnerung, ich kann kaum Pupille und Iris unterscheiden. Mit langen dichten Wimpern und buschigen Brauen darüber.

Ich starre ihn an und erschrecke über mein Verhalten. Es steht mir nicht zu, ihn so zu mustern. Ohne ein Wort schnappe ich mir die Lebensmittel, schnalle mir meinen Tragekorb um und wende ich mich zur Tür.

»Dein Name ist Hanna, richtig?«, fragt er, und jetzt drehe ich mich doch um.

»Ich kenne Alex, deinen Bruder.«

Weiß er nicht, dass ich nicht mit ihm sprechen darf?

»Warum fragst du mich, wenn du es schon weißt?« Ich kann mir eine schnippische Antwort nicht verkneifen, meine Neugier siegt.

»Ich wollte deine Stimme hören«, gibt er zurück.

»Ich kann dein Gesicht nicht sehen, aber eine Stimme hat immer eine ganz bestimmte Farbe. Deine ist«, er überlegt kurz, »rot.«

Und obwohl ich weiß, dass ich nun besser gehen sollte, weil es gefährlich ist, was wir hier tun, bewege ich mich keinen Millimeter. Still stehe ich da, geschützt durch den Stoff meines Tuches, und ringe mit mir und meiner Neugier.

Die Neugier siegt.

»Warum rot?«, frage ich leise und staune innerlich über meine Kühnheit.

»Rot ist stark.« Kurz hält er inne, bevor er weiterspricht, und sieht mich eindringlich an. »Stark und entschlossen. Unser Blut ist rot, und ohne Blut wären wir tot. Feuer ist rot. Haben wir zu viel davon, sterben wir. Haben wir zu wenig davon, sterben wir auch. Ich glaube, so bist du ebenfalls. Zuviel von dir ist gefährlich, zu wenig von dir auch.« Er verstummt abrupt, schließt den Mund und fährt sich mit dem Finger über die Lippen, als werde ihm erst jetzt bewusst, was er gesagt hat.

Ich habe genug.

Was weiß er schon von mir? Ich bin nicht gefährlich, ich bin langweilig und unbedeutend. Ich bin zu wenig. Immer. Ist ihm das nicht klar?

Ich drehe mich weg und öffne die Tür.

»Mach´s gut, Hanna«, ruft er mir hinterher, und ich verlasse eiligen Schrittes den Laden.

An den folgenden Tagen fällt mir alles ins Auge, was rot ist. Sayeds Worte verfolgen mich ungewollt. Meine Mutter ertappt mich dabei, wie ich zerstreut lächle, als ich eine rote Kerze auf den Tisch stelle.

»Warum lächelst du, Hanna?«, fragt sie mich amüsiert.

Ich gebe ihr keine Antwort, ich will mein Geheimnis für mich behalten. Sie dringt nicht weiter in mich, denn die Männer kommen nach Hause, und meine Mutter eilt in die Küche, um das Abendessen auf den Tisch zu bringen.

Danach schickt mich mein Stiefvater mit harschen Worten in mein Zimmer. Gewöhnlich spricht er mich so gut wie nie an, deshalb merke ich schnell, dass etwas nicht stimmt. Beklommen gehorche ich und sehe aus dem Augenwinkel den ängstlichen Blick meiner Mutter. Alex bleibt bei den beiden. Mein Stiefvater befiehlt ihm ausdrücklich, den Raum nicht zu verlassen, und ich werde noch nervöser. Ich habe kein gutes Gefühl. Mit feuchten Händen schließe ich meine Tür. Kaum bin ich verschwunden, höre ich ein lautes Klatschen.

Er schlägt sie.

Ich wusste es.

Es kommt nicht oft vor und dass mein Bruder dabei ist, ist neu. Er soll zum Mann werden, vermute ich, und ein Mann züchtigt seine Frau. Mein Stiefvater fängt an zu brüllen.

Warum sie unserer Nachbarin Mehl gebracht hätte? Warum sie denke, sie könne sein schwer verdientes Geld verschenken? Er gehe doch nicht für die anderen arbeiten!

Mir ist sofort klar, von wem er spricht. Er meint die alte Frau, die gegenüber wohnt, zahnlos und spindeldürr. Sie hat keinen Mann und keinen Sohn. Allein und arm kann sie sich kaum über Wasser halten. Für uns Frauen ist es schon schwer genug, wenn wir einen Mann haben. Ohne sind wir dem Tod geweiht. Viele Frauen, die ihren Ehemann verloren haben, werden verstoßen. Sie leben auf der Straße, bettelnd, um ihre Kinder ernähren zu können, und sterben letztlich doch. Deshalb bringt meine Mutter der alten Frau ab und an eine Kleinigkeit. Brot, Milch und Mehl. Mein Stiefvater hat es noch nie bemerkt. Gestern aber stand Alex im Treppenhaus und sah, wie meine Mutter mit einer leeren Schüssel in der Hand die Wohnung unserer Nachbarin verließ. Sie war nicht vorsichtig genug.

Er hat sie verraten. Nur er kann es gewesen sein, und die Ungeheuerlichkeit dieser Tat lässt mich schlucken. Wie kann er das tun? Zornig und hilflos verknote ich die Finger in meinem Kleid.

Ich hasse ihn dafür, aber es ist schwer, seinen kleinen Bruder zu hassen. Er hat seine eigene Mutter verraten, obwohl er weiß, was dann passiert. *Warum tut er das?*, frage ich mich verzweifelt. Vor ein paar Monaten noch war meine Mutter diejenige, die ihn tröstend umarmte, wenn er nachts schlecht träumte. Vor ein paar Monaten noch versorgte sie ihm die aufgeschürften Knie und kämmte ihm die Haare. Der Einfluss unseres Stiefvaters wird größer. Es muss schwer für Alex sein, sich ihm zu entziehen.

Leise öffne ich meine Tür. Ich weiß, ich darf das Zimmer nicht verlassen, aber die Angst um meine Mutter zwingt mich dazu. Vielleicht lässt er von ihr ab und nimmt sich stattdessen mich zur Brust. Ich würde alle Schmerzen der Welt für sie auf mich nehmen, und so schleiche ich den Flur entlang und spähe ins Wohnzimmer.

Bestürzt kralle ich mich an den Türrahmen, und ein stiller Schluchzer schüttelt mich.

Während mein Stiefvater meine Mutter wie von Sinnen anschreit, donnert er ihr unablässig die Faust ins Gesicht.

Immer und immer wieder.

Sie wehrt sich nicht. Ihr Kopf fliegt lautlos von links nach rechts. Mit voller Wucht trifft er ihre Schläfe und sie knickt unter ihm weg, fällt auf die Seite. Ihre Hände liegen schützend um ihren Bauch. *Das Baby,* will ich schreien und presse mir die Hand an den Mund, um den Impuls zu unterdrücken.

Alex steht in der Ecke, und das Entsetzen in seinen Augen ist nicht gespielt. Er ist ganz grau im Gesicht, seine kindlichen Züge sind in stummer Verzweiflung verzerrt. Mir laufen die Tränen über die Wangen, meinem Bruder auch.

Unser Stiefvater beugt sich zu meiner Mutter hinab und zieht sie an den Haaren zu sich heran. Er sammelt röchelnd Speichel in seiner Kehle und spuckt ihr verächtlich ins Gesicht. Dann lässt er sie ruckartig los und ihr Kopf schlägt dumpf auf dem Boden auf. Er richtet sich schwer atmend auf, und ich haste ängstlich rückwärts in mein Zimmer zurück. Sekunden, nachdem ich die Tür geschlossen habe, höre ich seine polternden Schritte, und die Wohnungstür fällt krachend ins Schloss. Ich laufe sofort zurück ins Wohnzimmer und falle neben meiner Mutter auf die Knie. Sie liegt da, umklammert ihren Bauch und stöhnt, ihre Lippe ist blutverschmiert.

»Steh auf, Mama, ich bringe dich ins Bett«, sage ich. Alex

steht immer noch stumm und stocksteif in der Ecke und rührt sich nicht.

Hasserfüllt drehe ich mich zu ihm, und mir spritzt der Speichel aus dem Mund, als ich ihn anschreie.

»Das ist alles deine Schuld, du Verräter! Steh nicht rum, hilf mir!« Das rüttelt ihn auf und er eilt zu mir, fasst meine Mutter unter den Armen und hilft ihr auf die Beine. Von beiden Seiten stützend bringen wir sie ins Schlafzimmer und legen sie vorsichtig auf das Bett.

»Das wollte ich nicht«, stammelt Alex mit verheulter Stimme.

»Es ist schon gut«, will meine Mutter uns beruhigen und versucht die Hand an seine Wange zu legen. Ich stehe auf und hole eine Schüssel mit Wasser, versorge ihre Wunden wie sie die meinen vor ein paar Tagen. Alex schicke ich weg, ich kann ihn nicht ertragen. Ich würde ihm sonst eine Backpfeife verpassen. Wie ein geprügelter Hund schleicht er aus dem Zimmer, kein Wort des Trostes kommt aus meinem Mund.

Aus Erfahrung weiß ich, dass unser Stiefvater heute Nacht nicht mehr zurückkommen wird. Das macht er immer so, wenn er meine Mutter schlägt. Ob aus schlechtem Gewissen oder weil er bei fremden Frauen ist, interessiert mich nicht. Ich bin nur froh, dass er fort ist. Nachdem ich alle ihre Verletzungen behandelt habe, lege ich mich zu meiner Mutter ins Bett, und sie fängt an zu erzählen.

»Er kann Frauen nicht ausstehen, Hanna. Er hat Angst vor uns.« Ihr geschundener Mund verzieht sich zu einem schiefen Lächeln.

»Bevor der Bürgerkrieg ausbrach, Hanna, war sogar eine Frau an der Spitze der Regierung. Kannst du das glauben? Wie konnte es nur so weit kommen?«

Ihr Kopf bewegt sich auf dem Kissen ungläubig hin und her.

»Sie war gütig, aber streng, mitfühlend und trotzdem konsequent. Es ging uns so gut, wir waren eines der reichsten Länder der Erde. Bildung war wichtig und Kultur. Musik und Kunst. Wir haben im Überfluss gelebt, Kind. Alles war reichlich vorhanden, auch die Freiheit.« Sie seufzt und drückt meine Hand.

»Als wir aber unseren Reichtum teilen sollten, haben wir versagt. Vollkommen versagt. Viele Bürger unseres Landes wurden in ihren Ansichten gegenüber den Flüchtlingen immer härter und grausamer. So wie er!« Sie schnaubt verächtlich, und ihr Kopf wippt in Richtung Wohnungstür.

»Wir Frauen aber konnten und wollten das nicht tolerieren! Wir schlossen uns zusammen, überall in ganz Deutschland, und organisierten Demonstrationen, verteilten Lebensmittel und Kleidung und boten den Geflüchteten eine Unterkunft und Schutz. Aber vielen war unsere Hilfe und unsere Güte ein Dorn im Auge. Wir behinderten ihren Kurs, ihren Hass auf alles Fremde und Unbekannte. Zu diesem Zeitpunkt hätten wir schon längst merken müssen, was sich hinter unserem Rücken zusammenbraute. Aber wir waren so beschäftigt, den völlig erschöpften und verzweifelten Menschen zu helfen, dass wir die Gefahr schlichtweg nicht sahen. Wir haben sie nicht kommen sehen.«

Ich weiß nicht, was sie meint, will nachfragen.

Aber sie weint mittlerweile und sinkt erschöpft in die Kissen.

Ihre Augenlider werden schwer, sie murmelt nur noch. Sanft decke ich sie zu und lege die Hand auf ihren Bauch.

Ich spüre die Bewegungen des neuen Lebens in ihr, ein hilfloses Bündel, ahnungslos, was es hier erwartet.

Eng aneinander gekuschelt schlafen wir ein.

Kapitel 5

Weil meine Mutter nicht aufstehen kann, übernehme ich die nächsten Tage die Hausarbeit. Ich bereite die Mahlzeiten für uns, erledige den Abwasch, säubere die Wohnung und bessere unsere Kleidung aus. Bald muss ich wieder waschen gehen und auch einkaufen. Mein Stiefvater ist kaum hier und wenn doch, ist ihm der Zustand meiner Mutter vollkommen egal. Er sieht nicht einmal nach ihr und bleibt immer nur kurz. Kein Wort richtet er an mich, und außer einigen anzüglichen Blicken lässt er mich in Ruhe.

Mit Alex spreche ich nicht. Zu groß ist sein Verrat und die Enttäuschung, die damit einhergeht. Er ist sehr still, sitzt am Bett meiner Mutter und heult wie ein Baby. Sie hat ihm längst verziehen, ich sehe es in ihren Augen.

Ich nicht.

Am Einkaufstag kann ich nicht leugnen, dass ich hoffe, Sayed zu sehen. Sein Gesicht geht mir nicht mehr aus dem Kopf, was mich gleichzeitig verwirrt und erfreut. Aber als ich ankomme, ist nur sein Vater im Laden. Enttäuscht beeile ich mich, meinen Korb zu füllen.

»Ich freue mich, dass es dir wieder besser geht, Mädchen«, sagt er freundlich und reicht mir meine Einkäufe. Ich neige den Kopf als Zeichen, dass ich ihn gehört habe, und trete durch die Tür nach draußen. Die Luft ist milder geworden, ein paar Wochen noch und der Winter ist Vergangenheit.

»Hanna«, ein Raunen, kaum zu hören für fremde Ohren. Ich drehe mich um und da sitzt er, angelehnt an eine Hauswand in einer schmalen Gasse neben dem Laden. Zögerlich bleibe ich stehen. Er hält etwas in der Hand, aber auf die Entfernung kann ich nicht erkennen, was es ist. Ich blicke vorsichtig nach links und nach rechts. Weit und breit ist niemand zu sehen.

»Komm her, ich zeig dir etwas.« Sayed winkt leicht mit seiner Hand. Er trägt eine alte Hose, die Farbe verblichen und der Stoff verschlissen. Über sein kariertes Hemd hat er eine dicke Weste gezogen, die Haare versteckt er unter einer Strickmütze. Unschlüssig bleibe ich stehen, kämpfe den üblichen Kampf mit meiner Neugier und der Vernunft. Und bevor ich lange überlegen kann,

zieht es mich wie ein Magnet zu ihm, ich kann nichts dagegen tun. Schritt für Schritt, bis ich vor ihm stehe, in der dunklen engen Gasse, geschützt vor den Blicken Fremder. Sayed ist aufgestanden, überragt mich mindestens um einen Kopf, aber seltsamerweise empfinde ich keine Angst. Er wirkt weder bedrohlich noch aggressiv.

»Wie geht es dir, Rotkehlchen?« Er zieht fragend die buschigen Brauen hoch, die unter seiner Mütze verschwinden. Das sieht so lustig aus, dass ich lachen muss. Ich erschrecke mich selbst vor diesem Ton, unbändig und ungewohnt, und halte mir schnell die Hand vor den Mund, um das Geräusch zu ersticken.

»Gut, danke. Was willst du?« Meine Frage klingt ungeduldig, und das bin ich auch. Ich kann hier nicht lange stehen, die Häuser haben Augen und Ohren und ich riskiere viel mehr als er, wenn wir erwischt werden.

Sayed hält mir den Gegenstand entgegen, den ich vorher nicht erkennen konnte.

Es ist ein Buch.

Ein dünnes Buch.

Zerfleddert und abgegriffen, mit einem roten Einband. Ehrfürchtig starre ich es an.

»Nimm«, sagt er, und ich schüttle mit zusammengepressten Lippen den Kopf, als würde ich tot umfallen, wenn ich es berühre.

»Ich habe es extra ausgesucht, weil es rot ist.« Die Freude in seiner Stimme ist kaum zu überhören und plötzlich weiß ich, welche Farbe seine Stimme hat.

Es ist Gold.

Glänzend und klar, ohne Kratzer oder Abschürfungen. Ein reines, warmes Gold.

Ich vergesse die Welt um mich herum, strecke die Hand aus und fahre über den Buchrücken. Sayed beugt sich ganz nah zu mir, der Geruch von Pfefferminz trifft meine Nase.

»Du musst die Handschuhe ausziehen, sonst spürst du es nicht«, flüstert er leise durch den Stoff in mein Ohr.

Und ich tue, was er sagt. Ohne nachzudenken streife ich langsam den Handschuh ab und lege die Fingerkuppen auf den Buchdeckel, vorsichtig, als wäre er ein Schmetterlingsflügel. Zentimeter für Zentimeter schiebe ich die Finger auseinander, bis meine ganze Handfläche aufliegt. Der alte Stoff des Bucheinbandes ist fleckig und nur noch an einigen Stellen erhalten, blassrot und rau unter meiner Haut. Ich halte die Luft an und bewege die Finger leicht hin und her. Sayed beobachtet mich aufmerksam.

»Es ist wunderschön«, hauche ich, voller Angst, dass ich feststelle, dass ich träume, sobald ich es ausspreche. »Wo hast du es her?«

»Ist doch egal«, erwidert er schnell. »Sieh es dir an.«

Er lässt es einfach los und ich fange es gerade noch auf, bevor es in den Dreck fallen kann. Vorsichtig öffne ich das Buch und blättere mit dem Daumen durch die Seiten. Es riecht alt und modrig, Wasserflecken und Risse zieren die vergilbten Seiten.

»Kannst du lesen?«, fragt Sayed.

»Nein«, lüge ich und schüttle bekräftigend den Kopf.

»Schade.«

Sayed sieht mich enttäuscht an. Ich kann ihm nicht verraten, dass mich meine Mutter schon längst den Zauber der Buchstaben und Worte gelehrt hat. Auch wenn er mir wohl zu vertrauen scheint, tue ich es nicht. Ich schlage die erste Seite auf, schiele verstohlen auf den Titel und habe Mühe, ihn zu entziffern. Die Schrift ist geschwungen und meine Übung lässt zu wünschen übrig. »Die Musik, die wir sind« lese ich in Gedanken und hoffe, dass er nicht bemerkt, wie meine Augen an den einzelnen Buchstaben hängenbleiben. Dschalal ad-Din Muhammad Rumi ist der Name des Autors. Die Worte rollen fremd und holprig in meinem Mund.

»Hier«, sage ich knapp, klappe das kleine Büchlein zu und reiche es Sayed.

»Es gehört dir, ich will es nicht zurück.«

Er hebt die Handflächen nach oben und deutet ein Kopfnicken an. Unmöglich kann ich es behalten, Bücher sind absolut verboten. Da könnte ich gleich ohne Verhüllung durch die Straßen laufen. Es wäre reiner Selbstmord, wenn es bei mir gefunden würde.

»Das geht nicht, Sayed!«

Bedauern und Angst lassen meine Worte zittrig klingen.

Er nickt bedächtig, ohne mich aus den Augen zu lassen. »Mhm«, murmelt er, verschränkt die Arme und wippt auf den Fußballen vor und zurück.

»Ich dachte, du wärst rot«, er zuckt mit den Schultern, »aber ich habe mich wohl getäuscht.«

Er stachelt mich an, ich kann es in seinem Gesicht lesen.

»Wohl eher farblos, wie alle anderen da draußen.« Sein Blick schweift zur Straße.

Mein Kopf ruckt nach oben und ich werde sofort wütend. Ich habe keine Zeit für seine dämlichen Spielchen, ich muss zu meiner Mutter!

»Was denkst du dir, über mich zu urteilen? Du kennst mich gar nicht!« Zornig presse ich mir das Buch an die Brust.

»Stimmt. Leider.« Er grinst frech und wackelt mit den

Augenbrauen. Er ist unmöglich. Kindisch und provokant. Aber ich will das Buch auch gar nicht hergeben! Wie einen Schatz umklammere ich es so fest, dass meine Fingerknöchel weiß hervortreten.

Ich wäge den Nutzen und das Risiko ab, drehe und wende, schiebe und drücke. Mehr als alles andere in meinem Leben will ich die aneinander gereihten Buchstaben lesen, zu Worten geformt, zu Sätzen gefügt. Die Magie spüren, die den einzelnen Seiten entspringt, mich in fremde Welten entführt und mich vergessen lässt. Ich will mir nicht ausmalen, was geschieht, wenn ich erwischt werde.

Mein Stiefvater wird mir Fürchterliches antun.

Aber tut er das nicht schon? Lebe ich überhaupt? In Wahrheit bin ich längst tot, ich spüre kaum Lebensfreude. Alles ist ständig und immer ein Kampf. Ein aussichtsloser Kampf. Nicht mehr lange, und ich werde heiraten müssen. Kinder bekommen. Mädchen, die ich beschützen muss, bis sie selbst heiraten und im ewigen Kreislauf gefangen sind.

Das Rot des Buches leuchtet mir entgegen, durchbricht das Grau meines Lebens.

Hier ist meine Chance auf Rebellion, meine Gedanken sind immer noch frei. Niemand kann sie wissen oder stehlen oder unterdrücken. Blitzschnell, ohne die Konsequenzen aufzurechnen, stopfe ich das kleine Buch zwischen die Falten meines Kleides.

Sayed beobachtet meine fahrige Geste und lacht laut auf, sodass ich verschreckt zurückzucke.

Sofort verstummt er. »Tut mir leid«, flüstert er zerknirscht.

Es wird Zeit. Ich habe mein Glück schon überstrapaziert. Nachdem ich meinen Handschuh übergestreift habe, ziehe ich die Gurte meines Tragekorbs fest.

»Ich muss gehen.« Verlegen scharre ich mit dem Schuh über den Boden.

»Ja, musst du. Wann sehe ich dich wieder, Rotkehlchen?«

Rotkehlchen? Denkt er, wir sind Freunde? Das kann er vergessen, das geht nicht! Er sollte wissen, wie schwer es für mich ist, mit ihm hier zu stehen.

»Ich weiß es nicht«, antworte ich vage.

Dann wende ich mich ab und verlasse die dunkle Gasse. Einmal drehe ich mich noch um und forme mit den Lippen ein leises *Danke*.

Ganz leicht hebt er die rechte Hand, eine zarte Geste, fast nicht zu sehen.

Ich komme zu Hause an, hole mir ein Messer aus der Küche und laufe in mein Zimmer. Dort schließe ich die Tür und stelle meinen Tragekorb ab. Mit dem Messer trenne ich die Naht an meiner Matratze ein ganz kleines Stück auf, gerade so viel, dass mein Geschenk hindurchpasst. Später werde ich es notdürftig vernähen, ich muss die Gefahr, entdeckt zu werden, auf ein Mindestmaß reduzieren. Außer meiner Mutter ist niemand da, Alex ist noch in der Schule. Mein Herz pocht, das Blut rauscht durch meine Adern. Bis in die Haarspitzen bin ich aufgeladen mit Vorfreude. Allein zu wissen, dass ich es ansehen kann, wann ich will, dass ich ein Geheimnis hüte, das mir gefährlich werden kann, lässt mich innerlich beben.

Ich beruhige mich und sehe nach meiner Mutter. Inzwischen kann sie wieder aufstehen. Heute möchte sie mit mir ins Gemeindezentrum. Ich habe keine Lust. Die Verlockung, mich im Bett zu verkriechen und meinen Schatz hervorzuholen, ist groß. Will ich aber keine Aufmerksamkeit auf mich lenken, muss ich mich fügen.

Gemeinsam laufen wir auf leisen Sohlen durch die Abendluft. Ich genieße die Stille an der Seite meiner Mutter, friedlich fast. Es ist nicht weit, und auf unserem Weg müssen wir an Sayeds Laden vorbei. Unauffällig luge ich durch die Scheiben, kann aber nichts erkennen. Ein Stich der Enttäuschung durchfährt mich, und ich schüttle irritiert den Kopf.

Als wir im Gemeindezentrum ankommen, empfängt uns schon leises Stimmengemurmel. Am Eingang stehen zwei Männer. Die schwarzen Bewacher, wie ich sie heimlich nenne.

Die Waffen locker geschultert, lassen sie uns plaudernd passieren.

Früher war hier ein Restaurant. Ein Platz, an dem sich Menschen zum Essen und Trinken trafen. Mit Musik und Gesprächen. Meine Mutter war oft mit meinem Vater hier, bevor ich auf die Welt kam. Heute gibt es so etwas nicht mehr, schon die Vorstellung allein ist lächerlich.

Wir betreten den Raum. Die Fenster sind mit grauem Stoff verhüllt, es ist zugig und kalt. Die Wände sind kahl, und Stock- und Schimmelflecken zieren die Ecken. Es gibt ein paar Tische mit Stühlen darum, kleine Köstlichkeiten stehen darauf. Wir haben heute nichts beizusteuern, denn meine Mutter war zu schwach, um etwas vorzubereiten. Erst jetzt merke ich, dass ich Hunger habe, und während meine Mutter einige Frauen begrüßt, stopfe ich mir Gebäck in den Mund.

»Hallo Hanna.«

Vor mir steht Melanie, ein Mädchen, ungefähr so alt wie ich.

»Hallo Melanie«, nuschle ich mit vollem Mund. Melanies Mutter unterhält sich leise mit meiner Mutter, sie kennen sich schon sehr lange. Bevor sich alles verändert hat, waren sie Nachbarn und so etwas wie Freundinnen.

Sie teilen das gleiche Schicksal. Beide haben eine Tochter, beide hatten früher einen Beruf, beide kennen die Freiheit. Melanies Vater gehörte von Anfang an zu denjenigen, die die Flüchtlinge nicht mehr haben wollten, hat mir meine Mutter gesagt.

Ich mag Melanie nicht besonders. Meine Mutter glaubt, wir seien Freundinnen. Melanie hat ein Gesicht wie eine Maus, eine spitze Nase sitzt über den dünnen Lippen, was ihren verschlagenen und listigen Charakter nur unterstreicht.

»Hast du es schon gehört?«, fragt sie in diesem Moment, und ich könnte nicht weniger Interesse an ihrem Geschwafel haben, heuchle aber Neugier.

Ich schlucke den Rest Gebäck und sehe sie an. »Nein, was?«

»Ich werde verheiratet.«

Sie verschränkt die Arme vor dem Körper und wartete auf meine zweifellos neidische Reaktion.

Sie bleibt aus.

Ich nehme einen Schluck Tee und sage nichts. Das hält Melanie nicht davon ab, weiterzusprechen.

»Es ist der Cousin dritten Grades meines Vaters. Er ist schon achtundzwanzig und arbeitet bei meinem Vater. Er ist gesund und reich.«

Ihre Worte verschmelzen mit dem Hintergrundgeschnatter der anderen. Die Reaktionen der einzelnen Mädchen auf unseren vorgeschriebenen Weg sind völlig verschieden. Einige können es kaum abwarten, endlich einem eigenen Hausstand vorzustehen und Kinder zu bekommen. Für andere, wie mich, ist es ein einziger Albtraum. Der Hölle des Vaters zu entkommen, um gleichsam in die Hölle der Ehe geschickt zu werden, ist kein Gewinn. Offensichtlich teile ich Melanies Freude nicht nach ihren Vorstellungen, und sie wendet sich verärgert ab.

Ich stelle mich zu meiner Mutter und lege den Kopf an ihre Schulter. Meine Gedanken wandern zu Sayed. Würde ich ihn heiraten wollen, wenn ich müsste? Sein Gesicht verirrt sich in den Stunden bis zum Morgengrauen immer häufiger in meine Träume.

Manche, wenige, haben Glück und bekommen einen Mann, der gut zu ihnen ist. Ich erkenne es an ihrer Stimme. Sie klingt fest und sicher, nicht mehr so schüchtern.

Wäre Sayed auch so ein Glücksgriff?

Es ist egal. Niemals dürfte ich so eine Entscheidung alleine treffen. Bald werde ich vor Melanie stehen und verkünden, dass ich verheiratet bin, und mit Sicherheit wird es nicht Sayed sein. Ich seufze laut und meine Mutter streicht mir über den Arm.

»Möchtest du gehen?«, fragt sie liebevoll.

Ich nicke und merke, wie müde ich bin. Wir verabschieden uns von Melanie und ihrer Mutter, und als wir auf dem Heimweg wiederum an Sayeds Laden vorbeikommen, steht er vor der Tür. Mir fährt der Schreck in die Glieder. Ich habe

Angst, dass er mich grüßt. Verstohlen schiele ich unter meinen Lidern hinüber.

Er steht nur da, angelehnt an die Hausmauer, spielt mit einem Feuerzeug und betrachtet die Straße, die langen Beine entspannt gekreuzt.

Ganz kurz sehe ich das Erkennen in seinen Augen aufblitzen, er zwinkert mir verschwörerisch zu. Hastig wende ich mich ab und muss unter meinem Tuch lächeln. Meine Mutter läuft vorbei. Ihr fällt nichts auf und ich atme erleichtert aus.

Später im Bett packe ich das Nähgarn aus und verschließe vorsichtig das Loch in der Matratze. Obwohl ich es vor lauter Spannung kaum aushalte, möchte ich den Genuss noch hinauszögern. Vielleicht traue ich mich auch noch nicht, ich kann es nicht einschätzen. Ich schließe die Augen, und Sayeds herzliches Lachen klingt mir in den Ohren. So frisch und ehrlich, dass ich davor zurückschreckte. Es ist ein Geräusch, das in meinem Leben keinen Platz hat. Das Lachen.

Als ich jünger war, lachte ich häufig, ich war ein fröhliches, unbeschwertes Kind. Dann wurden die Zwänge stärker, die Verbote größer, und ich begriff das Ausmaß meiner Zukunft.

Auch Alex war früher anders. Sein Gesicht verzog sich oft zu einem Grinsen, er spielte mir Streiche und kuschelte seinen kleinen warmen Körper an meinen, wenn er müde war. Zum ersten Mal wird mir bewusst, dass es auch für ihn nicht leicht sein kann, in dieser Gesellschaft zu bestehen. Sein Wesen ist geformt von Gewalt und Krieg. Er darf keine Schwäche zeigen. Es wird verlangt, dass er bereit ist, zu töten.

Im schlimmsten Fall mich.

Seine eigene Schwester.

Mitleid durchströmt mich, mein Grimm auf ihn ist plötzlich wie weggeblasen.

Kurz bevor ich in den Schlaf hinübergleite, regt sich ganz tief in mir eine Erinnerung.

Blaue Augen, blonde dichte Locken, ein Gesicht voller Liebe und Zärtlichkeit beugt sich über mich. Ein Stoffhase, direkt in meinem Blickfeld. Ich werde hochgehoben, weit strecken mich die Arme des Mannes in die Luft. Er wirbelt mich über seinem Kopf und ich juchze laut vor Vergnügen. Wir drehen uns im Kreis, immer schneller, und in meinem Bauch wirbelt es. »Hör auf, Thomas, ihr wird schlecht.« Die Stimme meiner Mutter. Sanft gleite ich nach unten auf die Schultern meines Vaters und drücke den Stoffhasen fest an mich.

Ich habe ein warmes Gefühl in meinem Körper und will es festhalten. Für immer.

Dann schlafe ich ein.

Kapitel 6

Der Tag ist schon weit fortgeschritten, und meine Mutter backt. Das tut sie so gut wie nie und mir ist klar, dass meinen Stiefvater besänftigen will. Sie will ihm keinen Anlass bieten, der ihn verärgern könnte.

Während des Backens bemerkt sie, dass wir Eier brauchen. Sie bittet mich, schnell zum Laden zu laufen, und Aufregung erfasst mich. Ich benehme mich albern, denke ich und versuche mich zu mäßigen, schaffe es aber nicht.

»Ist alles in Ordnung?« Meine Mutter legt mir besorgt die Hand auf die Stirn. »Du glühst ja!«

Ungehalten schiebe ich ihre Hand beiseite.

»Nein, es geht mir gut. Ich habe nur schlecht geschlafen heute Nacht«, sage ich und ziehe mein Tuch über.

»Ich gehe selbst, Hanna, ruh du dich aus.« Entschlossen dreht sie sich zur Tür.

»Nein!«, schreie ich sie an, und meine Mutter reißt überrascht die Augen auf.

»Ich möchte gehen. Bitte. Die kühle Luft wird mir guttun. Mach dir keine Sorgen«, schiebe ich leiser hinterher. Mit diesen Worten husche ich aus der Tür, bevor sie mich aufhalten kann.

Schon von Weitem sehe ich Sayed, der lässig an der offenen Tür des Ladens lehnt.

Mein Herz klopft schneller. Seine dunklen Haare fallen ihm über die buschigen Brauen und sein voller Mund verzieht sich zu einem leichten Grinsen, als er mich erkennt.

Ohne einen Gruß gehe ich an ihm vorbei und erwarte seinen Vater hinter dem Tresen, doch der Laden ist leer.

»Hallo Rotkehlchen«, flüstert Sayed über meine Schulter, und ich wirble herum. Sein Gesicht ist ganz nah an meinem, und ich stolpere einen Schritt zurück.

»Hallo Sayed«, flüstere ich, in dem Versuch, meine Stimme fest klingen zu lassen, und entferne mich von ihm und seiner irritierenden Nähe.

»Ich brauche zehn Eier«, stottere ich.

Sayed nickt, läuft hinter die Ladentheke und packt die einzelnen Eier behutsam in einen alten Karton. Konzentriert, um keines zu zerstören, schließen seine schlanken Finger die Verpackung und schieben sie zu mir herüber.

Er sieht auf die Eier, als er leise sagt: »Zeig mir dein Gesicht, Rotkehlchen.«

Dann blickt er auf, und seine Augen sind kohlrabenschwarz.

Stocksteif stehe ich da, jeden Muskel in meinem Körper angespannt.

»Was?«, krächze ich und erkenne meine Stimme nicht wieder.

Sayeds Blick bohrt sich in meinen, er blinzelt nicht einmal. Was er verlangt, ist ungeheuerlich, das ist uns beiden bewusst. Die Sekunden verstreichen, wir sind wie in einer Blase gefangen. Keiner von uns rührt sich und ich habe das Gefühl, am ganzen Körper zu brennen. Und dann wandert meine Hand wie von selbst zu meinem Tuch.

»Nicht hier!«

Hastig läuft Sayed um den Tresen herum, fasst meine Hand und zieht mich hinter sich her. Als hätte ich keinen eigenen Willen, folge ich ihm. Meine Gedanken sind ausgeschaltet, es existiert keine Zeit und kein Raum. Wir laufen den Gang entlang, durch den mich sein Vater vor Kurzem getragen hat. In das Zimmer, in dem das Bett steht, auf dem ich lag. Mitten im Raum lässt er mich abrupt los. Wir stehen voreinander, er lächelt aufmunternd.

Der Impuls, fortzurennen, weit fort, zurück in die Sicherheit, in die Eintönigkeit meines Alltags, übermannt mich.

Er spürt mein Zögern.

»Ich will dich sehen, wenn ich nachts die Augen schließe«, sagt er schlicht.

Ich atme tief ein und schiebe den Stoff Stück für Stück nach oben.

Er entblößt meinen Hals.

Mein Kinn.

Meinen Mund.

Die Nase.

Mit einem entschlossenen Ruck ziehe ich es über den Kopf.

Meine blonden Locken fallen unbändig über meine Schultern und in meine Stirn, und die Blase ist wieder da.

Sayed mustert mich, und es kommt mir vor wie eine Ewigkeit. Seine Augen fahren langsam über jeden Millimeter meines Gesichts und es fühlt sich an, als würde er mich berühren. Meine Haut kribbelt, ich schließe die Augen.

»Lass sie auf!« Seine Stimme klingt rau.

Zögerlich öffne ich die Lider, und er blickt direkt in meine Seele.

»Du bist wunderschön.«

Ich stehe vor ihm, kann nicht glauben, was ich getan habe. Mit ist heiß und kalt, es prickelt bis in meine Fingerspitzen. Keine Frage, ob ich ihm vertraue, wie ferngesteuert gibt es keine andere Option für mich. Mit einem Schlag erwache ich aus meiner Schockstarre und bedecke mit einer schnellen Bewegung mein Gesicht mit den Händen.

»Nein, nicht!«, ruft Sayed. »Hanna, tu das nicht.«

Ich spähe zwischen meinen Fingern hindurch. Sayed sieht plötzlich traurig aus. Mit einer sanften Geste fasst er mich am Handgelenk und drückt meine Hände zur Seite.

»Sieh mich an, Hanna. Bitte.«

Ich nehme meinen ganzen Mut zusammen und fokussiere mich auf seine Augen. In ihnen liegt eine so große Bewunderung, dass sich meine Mundwinkel automatisch nach oben schieben. Ich drücke den Rücken durch, atme tief ein und zucke mit den Schultern.

»Und jetzt?«, frage ich.

»Jetzt, Rotkehlchen«, er lächelt breit, »sind wir Freunde. Für immer.«

Freunde.

Ich bin mir nicht sicher, ob ich weiß, was das ist.

»Möchtest du das?« Während er mich fragt, zieht er vorsichtig an einer blonden Locke, die mir in die Stirn gefallen ist.

»Was muss ich da tun?«

»Du musst versprechen, immer für mich da zu sein«, Sayed sieht ernst aus, »und ich verspreche, immer für dich da zu sein, Rotkehlchen. Egal was kommt. Kannst du das?« Verunsichert zieht er die Augenbrauen nach oben.

Ich fahre mit der Zunge über meine Zähne, beiße mir auf die Lippen und denke konzentriert nach. Die Bedeutung dieses Augenblicks entgeht weder ihm noch mir.

Ich habe keine guten Erfahrungen mit Männern oder Jungen gemacht. In diesen Zeiten verspricht man sich nichts, jeder ist sich selbst der Nächste.

Mitgefühl, Menschlichkeit und Freundschaft sind Worte, die in den meisten Menschen keinen Platz haben.

Aber ich brauche dringend einen Freund. Die Einsamkeit lähmt mich schon so lange. Ich sterbe jeden Tag ein bisschen mehr. Ob es ihm auch so geht?

Sofort verspüre ich den Impuls, ihn zu beschützen und da wird mir klar, ich kann gar nicht Nein sagen. So einfach ist das.

Ich räuspere mich, ich will, dass meine Stimme rot klingt.

»Ich will dein Freund sein, Sayed. Ich verspreche, immer für dich da zu sein.« Feierlich streife ich meinen rechten Handschuh ab und halte ihm die Hand hin.

»Ich verspreche, immer dein Freund zu sein, Hanna Mahler, dich nie im Stich zu lassen und dich so oft ich kann zum Lachen zu bringen.« Er ergreift meine Hand, warm und trocken schließen sich seine Finger um meine. Wir sehen uns dabei in die Augen und besiegeln unser Versprechen mit einem langen Blick.

Ein Geräusch lässt uns auseinanderfahren. Erschrocken drehe ich mich um und bemerke Sayeds Vater, der im Türrahmen steht.

Vor meinem inneren Auge spielt sich eine Szene in Höchstgeschwindigkeit ab. Er wird mich verraten. Die schwarzen Männer rufen. Sie werden sehen, was ich getan habe, und mich mitnehmen.

Meine Mutter wird sich fragen, wo ich bleibe, bis sie ihr sagen, dass sie mich abgeholt haben.

Schreckliche Angst erfasst mich, mein Atem geht auf einmal flach und hektisch. Niemand sagt ein Wort, die Luft ist zum Schneiden dick. Sayed schiebt sich mit einem großen Schritt vor mich.

Er baut sich zu seiner vollen Größe auf, wie ein Bollwerk, die Arme seitlich ausgestreckt, die Finger gespreizt. Ich mache mich ganz klein hinter ihm, starre auf seinen Rücken wie ein Tier in der Falle. Mein Herz pocht so stark gegen meine Rippen, dass ich befürchte, es springt mir aus der Brust. Minuten vergehen, dann sagt sein Vater etwas in einer Sprache, die ich nicht verstehe. Sofort lässt die Anspannung in Sayed nach. Seine Schultern sacken nach unten, er lässt die Arme fallen und stößt einen Seufzer aus. Ich luge an ihm vorbei und sehe, wie sein Vater unmerklich mit dem Kopf nickt, dabei kurz die Augen schließt. Dann wendet er sich ab und geht. Sofort dreht sich Sayed zu mir um.

»Hör zu, Hanna, du hast von ihm nichts zu befürchten, er wird dich nicht verraten!«

In seiner Stimme liegt eine Dringlichkeit, ihm zu vertrauen.

Und noch etwas anderes.

Die Angst, ich könnte es nicht tun. Ich bringe kaum ein

Wort heraus, mein Mund ist trocken und unter meinem Körperkleid läuft mir der Schweiß hinunter.

Mit einer fahrigen Geste ziehe ich mir mein Tuch über das Gesicht.

Ich will nur noch weg. Mit zwei großen Schritten stolpere ich an Sayed vorbei, verheddere mich in meinem langen Gewand, beginne zu rennen.

Mir verschwimmt die Sicht, nur schemenhaft nehme ich seinen Vater wahr, der im Laden hinter der Theke steht und mich verwundert ansieht, als ich zum Ausgang haste.

Ich höre Sayed hinter mir rufen, er kommt mir nach, aber ich schere mich nicht darum. Ich stoße die Tür nach draußen auf, renne weiter, und erst als ich ein paar Meter gelaufen bin, werde ich mir meines Tempos bewusst. Ich muss sofort langsamer werden, wenn ich nicht auffallen will. Ich zwinge mich anzuhalten, balle die Fäuste und zähle bis zehn. Mir ist schlecht, in mir herrscht ein einziges Chaos. Plötzlich fällt mir ein, dass ich die Eier im Geschäft vergessen habe. Aber ich kann unmöglich zurück! Ich bin schon viel zu lange weg, meine Mutter wird sich Sorgen machen. Meine Gedanken kreiseln wie Blätter im Herbstwind, kaum will ich einen fassen, schwebt er zitternd davon.

Was tue ich denn jetzt? Komme ich ohne die Eier, wird sie mich fragen, warum. Je angestrengter ich nachdenke, desto verwirrter bin ich.

Von hinten nähern sich Schritte, und das blanke Entsetzen lähmt mich. Haben sie mich schon gefunden? Von wegen niemand wird etwas erfahren! Der Verrat kommt schnell und trifft mich umso härter, weil ich Sayed geglaubt habe. Kurz bedauere ich es, ihn kennengelernt zu haben. Dann schiebe ich meine Enttäuschung beiseite. Ich werde mich nicht kampflos ergeben. Ich werde schreien und kratzen und beißen, treten und schlagen.

Die Augen zu Schlitzen verengt, spanne ich meine Muskeln an und warte auf ihr Kommen.

Ich habe es so satt!

Die ewige Angst, den Terror, den Krieg. Hungern, leiden,

sich verstecken. Die Zerstörung, die Unterdrückung, die wir erfahren. Fast bin ich froh, dass es vorbei ist. *Dann nehmt mich mit,* denke ich und wirble herum, im Gesicht ein grimmiges Lächeln.

Und pralle beinahe mit Sayed zusammen, der den Karton mit den Eiern in der Hand hält.

»Die hast du vergessen, kleine Hanna.« Verblüfft über meine aggressive Haltung weicht er zurück. »Hey Rotkehlchen, es sind nur Eier.«

Er schiebt mit dem Daumen den Kartondeckel nach oben, wie zum Beweis, dass er recht hat.

»Gib her«, zische ich und reiße ihm den Karton aus den Händen. »Und jetzt lass mich in Ruhe! Ich kann hier nicht mit dir sprechen und du weißt das genau!«

Er nickt und geht einen Schritt zurück. Aber bevor ich mich umdrehen kann, schnellt sein Arm plötzlich nach vorne und schubst mich unsanft hinter einen Schuttberg direkt neben uns. Dann zieht er mich grob noch ein paar Schritte hinter sich her, bis wir in einem eingestürzten Gebäude vor den Blicken Fremder geschützt sind.

Außer mir vor Wut schlage ich auf seine Hand, die meinen Ärmel festhält. »Was soll das?« Ich habe das Gefühl, mir stehen die Haare zu Berge, so zornig bin ich.

»Freunde laufen nicht einfach davon, Hanna. Ich habe dir gesagt, du hast vor ihm nichts zu befürchten, und ich lüge nicht.«

Jetzt erst fällt mir auf, dass Sayed ebenfalls verärgert aussieht. Aber nicht auf unser System, wie ich, sondern auf mich.

»Ach ja?«

Spöttisch klinge ich, hart und fremd. Wie weggeblasen ist die schüchterne, ängstliche Hanna. Ich fühle mich mutig und zeige ihm das auch.

»Wieso sollte ich dir trauen, Sayed? Was unterscheidet dich von allen anderen Männern?«

Er zuckt die Achseln und verschränkt die Arme vor der Brust.

»Das kann ich dir nicht sagen. Du wirst es selbst herausfinden müssen. Es sei denn, du willst nicht«, entgegnet er.

Ich schweige, er wartet.

Auf meine Antwort.

Ich habe keine.

Vor einer halben Stunde noch war ich bereit, ihm mein Vertrauen zu schenken, ja, ich habe ihm sogar ein Versprechen gegeben.

Nun hat mich die Angst abgelenkt. Sie ist die mächtigste Waffe unserer Regierung. Alle kennen sie und niemand möchte sie haben. Sie macht uns klein und wehrlos. Lähmt uns und hält uns ruhig. Keiner soll aufbegehren, alle schön still bleiben. Die Angst ist unser schlimmster Feind.

Will ich mich wirklich von ihr lenken lassen? Mich unterdrücken lassen?

Ich spüre den Widerstand in mir. Er stemmt sich von innen gegen meine Brust, weitet meinen Geist, bis ich die Antwort ganz deutlich sehen kann.

Ich bin rot. Ganz und gar, und wie um mich selbst davon zu überzeugen, reiße ich mir meine Verdunklung vom Kopf. Ich schüttle meine Haare, die Locken fliegen und kitzeln mich am Hals. Ich werfe die Arme in die Luft, fühle mich frei, ein Lachen drängt sich aus meinem Innersten nach außen. Ich klinge ein wenig hysterisch und bin eindeutig viel zu laut.

Sayed legt mir die Hand auf den Mund.

»Ssh, Rotkehlchen, still, du bist zu laut.«

Er sagt es streng, aber seine Augen strahlen, die Lachfältchen sind nicht zu übersehen. Als er sicher ist, dass ich mich beruhigt habe, nimmt er vorsichtig die Hand von meinem Mund. Er streicht mir zärtlich über die Wange, und ich schmiege mich in seine Hand hinein. Dann sehe ich ihn an.

»Ich vertraue dir, Sayed aus Gold. Für immer.«

Ich hebe ebenfalls die Hand und schiebe ihm die Haare aus der Stirn.

»Ich dachte schon, ich hätte mich in dir getäuscht.« Erleichtert pustet er die Luft aus, und ich schüttle hastig den Kopf. »Nein hast du nicht. Ganz sicher nicht. Aber jetzt muss ich nach Hause gehen, Sayed.« Damit rücke ich mir mein Tuch wieder zurecht und wende mich ab. Vorsichtig umrunde ich die Trümmer im Inneren des Hauses, zerstörte Hoffnungen, aber ich bin voller Freude. Es ist nicht mehr alles grau. Es ist rot und golden und bunt.

»Rotkehlchen«, Sayed ruft mir hinterher. »Komm morgen, dann zeige ich dir etwas.«

Ich drehe mich fragend um.

»Was willst du mir zeigen, Sayed?«

»Die Freiheit, Hanna Mahler. Die Freiheit.«

Er grinst.

Ich auch.

Bevor ich ganz aus seinem Blickfeld verschwunden bin, höre ich ihn noch einmal.

»Warum *Sayed aus Gold?*«

»Das, mein Freund, erkläre ich dir morgen.« Ich hebe die Hand zum Gruß und biege um die Hauswand.

Auf dem Heimweg kostet es mich all meine Kraft, nicht zu hüpfen, so leicht und unbesiegbar fühle ich mich. Es fällt mir schwer, mich wie immer zu verhalten. Denn nichts ist mehr wie immer. Ich habe jemanden gefunden, dem ich wichtig bin.

Ich bin nicht mehr unsichtbar, ich bin nicht mehr unsichtbar, flüstere ich vor mich hin und bin so in Gedanken versunken, dass ich fast mit Melanie und ihrer Mutter zusammenstoße. Es ist die jahrelange Erfahrung, die uns erkennen lässt, wer vor uns steht, auch wenn es kein Gesicht dazu gibt.

»Oh, entschuldigt.« Selbst in meinen Ohren klinge ich viel zu fröhlich und kann es förmlich mit Händen greifen, wie befremdlich mich die beiden anstarren müssen.

Wir stehen uns gegenüber, und meine ganze Haltung ist weder demütig noch verschreckt. Melanies Mutter schnalzt mit der Zunge und zieht ihre Tochter wortlos an mir vorbei.

Es ist mir egal. Ich bin wie ein Vogel, der aus dem Nest gefallen ist. Die holzige Enge meines Baus weicht dem weichen, moosigen Waldboden. Noch kann ich meine Flügel nur bestaunen, sie zittrig ausbreiten. Ich weiß aber, irgendwann benutze ich sie zum Fliegen.

Schwungvoll öffne ich unsere Wohnungstür, fast versucht, meine Lippen zu spitzen und zu pfeifen. Im Flur steht meine Mutter und sieht verärgert aus. Sofort habe ich ein schlechtes Gewissen. Dummerweise habe ich mir keine Ausrede, keine Entschuldigung überlegt.

»Ich … es tut mir leid.« Ich sacke in mich zusammen.

»Wo warst du so lange, Hanna? Wenn dein Vater schon zu Hause wäre! Du weißt, dass das nicht geht!«

Er ist nicht mein Vater, denke ich aufmüpfig. Aber sie hat recht. Ich darf nicht so gedankenlos sein, auch sie hat sonst darunter zu leiden.

Als meine Mutter sieht, wie beschämt ich bin, kommt sie auf mich zu und ihre Stimme wird weicher. »Ich habe mir große Sorgen gemacht. Ist etwas passiert?«

Behutsam nimmt sie mir den Karton mit den Eiern aus der Hand, und ich folge ihr in die Küche.

Ich stehe nun vor der Wahl, sie anzulügen, oder ihr die Wahrheit zu sagen, und ich habe meine Mutter noch nie angelogen. Ehrlichkeit ist ein unausgesprochenes Gesetz zwischen uns. Und so wähle ich auch dieses Mal diesen Weg. Ich hole tief Luft und stoße schnell, bevor ich es mir anders überlegen kann, hervor: »Ich habe einen Freund, Mama. Einen echten, richtigen Freund. Wir haben uns versprochen, immer aufeinander aufzupassen und uns zu beschützen.«

Kurz überlege ich, ihr von dem Buch zu erzählen, verwerfe es aber gleich wieder. Das würde Sayed vielleicht in Gefahr bringen und das will ich nicht riskieren.

Meine Mutter steht mit dem Rücken zu mir und schlägt die Eier in eine Schüssel. Es bleibt lange still, dann dreht sie sich langsam um und hält mir den Löffel hin. »Koste mal. Schön süß, ganz so, wie du es magst.«

Ich schlecke an dem Löffel, der zuckrige Teig brennt auf meiner Zunge.

»Hanna, sei bitte vorsichtig.« Sie spricht mit mir, ohne mich anzusehen, ihre Hand rührt routiniert den Teig in der Schüssel. »Ich werde dich decken, so gut ich kann, aber sei vorsichtig.«

Ich trete von hinten auf sie zu, umarme sie und schmiege meinen Kopf in die Kuhle an ihrer Schulter.

»Er ist Gold, Mama. Er bringt mich zum Lachen«, flüstere ich.

Sie nickt, ihre Hand fährt über meine.

»Das ist gut, mein Mädchen. Mein Hannaherz, das ist gut.«

Ich habe die richtige Wahl getroffen, ihr die Wahrheit zu sagen. So wird es einfacher für mich, Sayed zu treffen. Was es für sie bedeuten mag, will ich mir nicht ausmalen, dennoch ist ihre Liebe zu mir so stark, dass sie mir helfen wird.

»Komm, backe mit mir.«

Geschäftig hält sie mir die Rührschüssel hin. Wir arbeiten in einträchtigem Schweigen, ihre Handgriffe gehen in meine über und umgekehrt. Nicht lange danach zieht der Duft von frisch Gebackenem durch die Wohnung. Der Abend verläuft friedlich, Alex und mein Stiefvater scheinen müde. Ich gehe bald darauf in mein Zimmer und verkrieche mich in meinem Bett. Durch das geöffnete Fenster weht die milde Abendluft. Vereinzelt höre ich Vogelgezwitscher, der Süden hat sie uns zurückgeschickt. Unter mir vibriert mein Geheimnis.

Mein Buch.

Ich taste vorsichtig nach der schlecht vernähten Naht am Matratzenrand, meine Finger spielen mit den losen Fäden. Die Kante des Buchrückens drückt lockend gegen meinen Daumen, aber für heute habe ich mein Glück genug strapaziert. Die Müdigkeit übermannt mich, und mit Sayeds Gesicht vor Augen sinke ich mit einem Lächeln in den Schlaf.

Kapitel 7

Sie stellt keine Fragen, drückt mich nur lang und fest an sich, als ich am nächsten Tag meine Arbeiten zu Hause erledigt habe und anschließend verhüllt und kribbelig an der Wohnungstür stehe.

»Sei unsichtbar, kleines Hannaherz. Und mutig. Sei mutig, das war ich früher auch.« Stolz liegt in ihrem Blick. Und Bedauern. »Ich wünschte, ich wäre es immer noch«, sagt sie, »und jetzt geh.«

Sie wedelt mit den Händen, als wolle sie mich verscheuchen. »Geh schon!«

»Danke Mama«, sage ich, in Gedanken schon auf meinem Weg zu Sayed.

Ich gebe mir die größte Mühe, die Strecke bis zum Laden nicht zu rennen. Die Sonne steht hoch am Himmel und mir ist warm unter meinem Umhang. In drei Wochen habe ich Geburtstag, ich bin ein Frühlingskind und so fühle ich mich auch gerade. Hoffnungsvoll, als sei ein neuer Samen gelegt worden, der bereit ist zu wachsen.

Ohne Zwischenfall komme ich bei Sayed an. Schon als ich die Tür zum Laden öffne, sehe ich, wie sich sein Gesicht aufhellt. Sein Vater steht an einem Regal und räumt Konservendosen ein. Er wirft einen kurzen Blick auf mich und grüßt mich freundlich.

»Willkommen, Mädchen. Wie geht es dir?«, fragt er höflich. Ich bin immer noch verunsichert, verstehe seine Haltung mir gegenüber nicht, aber in diesem Moment springt Sayed von dem Stuhl hinter der Theke auf und läuft auf mich zu.

»Hallo Hanna«, sagt er atemlos, »schön, dass du da bist.«

Er grinst.

Ich grinse auch.

»Hallo Sayed.«

Ich reiße mich zusammen, um ihn nicht vor lauter Freude zu umarmen und kann sehen, dass es ihm genauso geht.

Sayeds Vater hüstelt. »Ich sehe mal nach, was wir noch auffüllen müssen.« Er verschwindet im Gang hinter dem Laden.

Wie kann er so rücksichtsvoll und feinfühlig sein? Was ist das für eine Art von Mann, frage ich mich?

Sayed platzt in meine Gedanken.

»Ich habe versprochen, dir etwas zu zeigen. Bist du bereit?« Die Vorfreude in seiner Stimme ist kaum zu überhören.

Ich weiß nicht, will ich sagen. Noch ist mir die neue Hanna unbekannt und ich schrecke vor meiner eigenen Courage zurück. Sayeds feine Antennen bemerken mein Zögern, und schnell spricht er weiter.

»Wir müssen ein Stück laufen, aber es ist nicht weit, keine Sorge. Ich gehe vor und du folgst mir einfach, ja?« Abwartend sieht er mich an, die Augen groß, der Mund verschmitzt.

Aufregung erfasst mich, gepaart mit einem Funken Angst, aber ich nicke.

Sayed verlässt den Laden und ich husche hinterher. Auf der Straße ist niemand zu sehen. Ich warte ungeduldig, bis Sayed einige Meter weit gelaufen ist, und setze mich dann ebenfalls in Bewegung.

Den Kopf gesenkt, schiele ich von Zeit zu Zeit nach seinem Rücken, voller Sorge, ich könnte ihn verlieren.

Entgegen meiner Erwartungen macht mir dieses Spiel Spaß. Die Nervosität weicht einer positiven Spannung, die mich mich selbst spüren lässt. Ich fühle mich wichtig, es gibt jemanden außer meiner Mutter, dem ich etwas bedeute. Sayed läuft schnell, nicht ein einziges Mal sieht er über die Schulter, um sich zu vergewissern, dass ich noch da bin. Er spürt meine Anwesenheit, unerschütterlich im Glauben an mich, und es erfüllt mich mit unerwartetem Stolz, dass er so sicher weiß, dass er mir vertrauen kann. Sayed bewegt sich mit einer Anmut und einer Selbstverständlichkeit, die mich erstaunt. Groß und aufrecht im Gang, die Arme seitlich locker schwingend, die langen Beine weit ausgreifend, läuft er durch die Stadt, als gehöre sie ihm. Eine Sekunde wende ich den Blick zu Boden, um Unrat auszuweichen, und als ich wieder aufsehe, ist er verschwunden.

Verwirrt suche ich die Gegend ab.

Wir sind in der alten Innenstadt, leer und unheimlich und absolut still.

Ich entdecke ihn nirgendwo und werde panisch. Hektisch drehe ich mich einmal um die eigene Achse, rufe ganz leise seinen Namen.

Nichts.

Er hat mich in eine Falle gelockt!

Ich hätte es wissen müssen! Grenzenlose Enttäuschung macht sich breit und ich muss die Tränen zurückhalten, die sich schon in meiner Kehle bilden, als ich ihn doch entdecke.

Er steht am Eingang eines alten U-Bahn-Schachtes und sieht mich einfach nur an.

Ruhig und abwartend.

Dann schüttelt er leicht den Kopf, zieht einen Mundwinkel nach oben, dreht sich um und läuft die Treppe zum Schacht hinab.

Erleichterung durchflutet mich, so sehr, dass mir der Schweiß ausbricht.

Wie konnte ich an ihm zweifeln?

Die neuen Erfahrungen mit ihm bringen mich an Grenzen, die ich noch nicht kenne.

Ich erreiche die Treppe und haste eilig die Stufen hinunter. Direkt hinter der Ecke, die ich umrunde, steht Sayed, den Arm ausgestreckt, um mich abzufangen. Er hält den Finger an die Lippen und ergreift meine Hand. Wir schleichen Richtung Gleise, Sayed springt behände über den Absatz und landet geräuschlos auf den Schienen. Ich raffe mein Gewand und tue es ihm gleich. Sofort marschiert er los, hinein in den Tunnel, ins Dunkel.

Ich habe Angst, zögere. Die U-Bahn ist schon lange nicht mehr in Gebrauch, niemand hat es mehr nötig, sie zu benutzen. Schauergeschichten von Menschen, die im tiefen Schacht verloren gingen, von Geisterzügen überfahren wurden oder nie wieder den Weg zurück ans Tageslicht fanden, kommen mir in den Sinn.

»Was tust du da?«, rufe ich leise.

»Komm Rotkehlchen, es ist nur eine Station. Oder hast du Angst?«, neckt er mich.

Ich schließe vorsichtig zu ihm auf, bemühe mich, auf dem ungewohnten Untergrund nicht zu stolpern. Wir laufen eine Weile, und irgendwann dringt kein Funken Licht mehr zu uns. Sayed fischt aus seiner Westentasche eine kleine Stablampe und knipst sie an, ein winziger Lichtkegel erscheint vor meinen Füßen und ich bin schrecklich dankbar für das winzige bisschen Helligkeit.

»Du bist öfter hier, stimmt´s?«, frage ich gedämpft.

»Woher weißt du das, Rotkehlchen?«, antwortet Sayed mit lauter, kräftiger Stimme.

»Sei still, bist du verrückt, so zu schreien?« Ich werfe einen Blick hinter mich in das undurchdringliche Dunkel, ein Schauer läuft mir über den Rücken. Sayed lacht auf, wirft die Arme in die Luft und schreit aus vollem Hals.

»Rotkehlchen, niemand ist hier, kein Mensch kann uns hören!«

Er juchzt und johlt und klatscht in die Hände und animiert mich, es ihm gleich zu tun. »Los, versuche es. Es ist befreiend.«

Ich hebe abwehrend die Hand.

»Nein, ich kann das nicht.«

Sayed bleibt abrupt stehen.

»Hanna, du musst. Das ist der erste Schritt zur Freiheit. Es ist ein Gesetz. Mein Gesetz.« Beharrlich bleibt er stehen.

Stur blicke ich ihn an. »Ich sagte, ich kann nicht.«

»Doch.«

»Nein!«

»Doch.«

»Nein!«

Meine Stimme wird lauter. Was will er von mir?

Ich habe Nein gesagt.

»Du bist ein Feigling, Hanna.« Sein Blick bohrt sich in meinen.

»Was?« Ich bin fassungslos. Was soll das?

»Ein Feigling.« Er sagt es ohne jede Emotion und verschränkt die Arme vor der Brust.

»Bin ich nicht!«

»Doch.«

»Nein!«

»Doch.«

Seine Lässigkeit macht mich fuchsteufelswild.

»Ich bin kein Feigling, Sayed!«, schreie ich ihn an.

»Na also, geht doch.« Schmunzelnd zuckt er die Schultern und will weiterlaufen.

Mein Arm schnellt nach vorne, ich ziehe ihn grob zurück.

»Ich bin kein Feigling! Ich bin Hanna Mahler und ich bin ein Mensch!«

Ich brülle, meine Kehle brennt.

In meinem tiefsten Inneren löst sich ein Knoten und ich kann plötzlich nicht mehr aufhören.

Die Laute entwinden sich meiner Kehle, gezimmert aus Jahren des Flüsterns, schmerzhaft und gewaltig.

»Ich bin Hanna und ich bin ein Mensch!«

Mit jedem Mal werde ich lauter und lauter.

»Ich bin Hanna und ich bin ein Mensch!«

Ich schreie und kreische wie eine Irre, bis meine Stimme bricht.

Ein Schluchzen mischt sich unter, heftig, und ich fange an zu weinen. Die Tränen laufen über mein Gesicht, sammeln sich in meinem Mundwinkel, rinnen den Hals hinab. Ich heule und weine und bekomme kaum noch Luft.

Sayed nimmt mein Tuch ab, steckt es in seine Weste und zieht mich wortlos an sich. Er legt sein Kinn auf meinen Kopf und streichelt meinen Rücken, gleichmäßig und beruhigend, während ich an seiner Brust zucke und stöhne, bis ich langsam ruhiger werde. Mein Atem findet wieder einen Rhythmus, schniefend löse ich mich von Sayed. Verschämt wische ich mir mit dem Ärmel über das Gesicht. Sayed wartet, bis ich mich gesammelt habe.

»Jetzt ist es besser, kleine Hanna?«

»Ja, Sayed aus Gold, jetzt ist es besser.«

Ich versuche mich an einem Lächeln.

»Befreiend, hab ich doch gesagt.«

Als wäre nichts geschehen, wendet er sich um. »Komm, es ist nicht mehr weit.«

Schweigend laufen wir das letzte Stück, bis wir zur nächsten U-Bahn-Station gelangen. Wir verlassen die Gleise, und nachdem wir über eine breite Treppe zurück zum Tageslicht gefunden haben, stehen wir auf einem großen Platz.

Ich streife mir schnell mein Tuch über, sehe mich neugierig um und kann erkennen, dass hier heftige Kämpfe stattgefunden haben müssen.

Der teilweise zerstörte Eingang der U-Bahn wird von einem Schild versperrt, über das wir geklettert sind. Verstohlen versuche ich die Buchstaben darauf zu lesen, als Sayed sagt: »Das war früher ein belebter Platz, mit vielen Einkaufsmöglichkeiten. Auf dem Schild da steht *Hauptwache*.«

Er dreht sich einmal im Kreis und zeigt mit ausgestrecktem Arm auf die Gebäude ringsherum. Verlassen, leer, die Scheiben eingeschlagen, zerbombt und geplündert. Vereinzelt sind die Namen noch lesbar. *Hugendubel, Zara, Vero Mo…,* der Rest ist kaputt, entfernt, verbrannt.

Es ist trostlos und ich frage mich, was mir Sayed hier zeigen will, das ich nicht schon kenne.

»Wir müssen nicht allzu vorsichtig sein, es kommt so gut wie niemand hierher. Lass uns dort entlanggehen, wo die Schuttberge uns zusätzlich schützen.«

Ich sehe, was er meint. Riesige Haufen aus Steinen liegen aufgetürmt an den Seiten, und vorsichtig schlängeln wir uns daran vorbei und klettern über einige Brocken. Als Sayed endlich stehen bleibt, bin ich ziemlich außer Atem und mir ist heiß. Vor uns ragt ein riesiges Gebäude einigermaßen unversehrt aus dem Straßenzug heraus, wie ein letzter Zahn in einem ansonsten leeren Gebiss. Wie offene Wunden stechen die leeren Fensterhöhlen aus dem halbrunden Gebäude hervor.

»Tada! Rotkehlchen!« Sayed zeigt mit feierlicher Geste auf den hässlichen, großen Komplex. »Darf ich vorstellen, die Zeilgalerie.«

Als wäre es etwas Besonderes, mir ein verlassenes Haus zu präsentieren, sieht er mich erwartungsvoll an, während ich mir die größte Mühe gebe, begeistert auszusehen. Ich schaffe es offensichtlich nicht wirklich, denn Sayed rollt die Augen. »Warte, bis wir da sind, wo ich dich haben will.« Er schleift mich an seiner Hand hinter sich her, durch ein kleines Loch in der massiven Außenwand ins Gebäude hinein.

Staunend halte ich an, lasse ihn los und blicke mich mit offenen Mund um. Es riecht modrig und verlassen und ich kann bis zum Dach sehen, es gibt keine Decken. In der Mitte sind mehrere Rolltreppen aus der Verankerung gerissen, windschief zur Seite gekippt. Es ist zugig und kalt, und Müll und Dreck sammelt sich in allen Ecken. Der Wind pfeift lautstark durch den Raum, ein Geräusch wie von einem wimmernden Kind. Überall liegen Scherben von den Glasscheiben der Ladenfronten, Schaufensterpuppen stapeln sich wie Leichen auf dem Boden. Die Wände sind mit Schimmel überzogen, die Feuchtigkeit ist überall zu sehen. In Pfützen auf dem Boden spiegelt sich der Verfall. Ich entdecke alte Kleidungsstücke, verschmutzt und beschädigt. Unkraut wuchert in den Ritzen. Die Natur erobert sich ihr Reich Stück für Stück zurück.

Hier hat einmal Leben stattgefunden, bunt und fröhlich. Es

ist, als könnte ich die Geister der Vergangenheit spüren. Vor meinem inneren Auge entstehen Bilder. Menschen, die frei und glücklich sind. Frauen, unverhüllt, die lachend die Kleidung und Schuhe tragen, die mir meine Mutter beschrieben hat. Eine grenzenlose Traurigkeit ergreift von mir Besitz, ob des Lebens, das wir nun führen. Gefangen, gezeichnet von Tod, Krieg und Verzweiflung.

Sayed stößt eine Tür auf, die in ein Treppenhaus führt. Ich folge ihm und wir erklimmen Stufe für Stufe. Unsere Schritte klingen hohl und laut hier in dieser Geisterkulisse.

»Warte Sayed, ich brauche eine Pause«, schnaufe ich. Wir sind schon sehr weit oben, und wenn ich mich über das altersschwache Geländer beuge, blicke ich in schwindelnde Tiefe.

Ungeduldig schubst mich Sayed weiter.

»Ein kleines Stück noch, dann sind wir da.«

Der Aufstieg scheint ihn nicht allzu sehr anzustrengen, er ist kaum außer Puste.

Am Ende des Treppenaufgangs ist eine weitere Tür, dick und aus schwerem Stahl. Sayed stemmt sich dagegen und drückt kräftig. Mit einem rostigen Quietschen gibt sie nach, und ein Schwall kalter Luft empfängt uns.

»Nach dir, kleine Hanna.« Er hält mir die Tür auf, ich trete hindurch und stehe auf dem Dach des Gebäudes. Ein eisiger Wind weht. Mein Tuch vom Kopf ziehend, drehe ich mich zu Sayed um.

Er steht direkt hinter mir, die Schultern gegen die Kälte hochgezogen, die Hände in den Taschen.

»Das ist einfach …« Mir fehlen die Worte. Meine Haare flattern um mein Gesicht, meine Wangen bitzeln von der kühlen Luft.

Sayed packt mich sanft am Handgelenk und läuft auf den Rand des Daches zu.

Kurz bevor der Abgrund beginnt, lässt er mich los, geht ohne mich weiter und setzt sich auf den kleinen Mauervorsprung, der die Kante ins Bodenlose begrenzt. Seine Beine baumeln entspannt ins Leere, sein Blick schweift von links nach rechts.

Ich bleibe in einigem Abstand stehen. Unentschlossen trete ich von einem Fuß auf den anderen. Schließlich begebe ich mich auf alle viere und gleite Millimeter für Millimeter an den Rand. Dort angekommen, schiebe ich ganz langsam meine Beine über die Dachkante, die Finger fest in die Mauer gekrallt, als ob diese mir Halt verschaffe, wenn ich falle. Mir ist schwindelig und mein Magen hüpft auf und ab, als ich es geschafft habe.

Eine Weile sitzen wir nebeneinander, ich blicke starr geradeaus, die Tiefe unter mir so gut ich kann ignorierend.

Es ist überwältigend.

Die Luft ist klar und rein, nicht stickig und schmutzig wie am Boden.

Vor uns liegt die Stadt wie eine Spielzeuglandschaft. Weit in der Ferne steigt Rauch auf, hohe Säulen der Zerstörung und der Gewalt, die dort toben. Unter uns eingestürzte Häuser und Trümmerhaufen, in den Straßenschluchten glimmen kleine Feuer wie flackernde Lämpchen.

Es ist still hier oben, vollkommen still, und ohne das Bild, das sich uns offenbart, beinahe friedlich.

Irgendwann fängt Sayed an zu reden.

»Meine Mutter ist vor sechs Jahren gestorben, da war ich zwölf. Es war bei der Geburt meiner Schwester. Die medizinische Versorgung war katastrophal. Sie ist einfach verblutet. Meine Schwester war ganz blau. Mein Vater versuchte sie zu retten, aber …«

Ich ziehe scharf die Luft ein und muss sofort an meine Mutter denken. Auch sie wird bald ein Kind gebären, ohne ärztliche Hilfe, außer der Frau, die ihre Hebamme ist. Es gibt Krankenhäuser, aber kaum Medikamente und die Ärzte sind überlastet mit den Verletzten aus den Kriegsgebieten.

Die Hygienestandards sind schrecklich, sagt meine Mutter. Sie vertraut auf ihre eigenen Fähigkeiten und ist guter Dinge. Ich glaube, sie will mich nur nicht beunruhigen.

Sayed macht eine Pause und zaubert ein Feuerzeug aus seiner Tasche. Mit dem Daumen lässt er die Flamme aufflackern und erlöschen, aufflackern und erlöschen.

Nach einer Weile spricht er weiter.

»Mein Vater war völlig überfordert. Tagelang habe ich ihn nicht zu Gesicht bekommen, er hat sich im Schlafzimmer eingeschlossen und die Kleidung meiner Mutter in lauter kleine Fetzen zerschnitten. Als ich am vierten Tag an seine Tür klopfte und er mir aufmachte, war das ganze Zimmer voll mit Stofffetzen. Überall. Er stank fürchterlich nach Schweiß und sah mich an, als hätte er vergessen, dass es mich gibt. Dann hat er mich hochgehoben und geweint. Ganz schrecklich und laut. Ich hatte Angst, das weiß ich noch. Er klang wie eine streunende Katze, die nachts schreit, kennst du das Geräusch?«

Er wendet mir sein Gesicht zu und ich erschrecke.

Seine sonst so lebhaften Augen sind wie tot. Er blinzelt nicht und lenkt seinen Blick wieder zum Horizont.

»Danach haben wir das Schlafzimmer aufgeräumt, alle Kleiderschnipsel verbrannt und mein Vater hat mich nie wieder vergessen. Ich bin der Einzige, den er noch hat. Deshalb wird er uns auch nicht verraten, Rotkehlchen. Er will, dass ich glücklich bin. So gut das hier eben geht.«

Ich bringe keinen Ton heraus. Mit jedem Schlag zieht sich mein Herz schmerzhaft zusammen.

Sayed ist während seines Monologs immer weiter an den Dachfirst gerutscht. Er beugt seinen Oberkörper gefährlich weit nach vorne.

»Wie hoch das ist!«

Er klingt fasziniert und ganz fern.

Immer weiter drückt er seinen Rücken durch, seine Finger umklammern die scharfe Kante des Daches so fest, dass ich kleine Blutstropfen hervorquellen sehe.

»Sayed«, sage ich.

Er hört mich nicht.

In wenigen Zentimetern hat er den Winkel erreicht, der ihn nicht mehr vor dem Fallen bewahrt.

»Sayed!« Ich habe Angst, ihn zu berühren, er könnte erschrecken und stürzen. Wie hypnotisiert stiert er immer noch nach unten. Verzweifelt überlege ich, was ich tun soll.

Dieses Mal ist meine Stimme ganz leise.

»Sayed, bitte.«

Ich lege ihm sacht die Hand auf den Rücken und er kommt zu sich. Schwerfällig, als würde ihn irgendetwas festhalten, dreht er den Kopf in meine Richtung. Es dauert, bis ein Erkennen in seinen Augen aufflackert. Ich verhake meine Finger in seine Weste und ziehe ihn in kleinen Schritten näher zu mir heran. Er lässt es geschehen, als wäre es ihm egal. Unauffällig entferne ich uns immer mehr vom gefährlichen Abgrund. Nach Minuten, die mir wie Stunden vorkommen, sitzen wir in sicherem Abstand zur Tiefe.

Ich lasse ihn los, warte kurz, dann ich hole aus und verpasse ihm eine schallende Ohrfeige.

Sein Gesicht fliegt leicht zur Seite und seine Hand schnellt an seine Backe.

»Bist du verrückt? Was soll das?« Er reibt sich verblüfft und in jedem Fall wütend die Wange.

»Ich? Ob *ich* verrückt bin? Hast du gemerkt, was du eben getan hast? Wenn du mich mitgenommen hast, damit ich zusehe, wie du sterben willst, hast du dich geschnitten!«

Ich schreie ihn an, meine Arme fuchteln durch die Luft, die Locken kleben mir vor Angst verschwitzt auf der Stirn.

»Ich bin nicht dein Todesengel, Sayed! Such dir jemand anderen, der diesen Schwachsinn mitmacht!«

Schwer atmend sitzen wir voreinander, zwei zornige Krieger, einer so stur wie der andere.

»Du bist freiwillig hier, Hanna, ich habe dich nicht gezwungen. Ich wäre schon nicht gefallen, ich kann sehr gut auf mich selbst aufpassen.« Sein Ton ist kalt.

Ich weiß, dass er lügt.

Er hatte einen Aussetzer.

Ich bin mir nicht mal sicher, ob er sich an die letzten Minuten erinnert, spreche es aber nicht aus.

»Es tut mir leid, was mit deiner Mutter passiert ist«, sage ich stattdessen. »Und mit deiner Schwester. Und mit dir.«

Ich senke den Kopf, mein Ton ist mild, ich will mich nicht mit ihm streiten.

Er schnaubt. »Ich brauche kein Mitleid, Hanna. Jeder hat jemanden verloren, der ihm wichtig war. Dieses Land tötet jeden. Langsam oder schnell, ist doch egal.«

Er legt sich auf den Rücken, die Arme hinter den Kopf verschränkt, seine Brust hebt und senkt sich wie nach einer großen Anstrengung.

Ich lasse mich ebenfalls zurückgleiten und betrachte die grauen Wolken am Himmel, vereinzelt durchbrochen von blau.

»Mein Vater hat gesagt, früher durften die Frauen unverhüllt sein. Ihr habt euch für die Flüchtlinge stark gemacht und mit eurem Mitgefühl immer mehr Menschen davon überzeugt, zu helfen.«

Ich spüre seinen bewundernden Blick auf mir, dabei habe ich nichts davon getan.

»Kannst du dir vorstellen, Hanna, wie es wäre, wenn ihr frei wärt?«

Ich setze mich auf, blicke in die Ferne.

Nein, denke ich erstaunt, das kann ich nicht.

Sayed stützt sich auf seinen linken Ellbogen und schiebt sich näher an mich heran.

»Rotkehlchen, dann könnte ich den ganzen Tag dein wunderschönes Gesicht betrachten.«

Ich drehe mich zu ihm um.

Er grinst. Er ist wieder der alte, selbstsichere Sayed. Keine Spur mehr von dem unsicheren und lebensmüden Jungen. Die Verwandlung ist so absolut, dass ich versucht bin zu denken, dass ich mir seinen Zusammenbruch nur eingebildet habe.

Sayed lehnt seine Stirn an meinen Oberarm.

»Warum nennst du mich *Sayed aus Gold*?« murmelt er in mein Kleid.

Ich lasse meinen Blick über ihn gleiten, seine langen muskulösen Beine, der schmale Oberkörper, die feingliedrigen Hände und seinen Kopf, an meiner Schulter vergraben.

»Gold ist«, ich schließe die Augen, »Gold ist warm und glänzend. Es kann geschmeidig sein und fließend, aber auch hart und verlässlich.« Ich schlucke, ich habe schon zu viel gesagt. »Wenn du aus Gold wärst, Sayed, würde ich dich Stück für Stück verkaufen und mir einen Palast bauen.«

Ich knuffe ihn scherzhaft in die Seite und er hebt den Kopf. Er lacht, breit und gelöst, und das wollte ich erreichen. Mir ist, als ob sein Lachen meine Garantie ist, dass alles gut wird. Ich brauche es. Ich brauche es wie die Luft zum Atmen.

Mir wird bewusst, wie abhängig ich von ihm bin, obwohl ich ihn erst so kurz kenne.

»Ich wäre gerne dein Palast, Rotkehlchen.« Er setzt sich auf und spielt mit meinen Locken. Sie gleiten zart durch seine gespreizten Finger. Er ist so nah, dass ich die Ader an seinem Hals pochen sehen kann.

Ich schlucke und weiche ein winziges bisschen zurück. Er ist mir zu nah. Sayed sieht mich kurz an und versteht meine Bewegung. Beschämt über meinen Rückzug richte ich mein Augenmerk auf den Horizont. Habe ich ihn verletzt?

Er lässt sich nichts anmerken und springt auf die Füße.

»Kleine Hanna, Rotkehlchen, wenn ich dich jemals wiedersehen will, muss ich dich jetzt nach Hause bringen.« Er hält mir die ausgestreckte Hand hin und zieht mich schwungvoll hoch.

Er hat recht, die Sonne steht schon tief am Himmel. Ich muss Stunden fort gewesen sein, und doch kommt es mir wie Sekunden vor.

»Keine Angst, Rotkehlchen, ich bringe dich schnell und sicher zurück. Du bist früh genug da.« Er zwinkert mir zu, und wir treten den Heimweg an.

Kurz bevor wir am Laden ankommen, machen wir an einer dunklen Ecke halt. Sayed drängt mich dicht an die Wand, schiebt seinen Oberkörper vor mich und stützt beide Arme neben meinem Kopf an der Wand ab.

»Es war sehr schön mit dir, Hanna Mahler«, flüstert er mir ins Ohr und ich rieche

seinen Duft. Nach Pfefferminz und nach der goldenen Sonne und irgendwie holzig.

»Ja, Sayed aus Gold, das war es. Ich danke dir«, flüstere ich genauso leise.

Er tritt einen Schritt zurück.

»Sehen wir uns morgen?«

»Ich weiß nicht, Sayed. Ich kann es nicht versprechen.« Selbst ich höre meinen enttäuschten Tonfall. Er schiebt die Hände in die Hosentaschen.

»Ich warte auf dich«, sagt er einfach, »jeden Tag.«

Kapitel 8

Noch nie hat mich ein Mensch so tief berührt.

Ich liege im Bett, es ist alles gut gegangen. Meine Mutter hat mir keine Fragen gestellt, die Antwort meiner leuchtenden Augen war ihr genug. Sayed bringt eine Seite in mir zum Vorschein, die völlig neu gewachsen ist. Ich fühle mich lebendig. Das Blut rauscht in meinen Adern, beinahe, als ob ich jede einzelne Zelle spüre. Ich häute mich wie eine Schlange, durch ihn sehe ich die Welt mit anderen Augen. Mein Blickwinkel verschiebt sich, nichts ist mehr genug.

Ich will mehr.

Was das ist, ist mir selbst noch nicht ganz klar.

Die nächsten Tage vergehen zäh und dauern an. Unendlich dehnt sich die Zeit, denn ich finde keine Gelegenheit, die Wohnung zu verlassen.

Alex' Schule fällt aus, es gibt manchmal nicht genug Lehrer. Und so bin ich gefangen in der Eintönigkeit des Alltags. Meine Mutter bemerkt meine trübsinnige Stimmung und gibt sich redlich Mühe, diese zu vertreiben. Es gelingt ihr kaum. Jede Faser meines Seins sehnt sich nach Sayed. Ich befürchte, er könnte mich vergessen, dann wiederum rede ich mir ein, das sei ein Hirngespinst und im nächsten Augenblick vermisse ich ihn. In jeder freien Minute verkrieche ich mich in meinem Zimmer, mein Leid auskostend, der Schmerz verbindet mich mit seiner Stimme, seinem Gesicht, seinem Lachen.

Es ist wie verhext. Meine Mutter schickt Alex zum Laden. Ich vermute, sie hat Angst, er könnte meine heitere Stimmung bemerken, wenn ich zurückkomme.

Ich weigere mich sogar strikt, mit ihr gemeinsam den Abend im Gemeindehaus zu verbringen. Einzig einen Gang zur Wäscherei unternehme ich. Als ich bei dieser Gelegenheit an Sayeds Laden vorbeilaufe, hängt ein *Geschlossen*-Schild an der Tür, was mich in noch größere Zweifel stürzt.

Was, wenn er verschwunden ist? Einfach so?

Was, wenn ihm oder seinem Vater etwas passiert ist?

Oder hat er mich doch vergessen?

Nach drei langen Tagen und schlaflosen Nächten beschließe ich, das Buch hervorzuholen. Ich stibitze das Nähgarn und eine Schere und verabschiede mich früh in mein Zimmer.

Als ich in der Wohnung kein Geräusch mehr höre und sicher bin, dass alle zu Bett gegangen sind, trenne ich mit zittrigen Fingern die Naht auf. Durch das geöffnete Fenster weht eine leichte Brise, der volle Mond scheint hell und silbrig am Himmel. Weil der Strom für die Nacht abgestellt wird, flackert eine kleine Kerze auf meinem Nachttisch, die aber ausreichend Licht spendet.

Vorsichtig, als wäre es zerbrechlich, bette ich das kleine rote Buch vor mich auf die Decke. Ehrfürchtig streiche ich über die Kanten, halte es mir unter die Nase und inhaliere den verstaubten Geruch des Papiers.

Und schlage die erste Seite auf.

Gedichte und Werke von Dschalal ad-Din ar-Rumi, lese ich.

Auf der zweiten Seite steht eine handgeschriebene Widmung.

Für die Frau, die mir die Lust am Atmen zurückgab.
In Liebe
Fathi

Die Schrift ist verblichen und grau, aber die Worte sind noch lebendig. Ich kann die Freude der Frau förmlich spüren, sie scheint in diesem Buch eingeschlossen zu sein.

Aufregung erfasst mich, ich wische mir die feuchten Hände an meiner Matratze ab, bevor ich weiterblättere.

Das Buch ist voll von Zitaten und Gedichten. In einer Kurzbeschreibung am Ende des Buches steht, der Autor sei ein persischsprachiger Dichter gewesen, geboren 1207 in einem Land Namens Afghanistan.

Wo hat Sayed das Buch her? Bücher sind absolut verboten und ich selbst habe noch nie eines in der Hand gehalten. Umso bedächtiger lese ich und sauge die Informationen in mich auf, sehe Sayed vor mir und die Begeisterung, die sich in seinen Augen spiegeln würde, wenn er mich jetzt beobachten könnte.

Begierig auf die Welt der Worte, die mich erwartet, blättere ich zurück zum Anfang und tauche ein.

Es gibt einen Kuss, nach dem wir uns von ganzem Herzen sehnen,
der unsere Seele berührt,
Nachts öffne ich das Fenster und bitte den Mond herein
und berge mein Gesicht an seinem.
Atme mich.

Die Worte sind so schön, dass ich den Atem anhalte. Wie geschliffenes Glas glitzern sie mir entgegen und spiegeln sich in meinem Innersten wider. Ich lese weiter und weiter, Seite um Seite füllt mich, Stunde um Stunde vergeht.

Rumi schreibt über die Schönheit der Natur, über das Tanzen, die Freude am Dasein und die Liebe. Mit einer Leichtigkeit und Weisheit, die mich verblüfft. Er muss ein sehr kluger Mann gewesen sein und ich bedauere, dass ich nicht mehr über ihn erfahren kann.

Die Seiten knistern, das alte Papier ist dünn und fast durchscheinend.

Ein weiteres Gedicht fällt mir ins Auge.

Achte gut auf diesen Tag,
denn er ist das Leben.
Das Leben allen Lebens.
In seinem kurzen Ablauf liegt alle seine
Wirklichkeit und Wahrheit des Daseins,
die Wonne des Wachsens,
die Größe der Tat,
die Herrlichkeit der Kraft.
Denn das Gestern ist nichts als ein Traum
und das Morgen nur eine Vision.

Das Heute jedoch, recht gelebt,
macht jedes Gestern
zu einem Traum voller Glück
und jedes Morgen
zu einer Vision voller Hoffnung.

Darum achte gut auf diesen Tag.

Fast ist es, als ob Sayed diese Zeilen für mich geschrieben hat. Er hat es mir nicht nur geschenkt, weil es rot ist. Er will mir mit den Gedichten etwas sagen. Und ich weiß, was es ist. Dass ich wertvoll bin. Für ihn. Dass ich ihm etwas bedeute, auch wenn ich ein Mädchen bin.

Die Worte spenden mir Trost, dass nicht alles verloren ist in diesen Tagen.

Innerhalb kürzester Zeit hat sich mein Leben verändert, habe ich mich verändert. Fort ist Hanna, die hoffnungslose, traurige Gestalt. Die Zeit, die ich mit Sayed verbringe, ist wie ein Sturm, sie peitscht mich auf, macht mich rebellisch und nachdenklich. Ich fühle mich glücklich, und das ist neu.

Irgendwann kann ich kaum noch die Augen aufhalten und verberge meinen Schatz wieder sorgfältig in den Falten der Matratze. In der Hoffnung, dass sich morgen eine Gelegenheit ergibt, die Wohnung zu verlassen, schlafe ich ein.

Kapitel 9

Eine ganze Woche verstreicht, bis Alex morgens das Haus wieder verlässt. Als die Tür ins Schloss fällt, unterdrücke ich einen Jubelschrei. Ich eile zu meiner Mutter in die Küche. Ein Blick genügt und sie nickt ergeben.

»Hanna«, ruft sie mir hinterher, aber ich fliege förmlich durch den Flur in Richtung Ausgang.

Kurz bevor ich gehen will, hält sie mich am Ärmel fest.

»Ist er gut zu dir?« Sie legt den Kopf schief.

»Ja, Mama.« Ich streiche ihr beruhigend über die Schulter. »Mach dir keine Sorgen, ich vertraue ihm.«

»Du leuchtest, wenn du von ihm sprichst, das sehe ich. Kannst du mir sagen, wer er ist?«

Ich bin hin- und hergerissen, mir wäre nichts lieber, als ihr alles haarklein zu schildern.

Seinen Gang, seine Farbe, seinen Geruch, seinen Namen.

Aber ich kann nicht. Ich will sie nicht in Gefahr bringen. Je weniger sie weiß, desto sicherer ist sie. Und so schüttle ich nur stumm den Kopf. Ich bemerke ihre Enttäuschung und gleichzeitig ihr Verständnis. Sie drückt mich zum Abschied und geht ohne ein weiteres Wort in die Küche zurück.

Sayed bedient zwei ältere Frauen, als ich atemlos im Laden ankomme.

Meine Freude, ihn anzutreffen, ist so übermäßig, dass ich vor Erleichterung heulen könnte.

Nichts ist passiert, es ist alles beim Alten. Er hat mich weder vergessen, noch ist er fort. Im Gegenteil, ich sehe genau, wie sehr er sich anstrengen muss, nicht alles stehen und liegen zu lassen, um zu mir zu eilen. Nervös tue ich so, als ob ich Waren zusammenstelle, verweile vor dem angetrockneten Gemüse und mein Herz zerspringt fast vor Ungeduld. Die beiden Frauen brauchen ewig, um ihre spärlichen Einkäufe zu verstauen und den Laden zu verlassen.

Sofort zieht mich Sayed in den Gang und ins Hinterzimmer.

»Rotkehlchen«, er klingt aufgekratzt. »Wo warst du nur so lange?«

Ich lege mein Tuch ab und strahle ihn an.

»Es ging nicht früher, Alex war ständig zu Hause. Wie geht es dir?«

»Jetzt wieder gut.« Er strahlt mit mir um die Wette.

»Ich hatte schon Angst, du kannst nicht mehr raus. Oder schlimmer noch«, er stockt, »du willst mich nicht mehr sehen.«

Er greift nach meiner Hand und ich muss insgeheim lächeln. Ihn plagen die gleichen Ängste wie mich. Ich wuschle ihm durch seine langen, struppigen Haare. »Nein, Sayed aus Gold, niemals.« Wir stehen verlegen voreinander, die Hände locker ineinander verschlungen.

Er räuspert sich. »Ich sage meinem Vater kurz Bescheid, dann können wir gehen, ja?« Ich nicke und er läuft aus dem Zimmer, den Gang weiter nach hinten. Ich höre die beiden murmeln, Sayeds Vater scheint aufgebracht. Angestrengt versuche ich zu lauschen, verstehe aber nur Fetzen ihrer Unterhaltung.

»Du bringst sie in Gefahr«, flüstert sein Vater. Sayed antwortet, aber er ist zu leise.

»Ja, das weiß ich, aber du hast keine Ahnung, was sie mit

euch anstellen werden, Sayed! Seid vorsichtig, ich beschwöre dich!« Sein Ton ist eindringlich.

Ich höre Schritte und husche schnell ins Zimmer zurück.

Wenige Sekunden später steht Sayed im Türrahmen.

»Wir machen es wie immer, Rotkehlchen. Ich laufe vor und du kommst nach, ja?« Er lässt sich die Diskussion mit seinem Vater nicht anmerken und trippelt voller Vorfreude von einem Fuß auf den anderen. Ich sage nicht, dass ich das Gespräch belauscht habe, verhülle mich und folge ihm.

»Heute, Hanna, zeige ich dir einen Baum. Einen echten grünen Baum, du wirst sehen«, raunt er mir zu, bevor wir den Laden verlassen. Es ist sonnig draußen, und trotz aller Widrigkeiten ist die Luft erfüllt von Vorfreude auf die wärmeren Tage. Vielleicht liegt es auch daran, dass ich die Welt mit anderen Augen sehe. Diesmal laufe ich entspannt hinter Sayed her, die Sorge, ich könnte ihn verlieren, ist wie weggeblasen. Im Gehen dreht er sich ab und an um die eigene Achse, und nur ich kann das Blitzen in seinen Augen wahrnehmen, das er mir zuwirft. Es sind wenig Menschen zu sehen. Wir passieren eine große Kreuzung, ein ehemaliger Verkehrsknotenpunkt, kaputte Ampeln baumeln an losen Kabeln in der Höhe. Wir sind schon eine ganze Weile unterwegs, er führt mich in kleine Nebengassen, nach links und wieder nach rechts. Ich habe mittlerweile völlig die Orientierung verloren, als ich plötzlich ein Geräusch vernehme. Es klingt wie ein Summen, auf- und abschwellend, ich kann es nicht genau bestimmen. Auch Sayed hat es gehört, denn er bleibt stehen und lauscht angestrengt. Dann zuckt er die Achseln und läuft weiter. Ich tue es ihm gleich.

In der engen Straße ist es kühl und dunkel, und das fremde Geräusch wird stetig lauter. Ich bekomme Gänsehaut, ob wegen der Kälte oder wegen des Brummens, kann ich nicht einschätzen. Auch Sayed wird langsamer, unschlüssig dreht er sich zu mir um. Ich sehe, dass er in Erwägung zieht, umzukehren, doch das Ende der Gasse ist nicht mehr weit. Er entscheidet sich, weiterzugehen, und weil niemand zu sehen ist, schließe ich schnellen Schrittes zu ihm auf. Ich habe ein ungutes Gefühl und möchte nicht alleine laufen. Nach ein paar Metern verlassen wir das alte Gässchen und treten auf eine breite Straße. Die Helligkeit des Sonnenlichts blendet mich im ersten Moment durch mein Tuch, ich kneife die Augen zusammen. Wir prallen auf eine Wand von Menschen. Jetzt wird mir klar, was ich gehört habe. Es sind die zornigen Rufe, das Gekreische und Gezeter von Hunderten von Stimmen, die klingen wie ein einziger Ton. Metallisch klirrend und böse.

Männer, die ihre Kinder auf den Schultern tragen, die Gesichter verzerrt vor Wut.

Frauen, die aussehen wie verhüllte Hexen auf dem Weg zum Scheiterhaufen. Sie alle treiben einen Mann vor sich her. Er ist verletzt und kann kaum noch stehen. Sie schubsen und stoßen ihn vorwärts, während sie die Fäuste recken und hasserfüllte Parolen von sich geben.

»Hängt ihn, den Verräter!«

»Tötet den Mörder!«

»Deutschland soll friedlich bleiben!«

»Kampf dem Widerstand und seinen Bomben!«

Der Mann, den sie beschimpfen, blutet am Kopf. Er trägt keine Schuhe mehr und seine Kleidung ist zerrissen. Sein Gesicht ist übersät mit Kratzern und Blutergüssen. Er kann kaum mehr aus den Augen schauen. Immer wieder versucht er fast blind, die Tritte und Schläge der Menschen abzuwehren, aber gegen die Überzahl ist er machtlos. Der Mob ist so aufgebracht, dass die Luft vibriert und wie elektrisch aufgeladen scheint.

Entsetzen schüttelt mich, Galle sammelt sich in meinem Magen und ich schlage mir die Hand vor den Mund, um mich nicht zu übergeben. Panisch drehe ich mich zu Sayed um.

Und schrecke vor ihm zurück.

Er steht hinter mir und sein ganzer Körper ist angespannt, wie bei einem Raubtier vor dem Angriff. Seine Fäuste sind geballt und liegen nah an seinem Körper, die Beine wie zum Sprung bereit, fest auf dem Boden verankert.

Aber der Ausdruck auf seinem Gesicht ist noch viel beunruhigender.

Sein Mund ist verzerrt wie zu einem Schrei, er hat die Zähne gebleckt. Seine Augen sind zu Schlitzen verengt, und mir wird schlagartig klar, dass er den Mann kennt, den die Meute sich geholt hat. Er sieht so aggressiv aus, dass ich einen kurzen Moment Angst vor ihm habe. Wenn ich nichts tue, wird er losstürmen, um den Mann zu retten. Gerade als ich beschließe, ihn einfach mit meinem ganzen Körpergewicht zurückzudrängen, reißt uns die Menge mit. Ein Ellenbogen trifft mich am Brustkorb, und mir bleibt die Luft weg. Ich werde um die eigene Achse gedreht, und bevor ich auch nur zu Atem kommen kann, habe ich Sayed verloren. Ich sehe ihn nicht mehr, werde vorwärtsgeschoben, gedrückt und gequetscht. Mit den Armen versuche ich mir Bewegungsfreiheit zu verschaffen, stoße und schubse nun selbst, aber die Wand um mich herum ist zu dicht. In meinen Ohren dröhnen ihre Schlachtrufe.

»Wir bringen dich um!« Schrill und fanatisch schreien sie neben mir.

»Sayed!« Es ist mir egal, ob mich jemand hört oder erkennt. Ich habe schreckliche Angst und will ihn nur noch wiederfinden.

Wie eine schwarze Schlange wogt die Masse durch die Straße, ich weine mittlerweile haltlos und murmle ununterbrochen Sayeds Namen vor mich hin, als schlagartig Stillstand eintritt. Die Nachfolgenden drücken unsanft gegen meinen Rücken, wir wanken nach rechts und nach links und kommen dann ruckartig zum Stehen. Einen Moment ist es, als würde die Menge den Atem anhalten.

Es herrscht völlige Ruhe.

Die Spannung ist kaum noch auszuhalten, ich verharre reglos.

Ein Ruf, ein einzelner Ruf, hysterisch und wutentbrannt, durchbricht das kollektive Schweigen.

»Lasst ihn brennen!«

Und wie bei einem verabredeten Signal fangen alle an zu schreien.

Ich werde wieder geschoben, nach vorne, einzig die Körper neben mir halten mich aufrecht.

»Es geht los, es geht los!«, ruft eine Frau wie von Sinnen an meiner Seite. Ich brauche einen Moment, aber dann erkenne ich die Stimme. Es ist Melanies Mutter.

Schnell drehe ich den Kopf zur Seite, will nicht, dass sie aufmerksam wird, aber meine Sorge ist unbegründet. Sie beachtet mich überhaupt nicht. Sie kämpft sich voller Eifer an mir vorbei, nach vorne, boxend und keifend. Sie schleift mich ungewollt mit, und plötzlich stehen wir am Anfang der Menschenmasse. Ich habe freie Sicht und inhaliere die frische Luft. Meine Lunge füllt sich mit Sauerstoff und mein Kopf wird klar. Wie auf einem Scherenschnitt, schwarz auf grellem Weiß, offenbart sich mir die Szene, die alle bejubeln. Wir stehen auf einem großen Platz, die Menschen verteilen sich ringsherum, jeder kämpft um den besten Ausblick. Auf dem Platz ist eine Tribüne aufgebaut, grob gezimmert, mit einer Falltür am Boden und einem Holzbalken, an dem ein dicker Strick baumelt.

Und mir wird bewusst, wo wir sind.

Meine Mutter hat es mir erzählt.

Hier werden die öffentlichen Hinrichtungen vollzogen.

Hier steht der Galgen, an dem die Widerstandskämpfer gehängt werden.

Mein Herz fängt an zu hämmern, Angst durchfährt mich wie ein Stromstoß.

Ich habe nur noch einen Gedanken.

Ich muss hier weg!

Ich versuche mich aus dem Pulk zu befreien, drängle nach hinten und zur Seite. Aber so sehr ich mich auch bemühe, bewege ich mich keinen Millimeter.

Sayed!

Alles in mir schreit nach ihm, aber er ist nicht da.

Ich muss alleine klarkommen.

Niemand lässt mich durch, alle Augen sind nur nach vorne gerichtet, und ich werde rabiat. Ich hole aus und schlage der Frau hinter mir mit voller Wucht gegen die Schulter.

Sie keucht auf, stößt mich zurück, und mit zwei stolpernden Schritten stehe ich beinahe mitten auf dem offenen Platz. Bevor ich überhaupt reagieren kann, zieht mich jemand heftig am Umhang, und ich werde zurückgeschleudert.

»Geh mir aus der Sicht, Mädchen!«

Ich taumle, eine Hand stützt mich kurz, sodass ich mich wieder fange.

Mein Blick fliegt nach vorne.

Vier Männer packen den Verletzten an Armen und Beinen und schleifen ihn in die Mitte des Platzes. Sie ringen ihn zu Boden und fesseln seine Hand- und Fußgelenke.

Hinter mir spüre ich die kochende Hitze der vielen Menschen, die die Peiniger unentwegt anstacheln. Sie brüllen mir in den Nacken, heiß und klebrig, und ich hebe die Hände, um mir die Ohren zuzuhalten.

Sie sind zu laut, viel zu laut. Ich kann sie nicht ausblenden. Einer der Männer verbindet dem Gefesselten, der sich krampfhaft aufbäumt, die Augen mit einem schmutzigen Tuch. Seine Schreie sind voller Todesangst.

Mit einem Mal wird mir furchtbar schwindelig.

Ich fange an zu zittern, schlottere, meine Zähne schlagen heftig aufeinander. Ein Dröhnen füllt meinen Kopf, stärker und immer stärker, ich bekomme kaum noch Luft. Mir bricht der Schweiß aus. Meine Beine geben unter mir nach und ich spüre dankbar die nahende Ohnmacht.

Ich lasse mich fallen, gebe die Kontrolle ab und erwarte den harten Aufprall, das tröstliche Nichts.

Zwei Arme packen mich schmerzhaft unter den Achseln und zerren mich hoch.

Nein!, will ich schreien. *Lasst mich, ich will nicht!*

Ich wehre mich, trete aus und schüttle den Kopf.

Ich war dem Vergessen so nah.

Beharrlich hält man mich gewaltsam auf den Beinen, mit aller Kraft schleift mich jemand weg und zischt mir ins Ohr: »Bleib bei mir, Rotkehlchen! Ich bringe dich hier raus.«

Sayed!

Grenzenlose Erleichterung durchflutet mich, so stark, dass

ich mich erst recht nicht mehr aufrecht halten kann. Die Schwäche überfällt mich, und ich sinke kraftlos in seinem Armen zusammen.

»Nein! Nein, Hanna! Noch nicht!«

Er klingt gehetzt und ich will ihm ja helfen, will mich zusammenreißen, aber es geht einfach nicht. Ich werde immer schlaffer. Mein Blick verschwimmt, Schwärze umfängt mich, dann absolute Dunkelheit.

»Hanna!«

So heiße ich nicht, denke ich verwirrt.

»Hanna, wach auf!«

Ich werde rüde an der Schulter gerüttelt. Mir ist kalt, so kalt. Ich habe am ganzen Körper Gänsehaut.

»Hanna, verdammt, wach auf!«

Ich schlage die Augen auf, und durch den dünnen Stoff meines Tuches blicke ich direkt in die schreckgeweiteten Augen von Sayed.

»Wir müssen hier weg. Sofort!« Er zerrt an mir, ich versuche mich aufzusetzen und spüre einen stechenden Schmerz im Kopf.

»Mein Kopf«, wispere ich und fahre mit meiner Hand über meinen Nacken.

»Ich weiß, aber erst müssen wir verschwinden. Komm, stütz dich auf mich. Ich helfe dir.«

Sayed umfasst meinen Oberkörper und stemmt mich hoch. Eng umschlungen stehen wir da.

»Geht es?«, fragt er.

Ich nicke zaghaft, weiß es selbst nicht genau, weil ich das Gefühl habe, aus Blei zu sein, schwer und grau und müde. Vorsichtig drücke ich die Knie durch, strecke meine Beine und versuche aufrecht zu stehen.

»Ich schaffe das«, sage ich, zu mehr habe ich keine Kraft.

Sayed schiebt mich ein Stück zurück und lehnt mich behutsam an eine Hauswand. Der bröckelnde Putz bohrt sich in meinen Rücken. Vor mir sehe ich die aufgebrachte Menschenmenge, die Schreie des zum Tode Verurteilten hallen immer noch ungebrochen durch die Straße. Es kann nicht viel Zeit vergangen sein, während ich bewusstlos war. Ich hole tief Luft, Sayed packt mein Handgelenk und legt sich meinen Arm über seine Schulter. Er sieht mich an, schließt kurz die Augen und nickt aufmunternd.

»Los geht´s, Rotkehlchen.«

Wir kommen quälend langsam voran, obwohl ich meine letzten Kraftreserven aufwende. Sayed trägt mich mehr, als dass ich laufe, meine Füße berühren kaum den Boden. Kurz bevor wir um die Ecke biegen, passiert es.

Ein Schuss ertönt.

Ich zucke zusammen.

Sayed stoppt und blickt über seine Schulter. Dann wendet er mir sein Gesicht zu, und die Pein in seinen Augen bricht mir das Herz. Ich will ihm etwas Tröstliches sagen, ihn beschützen, aber er schüttelt nur den Kopf, ergreift entschlossen meinen Arm und schleppt mich weiter.

Wir sind etwa zehn Minuten gelaufen, als wir einen verlassenen Hauseingang entdecken. Vorsichtig erklimmen wir die zwei Stufen, die zu einer kaputten Tür führen. Sayed stößt sie mit der Schulter auf und zieht mich durch den Eingang in einen leeren Raum. Es ist kalt. In einer Ecke liegt eine alte Matratze, das Futter quillt heraus und es riecht modrig. Sayed lässt mich darauf gleiten, ich lehne mich erschöpft an die Wand. Er fällt neben mir auf die Knie, feine Schweißperlen stehen auf seiner Stirn.

»Ein Leichtgewicht bist du nicht gerade, kleine Hanna.«

Sein Versuch, einen Scherz zu machen, steht im krassen Gegensatz zu seinem Gesichtsausdruck. Mein Versuch zu lächeln geht ebenfalls gründlich schief. Sayed beugt sich vornüber, stützt die Ellenbogen auf die Knie, senkt den Kopf und verschränkt seine schlanken Finger im Nacken. Ich nehme mein Tuch ab und berühre ihn sanft am Hinterkopf. Behutsam streiche ich ihm durch die Haare.

»Du kanntest den Mann, stimmt´s?«

Seine Hand wandert von seinem Nacken zu meiner Hand, und seine Finger suchen zitternd die meinen. Er sagt nichts. Sein Daumen fährt über meinen Handrücken, immer und immer wieder.

»Sayed, rede mit mir!« Die Notwendigkeit, zu wissen, wie es ihm geht, drückt mir wie ein Stein auf die Brust.

»Hanna, gib mir bitte einen Moment, ja?«, sagt er heiser.

Ich schlucke und nicke, was er nicht sehen kann.

Nach einer gefühlten Ewigkeit lässt er mich los, hebt den Kopf und blickt mich an.

»Er war ein Freund meines Vaters. Er hat eine Frau und zwei Söhne. Zwei und vier Jahre alt.«

Er stiert auf einen Punkt hinter mir an der Wand, seine Haut ist bleich und seine Augen sind so groß und schwarz, als wären sie ausgemalt. Ich kann kaum das Weiß darin erkennen. Eine einzige Träne sammelt sich in seinem linken Augenwinkel, hängt eine Sekunde dick und schwer an seinen langen Wimpern und rollt dann einsam an seiner Schläfe herunter.

Er wischt darüber, seine Bewegung ist zornig und ungestüm.

»Ich ertrage das hier nicht mehr! Dieser Hass, der Tod, die Angst!« Seine Nase läuft, er spricht immer lauter.

»Dieses Land ist kaputt, am Ende, zerstört von der eigenen Bevölkerung! Niemand schert sich um den anderen. Ich muss weg. Es gibt hier keine Zukunft für mich!« Er presst seinen Kiefer so fest aufeinander, dass die Muskeln an der Seite hervortreten. Bestürzt höre ich, was er sagt.

»Was redest du denn da? Du kannst hier nicht weg!« Ich packe ihn an den Schultern. »Bist du verrückt? Niemand kommt hier raus! Sie werden dich töten, Sayed!« Meine Stimme überschlägt sich, jetzt schreie ich ihm ins Gesicht. Ich rüttle ihn so heftig hin und her, dass sein Kopf wackelt. Er hebt beide Arme, befreit sich mit einem Ruck aus meinen Griff.

Wir knien voreinander, starren uns an, fast feindselig.

Er muss verstehen, dass er hierbleiben muss, hier bei mir!

»Sayed, das geht nicht! Was wird aus mir, wenn du fortgehst?«

Ich lasse mich auf die Füße sinken, meine Schultern hängen herab und Tränen sammeln sich hinter meinen Lidern. Ich verliere ihn, ich kann es fühlen. Sayed rutscht auf mich zu, legt seine Hände um mein Gesicht, eine Berührung, so sacht, dass ich sie fast nicht spüre. Sein Gesicht wird weich.

»Komm mit mir, Rotkehlchen.«

Er sieht mich an, als würde er mich mit seinen Augen festhalten.

»Komm mit mir. Ich bringe dich fort von hier.«

Er ist mir so nah, dass ich seinen warmen Atem auf meiner Haut spüre. Sein Kehlkopf bewegt sich auf und ab, er schluckt schwer.

Meine Stimme versagt, ich kann ihm nicht antworten.

Wie soll das gehen?, will ich brüllen. *Was ist mit meiner Mutter und meinem Bruder? Ich kann hier nicht weg, siehst du das nicht? Wohin willst du verschwinden? Niemand will uns!* Aber außer einem Stöhnen entringt sich kein Wort meiner Kehle. Sayed zieht meinen Kopf zu sich heran, unsere Nasenspitzen berühren sich. Mein Herzschlag beschleunigt sich, in meinem Bauch explodiert etwas. Zögernd drückt er seinen Mund auf meinen, beinahe fragend. Ich kann mich nicht bewegen. Die Welt um mich herum verschwindet in einem schwarzen Loch. Zeit und Raum existieren nicht mehr, es gibt nur noch ihn und mich. Sein Kuss wird fester, sicherer, als er spürt, dass ich mich nicht zurückziehe. Seine Lippen sind rissig und aufgesprungen, er schmeckt nach dem Salz seiner Tränen. Unsere Münder liegen aufeinander, warm und nachgiebig. Ich will diesen Moment einfangen, in einer Glaskugel einschließen, sodass ich ihn immer hervorholen kann, glitzernd und rein. Irgendwann löst sich Sayed langsam von mir, legt seine Stirn an meine und atmet in meinen leicht geöffneten Mund.

»Ich muss dich nach Hause bringen, Rotkehlchen.« Seine Stimme ist belegt, er holt so tief Luft, als sei er ein Rennen gelaufen.

Nach Hause, denke ich. Wo soll das sein?

»Mein Zuhause ist da, wo du bist, Sayed aus Gold, weißt du das nicht?«

Ich nehme seine Hand, hebe sie hoch und halte sie direkt vor unsere Gesichter. Meine Finger schieben sich zwischen seine, wie Puzzleteile passen sie perfekt ineinander. »Das ist mein Zuhause.«

Er lächelt mich an, streicht über die Innenseite meiner Hand und umschließt zärtlich mein Handgelenk. Die Berührung ist so vertraut, als würde er schon immer zu mir gehören.

Dann steht er auf und zieht mich mit. Widerwillig erhebe ich mich und klopfe mir den Staub der Matratze vom Umhang.

Keiner von uns beiden erwähnt seine Idee von vorhin.

Schweigend verlassen wir den Raum, an der Eingangstür dreht er sich zu mir um und küsst mich flüchtig auf die Stirn. Anschließend bedecke ich mich und wir treten den Heimweg an.

Die Straßen sind wie leergefegt, alle Energie scheint von der Hinrichtung eingesaugt. Ich höre noch nicht einmal Vogelgezwitscher, die Stille ist vollkommen.

Mit jedem Schritt wächst meine Verzweiflung. Ich will ihn nicht verlassen und werde immer langsamer. Sayed ist schon ein ganzes Stück voraus; der Impuls, mich einfach umzudrehen und wegzurennen, wird so übermächtig, dass ich mich zwingen muss, einen Fuß vor den anderen zu setzen. Immer näher kommen wir unserer Straße, ich kann den Laden schon sehen. *Bleib stehen!* will ich rufen. *Ich will nicht zurück!*

Sayed wartet geduldig in der dunklen Gasse neben dem Laden.

Irgendwann stehe ich vor ihm, trotzig wie ein kleines Kind, den Blick zu Boden gerichtet.

»Hanna, es ist doch nur für kurz. Morgen sehen wir uns wieder.«

Er gluckst, meine betrübte Stimmung belustigt ihn.

»Bist du sicher? Was ist, wenn Alex wieder zu Hause

bleiben muss? Oder wenn ich krank werde? Ich kann nicht einfach die Wohnung verlassen, wann ich möchte, ich bin ein Mädchen!«

Ich schnaube und werfe die Arme in die Luft. Er lacht leise auf.

»Ich warte auf dich, süße Hanna, egal, wie lange es dauert.« Sein Blick verschleiert sich, er geht einen Schritt auf mich zu, besinnt sich dann aber, wo wir sind, und steckt die Hände in die Hosentaschen. Er wippt auf den Füßen vor und zurück, als wüsste er nicht, wohin mit sich.

»Ach verdammt!« Ich ziehe wütend mein Tuch hoch und entblöße mein Gesicht.

»Bist du verrückt? Lass das!« Sayeds Kopf fliegt nach links und rechts. »Wenn dich jemand sieht!«

Ich beachte seinen Einwurf nicht, meine Sehnsucht nach ihm ist zu groß. Ich werfe mich in seine Arme und drücke ihm einen stürmischen Kuss auf den Mund. Dabei bin ich viel zu übermütig, und unsere Zähne prallen aufeinander.

»Entschuldige!« Meine Finger schnellen an seine Lippen, um zu kontrollieren, ob er blutet. Er schnappt mein Handgelenk, zieht es weg und neigt den Kopf ein wenig zur Seite.

»Das geht so, Rotkehlchen«, sagt er ruhig.

Er umfasst meinen Hinterkopf, lässt sich Zeit, schiebt sich Millimeter für Millimeter an mich heran. Mein Herz pocht so laut, dass ich es hören kann, sein Atem geht schneller. Vorsichtig und träge senkt sich sein Mund auf meinen. Ich schließe die Augen und habe das Gefühl, zu fliegen.

In meinem ganzen Körper kribbelt es, denn ich bin süchtig nach diesem Menschen und vergesse, dass uns einzig die düstere Gasse schützt.

Sayed nicht.

»Und jetzt geh, Hanna«, flüstert er an meinen Lippen.

Ich sehe ihm noch kurz in die Augen, die wie Sterne leuchten, verhülle mich und gehe davon, ohne mich umzudrehen.

Kapitel 10

Ich schlüpfe in den Korridor, kurz bevor Alex üblicherweise zu Hause ankommt. Meine Mutter läuft mir entgegen.

»Du warst zu lange fort, Hanna!« Ihre Stirn legt sich in Falten und sie ist ernsthaft verärgert.

»Es tut mir leid, Mama«, versuche ich mich zerknirscht zu geben, doch es gelingt mir nur mäßig. Ich bin innerlich zu aufgewühlt und würde ihr am liebsten erzählen, dass Sayed mich geküsst hat. Stattdessen umarme ich sie und hoffe, sie damit zu beschwichtigen. Hinter mir betritt Alex die Wohnung und wirft die Tür mit einem lauten Knall ins Schloss.

»Hallo«, begrüßt er uns. Mir fällt auf, wie groß er geworden ist. Nicht mehr lange, und er überragt mich um Längen. Ich verspüre den Impuls, ihn an mich zu ziehen und ihm durch die Haare zu wuscheln. Mein kleiner Bruder wird erwachsen.

»Ich war heute bei einer Hinrichtung.«

Ich schnappe nach Luft. Sein Gesicht ist gerötet und er spricht voller Eifer weiter.

»Sie haben ihn erschossen! Papa hat mich extra von der Schule abgeholt und mitgenommen. Er hat mir erzählt, der

Mann hat Bomben gebaut, mit denen wehrlose Frauen und Kinder in einer anderen Stadt getötet wurden. Sie haben ihn heute geschnappt und er hat sofort seine gerechte Strafe bekommen.«

Er blickt uns an, seine kindliche Begeisterung jagt mir eine Gänsehaut über den Rücken. Wir starren ihn mit offenem Mund an.

»Wie kann er das tun?«, flüstert meine Mutter und schlägt die Hand vor den Mund. »Du bist zwölf Jahre alt.«

»Ich bin schon erwachsen«, Alex schnauft, »hat Papa gesagt.« Herausfordernd schiebt er ein Bein nach vorne und hebt das Kinn.

Mein Blickfeld verengt sich.

Ich sehe die schreckliche Qual in Sayeds Augen.

Die Menschen, völlig von Sinnen, in Erwartung eines fürchterlichen Spektakels.

Der Schuss, der mir in den Ohren hallt.

Mir wird heiß vor Zorn, ich bohre meine Fingernägel in meine Handfläche, alles verschwimmt vor meinen Augen.

Ich werde rot. Durch und durch rot, die Farbe füllt mich aus, bis in die Haarspitzen.

»Da wurde ein Mensch getötet, Alex! Ein Mensch wie du oder ich«, fauche ich. »Er hat Kinder und eine Frau. Ist dir das egal?«

Die Ader an meinem Hals pocht, Alex steht mit erschrockenem Gesichtsausdruck vor mir. Meine Mutter stellt sich zwischen uns, einen Arm in meine Richtung gereckt.

Aber ich kann nicht aufhören.

Und das ist Sayeds Schuld.

Er hat mich verändert, noch vor wenigen Wochen habe ich meine rote Stimme selbst nicht gekannt. Jetzt höre ich sie. Laut und deutlich und so lodernd wie Feuer.

»Alex, hör mir zu! Sie haben ihn erschossen! Begreifst du das nicht?«

»Woher weißt du, dass er Kinder hat?« Alex unterbricht mich. Er sieht mich verwundert und ein klein wenig argwöhnisch an, lauernd fast. Bevor ich es verhindern kann, macht ihn ein kurzes Flackern in meinen Augen stutzig.

»Ich weiß es nicht, ich vermute es nur.« Meine Lüge klingt selbst in meinen Ohren kraftlos. »Das ist auch nicht der Punkt«, versuche ich abzulenken. »Du findest es aufregend zuzusehen, wie ein Mensch getötet wird, Alex.« Ich komme nicht dazu, weiterzusprechen, denn Alex schubst meine Mutter zur Seite und baut sich vor mir auf.

»Du hast mir gar nichts zu sagen, du bist nur ein Mädchen.« Seine Stimme klingt hart, ungerührt sieht er mich an. »Er war ein Verräter! Unschuldige Frauen und Kinder mussten seinetwegen sterben. Also hat er den Tod verdient, Hanna. Er kann froh sein, dass er nicht gehängt wurde, hat Papa gesagt. Das ist nämlich qualvoller.«

Meine Mutter mischt sich ein.

»Das reicht, ihr beiden! Ich möchte das in meinem Heim nicht hören.« Resolut packt sie meinen Bruder bei den Schultern und dreht ihn in Richtung Toilette.

»Wasch dir die Hände, Alex, es gibt Essen.«

Bevor er in die andere Richtung läuft, wirft er mir noch einen abschätzigen Blick zu. Er hat nicht vergessen, was ich vorhin gesagt habe, und mir wird klar, dass ich vorsichtiger sein muss. Als er verschwunden ist, zieht mich meine Mutter in mein Zimmer.

»Was soll das, Hanna?«, zischt sie aufgebracht. »Wenn er das eurem Vater erzählt! Was ist nur los mit dir?«

»Er ist nicht mein Vater«, erwidere ich stur.

Ich kann es ihr nicht erklären. Ich bringe mich und Sayed in Gefahr. So senke ich nur den Kopf, als Zeichen meiner Demut, und sage nichts.

Während des Essens schiebe ich die Mahlzeit auf meinem Teller hin und her. Eigentlich müsste ich am Verhungern sein, aber das Erlebnis der Hinrichtung lässt mich keinen Bissen runterbringen. Zäh wie Haferschleim liegt mir die Kartoffel im

Mund, ich muss mich zwingen zu schlucken. Meine Mutter beobachtet mich aufmerksam, mein Stiefvater unterhält sich angeregt mit Alex. Ich kann sie schlecht verstehen, sie reden zu leise. Ich unterbreche mein Kauen und lausche angestrengt.

»Wir haben eine Liste von Namen erhalten. Er hat gestanden, weil er glaubte, sich damit retten zu können. Die Nächsten folgen also bald.«

Ich schiele verstohlen zu ihnen rüber. Mein Stiefvater lächelt selbstgefällig. Meine Kehle füllt sich mit saurem Mageninhalt. Ich muss mich übergeben. Ich springe auf, die Hand vor den Mund gepresst, und schaffe es gerade noch zur Toilette. Ein Schwall Galle ergießt sich in die Schüssel, meine Speiseröhre brennt. Tränen schießen mir in die Augen und meine Nase verstopft. Meine Mutter ist mir gefolgt, hält mir die Haare im Nacken zusammen und legt mir ihre kühle Hand auf die Stirn. Als ich fertig bin, stehe ich auf und wasche mir den Mund aus. Das Wasser schmeckt brackig, aber ich spüle mehrmals hintereinander, um den Belag auf meiner Zunge loszuwerden.

»Bist du krank, Hanna?« Meine Mutter befühlt abermals meine Stirn, »Temperatur hast du keine. Du gehst am besten in dein Bett. Schlaf ist die beste Medizin.«

Einen größeren Gefallen hätte sie mir nicht tun können. Vor Erschöpfung schmerzen meine Beine, meine Augenlider sind schwer und ich will nur noch schlafen. Sie schiebt mich vor sich her, ihre Hände sanft auf meinem Rücken.

Im Zimmer hilft sie mir beim Umziehen, als wäre ich ein kleines Kind, und stülpt mir mein Nachthemd über. Ich genieße jeden Handgriff, die Geborgenheit vertreibt die grausamen Bilder aus meinem Kopf. Im Bett zieht sie mir die Decke bis zur Nasenspitze, öffnet mein Fenster und küsst mich auf die Wange.

»Morgen ist es wieder besser, ja?« Liebevoll streicht sie mir meine Locken aus dem Gesicht, und ich schließe die Augen, um ihre Berührung noch intensiver zu spüren.

»Schlaf jetzt, kleine Hanna«, raunt sie mir ins Ohr und verlässt das Zimmer.

Sie wird sich nun bei Alex und ihrem Mann entschuldigen. Wenn sie Glück hat, nimmt er es kommentarlos hin. Ich hoffe es, denke ich noch, dann dämmere ich weg.

Kapitel 11

Als ich aufwache, ist es noch dunkel, aber der Tag bricht bald an. Ich habe tief und fest geschlafen, die Kühle der Nacht erfüllt den Raum. Ich drehe mich zur Wand, suche die Naht, die mein Geheimnis versteckt, die wulstigen Fäden wie Narben unter meinen Fingern.

Sayed.

Ich flüstere seinen Namen in mein Kissen, als ob ich ihn darin einschließen könnte. Hat er das ernst gemeint? Will er hier weg? Vor einigen Jahren sind viele verschwunden. Sie kamen nicht wieder, weder tot noch lebendig. Bei dem Gedanken, ihn zu verlieren, wird mir wieder übel, dabei weiß ich überhaupt nichts über ihn. Ich vertraue ihm, einzig durch mein Gefühl. Er hat den Mann gekannt, sehr gut sogar, ich bin mir sicher. Aber woher? War er ein Freund seines Vaters, oder nur ein Bekannter? Ungeduldig wälze ich mich im Bett herum. Die Sonne geht langsam auf und ich beschließe aufzustehen. Wenn ich das Frühstück zubereite, kann ich mein ungehöriges Benehmen von gestern Abend vielleicht abmildern. Ich ziehe mich an, wasche mich und husche auf leisen Sohlen in die Küche. Bald werden die Männer das Haus verlassen, und ich fiebere diesem Moment entgegen. Ich stelle Teller und Brot auf den Tisch, koche

Wasser und übergieße den körnigen Pulverkaffee. Richtigen Kaffee gibt es schon lange nicht mehr, wir begnügen uns mit geschmacklosem Ersatz oder Tee. Die vertrauten Bewegungen lassen mich ruhiger werden, niemand darf merken, wie aufgewühlt ich bin. Kurz darauf betritt mein Stiefvater die Küche.

»Geht es dir besser?«

Zum Glück stehe ich mit dem Rücken zu ihm, so kann er mein erschrockenes Gesicht nicht sehen.

»Ich hab mich gefragt, Hanna, was du so den ganzen Tag treibst?«

Mir stockt das Blut in den Adern. Er hat sich noch nie dafür interessiert, wie mein Alltag aussieht. Warum fragt er mich das ausgerechnet jetzt?

»Ich arbeite«, flüstere ich tonlos. »Ich putze, wasche die Wäsche und helfe Mama beim Kochen.« Ich hoffe inständig, dass er nicht weiter in mich dringt, aber seine unangenehme Stimme erfüllt abermals den Raum.

»Du bist ein sehr fleißiges Mädchen. Deine Mutter kann froh sein, dich zu haben, nicht?« Sein Lachen ist gekünstelt, er gackert hässlich. »Du gehst sogar einkaufen. Das ist sehr lobenswert. Der Mann, der dich einmal bekommt, hat großes Glück.«

Mittlerweile ist uns beiden klar, dass er mir droht. Ich bin nicht so dumm zu glauben, dass er mich nur loben will, und er weiß das. Aber er kann mich nicht einschüchtern. Nichts und niemand hält mich von Sayed fern! Entschlossen gieße ich das heiße Wasser in seine Tasse, drehe mich um und stelle sie ihm auf den Tisch.

»Ja. Ihr macht mich zu einer gehorsamen Frau«, entgegne ich ihm zuckersüß. Er sieht aus, als würde er am liebsten seine Hände um meinen Hals legen und zudrücken. Meine Mutter betritt die Küche.

»Es scheint dir besser zu gehen?« Sie mustert mich prüfend.

Mein Stiefvater erhebt sich, stößt meine Mutter schroff zur Seite und verlässt wortlos die Wohnung.

»Öffne deinen Mund, Hanna«, sagt sie, als wäre nichts geschehen. Ergeben strecke ich ihr die Zunge heraus.

»Das sieht gut aus, keine Entzündung.« Sanft fährt sie über meinen Hals, tastet über meine Lymphknoten.

»Schön. Nichts geschwollen.«

»Mir war einfach schlecht, Mama. Es geht schon wieder.«

»Hanna, ich …«, sie nimmt neben mir Platz und hält sich den Bauch. »Ich liebe dich und ich vertraue dir. Das weißt du. Bring dich nicht in Gefahr. Ich könnte es nicht ertragen, wenn dir etwas zustößt.« Sie sieht mir in die Augen. »Pass auf dich auf, versprich mir das!«

Sie nimmt meine Hand und drückt sie. Ich nicke, muss mich zurückhalten, ihr nicht von Sayed zu erzählen. Sie steht auf und räumt den Tisch ab.

»Schön. Heute ist Waschtag, ich habe schon alles zurechtgemacht.«

Hinter ihrem Rücken zeichnet sich Entsetzen auf meinem Gesicht ab. Waschtag! Ich habe vergessen, dass ich auch Pflichten habe, die erfüllt werden müssen. Das wird den ganzen Tag in Anspruch nehmen und ich werde keine Möglichkeit haben, Sayed zu sehen. Mein Herz wird schwer, ein Seufzer entfährt mir, worauf sich meine Mutter umdreht.

»Geht es dir doch schlechter? Dann gehe ich, keine Sorge Liebes, ich schaffe das.«

Auf keinen Fall kann ich zulassen, dass sie diese Anstrengung auf sich nimmt.

»Nein, nein, ich habe es nur vergessen.«

»Es ist wegen ihm, stimmt's?« Mitfühlend sieht sie mich an.

»Nein. Also ja, ich denke schon«, stottere ich.

Sie lächelt.

»Als ich deinen Vater das erste Mal gesehen habe, ging es mir genauso.« Meine Mutter redet selten von ihm, es überrascht mich.

»Seine blonden Locken waren pitschnass. Es war Sommer und fürchterlich heiß. Jeden Tag sind wir an den Baggersee gegangen, zum Schwimmen.«

Ich kann nicht glauben, dass öffentliches Baden erlaubt war. Begierig warte ich, dass sie weiterspricht.

»Mein Eis war mir in den Sand gefallen und er hat versucht, es aufzufangen. Natürlich hat er es nicht geschafft, und seine Finger waren ganz klebrig von dem süßen Zeug.«

Sie ist nicht mehr bei mir, nicht mehr in diesem Raum, nicht mehr in dieser Zeit. Ihr verklärter Blick gleitet in die Vergangenheit, glücklich, friedlich, weit weit weg. Ich beneide sie um die Erinnerung, nichts wünsche ich mir sehnlicher, als so unbeschwert mit Sayed zusammen sein zu können.

»Hanna. Dieser Junge bedeutet Gefahr«, sagt sie schlicht.

»Ich kann nicht anders«, sage ich ebenso schlicht.

»Ich weiß«, flüstert sie.

Mit dem schweren Sack voll dreckiger Wäsche laufe ich um die Ecke. Wenige Schritte und doch unendlich viele trennen mich von Sayed. Nervös schiebe ich die Träger auf meiner Schulter zurecht, den Kopf gesenkt, haste ich am Laden vorbei. Ich empfinde ein Gefühl der Scham, weil ich nicht will, dass er mich so sieht. Beladen wie ein Packesel. Heute klingen die Geräusche der Gefechte näher als sonst. Der beißende Gestank von Feuer zieht mir in die Nase. Gefahr liegt in der Luft und es sind kaum Menschen unterwegs. Unbeirrt laufe ich weiter, ich habe noch einen weiten Weg vor mir. Ich bin schon fast in der verlassenen Innenstadt, als ich Schritte hinter mir höre. Die Erinnerung von gestern stürmt auf mich ein, der wütende Mob, geifernd und brüllend. Automatisch werde ich schneller, die Angst treibt mich an. Der Sack hängt schwer auf meinem Rücken und reibt mir die Haut wund, die milde Luft drückt mir schwül auf die Brust. Mein Fuß verfängt sich in meinem langen Umhang, ich verliere beinahe das Gleichgewicht. Mein Instinkt befiehlt mir zu rennen, die brutalen Schläge und Tritte der Jungen auf dem Weg zum Einkaufen sind in meiner Erinnerung eingebrannt.

Ich kann die Schlange an der Wäscherei schon erkennen und beschleunige meinen Gang. In meinem Rücken vernehme ich Gelächter. Es sind mehrere, stelle ich nüchtern fest und überschlage blitzschnell meine Möglichkeiten. Keine der Frauen wird mir zu Hilfe eilen. Selbst wenn sie sich trauen würden, sind sie noch zu weit entfernt. Ich werfe einen Blick über die Schulter und sehe zwei Jungen, die feixend auf mich deuten. In ihrer ungezügelten Art sind sie am gefährlichsten. Sie kennen kein Maß. Sie sind beinahe Männer und gerade dabei, ihre Freiheiten und Rechte zu entdecken. Wie junge Stiere, ungelenk und stürmisch. Es ist ihnen egal, wer ihnen in die Hände fällt.

Lauf, Hanna! Lauf!

Ich höre die Stimme meiner Mutter und fange an zu rennen. Im Rhythmus meiner Schritte klatscht der Wäschesack gegen meinen Körper, mein Atem ist abgehackt. Es sind nur noch wenige Meter bis zur rettenden Wäscherei. Plötzlich tritt jemand vor mir aus einem Hauseingang. Es ist Sayed. Mein Sayed! Ich frage mich nicht, wo er herkommt, ich frage mich nicht, was er tun will. Die Finger fest verhakt in den Trägern meiner Last, sprinte ich auf ihn zu, als wäre es das Selbstverständlichste der Welt, dass er in diesem Moment hier ist. Sayed blickt mir kurz in die Augen, richtet dann seine Aufmerksamkeit auf die Jungen, die mir kreischend und wütend folgen.

Ich bin fast bei ihm, als er losläuft. Erst langsam, dann immer schneller. Er verfällt in einen lockeren Laufschritt, seine Beine stoßen sich geschmeidig vom Boden ab. Wir treffen uns in der Mitte, aber er nimmt kaum Notiz von mir. Seine Konzentration gilt meinen Verfolgern, und während ich langsamer werde, stürmt er an mir vorbei. Ich überquere die Straße, komme an der Wäscherei an und stoppe. Rücksichtslos und außer Atem drängle ich mich zwischen die schützende Menge, dann erst drehe ich mich um, beuge mich nach vorne, die Hände auf den Beinen abgestützt. Ich hebe den Kopf, ziehe keuchend Luft in meine Lunge und suche Sayed. Er steht vor den beiden, und gegen ihn machen sie einen derart ungefährlichen Eindruck, dass ich mich frage, ob ich die Situation falsch eingeschätzt habe. Er sagt etwas zu einem der

Jungen und ruckt mit dem Kopf in die Richtung, in die sie verschwinden sollen. Beide laufen langsam ein paar Schritte rückwärts und nach wenigen Augenblicken wenden sie sich um und stolpern davon.

Der Spuk ist vorbei, einfach so.

Die Schlange hat sich stetig weiterbewegt, ich bin schon in der Wäscherei und kann nur noch durch die beschlagene Scheibe spähen. Sayed sieht zu mir herüber und lehnt sich an eine Hauswand. Die Hände in den Hosentaschen, stemmt er den Fuß gegen die Mauer und lässt den Eingang der Wäscherei nicht aus den Augen. Mein Waschplatz wird frei, und bevor ich den Ärger der Wartenden auf mich ziehe, hole ich die verschmutzen Kleidungstücke aus meinem Sack und beginne, sie in dem heißen Wasser zu schrubben. Die Zeit vergeht quälend langsam, obwohl ich mich beeile. Ich will hier raus, zu Sayed. Als ich endlich fertig bin, kämpfe ich mich an den anderen Frauen vorbei und eile über die Straße.

Er steht immer noch in der gleichen Haltung da, bequem und reglos.

Ich muss erst ein paar Schritte gehen, sodass wir nicht auffallen. Sayed stößt sich von der Mauer ab und folgt mir langsam. Wir biegen um die Ecke, und in Erwartung seiner Hand auf meiner Schulter trödle ich, aber Sayed schließt zu meiner grenzenlosen Enttäuschung nicht zu mir auf. Letztendlich passieren wir seinen Laden, und schließlich komme ich in meiner Straße an. Geknickt, weil ich nicht mit ihm sprechen konnte, drehe ich mich um, zu mehr habe ich nicht den Mut.

In einiger Entfernung steht er, sieht mich nur an und neigt dabei flüchtig den Kopf. Dann läuft er in die andere Richtung davon.

Ich bringe meinen ganzen Willen auf, um nicht eigenhändig die Zeiger der Uhr weiterzudrehen. Als es endlich soweit ist, kann ich mich kaum noch zurückhalten. Ich habe die Nacht kaum geschlafen, und am Morgen bin ich unkonzentriert. Ich verschütte den heißen Tee über meine Hand und zähle die Minuten, bis ich endlich mit meiner Mutter alleine bin.

»Kann ich gehen?« Ich rede so schnell, dass ich mich verschlucke.

Meine Mutter streicht mir lächelnd über die Wange. »Komm bitte rechtzeitig, Hanna. Alex darf nicht bemerken, dass ich dich fortlasse.«

»Ja, Mama.« Im Antworten verhülle ich mich, öffne die Wohnungstür und fliege die Stufen hinunter.

Kapitel 12

Sayed tritt in dem Moment aus dem Laden, als ich ankomme. Er sieht mich, grinst breit und bedeutet mir mit einem Kopfnicken, ihm gleich zu folgen. Nach kurzem Fußmarsch verschwinden wir wieder unter der Erde. Sobald ich mich sicher fühle, entblöße ich mein Gesicht. Als ich das erste Mal durch den U-Bahn-Schacht gelaufen bin, habe ich auf die Umgebung kaum geachtet. Die Luft hier unten ist abgestanden und verbraucht. Einzig Sayeds Lampe spendet uns ein wenig Licht. Je tiefer wir in die Eingeweide der Stadt eintauchen, umso wärmer wird es. Sayed tastet nach meiner Hand, verflicht seine Finger geschmeidig mit meinen. Seine Berührung ist Balsam für meine Seele.

»Kanntest du die Jungen, die mich gestern verfolgten?«

»Nein, ich denke nicht«, sagt er.

»Ich habe euch beobachtet und mir war, als würden sie dich kennen und respektieren.« Ich hatte wirklich das Gefühl, dass sie auf Sayed hörten wie auf einen großen Bruder, aber vielleicht täusche ich mich. Durch die beschlagene Scheibe der Wäscherei war es schlecht zu erkennen. Sayed gibt mir keine Antwort.

»Wieso warst du da?«, bohre ich weiter.

»Wo?«

Vielleicht will er mich mit Absicht nicht verstehen.

»Gestern, bei der Wäscherei. Wieso warst du da?« Ich bleibe stehen.

Sayed legt die Stablampe auf den Boden und wendet sich mir zu. Das Licht beleuchtet seine Konturen schemenhaft.

»Ich habe doch versprochen, immer auf dich aufzupassen, schon vergessen?«

Während er spricht, schlingt er seine Arme um meinen Oberkörper, und ich schmiege mich an ihn. Der kratzige Stoff seines alten Pullovers riecht nach Holzrauch, sein Atem nach Pfefferminztee.

»Nein, das habe ich nicht vergessen, Sayed aus Gold«, murmle ich an seiner Brust. Ich könnte stundenlang so stehen, meinen Kopf unter seine Achsel geschoben, um die lärmende Welt da draußen auszusperren.

»Heute zeige ich dir den Baum, Rotkehlchen. Er ist riesig und grün, du wirst sehen.«

Er schiebt mich von sich und ich bin verwirrt. Will er meine Nähe nicht? Wir laufen schweigend weiter und kommen an einer Gabelung an. Der eine Schienenstrang führt nach rechts, der andere nach links. Sayed wählt den rechten.

»Woher kennst du dich so gut aus?«, will ich wissen.

Er antwortet mir nicht sofort, ich bemerke ein kurzes Zögern.

»Ich war eben schon oft hier unten. Die Einsturzgefahr durch die Zerstörung der Stadt lockt die wenigsten hierher. Die Furcht ist einfach zu groß. Deshalb habe ich es zu meinem Reich gemacht.«

Mehr erklärt er nicht. Mein Gefühl sagt mir, dass er nicht darüber sprechen möchte, und ich dringe nicht weiter in ihn.

Wir verlassen die Gleise und steigen wieder an die Oberfläche. Erleichtert in das grelle Sonnenlicht tretend, stelle ich mir vor, wie es wäre, immer in dieser Dunkelheit zu leben. Meine Haut würde blasser und blasser werden, mein Augenlicht könnte die Schwärze immer schärfer durchdringen. Die feuchte Luft, die bedrückende Finsternis wäre Fluch und Segen zugleich. Ich könnte mich unerkannt und frei bewegen und würde dafür die Düsternis in Kauf nehmen. Welchen Preis wäre ich bereit, für meine Freiheit zu zahlen? Ich schüttle die wirren Gedanken ab, mir ist entgangen, wie weit wir schon gelaufen sind.

Wir stehen vor einem lang gestreckten Bau, dessen Dach einmal aus Glas bestanden haben muss. Jetzt ist davon kaum noch etwas übrig. Die mächtige Stahlkonstruktion, die die einzelnen Scheiben gehalten hat, thront auf dem alten Backsteingebäude. Die Vorderfront ist überwuchert mit dicken Schlingpflanzen, wie graue Arme winden sie sich über den Stein. Aus allen Ritzen sprießt frisches Grün, unbeeindruckt von der Vernichtung um uns herum bahnt es sich seinen Weg.

Die Häuser hier sind beinahe vollständig zerstört. Dieser Teil der Stadt ist eine einzige Ruine. Menschenleer, gespenstisch.

»Komm mit.« Sayed zieht mich ungeduldig auf den Eingang zu. Wir passieren ein Steinbecken, wohl ehemals ein Teich, gefüllt mit einer braunen Brühe. Algen schwimmen darauf. Der faulige Geruch schlägt mir in die Nase und ich halte die Luft an. Im Eingangsbereich entdecke ich ein altes Kassenhäuschen. Die Platten des Steinbodens sind teilweise aufgebrochen, durch die Spalten wuchern ebenfalls überall Pflanzen. Sayed läuft unbeirrt weiter, er lässt mir keine Zeit, mich weiter umzusehen. Wie im Schlaf umrundet er Hindernisse, kaputte Stühle und Tische, Regale und hoch gewachsene Sträucher. Als wir aus dem Gebäude heraustreten, traue ich meinen Augen nicht. Vor uns erhebt sich eine Wand aus Pflanzen. Sayed hält meine Hand und bleibt stehen. Es ist, als ob wir uns auf einem anderen Planeten befinden. Die Luft ist warm und duftet nach Blumen, Vogelgezwitscher in allen erdenklichen Tönen schallt in meinen Ohren.

Alles ist von einem frühlingshaftem, hellen grün.

Hier gibt es nicht nur einen Baum, das hier ist ein Urwald. Ein Dschungel, mächtig und unberührt.

»Das, Rotkehlchen«, er breitet die Arme aus, als wäre es sein Königreich, »das ist der Palmengarten. Hier kamen die Menschen früher her, um sich zu erholen und die exotischsten

Pflanzen aus allen Teilen der Erde zu bestaunen. Sieh dich um.«

Sayed strahlt.

Es ist das Paradies. So etwas Wunderbares habe ich in meinem ganzen Leben noch nicht gesehen.

Der blaue Himmel und die warmen Strahlen der Sonne beleuchten die Kulisse vor uns in den schönsten Farben. Die verschiedenen Grüntöne schmerzen mich fast in den Augen, so ungewohnt sind sie.

»Viele Pflanzen sind abgestorben«, klärt mich Sayed auf. »Als die tägliche Pflege ausblieb, haben es die sensibelsten, die, die ein ganz besonders Klima brauchten, nicht geschafft. Aber dafür, Hanna, sind andere einfach weitergewachsen.« Im Sprechen laufen wir auf den dichten Dschungel zu. Die Vögel, deren Gezwitscher ich ununterbrochen höre, schwirren in der Luft. Mit weit ausgebreiteten Flügeln fliegen sie durch die Bäume, ihr buntes Gefieder wie Farbtupfer zwischen den Blättern.

»Sayed«, meine Stimme zittert vor Ehrfurcht. »Wie hast du das entdeckt? Das ist …« Ich stocke.

Er bleibt stehen, ergreift meine andere Hand und schiebt sich ganz nah an mich heran. Er verschränkt unsere Hände hinter seinem Rücken, neigt seinen Kopf zu mir herunter. In meinem Magen beginnt es zu flattern, mir wird heiß.

Seine Lippen fahren über meine Schläfe, meine Wange.

»Das ist doch egal, Rotkehlchen. Ich schenke es dir.«

Mein Herz macht einen Satz, als sein Mund den meinen findet. Ich schließe die Augen und fühle nur noch. Sayed löst seine Finger hinter seinem Rücken von meinen; die Lippen fest und warm auf meine gepresst, vergräbt er seine Hand in meinem Hinterkopf.

Ich brenne. Jede Zelle meines Körpers steht in Flammen.

Ich nehme seinen Geruch in mich auf, so tief, dass ich ihn nie mehr vergessen werde. Unsere Münder spielen miteinander, ich hebe ebenfalls meine Arme und fahre ihm durch die Haare, spüre seinen schnellen Herzschlag an meiner Brust, und ein leises Stöhnen drängt sich aus seiner Kehle.

»Das genügt.« Rüde schiebt er mich von sich, fährt sich mit der Hand über das Gesicht. Es dauert einen Moment, bis ich überhaupt bemerke, dass ich nicht mehr an ihm klebe. Ich blinzle und öffne die Augen.

»Was ist?«, frage ich verwirrt.

Sofort kommt er einen Schritt auf mich zu und hebt die Hände.

»Ich … es ist nichts.« Er reibt sich den Nacken, starrt auf den Boden.

»Sayed, habe ich etwas falsch gemacht?«

Er hebt den Blick, voller Zuneigung sieht er mich an.

»Nein, Rotkehlchen, hast du nicht. Ich wollte dir noch den großen Baum zeigen und wenn wir uns nicht beeilen …«

Er beendet den Satz nicht, hebt die Augenbrauen und grinst verlegen.

Ich stoße den angehaltenen Atem aus und nicke zaghaft.

»Dann zeig ihn mir.«

Als hätte er nur auf diesen Satz gewartet, dreht er sich um und läuft auf das grüne Dickicht zu. Ich folge ihm, den Kopf nach oben gerichtet. Über mir hängen Blätter an den Ästen der Pflanzen, sie bilden ein Dach, durch das der blaue Himmel blitzt. Als wir tiefer in den Urwald vordringen, wird es immer dunkler und stiller. Hier ist das Vogelgezwitscher kaum noch zu hören, eine samtene Ruhe liegt über allem. Selbst unsere Schritte klingen gedämpft auf dem bemoosten Boden. Gräser streifen meine Finger, meine Haare verfangen sich in Zweigen, aus denen junge Triebe sprießen. Es raschelt und trippelt, Mäuse und andere Tiere verstecken sich im Unterholz.

Sayed dreht sich zu mir um.

»Zieh deine Schuhe aus, Hanna«, sagt er und nestelt schon an den Knoten seiner Schuhe herum.

Ich soll barfuß laufen. Die Freiheit spüren.

Ich bücke mich, schnüre die schweren Winterstiefel auf und schäme mich der fadenscheinigen Strümpfe, die ich trage, bis ich bemerke, dass Sayeds auch nicht besser sind.

Er hält seine Stiefel schon in der Hand, seine Füße sind blass, aber sauber. Die kühle Luft streift meine Haut, als ich alles ausgezogen habe. Ungläubig starre ich auf meine Füße, klein und zierlich und genauso weiß wie seine.

Als könnte ich mich verletzen, setze ich sie behutsam auf das feuchte, weiche Moos. Es kitzelt an meiner Sohle, meine Zehen sinken in den Boden. Der Geruch von Erde strömt zu mir nach oben. Rein und unverfälscht durchdringt er meine Poren, befreit mich von Tod und Sterben und erfüllt mich mit dem Kreislauf des Lebens.

»Das ist Freiheit, Hanna. Kannst du es fühlen?«

Die Arme locker an den Seiten, steht er vor mir und blickt fast demütig um sich. Ich kann nur nicken, so ergriffen bin ich von all den Eindrücken. Die nackte Haut an meinen Füßen vereint sich mit der Natur, mit jedem Schritt mehr und mehr, als wir weiterlaufen und an eine Lichtung kommen. Unvermittelt teilt sich der Blätterwald, und die Sonne bescheint eine offene Fläche, an deren Rand ein riesiger Baum steht. Seine Krone spannt sich weit über den Himmel, sein dicker Stamm ist fest verwurzelt mit dem Boden. Ein Eichhörnchen krallt sich in die verwitterte Rinde und huscht davon. Ich bin überwältigt von seiner majestätischen Größe und fühle mich klein und unwichtig. Er steht hier schon hunderte von Jahren, unbeeindruckt von den Kriegen und Schlachten der Menschen um ihn herum.

»Willst du hochklettern?« Sayed freut sich wie ein kleines Kind, als ich den Kopf in seine Richtung drehe, und ist schon auf dem Weg zum Fuße des Baumes.

»Komm Rotkehlchen, ich helfe dir.« Er formt die Hände zu einer hohlen Form und geht leicht in die Knie.

»Du musst dich nur hier drauf stellen und ich schiebe dich zu dem dicken Ast dort drüben.« Er neigt den Kopf in die Richtung einer Astgabel, die aus dem Stamm herauswächst. Ich betrachte ihn skeptisch, dann raffe ich meinen Umhang, knote ihn an meinen Oberschenkeln zusammen und steige mit meinem Fuß auf seine Räuberleiter. Seine Finger umschließen meinen Knöchel, ich stütze mich auf seiner Schulter ab, und mit einem Ruck hebt Sayed mich hoch. Ich quietsche, recke die Arme nach oben und umklammere die Astgabel. Sayed schnauft unter mir, und ich ziehe mich ungelenk an der rauen Rinde in eine sitzende Position. Mit beiden Beinen umschlinge ich den Ast und richte mich auf. Unter mir springt Sayed hoch und greift mühelos mit den Händen um den Ast, auf dem ich sitze. Er zieht sich ebenfalls nach oben, seine Muskeln treten unter seinem Hemd hervor, und mit einer schwungvollen Bewegung hievt er sich gegenüber von mir in eine bequeme Haltung.

Er strahlt mich an.

»Fantastisch, oder?«

Um mich herum rascheln die Blätter in einer leichten Brise, es duftet nach Holz und Wald, und die Sonne liebkost mein Gesicht. Ich atme tief ein. Zum ersten Mal in meinen Leben fühle ich mich vollkommen ruhig und frei.

»Es ist wie ein Traum, Sayed. Ich glaube, ich träume. Ich danke dir.« Ich lege eine Hand auf seine geröteten Wangen.

Eine Zeitlang sagt niemand von uns ein Wort, und ich genieße die Stille.

»Das könntest du immer haben, Rotkehlchen.« Sayeds Stimme holt mich in die Gegenwart zurück.

»Was?«

»Ich sagte, das könntest du immer haben, Hanna.«

Er sieht mir in die Augen.

»Wie meinst du das?« Ich runzle die Stirn.

»Geh mit mir weg.«

Ich lächle nervös. »Ich verstehe dich nicht. Was meinst du? Wohin soll ich mit dir gehen?« Insgeheim weiß ich, was er mir sagen will, und stelle mich absichtlich ahnungslos, in der Hoffnung, er gibt auf.

Das tut er aber nicht.

»Wir könnten hier fortgehen, Rotkehlchen. Ich bringe dich hier weg und du kannst immer in Freiheit leben. Willst du das nicht auch?« Beschwörend sieht er mich an. Sein Blick hält mich fest, um die Dringlichkeit seiner Worte zu unterstreichen.

»Sayed, ich …« Ich kratze mit meinem Nagel an der Rinde herum, er packt mich am Handgelenk.

»Hanna, ich kenne Menschen, die uns helfen! Sie schleusen uns aus diesem verfluchten Land! In eine neue Zukunft, in die Freiheit!« Er ist lauter geworden, sein Griff eisern.

»Lass mich los, du tust mir weh.« Ich entziehe ihm meine Hand und reibe mir die Haut an der Stelle, die er festgehalten hat. »Ich kann hier nicht weg, verstehst du das nicht?«

Er schüttelt den Kopf.

»Nein, Hanna. Nein, das verstehe ich nicht.« Sayed spricht ganz ruhig und betont jedes Wort überdeutlich. Er beugt sich zu mir, und sein ganzes Wesen scheint sich mit einem Mal zu verdunkeln. Ich rutsche wackelig ein Stück nach hinten.

»Ich habe meine Mutter hier und meinen Bruder. Bald kommt das Baby, wer soll sich dann um sie kümmern?« Ich versuche, ihm vernünftig zu erklären, warum seine Idee verrückt ist. Niemals kann ich meine Mutter mit meinem Stiefvater alleine lassen. Er ist ein Monster, vor dem ich sie beschützen muss, aber Sayed weiß das nicht.

»Hanna. Deine Mutter kommt auch ohne dich zurecht. Sie ist erwachsen, du bist nicht für sie verantwortlich.« Er schnaubt und schiebt verächtlich hinterher: »Und als ob du dich um sie kümmern könntest.«

Ganz allmählich werde ich wütend. »Warum sagst du so etwas? Meine Mutter braucht mich und außerdem habe ich keine Lust, wegen deiner bescheuerten Idee zu sterben. Wohin willst du überhaupt gehen? In ein anderes Land?« Ich werde immer zorniger, meine Stimme schrill. »Das ist doch Wahnsinn! Ich habe noch nie von jemandem gehört, der das geschafft hat. Du etwa?« Höhnisch verschränke ich die Arme vor meinem Oberkörper und warte auf eine Antwort.

Er bleibt still, stiert mich an, die Augen zu Schlitzen verengt, die Lippen fest aufeinandergepresst.

»In Wirklichkeit hast du überhaupt keine Ahnung, wie das funktionieren soll. So einfach ist das.« Triumphierend über meinen Sieg in dieser Diskussion ziehe ich die Augenbrauen nach oben.

Als er spricht, klingt er wie geschliffenes Glas.

»Du bist hier diejenige, die keine Ahnung hat, Hanna. Du bist blind und taub für die Dinge, die um dich herum geschehen. Unschuldige Menschen werden jeden Tag hingerichtet. Bomben fallen auf unsere Häuser und Städte. Unser Land versinkt im Chaos. Und du nimmst es einfach hin und glaubst, dein einziges Problem sei deine Mutter? Das ist so armselig.« Zynisch verzieht er den Mund. Ich bin zu geschockt, um zu antworten. Ich habe Sayed so schon gesehen, roh und unbeherrscht. Am Tag der Hinrichtung war er genauso aggressiv.

Aber nicht mir gegenüber.

Die Gesichtszüge wie versteinert, den Körper angespannt, sitzt er vor mir, verschwunden ist die kindliche Freude und die Zärtlichkeit von eben.

»Sayed«, meine Stimme zittert, »versteh mich doch. Es geht einfach nicht.« Ich blicke ihn flehend an. »Ich kann meine Mutter nicht im Stich lassen, ich bin alles, was sie hat. So wie bei dir und deinem Vater. Würdest du ihn etwa verlassen?«

»Mein Vater würde mich niemals davon abhalten. Er liebt mich und wünscht sich, dass ich glücklich werde.«

»Willst du damit sagen, meine Mutter liebt mich nicht? Oder weniger als dein Vater dich?« In mir fängt es an zu brodeln. Kleine heiße Bläschen, die an die Oberfläche steigen, wie siedendes Wasser kurz vor dem Überkochen.

»Kann sein, dass ich das damit sagen will, ja. Vielleicht ist sie ja zu egoistisch, um dich gehen zu lassen.« Sayed hebt das Kinn.

»Es reicht. Ich höre mir das nicht länger an. Du bist doch verrückt!« Ich schwinge mein rechtes Bein über den Ast.

»Was tust du da?«

»Wonach sieht es denn aus? Ich verschwinde.« Vorsichtig umklammere ich den Ast und lasse mich langsam daran heruntergleiten, bis ich mit ausgestreckten Armen in der Luft hänge. Die Distanz zum Boden beträgt trotzdem noch ein ganzes Stück, ich bin einfach zu klein, aber das ist mir in diesem Moment egal.

»Hanna, komm schon, ich helfe dir. Ich gehe zuerst runter und stütze dich dann.« Sayed reicht mir seine Hand, um mich wieder hochzuziehen. Ich schüttle vehement den Kopf, die Rinde schneidet in meine Finger und ich habe das Gefühl, meine Schultern springen jeden Augenblick aus dem Gelenk.

»Ich kann das alleine«, zische ich zwischen zusammengebissenen Zähnen und lasse los. Ich lande auf dem Rücken, der Aufprall ist hart, aber ich rapple mich sofort hoch. Ich habe mich noch nicht ganz aufgerichtet, da steht Sayed schon vor mir.

»Hör mal, ich habe das eben nicht so gemeint. Natürlich liebt dich deine Mutter. Ich bin nur …« Er stößt den Atem aus und fasst sich mit Daumen und Zeigefinger an die Nasenwurzel.

»Es ist mir egal, Sayed.« Hektisch klaube ich Schuhe und Strümpfe auf. »Ich dachte, du bist anders als alle anderen, aber du bist genau wie sie. Gemein und verletzend und herrisch.«

»Das nimmst du zurück!« Er fasst mich grob an der Schulter und wirbelt mich zu sich herum. Sein Gesicht ist wutverzerrt, er schreit mich an: »Ich bin nicht wie sie! Niemals!« Seine Finger bohren sich in meinen Oberarm. Ich entwinde mich aus seinem Griff und gehe rückwärts, weg von ihm.

»Sieh dich an. Was tust du dann jetzt gerade?«, brülle ich, heiße Tränen der Wut sammeln sich in meiner Kehle, meine Stimme bricht. Bevor er auch nur antworten kann, renne ich los.

»Hanna, warte!« Sayed ruft mir hinterher, er klingt panisch. »Es tut mir leid.«

Der grüne Blätterwald peitscht mir Zweige ins Gesicht, blind vor Tränen stolpere ich vorwärts. Kleine Steine und holziger Untergrund bohren sich in meine nackten Fußsohlen, aber ich kann nicht anhalten. Weiter und weiter laufe ich, bis sich eine Hand um meinen Bauch schlingt und ich ruckartig zurückgerissen werde. Sayeds heißer Atem schlägt mir in den Nacken, außer Puste krächzt er mir ins Ohr: »Bleib stehen, verdammt!«

Ich will mich aus seiner Umklammerung befreien, trete nach hinten aus und treffe sein Schienbein. Er zuckt zusammen und lässt mich reflexartig los. Den Moment nutzend, fahre ich herum und kreische ihm ins Gesicht: »Fass mich nie wieder an, hast du verstanden!«

Mit dem Handrücken wische ich mir Tränen und Rotz aus dem Gesicht. »Ich habe genug davon. Genug Gewalt und Befehle von euch Männern. Ich lasse mir das nicht mehr gefallen und schon gar nicht von dir!«

Ich muss aussehen wie eine Verrückte, Blätter und kleine Äste hängen in meinem Haar, die bloßen Füße verdreckt und blutig, mit zorngerötetem Gesicht.

Sayed ist kreidebleich. Die Handflächen hat er nach oben gedreht, wie in einer Geste der Beschwichtigung, als wäre ich ein streunender Hund, der seine scharfen Zähne bleckt.

»Hanna, es tut mir leid! Lass mich dich nach Hause bringen. Du kannst unmöglich alleine zurückfinden. Nur nach Hause bringen. Sonst nichts.«

Während er spricht, streife ich mir meine Strümpfe über und schlüpfe in die Stiefel. Den Kopf gesenkt, binde ich mir die Schnürsenkel, mein Herz rast, ich sehe rot. Als ich fertig bin, hebe ich den Kopf, blicke direkt in seine Augen. Sein Blick ist voller Verzweiflung.

»Willst du mich schlagen, Sayed? Wie alle anderen auch? Ihr Männer dieses Landes kennt es nicht anders, nicht wahr?« Ich richte mich auf und spucke vor ihm auf den Boden.

Entsetzt weicht er zurück, und in diesem Moment wird mir klar, dass ich den Bogen überspannt habe. Sayed würde mich niemals schlagen. Verstört lässt er die Hände sinken, fassungslos bewegt er den Kopf stockend hin und her. Ich überlege fieberhaft, was ich sagen kann, aber mein Innerstes ist wie leergefegt. Nichts kommt mir über die Lippen, keine Entschuldigung, kein Wort der Wiedergutmachung. Ich öffne den Mund und schließe ihn wieder, dann drehe ich mich um und lasse ihn einfach stehen.

Die Dämmerung hat eingesetzt und die Ausgangssperre ist nicht mehr fern. Ich irre durch fremde Straßen, nichts kommt mir bekannt vor. Wie in Trance setze ich einen Fuß vor den anderen, biege willkürlich nach rechts oder links ab, und unentwegt laufen mir die Tränen unter meinem Tuch über das Gesicht. Ich empfinde weder Angst vor der drohenden Gefahr der Ausgangsperre noch vor meinem Stiefvater, der meine Abwesenheit mit Sicherheit schon bemerkt hat. Ich empfinde nichts als Scham. Wie konnte ich Sayed so verletzen? Ich erkenne mich selbst nicht wieder, niemals in meinem Leben habe ich so heftig aufbegehrt. Er wird mir nicht verzeihen. Selbst wenn ich die Strafe, die mich erwartet, überstehe, habe ich kaum Hoffnung, dass er mich jemals wiedersehen will. Der Schmerz, der mich bei diesem Gedanken überfällt, ist so gewaltig, dass er mir die Luft abschnürt. Ich krümme mich vornüber, schlinge die Arme um meinen Brustkorb und ziehe panisch Luft in meine Lungen. Stütze mich röchelnd mit dem Arm an einer Hauswand ab, lehne mich an den kalten Stein und versuche, mich zu beruhigen. Als ich wieder atmen kann, setze ich meinen Weg fort. Autoscheinwerfer blenden mich, Patrouillenfahrzeuge kontrollieren die Straße. Ich verstecke mich in Hauseingängen und hinter Mauern, und nach Stunden erkenne ich tatsächlich ein Gebäude. Es ist unser Gemeindesaal. Wie durch ein Wunder habe ich nach Hause gefunden. Meine Füße sind wund, mein Hals trocken und rau und mir ist schrecklich kalt. Die letzten Meter schleppe ich mich mehr dahin, als dass ich laufe, meine Kraft ist verbraucht.

Mein Stiefvater ist nicht da, er ist auf einer Versammlung, und meine Mutter hat mich wieder gedeckt. Sie hat behauptet, es ginge mir nicht gut und ich sei schon schlafen gegangen.

Einzig Alex steht im Türrahmen seines Zimmers und sieht, wie meine Mutter mich in mein Zimmer führt. Sie wirft ihm einen scharfen Blick zu, der ihm vermittelt, sich nicht einzumischen und mich nicht zu verraten. Wortlos dreht er sich um und schließt seine Türe. Darüber kann ich mir jetzt keine Gedanken machen. Ich kann kaum noch stehen, klammere mich hilflos an sie.

»Leg dich hin. Ich bringe dir heißen Tee, du bist völlig unterkühlt.« Ich entkleide mich, habe Kratzer an Armen und Füßen, meine Haare sind zerzaust und verschmutzt.

Mit einem sauberen Tuch und einer großen Schüssel mit heißem Wasser kommt meine Mutter zurück. Behutsam wäscht sie mich von Kopf bis Fuß, der warme Lappen gleitet sanft über meine verletzte Haut.

Sie klaubt grüne Blätter und abgebrochene Zweige aus meinem Haar und betrachtet sie erstaunt. »»Wo warst du bloß, Hanna? Ich habe dir gesagt, du sollst auf dich aufpassen!« Sie klingt verärgert und gleichzeitig besorgt. »Ich musste ihn mit allen Mitteln davon abhalten, nach dir zu sehen. Er ist misstrauisch, ganz zu schweigen von Alex. Wenn er erfährt, was wir hinter seinem Rücken tun, wird er dich und mich bestrafen!«

Ja, das weiß ich alles, Mama!, will ich ihr ins Gesicht schreien, aber nichts ist mir wichtiger als Sayed! Doch ihn habe ich verloren und so erscheint es mir sinnlos, ihr den unstillbaren Hunger nach Freiheit, den Sayed für mich verkörpert, zu erklären.

Sie bringt mir Suppe. Löffel für Löffel schiebt sie mir zwischen die Lippen und ich schlucke gehorsam, obgleich ich nichts schmecke. Innerlich leide ich Höllenqualen, am liebsten würde ich aufspringen und zu Sayed laufen. Mich in seine Arme werfen und alles ungeschehen machen. Aber ich bin zu schwach, um überhaupt den Kopf zu heben. Mein Körper glüht, die Augen fallen mir zu und selbst wenn ich mich anstrenge, schaffe ich es nicht mehr, sie zu öffnen. So falle ich in einen tiefen, traumlosen Schlaf.

»Hanna! Du musst ein wenig trinken, wach auf.«

Die Stimme meiner Mutter dringt zu mir durch, undeutlich und fern, Sonnenlicht brennt hinter meinen Lidern.

Sie schüttelt meine Decke auf und schiebt mir ein Kissen unter den Kopf. Mir ist heiß, ich habe fürchterliche Gliederschmerzen und die Zunge klebt mir am Gaumen. Ich spüre eine Tasse an meinem Mund, und mit scharfem Geschmack rinnt mir schwarzer Tee die Kehle herunter.

»Wenn es nicht bald besser wird, brauchen wir einen Arzt. Sie schläft jetzt seit sechzehn Stunden.« Meine Mutter spricht mit Alex, ich kann ihn schemenhaft an der Tür zu meinem Zimmer erkennen. »Sie ist ernsthaft krank, das Fieber will einfach nicht sinken.«

»Soll ich ihn holen?« Er klingt noch beunruhigter als meine Mutter. Sie seufzt schwer. »Nein, wir warten noch ein wenig. Ich will keine Aufmerksamkeit erregen, wenn es nicht wirklich nötig ist. Wenn es morgen nicht besser wird, schicke ich dich los. Komm, sie muss sich ausruhen.«

»Kann ich noch ein bisschen bleiben? Ich bin auch ganz leise, Mama?«, bittet mein Bruder zaghaft.

»Sag Bescheid, wenn ihr mich braucht.« Im Vorbeigehen drückt sie ihm einen Kuss auf die Wange.

Alex setzt sich an mein Bett und nimmt meine Hand in seine. Ich schließe die Augen, bin zu schwach, um wach zu bleiben.

»Hanna, kannst du mich hören?« Mein Bruder hat sich über mich gebeugt und wispert mir leise ins Ohr. Ich nicke oder zumindest versuche ich es.

»Hör zu, Schwester, ich weiß Bescheid. Ich weiß, was du tust, wenn ich in der Schule bin.«

Ein Stromstoß durchfährt mich, mein Körper bäumt sich auf. Ich reiße nun doch die Augen auf und starre direkt in Alex' Gesicht.

»Ssh, Hanna, beruhige dich.« Er presst meine Arme auf das Laken. »Du musst dich ausruhen.« Immer heftiger versuche ich mich zu befreien, ich will aufstehen und Sayed warnen, wenn es nicht schon zu spät ist. Alex wird ihn schon verraten haben, während ich hier geschlafen habe.

»Hanna! Sei still und hör mir doch zu.« Mein kleiner Bruder bemüht sich, mich im Zaum zu halten, aber die Sorge um Sayed verleiht mir ungeahnte Kräfte.

»Ich verrate dich nicht, verdammt noch mal! Ich habe eine

Nachricht für dich«, keucht er. Obwohl er lauter geworden ist, brauche ich einen Moment, um zu verstehen, was er gesagt hat. Schlagartig werde ich ruhig, verwirrt öffne ich den Mund.

»Was?« Ein starker Hustenanfall schüttelt mich und Alex hält mir den Tee an die Lippen. Ich trinke einen Schluck und sinke nach hinten.

»Ich habe Sayed gesehen. Im Laden.« Er spricht schnell, will nicht unterbrochen werden.

»Hanna, du bist meine Schwester. Ich würde dich nie verraten. Ich weiß nicht, warum ich Papa das mit Mama erzählt habe.« Er zieht die Schulter nach oben.

»Ich wollte das nicht, du musst mir glauben! Es tut mir schrecklich leid und ich bereue es jeden Tag!« Flehentlich verschlingt er seine Hände im Schoß und sieht aus wie ein kleines Kind.

Ich bin trotzdem noch misstrauisch und sage nichts.

»Ich habe Tee für dich geholt, Mama hat mich geschickt. Es war sonst niemand im Laden und da habe ich ihm gesagt, dass du krank bist. Ich habe euch damals gesehen, bei der …«, er schluckt, »der Hinrichtung. Er hat dir das Leben gerettet, Hanna, weißt du das? Wenn du in Ohnmacht gefallen wärst, hätten sie dich einfach totgetrampelt.«

Alex weint, seine Stimme überschlägt sich. Unbeholfen wischt er sich über die Augen.

»Ich hatte solche Angst um dich, aber Vater stand doch direkt neben mir. Ich hätte nichts tun können, ohne dass er es bemerkt hätte. Ich habe dich sofort erkannt, aber Papa nicht. Er hat die Hinrichtung überwacht und ich durfte nicht von seiner Seite weichen. Du bist einfach umgefallen.« Seine Augen sind ganz groß, die Euphorie, die er am Tag der Hinrichtung hatte, ist wie weggeblasen. »Die Menge hätte dich einfach totgetrampelt, wenn er nicht …« Alex verstummt, und meine Zweifel an ihm werden kleiner. »Ich will nicht so werden wie er, Hanna«, wispert er. »Er ist kein guter Mensch. Sein Herz ist aus Stein.«

»Alex!« Ich setze mich mühsam auf und lege die Arme um ihn.

»Du bist meine Schwester, Hanna. Ich könnte dir nie etwas antun. Ich hab dich so lieb.«

Jetzt schluchzt er haltlos, sein Kopf fällt auf meine Brust. Mein Herz zieht sich zusammen, der Anblick seiner Haare, die ihm ungekämmt zu allen Seiten abstehen, sein schmaler Hals und seine bebenden Schultern erinnern mich an früher. Wenn er traurig war, kam er auf seinen kurzen Beinen zu mir gelaufen, ich hob ihn auf meinen Schoß und drückte ihn fest an mich. Meine Finger wanderten dann seinen Arm hinauf und ich flüsterte einen Kinderreim in sein Ohr.

Krabbelt ein Mäuschen die Stiege hinauf,
bleibt ein wenig hocken,
krabbelt ein bisschen weiter hinauf
und bimmelt an der Glocke.

Beim letzten Satz kniff ich ihn spielerisch in die Nase, und während in seinen Augen noch Tränen hingen, verzog sich sein kleiner Mund zu einem bewundernden Lächeln.

»Alex«, ich lege meine Hand auf sein Haar und küsse ihn auf den Kopf. »Du wirst niemals werden wie er. Ich weiß es!« Er tut mir so schrecklich leid, ob der Zukunft, die ihn in diesem Land erwartet. Es wird ihn zerstören, ihn auffressen, bis von seiner Güte und Menschlichkeit nichts mehr übrig ist. Aber das sage ich ihm nicht. Ein winziger Funken Hoffnung glimmt in meiner Brust und ich klammere mich an ihn.

»Ich verzeihe dir, kleiner Bruder. Ich hab dich doch auch lieb«, sage ich heiser. Alex hebt den Kopf, und die Erleichterung in seinem Blick ist grenzenlos.

»Danke Hanna! Du kannst mir vertrauen. Immer! Ich verspreche es dir.« Er drückt mich an sich und kreuzt dann Zeige- und Mittelfinger vor meinem Gesicht. Ich bringe sogar ein kleines Lächeln zustande. Alex schnäuzt sich geräuschvoll in ein Taschentuch und sieht mich mit leuchtenden Augen an.

»Willst du jetzt wissen, was ich dir ausrichten soll?« Er hat richtig Freude an seiner Aufgabe als Nachrichtenüberbringer. Mein Herz fängt an zu pochen. Was hat Sayed gesagt? Bin ich ihm egal? Oder ist er in Sorge im mich? Nervös zupfe ich am Ärmel meines Nachthemdes. Ich spüre keine Erschöpfung mehr, das Adrenalin pumpt durch meine Adern. Mein Bruder wartet meine Antwort nicht ab.

»Erst tat er so, als wüsste er nicht, von wem ich spreche, er leugnete, dich zu kennen. Aber ich habe einfach weitergeredet.« Alex gluckst, er hat sichtlich Spaß an der Sache. »Letztendlich hat er mir dann doch zugehört, ich glaube, seine Neugier war größer.« Er rutscht noch ein Stückchen näher zu mir.

»Und dann, Hanna«, er macht eine kunstvolle Pause, »hat er dir gute Besserung gewünscht!« Alex strahlt mich an.

Ich warte, dass er weiterspricht, aber er sagt nichts mehr und wackelt nur begeistert mit dem Kopf.

»Wie?«

»Was wie?«

»Mehr hat er nicht gesagt?«

»Nein, Hanna, mehr hat er nicht gesagt. Das ist doch nett von ihm, oder?« Alex spürt meine Enttäuschung, versteht aber nicht, wieso.

Ja, nett, denke ich, mehr aber auch nicht. Ich seufze und drehe den Kopf in Richtung Wand.

»Hanna, hab ich dich traurig gemacht?«

»Nein, ich … ich bin nur müde, Alex, das ist alles.« Auf keinen Fall will ich, dass er bemerkt, wie unglücklich ich bin.

»Kannst du mich schlafen lassen, bitte?« Ich sehe ihn nicht an und kann spüren, wie verwirrt er ist. Er geht davon aus, er bringt mir einen Schatz, dabei ist es eine einzige Niederlage.

»Ja, natürlich«, sagt er liebevoll, erhebt sich und küsst mich aufs Haar.

Bevor er geht, halte ich ihn kurz am Arm fest.

»Alex, danke. Danke, dass du mich nicht verrätst.«

»Ich hab dich lieb, große Schwester. Ich bin froh, dass du mir glaubst und mir verzeihst.«

Für einen Moment vergesse ich Sayed. Die Liebe zu meinem Bruder übermannt mich mit aller Heftigkeit. Alex beugt sich zu mir runter und drückt mich, dann verlässt er leise mein Zimmer und schließt die Tür.

Kaum bin ich alleine, löst sich der Knoten in meinem Hals und alles bricht aus mir heraus. Ich halte mir mein Kissen auf das Gesicht. Die Schluchzer sind hemmungslos, mein Klagen laut und ich kann es nicht unterdrücken, wie sehr ich mich auch bemühe. Unaufhaltsam bahnt es sich einen Weg aus meinem gebrochenen Herzen. Nun weiß ich, dass ich Sayed zu tief verletzt habe.

Mir gute Besserung zu wünschen war reine Höflichkeit, mehr aber auch nicht. Er wird mich vergessen, wenn er es nicht schon getan hat.

Ich habe meinen einzigen Freund verloren.

Kapitel 13

Die Tage vergehen wie im Delirium. Das Fieber kommt und geht, meine Mutter und Alex kümmern sich abwechselnd um mich. Sie wäscht mich und wickelt mir lauwarme Tücher um meine Waden, Alex überredet mich mit allen Mitteln der Kunst, zu essen, aber mehr als ein wenig Brühe bringe ich nicht herunter. Den Arzt verweigere ich. Meine Mutter schimpft, fleht und redet mit Engelszungen auf mich ein, aber ich widersetze mich. Medikamente gibt es kaum, es ist sowieso nur der Stellung meines Stiefvaters zu verdanken, dass wir überhaupt einen Arzt rufen können. Und ich mag ihn nicht. Er ist grob und ungeduldig. Er hinterlässt in mir ein seltsames Gefühl der Scham, wenn er meinen Körper ausführlich untersucht. Oft verweilen seine kleinen, dicken Finger viel zu lange an Stellen, die mir unangenehm sind. Und so stoßen ihre Bitten auf taube Ohren. Außerdem sehe ich keinen Sinn darin, wieder gesund zu werden, und lasse mich absichtlich hängen. Die Aussicht auf mein altes Leben ohne Sayed ist so deprimierend, dass mir mein schlechter Gesundheitszustand gerade recht kommt.

Alex war noch einige Male einkaufen und jedes Mal, wenn er zurückkam, raste mein Herz und ich wartete voller Ungeduld auf eine neue Nachricht von Sayed.

Es kam keine.

So schwindet meine Hoffnung, Sayed könne mir verzeihen und mich vermissen, immer mehr.

»Hanna, du musst essen!« Meine Mutter blickt mich streng an. »Wenn du nicht gesund wirst, kannst du auch nicht mehr einkaufen gehen.« Sie blinzelt mir verschwörerisch zu, ahnungslos, dass ich vor Kummer krank bin.

Ihr Gang wird immer schwerfälliger und die Niederkunft des Babys ist nicht mehr lange hin. Sie schiebt sich ihre Hände in den Rücken und massiert sich stöhnend das Kreuz. Ich würde ihr so gerne helfen, aber ich kann nicht. Kommentarlos ziehe ich die Decke über mein Gesicht und rolle mich zu einer Kugel. Sie verlässt kopfschüttelnd den Raum. Tröstliche Dunkelheit umgibt mich unter meinem Laken, warm staut sich die Atemluft, und ich verfange mich in Erinnerungen an Sayed.

Ich sehe ihn, hinter der Ladentheke, als er mich auffordert, mein Tuch abzulegen. Sein Blick auf meine Haare, die sich über meine Schultern ergießen, als hätte er noch nie etwas Schöneres gesehen. Die schreckliche Qual in seinen Augen, als er die Hinrichtung des Mannes mitansehen muss, der ein Freund seines Vaters war. Seine Hände, die meine umfassen, seine weichen Lippen, die meine verschließen.

Ich beiße mir so fest auf die Zunge, dass ich Blut schmecke, und der Schmerz fühlt sich gut an. Ich habe ihn verdient. Meine Fingernägel bohren sich in die Haut auf meinem Oberschenkel und hinterlassen tiefe Abdrücke.

Ich will ihn zurück, ich kann ohne ihn nicht leben.

Aber er will mich nicht mehr und das nimmt mir die Lust zu atmen.

Am nächsten Tag betritt meine Mutter mein Zimmer, reißt die alten Stoffreste vor dem Fenster zur Seite, und grelles Sonnenlicht flutet die Wände.

Sie kommt an mein Bett und hebt die Decke hoch. Ich

blinzle sie verstört an, ihre kühlen Hände umfassen zart mein Gesicht.

»Du hast heute Geburtstag, Schätzchen. Du wirst aufstehen, keine Widerrede.« Ihre Augen strahlen, ihre Haut leuchtet und sie lächelt mich voller Liebe an. Sie sieht so wunderschön aus und ich kann sie unmöglich enttäuschen. Ihr Kuss auf meine Stirn ist so voller Zuneigung, dass ich mich schäme, mich so gehen zu lassen.

»Das ist jetzt der zehnte Tag, den du im Bett verbringst, du verlernst noch das Laufen.« Sie kitzelt mich sacht unter dem Kinn und ich muss kichern.

»Ich bin doch kein kleines Kind mehr, Mama«, protestiere ich.

»Ich weiß, Liebling, schließlich wirst du heute achtzehn Jahre alt. Aber für mich bleibst du immer mein kleines Mädchen. Alles Liebe zum Geburtstag, Hanna.« Sie zaubert hinter ihrem Rücken ein Geschenk hervor und ich reiße die Augen auf.

Geburtstage werden nicht gefeiert. Schon gar nicht die von Mädchen oder Frauen. Allgemein wird diesem Tag keine große Bedeutung beigemessen. Geschenke gibt es eigentlich nie.

Ungeduldig nestle ich an dem Stück Stoff, das um das Päckchen gewickelt ist. Zum Vorschein kommt eine Blechdose. Ich öffne den Deckel und drehe die Dose um. Auf meine Handfläche fällt eine Kette. An einem verschlissenen Lederband hängt ein silberner Anhänger. Vorsichtig nehme ich ihn zwischen Daumen und Zeigefinger.

Es ist ein winziger Hampelmann, seine Arme und Beine sind beweglich und so filigran gearbeitet, dass ich befürchte, sie abzureißen. Er glänzt wie frisch poliert, und eine kleine Zipfelmütze verziert seinen Kopf.

Ich blicke meine Mutter an. Sie hat Tränen in den Augen.

»Ist die für mich?«, frage ich mit erstickter Stimme. Ich habe noch nie etwas so Schönes besessen.

»Ja, Hannaherz, sie gehört dir.« Aus den Falten ihres

Umhangs kramt sie ein Taschentuch und wischt sich die Tränen ab.

»Ich habe ihn all die Jahre aufgehoben und versteckt. Es war das erste Schmuckstück, das mir dein Vater geschenkt hat. Zu meinem achtzehnten Geburtstag lag es einfach morgens vor unserer Haustüre. Ich kannte ihn damals nur flüchtig, erst später hat er mir verraten, dass es von ihm war. Er sagte, meine Lebensfreude erinnere ihn an einen Hampelmann. Heute bekommst du ihn. Ich habe ihn geputzt, er war über die Jahre ganz schwarz angelaufen.« Sie streicht über das fragile Kunstwerk.

Ich habe einen Kloß im Hals. So oft wie die letzten Wochen hat sie noch nie mit mir über meinen Vater gesprochen, fast als hätte sie gewartet, bis ich so weit bin. Ich kann mein Glück kaum fassen, endlich etwas von ihm zu besitzen. Es gibt keine Erinnerungsstücke, wir haben alles verkauft oder verloren. Ich mag es mir nicht vorstellen, wie sehr sie an diesem Schmuckstück hängen muss, um es unter diesen Umständen aufzuheben und zu verstecken.

»Soll ich ihn dir umlegen?«

Ich kann nur nicken, ich bin zu ergriffen, um zu sprechen. Ihre zitternden Finger führen das Lederband um meinen Hals und verknoten es fest.

Das Silber liegt kühl auf meiner Haut, zwischen meinen Brüsten, in der Nähe meines Herzens. Voller Ehrfurcht fahren meine Fingerkuppen über das Geschmeide. Auch wenn es keinen hohen materiellen Wert hat, ist es das Kostbarste, was ich jemals besessen habe.

»Ich weiß nicht, was ich sagen soll …« flüstere ich.

»Hanna, du und Alex seid das Wichtigste, das ich habe. Ich will, dass du es bekommst. Dein Vater wäre stolz auf dich, mein Herz. Du bist ein wunderbarer Mensch und nichts auf der Welt ist es wert, dass du dich aufgibst. Erst recht kein Junge. Wenn er nicht weiß, wie einzigartig du bist, hat er dich nicht verdient.«

Verblüfft hebe ich den Kopf.

»Du hast doch nicht geglaubt, ich merke nicht, dass du

Kummer hast? Ich weiß nicht, was zwischen euch vorgefallen ist und es ist auch nicht wichtig. Aber ich bin deine Mutter und ich bin untrennbar mit dir verbunden. Wenn du leidest, leide ich. Wenn du glücklich bist, laufe ich auf Wolken. Das ist die Aufgabe einer Mutter, Hanna.«

Sie nimmt meine Hand und legt sie auf ihren geschwollenen Bauch. Ich spüre die gedämpften Tritte und Stöße des ungeborenen Kindes und beuge mich nach vorne.

»Hallo, kleines Baby. Ich habe heute Geburtstag und freue mich schon sehr auf dich.«

»Spürst du das? So, wie es in meinem Bauch lebt und atmet, so hast du das auch getan, Hanna. Und das verändert sich nie, mein kleines Mädchen.« Sie erhebt sich umständlich. »Und jetzt nehme ich dich mit ins Bad und wasche dich. Danach gibt es Tee und du hilfst mir beim Kochen, ja?« Sie hält mir ihre Hand hin, und zum ersten Mal seit Tagen stehe ich auf.

Kapitel 14

Eimer für Eimer erhitzen wir Wasser auf dem Herd und schleppen es ins Badezimmer, um die Wanne zu füllen. Es ist etwas Besonderes, sich so ausgiebig zu waschen, Wasser ist kostbar. Deshalb genieße ich das heiße Wasser mit all meinen Sinnen. Zaghaft recke ich meine Glieder, jeder Tropfen spült die Traurigkeit wegen Sayed ein winziges bisschen davon. Es läuft mir über die Haare meinen Hals hinab, benetzt den silbernen Anhänger, und meine Lebensgeister kehren zurück.

Sauber und frisch steige ich aus dem mittlerweile lauwarmen Nass, meine Haut rosig geschrubbt, die Haare meiner Mutter kringeln sich feucht um ihr Gesicht.

»So ist es doch schon besser, mein Kind.« Zufrieden wickelt sie mir ein dünnes Handtuch um meinen Körper. »Du ziehst dich jetzt an und dann bereiten wir das Essen zu.« Ihr Tatendrang schwappt auf mich über und ich verspüre auf einmal richtigen Hunger. Schnell schlüpfe ich in meine gewaschene Kleidung, die sie mir zurechtgelegt hat, und husche in die Küche. Auf dem Tisch liegt ein scharfes Messer neben runzeligen Kartoffeln, und ich mache mich an die Arbeit. Meine Mutter setzt sich mir gegenüber, das Fenster hinter ihr weit geöffnet, um die laue Frühlingsluft hereinzulassen. In einträchtigem Schweigen schälen unsere Finger routiniert die erdige Haut der Kartoffeln, das einzige Geräusch ist das kratzige Schaben unserer Messer. Ein leises Lächeln umspielt ihre Lippen, und ich fühle mich geborgen und geliebt und fasse einen Entschluss.

Ich werde einfach zu Sayed gehen und mich entschuldigen. Wenn ich ihm wirklich etwas bedeute, kann er mir verzeihen, ich bin mir sicher. Ich würde keine Sekunde zögern, ihm zu vergeben. Die Wohnungstür geht auf und Alex kommt herein. Er schiebt seinen Kopf durch die Küchentür, und als er mich sieht, grinst er über das ganze Gesicht.

»Hanna!« Er stürmt auf mich zu und umarmt mich. »Dir geht es besser, du bist aufgestanden!«

»Ja. Mama hat mich gezwungen.« Ich zeige mit dem Finger auf sie und Alex lacht laut. »Wenn sie was will, bekommt sie es meistens.«

Meine Mutter droht uns spielerisch. »Besser ihr tut, was ich sage. Alex, hilf uns, du kannst die Teller …«

Ohrenbetäubender Lärm zerfetzt die restlichen Worte, die ihr noch auf den Lippen liegen. Der Boden unter meinen Füßen bebt, Glas zerbirst und feine Splitter fliegen wie Tautropfen durch die Luft.

Vor meinen Augen läuft alles in Zeitlupe ab. Wie festgenagelt stehe ich mitten im Raum, alles um mich herum zerfällt in tausend Stücke. Meine Mutter ruft mir etwas zu, aber ich verstehe sie nicht. In meinem Kopf pfeift es. Ich presse mir die Handflächen auf die Ohren, weil ich will, dass es aufhört. Ich kann sehen, wie sie sich panisch um die eigene Achse dreht und sich auf Alex wirft. In der Sekunde, in der die beiden zu Boden fallen, reist die Kraft der Detonation das geöffnete Fenster aus seinen Angeln. Es fliegt meiner Mutter mit voller Wucht gegen den Kopf und begräbt die beiden unter sich. Eine zweite Welle der Erschütterung zieht mir den Boden unter den Füßen weg, ich verliere den Halt und knalle auf den Hinterkopf. Steinbrocken und andere Teile schießen durch die Luft, schutzsuchend krabble ich unter den Tisch, die Arme hilflos über dem Kopf verschränkt. Rauch beißt mir in der

Lunge, es riecht nach Feuer. Ich robbe vorwärts, in Richtung meiner Mutter und Alex, die reglos am Boden liegen. Eine warme Flüssigkeit sammelt sich in meinem linken Auge und rinnt mir zäh übers Gesicht, was mich im Augenblick nicht schert. Zentimeter für Zentimeter schiebe ich mich auf die beiden zu. Eine feine Staubschicht liegt in der Luft, ich kann immer schlechter atmen. Hustend und röchelnd strecke ich den Arm aus und meine Fingerspitzen berühren Alex' Bein, das unter meiner Mutter hervorlugt. Ein kleines Stück noch und ich kann seinen Knöchel umfassen.

»Alex!«, schreie ich wie von Sinnen und rüttle grob an seinem Schienbein. »Alex, du musst mir helfen!« Sein Gesicht liegt mir abgewandt, ich weiß nicht, ob er bei Bewusstsein ist. Ich rutsche noch näher an ihn heran, und ein stechender Schmerz explodiert in meinem Kopf. Kurz wird mir schwarz vor Augen, aber ich reiße mich zusammen und presse die Zähne aufeinander. Ich muss meine Mutter und meinen Bruder retten, alles andere ist egal.

Um mich vor dem Rauch zu schützen, der grau durch den Raum wabert, halte ich mir meinen Umhang vor die Nase. Das kaputte Fenster liegt auf dem Rücken meiner Mutter, spitze Glasscherben stecken im gebrochenen Holzrahmen. Mit aller Kraft hebe ich es an und schleudere es in die Ecke.

Vorsichtig umfasse ich die Schultern meiner Mutter und versuche sie zu drehen, als ihr Kopf unnatürlich zur Seite fällt. Im ersten Moment begreife ich nicht, dass ihr Hals das Gewicht nicht mehr trägt. Ihre Augen sind geschlossen, der Mund immer noch zu einem Schrei verzerrt.

Rasend vor Angst schüttle ich sie, presse mein Ohr auf ihren Brustkorb und höre keinen Herzschlag.

»Wach auf! Wir müssen hier weg! Wach auf, Mama!«

Ich höre es knistern und knacken, die Hitze wird langsam unerträglich. Das Feuer kommt.

Es frisst sich durch Wände und Decken, der Rauch wird immer dichter, ich kann kaum noch etwas sehen. Verzweifelt wende ich mich Alex zu. Seine Augen sind weit geöffnet und starren ins Leere, Blut läuft ihm aus einer großen Kopfwunde und bedeckt den Boden neben ihm. Als mein Verstand langsam realisiert, was passiert ist, öffne ich meinen Mund zu einem einzigen, langgezogenen Schrei. Ich schreie und schreie, dann verliere ich das Bewusstsein.

Hände machen sich an mir zu schaffen. Sie ziehen und zerren an meinen Beinen, an meinen Armen, schieben meinen Körper hin und her. Ich werde hochgehoben und jemandem über die Schulter gelegt. Verschwommen erkenne ich unser Treppenhaus, lodernde Flammen lecken am Geländer, tanzen auf den Stufen. Eine Stimme brüllt durch den zornigen Lärm des Feuers, dass ich die einzige Überlebende bin.

Nein, bitte lasst mich bei ihnen! Ich weiß nicht, ob ich spreche oder denke.

Mama, Alex! Ich kann sie unmöglich dort liegen lassen.

Sie werden sterben!

Kalte Nachtluft schlägt mir ins Gesicht und ich werde behutsam auf die Straße gelegt. Über mir ist der Himmel schwarz, orangefarbenes Licht erhellt die Nacht. Unser Haus brennt lichterloh. Menschen rennen panisch kreischend um mich herum. Ich kann keinen klaren Gedanken fassen, mein Kopf tut höllisch weh. Ein Fremder geht vor mir auf die Knie und gibt mir einen schmutzigen Lappen in die Hand.

»Drück das auf deine Wunde, Mädchen, ich komme gleich zurück und bringe dir Wasser.«

Wunde? Welche Wunde? Ich verstehe ihn nicht und starre ihn verstört an. Er rollt mit den Augen, führt meine Hand, die den Lappen hält, zu meinem linken Auge und presst sie fest dagegen. Ein glühender Stich durchzuckt mich. Jetzt weiß ich, was er gemeint hat. Mein Auge scheint verletzt zu sein, wie schwer, kann ich nicht einschätzen.

»Hören Sie«, meine Stimme ist kratzig und rau, »meine Mutter ist da noch drin und mein Bruder. Sie müssen sie da rausholen, so wie mich.« Ich kralle meine blutverschmierten

Finger in seinen Jackenaufschlag, ziehe ihn mit Gewalt an mich.

»Mädchen, da drin ist keiner mehr am Leben.« Er dreht sich in Richtung unseres Hauses, blickt mich an und schüttelt mitleidig den Kopf. »Jetzt jedenfalls mit Sicherheit niemand mehr.« Dann steht er auf und lässt mich alleine.

»Hanna!«

Irgendwo in der Ferne erklingt mein Name. Benommen versuche ich mich zu orientieren, die Anstrengung kostet mich zu viel Kraft. Erschöpft fällt mein Kopf auf meine Brust, ich schließe das gesunde Auge. Ich kann nicht mehr, jeder Atemzug ist einer zu viel.

»Hanna!«

Die Stimme kommt immer näher, angsterfüllt und voller Qual.

Ich kann nicht antworten, kein Ton ist mehr übrig. Ich will mich nur noch hinlegen, das harte, kalte Pflaster unter mir, und schlafen. Für immer.

Wie in Trance höre ich ihn meinen Namen flüstern.

»Hanna.«

Sayeds Stimme erfüllt meinen Kopf, mein Herz, kriecht mir unter die Haut. Warm und weich wie eine Decke hüllt sie mich ein, und ich werde ganz leicht. Ich fliege. Allein seine Stimme hebt mich hoch, starke Arme schließen sich um mich und ich schwebe. Wie eine Feder durch die Luft getragen, liebkosende Worte in meinen Ohren.

Meine Hanna, mein Rotkehlchen, mein Herz. Du lebst.

Sein Geruch erfüllt meine Nase, vertreibt den Gestank des Feuers und des Todes, Pfefferminz und Schweiß vermischen sich zu seinem vertrauten Duft.

Ich drifte weg, will nie mehr aufwachen und gleite einfach davon.

Kapitel 15

Flackerndes Kerzenlicht malt bizarre Muster an eine kahle, weiße Wand. Der Rest des Zimmers ist in Dunkelheit getaucht, und ich blinzle orientierungslos an die Decke über mir. Ich liege in einem Bett, ein fadenscheiniges Laken bedeckt meinen Körper. Die Luft ist stickig und viel zu warm. Irgendetwas stimmt nicht mit meinem Kopf. Er fühlt sich an, als wäre er zu groß für meinen Körper, ein seltsamer Druck lastet auf ihm. Meine Hand tastet prüfend nach oben, ich spüre einen dicken Verband um mein linkes Auge. Erst jetzt bemerke ich mein eingeschränktes Sehvermögen und die brennenden Schmerzen, die sich wie glühende Nadelspitzen in meinen Augapfel bohren. Ich drehe den Kopf ganz langsam nach rechts. Neben mir tropft das Wachs der Kerze geräuschlos auf eine alte Obstkiste, die als Nachttisch dient, und beleuchtet ein Glas Wasser. Sofort überkommt mich schrecklicher Durst. Behutsam stemme ich mich auf die Ellenbogen und in eine sitzende Position. Sterne tanzen vor meinem Auge, es kostet mich übermenschliche Kraft, das Glas an die Lippen zu führen. Meine Kehle ist geschwollen, trotzdem trinke ich so hastig, dass ich mich fast verschlucke. Als ich das Wasser in einem Zug geleert habe, fühle ich mich ein klein wenig besser und mustere meine Umgebung. Ich kenne dieses

Zimmer, doch meine Gedanken verschwimmen in einem grauen Nebel. Ich lasse mich zurücksinken und versuche mich zu konzentrieren. Das Letzte, woran ich mich erinnere, ist meine Mutter, die mich gebadet hat. Ihre feuchten Locken, die sich wirr in ihre Stirn kringeln, ihre sanften Hände, die meine nassen Haare kämmen. Ich habe Geburtstag, Alex kommt nach Hause, danach wird alles schwarz.

So sehr ich mich bemühe, da ist nichts. Ein tiefes Loch klafft in meinem Kopf, es will sich einfach nicht schließen.

Ich blicke an mir herunter und sehe eine saubere Hose aus leichtem Stoff, mit einer Kordel am Nabel zugebunden, darüber ein Hemd mit weiten Ärmeln, ohne Knöpfe, das mir viel zu groß ist. Zwischen den Falten am Ausschnitt glitzert es. Verwirrt hebe ich die Hand, und meine Finger schließen sich um eine Kette an meinem Hals.

Es ist der silberne Anhänger. Der Hampelmann, den mir meine Mutter geschenkt hat. Mit der Macht eines Donnerschlags kehrt alles zurück. Wie ein Ruck durchfährt mich die Erinnerung, lässt das Blut in meinen Adern gefrieren und spult die Szenen mit detaillierter Grausamkeit in meinem Hirn ab.

Die Detonation und der Körper meiner Mutter, der sich schützend auf Alex wirft. Das Fenster, das mit brutaler Gewalt gegen ihren Kopf knallt. Die leblosen Augen meines Bruders, das viele Blut um ihn herum. Es brennt, dichter Rauch frisst sich unaufhaltsam in meine Lunge. Jemand trägt mich aus dem Haus. Die Panik der vielen Menschen um mich herum.

Angst durchströmt mich, ich schnappe nach Luft, hektisch und zu schnell. Mein Brustkorb hebt und senkt sich, in dem sinnlosen Bemühen, meine Atemzüge unter Kontrolle zu bringen. Krampfhaft pumpe ich Sauerstoff in meine Lunge und habe dennoch das Gefühl, gleich zu ersticken. Meine Fingerspitzen fangen an zu kribbeln, hysterisch strample ich die Decke zur Seite. Ich hyperventiliere, ich kenne die Anzeichen dafür. Das ist mir schon öfter passiert. Meine Mutter hat mir aus diesem Grund die wichtigsten medizinischen Notfallmaßnahmen beigebracht. Immer und immer wieder erklärte sie mir, wie man einen Druckverband anlegt, den Kreislauf bei einer drohenden Ohnmacht in Schwung bringt, Schnittwunden versorgt und Kopfverletzungen behandelt. Es war ihr wichtig, mich zu schulen, sie wollte mich auf alles vorbereiten.

Wenn ich mich nicht sofort beruhige, werde ich bewusstlos. Ich schließe mein Auge und fokussiere mich auf meine Atmung.

Durch den Mund ein, Hanna, und durch die Nase aus. Ganz langsam und ruhig!

Ich höre die Stimme meiner Mutter so deutlich, als stünde sie neben mir.

So ist es gut, mein Herz, ein, und wieder aus. Keine Angst, ich bin bei dir.

Ich weiß nicht, wie viel Zeit vergeht, bis sich meine Atmung normalisiert, mein Kopf klarer wird, und meine Muskeln sich entspannen.

Meine Mutter und mein Bruder sind tot.

Dumpf und endgültig gräbt sich diese Tatsache im Rhythmus meines Herzschlages in mein Gehirn. Immer und immer wieder.

Sie sind tot.

Ich werde sie nie wiedersehen, mich nie wieder mit Alex streiten oder mit meiner Mutter lachen. Sie nie wieder umarmen und ihre Nähe spüren. Ihre Gesichter verschwimmen schon vor meinem geistigen Auge, ich sehe nur noch die verzerrten Züge in der Sekunde ihres Todes. Das Baby, mein ungeborenes Geschwisterkind, ich werde es niemals kennenlernen. Nie seine kleinen Zehen bestaunen und seine winzige Nase küssen, seinen feinen Duft schnuppern und die weiche Haut berühren.

Schon wieder fängt das Blut in meinen Adern an zu rauschen, mein Puls beschleunigt sich und ein kalter Schweißfilm legt sich auf meine Haut. Wilde, heiße Tränen schießen mir aus den Augen, allein der Gedanke an meine Familie bringt mich an den Rande einer Ohnmacht. Mein Unterbewusstsein will mich vor diesem unsäglichen Verlust, diesem brutalem Schmerz schützen und ich weiß, ich muss diese Erinnerungen verbannen, irgendwohin, wo sie mir nicht gefährlich werden können, sonst gehe ich daran zugrunde. Entschlossen balle ich meine Hände zu Fäusten. Ich brauche dringend ein anderes Gefühl als diese ungeheure Traurigkeit.

Ungestüm durchwühle ich meinen Verstand, wende mich innerlich nach links und rechts, spähe um all meine Ecken und Kanten und finde, geduckt und zum Sprung bereit, die Wut. Zinnoberrot funkelt sie mich an, lauert im hintersten Winkel meines Daseins. Ich locke sie nach vorne und gebe ihr Platz, sich auszubreiten.

Eine Bombe hat deine Familie umgebracht, flüstert sie gehässig, *eine Bombe, Hanna, entzündet vom Widerstand!*

Ihre Stimme tut gut, sie vertreibt den Seelenschmerz, baut mir eine solide Brücke über den Abgrund. Ohne zu zögern gehe ich darüber und blicke mich nicht um, die Wut fest an meiner Hand.

Auf der anderen Seite sammle ich Steine, dicke, schwere Brocken, und schichte sie Stück für Stück um mein Herz. Mit jedem Stein wird mir leichter, rote Strahlen züngeln um mich herum, immer greller und höher. Eine kolossale Kraft ergreift von mir Besitz, so, als presse ein schreckliches Ungeheuer seinen Mund auf meinen und blase seinen fauligen Atem in meine Lunge. Ich spüre, wie mich die Wut von innen verätzt, bis der Schmerz verschwunden ist. Ausgerottet, niedergemetzelt, in tausend Teile zerschlagen.

Aber alles ist besser als die Trauer.

Meine Gliedmaßen werden schwer, meine Muskeln steif. Ich bin müde, so müde wie nach einem langen Fußmarsch, und sinke erschöpft in die Kissen.

Als ich das nächste Mal erwache, ist es heller Tag. Ich fühle mich frisch und ausgeruht und mein Magen knurrt.

Ich spüre immer noch die kleine Flamme der grimmigen Wut, still flackert sie versteckt in meinem Herzen und gibt mir Sicherheit.

Sorgsam darauf bedacht, mich nicht zu schnell zu bewegen, richte ich mich auf und erkenne nun auch, wo ich bin. Es ist das kleine Zimmer im Laden von Sayeds Vater. Dasselbe Bett, auf dem ich schon einmal lag und versorgt wurde. Gerade will ich die nackten Füße auf den Boden stellen, als ich Sayed entdecke.

Er kauert in einer Ecke des Zimmers, gegenüber meines Bettes, schlafend.

Die Beine angezogen, den Kopf auf den verschränkten Armen zur Seite gelegt. Seine dunklen Haare fallen ihm über die Knie, seine vollen Lippen haben einen entspannten Zug. Die langen Wimpern werfen einen Schatten auf seine Wangen, die dichten Brauen sind verdeckt von wirren Strähnen.

Mein Herz macht einen Satz, ich höre seine Stimme, die mich verzweifelt ruft, suchend und findend. Er hat mich hierhergetragen, ich kann mich wieder erinnern. Das Gefühl zu fliegen, die Geborgenheit dicht an seinem Körper. Der Geruch nach Minze, unverwechselbar Sayed. Ein Gefühl der Sehnsucht durchströmt mich, ich will zu ihm laufen und ihm danken, ihn halten und nie wieder loslassen. Im gleichen Augenblick schiebt sich das Gesicht meiner Mutter und das meines Bruders vor Sayed. Grotesk entstellt, in Angst erstarrt, bleich und tot. Schroff wische ich es weg, taste mich blind an meine flackernde Flamme und gieße Öl ins Feuer. Sofort lodert sie hell und heiß und ich kann wieder atmen.

Ich stöhne laut vor Erleichterung, und Sayed schlägt die Augen auf.

»Hanna!«

Behände springt er auf die Füße und ist mit zwei großen Schritten an meinem Bett.

»Wie geht es dir?«

Er geht vor mir in die Hocke und schiebt mir eine Locke hinter das Ohr. Seine Gestik und Mimik, sein ganzes Gesicht ist so voller Liebe, dass es mir den Atem raubt.

»Ich hatte solche Angst um dich, ich dachte, du wärst tot!« Seine Hände zittern, als er sie an mein Gesicht legen will.

Es zerreißt mich innerlich, die Steine um mein Herz schwanken gefährlich und das kann ich nicht zulassen. Reflexartig wehre ich ihn ab, schlage, kurz bevor er mich berühren kann, seine Finger heftig zur Seite.

»Lass das!«

Ich klinge anders als früher. Fremd und hart und kalt. Sofort zieht sich Sayed zurück und blickt schuldbewusst zu Boden.

»Es tut mir so leid, Hanna, deine Mutter, dein Bruder … ich hätte da sein sollen. Ich habe nicht auf dich aufgepasst, obwohl ich es versprochen habe.«

Er fällt auf die Knie, die enorme Last seiner selbst auferlegten Bürde auf den Schultern. Wie ein Bittsteller wartet er auf meine Absolution. Ich sage nichts, ich bin ein hohles Gefäß, einzig gehalten durch die Wut und den Wunsch nach Rache. Irgendwann hebt Sayed den Kopf, voller Hoffnung, dass ich ihm verzeihe. Dabei gibt es gar nichts zu verzeihen, er hat mir nichts getan. Der Widerstand hat meine Familie getötet, nicht Sayed.

Er sieht mir so intensiv in die Augen, dass ich darin versinke, alles um mich herum zerfließt. Sein Mund nähert sich meinem. Ich will ihn küssen, mein ganzes Sein verzehrt sich danach, die Härchen auf meinen Armen stellen sich auf, Hitzewellen branden durch mich hindurch. Sein Geruch macht mich schwindelig, seine Nähe trunken. Ich öffne leicht die Lippen, in Erwartung eines erlösenden Kusses. Doch heraus kommt ein markerschütternder Schrei. Schrill und durchdringend, es klingelt in meinen Ohren und ich kann nicht mehr aufhören. Ich sitze vor ihm wie eine Verrückte und zerfetze den magischen Moment mit meinem gellenden Geräusch. Sayed fährt erschrocken zurück.

»Hanna, hör auf!«

Wie durch Watte wabert seine Stimme zu mir hinüber. Stocksteif, den Rücken kerzengerade, kreische ich ihm hemmungslos ins Gesicht, wie in einem Wahn.

»Hör auf damit!« Er packt mich an den Schultern und schüttelt mich. Gleich einer Puppe wackelt mein Kopf, während ich ohrenbetäubend weiterbrülle. Hilflos blickt Sayed um sich, ich bin wie von Sinnen. Schließlich holt er aus und verpasst mir eine Ohrfeige. Das klatschende Geräusch und der kurze Schmerz holen mich aus meiner Schockstarre und ich verstumme jäh.

Sayed steht vor mir, keuchend wie nach einem anstrengenden Kampf.

»Ich … es tut mir leid, Sayed, ich weiß nicht, wo das herkam«, stammle ich in dem Versuch, mich zu rechtfertigen.

Er legt eine Hand in den Nacken und rauft sich mit der anderen die Haare. Sein Blick geht zu Boden, während er spricht.

»Du liebe Zeit! Ich habe dich geschlagen, Hanna. Ich habe dich auf die Wange geschlagen!«

Ich kann ihn kaum verstehen, er redet mit sich selbst. Dann sieht er mich an und sein Ausdruck ist so gramerfüllt, dass sich mein Brustkorb verengt.

Er hat Angst, sich mir zu nähern, ich kann es fühlen. Ich sitze vor ihm und mir fällt rein gar nichts ein, um die Situation zu entspannen. Ich verstehe mich selbst nicht, noch vor ein paar Tagen habe ich mir nichts sehnlicher gewünscht als diesen Moment.

Sayed kommt zögerlich auf mich zu, bleibt aber in gebührlichem Abstand vor mir stehen.

»Hast du Hunger?« Unsicher schiebt er seine Hände in die Hosentaschen. Ich nicke zaghaft.

»Ich habe Tee und Brot und getrocknete Früchte. Ich kann es dir bringen, wenn du möchtest. Ich wusste nicht, ob du aufstehen kannst, deshalb …« Er beendet den Satz nicht, er ist immer noch durcheinander.

»Ich würde gern an einem Tisch essen, wenn es dir nichts ausmacht«, sage ich und ziehe die Ärmel meines Hemdes über meine Finger. Am liebsten wäre ich unsichtbar, so sehr schäme ich mich für meinen Ausbruch. Langsam stehe ich auf und Sayed hält mir seine Hand hin, nur um sie dann sofort wieder zurückzuziehen. Er durchquert das Zimmer und bringt mir dicke Socken, die ich über meine kalten Füße streife. Auf dem Flur wenden wir uns nach rechts, ich kann einen Teil des Ladens sehen, das *Geschlossen*-Schild hängt an der Tür.

»Mein Vater ist nicht da, wir haben die ganze Wohnung für uns.«

Die Küche liegt links von uns. Ein einfacher Tisch mit drei Stühlen, ein alter Herd mit vier Kochplatten und mehrere Regale, in denen Konserven und Geschirr untergebracht sind, säumen die kahlen Wände. Es ist sauber und warm, eine dampfende Kanne mit Tee und aufgeschnittenes Schwarzbrot stehen auf dem Tisch bereit. Nach diesen wenigen Schritten bin ich tatsächlich außer Puste und mein linkes Auge pocht unangenehm. Ich lasse mich erschöpft auf einen Stuhl fallen, Sayeds argwöhnischer Blick auf meine Befindlichkeit entgeht mir nicht. Er gießt mir Tee ein, reicht mir Zucker und einen Löffel. Stumm rühre ich in dem heißen Getränk, bis er anfängt zu sprechen. Er räuspert sich kurz und holt tief Luft, als wappne er sich innerlich.

»Du hast eine Verletzung am linken Auge, offensichtlich hat dich ein Glassplitter getroffen. Mein Vater hat einen befreundeten Arzt gerufen, er hat die Wunde versorgt und dir den Verband angelegt. Den solltest du noch eine Weile tragen.« Er leidet sichtlich Höllenqualen, windet sich auf seinem Stuhl, am liebsten würde er mich umarmen, das kann ich sehen. Ich zerkrümle derweil das Brot auf meinem Teller.

Was ist schon mein Augenlicht? Meine Mutter und Alex mussten sterben, da ist Blindheit ein geringes Übel.

»Es waren zwei Bomben, im Haus neben eurem gezündet. Die Attentäter sind nicht gefasst, es war ein einziges Chaos. Es ist alles abgebrannt. Du bist die einzige Überlebende aus beiden Gebäuden, Hanna. Dein Stiefvater war kurz nach der Katastrophe dort. Er weiß, dass du nicht tot bist. Er sucht dich.« Sayed betont jedes Wort, als wäre ich ein kleines Kind. »Er wird dich zurückhaben wollen, du bist sein rechtmäßiger Besitz. Du weißt, dass er das Recht dazu hat? Er kann dich zur Frau nehmen, wenn er will, das ist dir klar, oder?« Sayeds Aura strahlt dunkel und bedrohlich, er bringt die Worte nur mit Mühe über die Lippen. »So ist das Gesetz, Hanna. Aus diesem Grund musst du hierbleiben. Du musst dich verstecken und wenn du wieder gesund bist, musst du fort von hier.«

Ich schlucke.

Er hat recht. Mein Stiefvater wird sich keine neue Frau suchen wollen, er wird mich nehmen. Wir sind nicht verwandt und ich gehöre ihm. So lautet das offiziell eingeführte Gesetz der Regierung in Bezug auf die Frau und ihre Rechte.

Sayed beugt sich leicht nach vorne, schiebt seine Hände über den Tisch in meine Richtung. Behutsam reckt er seinen Zeigefinger, bis er mein Handgelenk berührt. So grazil wie die Feder eines Vogels fährt seine Fingerkuppe über meine Haut, auf der Hut, sich sofort zurückzuziehen, sollte es mir unangenehm sein.

»Hanna, hast du gehört was ich sagte?« Seine Stimme ist wie Honig, golden und süß fließt sie in mich hinein.

»Sieh mich an, Rotkehlchen.« Mutiger, weil ich ihn nicht zurückweise, schließt er seine ganze Hand um mein Handgelenk. Ich halte den Kopf gesenkt, stiere wie hypnotisiert auf seine Finger.

»Bitte, Hanna.«

Ich hebe den Kopf und blicke in sein Gesicht. Kummerfalten kräuseln sich auf seiner Stirn, er verstärkt den Druck seiner Hand.

»Hör mir jetzt genau zu, Hanna. Das ist wichtig. Ich werde dich nie wieder im Stich lassen, hast du mich verstanden? Ich hätte dich niemals alleine nach Hause gehen lassen sollen.« Ich will ihn unterbrechen, der Tag im Palmengarten kommt mir vor, als wäre er in einem anderen Leben gewesen. Mit einem Kopfschütteln deutet er mir an, ihn weitersprechen zu lassen. »Unser dummer Streit! Jeden Tag hoffte ich, du würdest kommen und ich könnte mich entschuldigen für meine unbedachten Worte. Ich bin fast wahnsinnig geworden, weil ich dachte, du willst mich nicht mehr sehen. Als mir dein Bruder dann sagte …« Sayed verstummt. Jetzt bin ich diejenige, die den Kopf schüttelt. Er soll nicht von Alex sprechen, ich will das auf keinen Fall. Er versteht mich und setzt neu an.

»Ich weiß, ich hätte das alles nicht verhindern können, so gerne ich es auch ungeschehen machen würde. Ich kenne deinen Schmerz, ich habe ihn selbst erlebt. Aber das Leben muss weitergehen, hörst du!«

Ich schnaube abfällig, aber Sayed spricht ungerührt weiter: »Deine Mutter hätte nicht gewollt, dass du dich aufgibst. Und Alex auch nicht. Ich bin für dich da, egal wie oft du mich anschreist oder zurückstößt. Hanna, ich ...« Er schließt kurz die Augen, öffnet sie dann wieder und sagt leise: »Ich liebe dich.«

Ich höre ihn. Laut und deutlich. Sehe ihn vor mir. Ich rieche ihn sogar, mit all meinen Sinnen bin ich bei ihm und kann ihm doch nicht antworten. Es ist, als hätte ich unsere Sprache verlernt, und der Moment zieht sich unangenehm in die Länge, während er mir unverwandt in die Augen starrt.

Irgendwann lässt er mich los, steht auf und holt eine Schüssel mit getrockneten Früchten aus einem Regal, stellt sie auf den Tisch und reicht mir eine Apfelscheibe.

»Du musst essen, Hanna.«

Mechanisch schiebe ich mir den Apfelring in den Mund und fange an zu kauen.

»Wer hat das getan?«

Mein Hals ist trocken, das Sprechen reibt an meinem Kehlkopf. Sperrig purzeln die Worte aus mir heraus. Ich schlucke und versuche noch einmal, meiner Stimme einen festen Klang zu geben. »Wer hat die Bomben gezündet?«

Ich atme tief ein, richte meinen gebeugten Rücken auf und schiebe die Schultern zurück. Ich mache mich groß, sehe ihm in die Augen und warte mit erhobenem Kinn auf eine Antwort.

Sayed setzt sich und lehnt sich im Stuhl zurück. Er verschränkt die Arme vor dem Körper und stellt die Beine breitbeinig auf den Boden. »Das ist doch egal, Hanna, du wirst dich nicht rächen können, wenn du darauf hinauswillst.« Sein Ton ist scharf und schneidend.

»Warum? Weil ich ein Mädchen bin?« Ich spucke ihm meine Frage vor die Füße, verächtlich und zornig.

»Nein, Hanna. Nicht, weil du ein Mädchen bist. Erstens weiß ich nicht, wer das getan hat. Und zweitens wirst du, selbst wenn ich es wüsste, niemals an diese Leute herankommen.« Sayeds dunkle Augen glitzern gefährlich, er ist wütend, aber das bin ich auch.

»Ich werde herausfinden, wer das war, mit oder ohne deine Hilfe. Und dann werde ich den- oder diejenigen töten. Mit meinen bloßen Händen töten, Sayed.«

Der Gedanke an Rache hinterlässt einen bitteren Geschmack in meinem Mund, tausendmal köstlicher als der süße Apfel.

Sayed wirft die Arme in die Luft, springt auf und stößt ein Geräusch aus, das wohl ein Lachen sein soll. »Bist du völlig von Sinnen, Hanna? Du hast vier Tage geschlafen, dein Auge ist verletzt, du kannst dich kaum auf den Beinen halten und redest davon, jemanden umzubringen? Das kannst du doch nicht ernst meinen?« Jetzt lacht er tatsächlich, ein grausames, verstörtes Lachen. Ich bleibe ganz ruhig sitzen, die Hände locker im Schoß, muss nicht einmal blinzeln. Sayed läuft mit langen Schritten in der Küche auf und ab, fährt sich durch die Haare, bleibt stehen, dreht sich um die eigene Achse und sieht mich an.

»Ich werde das tun, Sayed. Und es ist mir völlig gleich, was du dazu sagst. Niemand wird mich davon abbringen, auch du nicht. Was weißt du über den Widerstand? Er hat das getan, richtig?« Zischend knallen die Worte wie Peitschenhiebe aus meinem Mund, ohne Pause feuere ich sie ihm um die Ohren. »Ich weiß, dass du damit etwas zu tun hast! Der Mann, den sie damals hingerichtet haben! Du hast ihn gekannt. Und erzähl mir nicht, du weißt nicht, wovon ich spreche! Ich habe es in deinen Augen gesehen, er war dein Freund!« Ich habe mein Feuer entzündet, es knistert und lodert in meinem Herzen, schickt heiße Glut durch meine Blutbahnen. Meine Wangen sind gerötet, ich spucke und speie wie ein Vulkan.

Sayed ist bei meinem Ausbruch ganz ruhig geworden, die Augen zu Schlitzen verengt, seine Lippen zwei schmale Striche im Gesicht. »Ich habe dir schon einmal gesagt, Hanna, du hast keine Ahnung, wovon du redest. Du denkst, alles ist schwarz oder weiß, gut oder böse, aber so ist es nicht. Es ist ganz anders als du …«

Ich springe ebenfalls auf und stelle mich direkt vor ihn. Obwohl ich das Gefühl habe, dass mein Kopf zerplatzt und mein Auge gleich aus der Höhle kullert, weil es pocht und hämmert, nehme ich darauf keine Rücksicht. Ich bin viel zu wütend, um mich zu beruhigen.

»Wie ist es denn?«, schleudere ich ihm entgegen und schubse ihn dabei heftig nach hinten. »Wie, Sayed? Erklär es mir, wenn du es so genau weißt, verdammt noch mal!« Ich schlage ihm meine Fäuste gegen die Brust. »Du hast selbst keine Ahnung! Dein dummes Gerede kannst du dir sparen, ich höre nicht darauf!«

Meine Fingerknöchel schmerzen schon, trotzdem trommle ich ununterbrochen auf ihn ein. Mit einer schnellen Bewegung packt er meine Handgelenke und hält mich fest. Mit all meiner Kraft stemme ich mich dagegen, aber er biegt meine Arme unaufhaltsam nach unten, hinter meinen Rücken. Bis ich einsehe, dass ich nicht gewinnen kann, und mich ihm abrupt entwinde.

Kurz stehen wir voreinander, gefangen in diesem Augenblick, keiner rührt sich. Dann nehme ich so würdevoll, wie ich kann, wieder Platz, nach Luft japsend wie ein Fisch auf dem Trockenen. Ich streiche mir meine Haare aus dem Gesicht und versuche zu Atem zu kommen. Sayed steht immer noch in der Ecke, ebenso verschwitzt wie ich. Er hebt beschwichtigend die Hände, in einer friedlichen Geste.

»Ich mache dir einen Vorschlag, Hanna. Ich zeige dir alles, was ich weiß. Ich erzähle dir auch alles, was du wissen willst. Ohne Ausnahme, keine Lügen. Du kannst mir vertrauen. Aber erst, wenn du wieder gesund bist. So lange musst du dich gedulden, essen, schlafen und wieder zu Kräften kommen. Wenn du die Wahrheit kennst, kannst du selbst entscheiden, was du tun willst. Egal, was es sein wird, ich unterstütze dich.« Seine schwarzen Augen bohren sich fragend in meine. Ich wäge seinen Vorschlag ab, denn es bedeutet, dass ich Geduld haben muss.

»Einverstanden«, sage ich dann knapp. Eigentlich bin ich froh, dass er mich zwingt zu genesen. Mittlerweile habe ich nämlich stechende Schmerzen in meinem linken Auge und außerdem fiebere ich ein wenig.

»Dann iss jetzt und danach leg dich wieder schlafen.« Er deutet mit einer vagen Geste auf das Brot und den kalten Tee.

Ich tue, was er mir sagt, es ist nur vernünftig. Wie soll ich mich rächen, wenn ich zu schwach bin, um auch nur zu laufen? Ich muss mich voll und ganz darauf konzentrieren, gesund zu werden, nur so werde ich mein Vorhaben durchsetzen können. Also schlinge ich die Brotscheiben und die süßen Früchte herunter, spüle mit Tee nach und spüre, wie ich immer müder werde. Während ich esse, erklingen hinter uns Schritte.

Sayeds Vater betritt die Küche. In einer automatischen Geste fahren meine Hände zu meinem Kopf, um mir mein Tuch über das Gesicht zu ziehen, bis ich feststelle, dass ich gar keines mehr habe. Auch die Kleidung, die ich trage, muss von Sayed sein. Befangen wende ich das Gesicht ab.

»Das ist hier nicht nötig, Mädchen.« Sayeds Vater hat eine kräftige, tönende Stimme, warm und verständnisvoll. Er kommt auf mich zu und hält mir seine Hand entgegen.

»Ich bin Fathi, Sayeds Vater.«

Ich schüttle ihm die Hand. Er hat schöne Hände, schlanke Finger, genau wie sein Sohn. Sayed ist größer als er, ansonsten ist er ihm wie aus dem Gesicht geschnitten. Dunkle Haare, ein kantiges Kinn und ein freundliches Lächeln. »Hallo Herr …«, ich stocke, »Fathi. Ich bin Hanna.« Es ist ungewohnt für mich, einem erwachsenen Mann so nah zu sein und er scheint es zu spüren. Rücksichtsvoll macht er einen Schritt zurück, respektiert meine Intimsphäre. Er betrachtet mich wohlwollend und freut sich sichtlich, mich kennenzulernen.

»Gut, dass es dir wieder besser geht, Hanna. Es tut mir schrecklich leid, was dir widerfahren ist. Hier bist du erst mal in Sicherheit, Sayed wird sich um dich kümmern. Und wenn es dir wieder besser geht, werden wir sehen, wie es weitergeht, ja?« Fürsorglich rückt er die Tasse in meine Richtung und schenkt noch einmal Tee nach. Dann wendet er sich an seinen Sohn. »Kann ich dich kurz sprechen?«

Sayed sieht mich an und wartet auf ein Zeichen, ob er mich alleine lassen kann.

Ich nicke und er folgt seinem Vater aus der Küche in den Flur. Ich will nicht lauschen. Sayed hat ja versprochen, mir alles zu erklären, aber eine unsichtbare Macht zieht mich vom Stuhl in Richtung Tür. Sie ist nur angelehnt, nicht geschlossen, und so schlurfe ich auf leisen Sohlen zu dem Spalt und spitze die Ohren.

»Sie brauchen einen Verantwortlichen, Sayed. Ich habe gehört, die Suche nach den Bombenlegern beginnt in unserem Viertel. Wir müssen vorsichtig sein!« Fathi spricht schnell und eindringlich.

»Ich muss mit ihr hierbleiben, bis sie wieder gesund ist, Papa! Sie ist viel zu schwach, um irgendwo hinzugehen.« Die Sorge um mich ist nicht zu überhören.

»Du musst aufpassen, Sayed! Mehr als jemals zuvor. Sie wollen einen Schuldigen und zwar schnell.«

Eine Holzdiele knarrt unter meinen Füßen und die beiden unterbrechen ihr Gespräch. Ich beiße mir auf die Lippen, halte die Luft an und bewege mich keinen Millimeter. Stocksteif stehe ich hinter der Türe, als ich Fathi höre.

»Sie weiß doch noch nichts, oder?«

Sayed antwortet nicht.

»Sayed, weiß sie schon etwas?«

»Nein, ich habe nichts gesagt«, gibt er ungehalten zurück.

»Gut. Das muss auch so bleiben, Junge. Versprich mir das! Die Gefahr, dass wir entdeckt werden, ist zu groß. Verstehst du das?« Durch den Spalt sehe ich, wie er seinen Sohn an den Oberarmen hält, seine Finger krallen sich in den Stoff des Pullovers.

Sayed schiebt das Kinn nach vorne und wippt mit dem Kopf. »Ja, ich weiß, Papa.«

»Gut. Ich muss noch mal weg. Geht schlafen, sie haben die Ausgangssperren verschärft. Panzerpatrouillen, sie fahren das ganze Geschütz auf. Es ist das Beste, du lässt dich da draußen nicht blicken.« Mit diesem Satz drückt er seinen Sohn kurz an sich und verschwindet im Laden. Ich mache mir nicht die

Mühe, mein Lauschen zu verbergen, dafür bin ich zu aufgebracht.

Sayed ist ein Verräter.

Ich kann es nicht glauben, mir wird schwindelig. Wie paralysiert bleibe ich einfach stehen. Sayed prallt mit mir zusammen, als er in die Küche kommt.

»Hanna!« Überrascht hält er mich fest, ich stolpere kurz.

Ich muss meinen Hals nach hinten biegen, um ihm in die Augen sehen zu können, und fauche im gleichen Augenblick: »Du bist im Widerstand, Sayed! Ich habe euch gehört.« Tränen schießen mir in die Augen. Ich kann nicht mehr!

Wenn ich ihm nicht vertrauen kann, dann niemanden. Mit dieser Erkenntnis weicht all meine Kraft, mir knicken die Beine weg. Sayed fängt mich auf und hebt mich hoch, als wäre ich ein Blatt im Wind. Ich will mich wehren, schaffe es aber nicht. Mein ganzer Körper ist wie gelähmt, und so lasse ich mich einfach tragen. Er bringt mich in das andere Zimmer, legt mich sanft auf das Bett und deckt mich zu.

»Morgen, Hanna. Morgen geht es dir schon besser. Ich verspreche dir, du musst keine Angst haben. Es wird alles gut.« Er wischt mir über die feuchten Wangen, unendlich zärtlich, voller Hingabe. Ich kann mich nicht so in ihm getäuscht haben, ist mein letzter Gedanke. Dann treibe ich davon.

Kapitel 16

Die nächsten Tage vergehen in einer Routine aus Schlafen und Essen, und ich finde allmählich zu meiner alten Stärke zurück. Fathi ist häufig unterwegs, und wenn er zurückkommt, unterhält er sich jedes Mal aufgeregt und flüsternd mit Sayed im Laden. Ich lausche nicht mehr, ich habe beschlossen, Sayed zu vertrauen. Außerdem kostet mich meine Genesung Kraft, und ich will um alles in der Welt wieder genesen. Mein Auge verheilt gut, ich trage keinen Verband mehr, nur noch eine schwarze Augenklappe verdeckt die Wunde. Sayed behauptet, ich sehe kühn und verwegen damit aus, wie eine Kämpferin. Er begleitet mich auf Schritt und Tritt, und ich genieße die Sicherheit seiner Gegenwart. Ab und an bringt er mich sogar zum Lachen, mit unbedeutenden Kleinigkeiten, doch wenn ich mich dabei ertappe, wie das Geräusch aus mir herausgluckst, verstumme ich sofort. Wie eine Ratte, mit scharfen Zähnen und gelben Sehschlitzen, springt mich dann mein schlechtes Gewissen an. Alex wird nie wieder lachen oder reden oder essen können. Meine Mutter wird mich nicht aufwachsen sehen, ihre Augen sind für immer geschlossen.

Aber Sayed gibt nicht auf. Mit stoischer Gelassenheit entlockt er mir immer wieder eine Reaktion, ob Wut oder

Freude ist ihm gleich. Einzig nur, dass ich nicht in die Lethargie verfalle, die mich manchmal übermannt. Dann weigere ich mich zu essen, liege stundenlang im Bett und bewege mich nicht. Das macht ihn fuchsteufelswild, wie ein Tiger läuft er vor mir auf und ab und provoziert mich.

Am Ende bekommt er, was er will. Wir streiten uns und ich brülle ihn an, er solle mich endlich in Ruhe lassen. Kaum fange ich an zu schreien, grinst er breit und klatscht in die Hände. Ich kann ihm nicht lange böse sein, er macht sich zu große Sorgen um mich.

Jede Nacht schläft er auf einer Matratze auf dem Fußboden, direkt vor dem Bett. Wenn ich ängstlich und desorientiert hochfahre, die Gesichter meiner Familie vor Augen, einen gellenden Schrei auf den Lippen, springt er auf, holt mir ein Glas Wasser und wartet, bis ich mich wieder beruhigt habe. Dann erzählt er mir im sanften Kerzenlicht Geschichten.

So auch heute.

Im Traum erwischen mich die Flammen. Sie verbrennen mir die Beine und schälen mir unter grausamen Schmerzen die Haut vom Leibe, während ich verzweifelt an Alex' Schulter rüttle und ihn anflehe, mir zu helfen.

Schweißgebadet sitze ich dann im Bett, mein Herz klopft heftig gegen meine Rippen, und ich kriege keine Luft.

»Ssh, Rotkehlchen, ich bin ja hier. Es ist alles gut, du bist in Sicherheit«, beruhigt mich Sayed flüsternd, ohne mich anzufassen. In diesen Momenten bin ich unberechenbar. Ich schlage wild um mich und versuche mich aus dem Feuer zu befreien. Es dauert immer ein wenig, bis ich realisiere, wo ich mich befinde. Der Ring um meine Brust lockert sich und ich kann wieder atmen. Mit dem Arm über dem Gesicht falle ich auf mein Kissen zurück und stöhne laut.

»Es ist so schrecklich, Sayed, ich sehe sie da liegen und kann ihnen nicht helfen!« Meine Nase schwillt zu und ich schniefe.

Sayed stützt sich auf seinen Ellenbogen und legt den Kopf in seine Hand. Es kostet ihn große Überwindung, liegen zu bleiben, das sehe ich an seinem gequälten Gesichtsausdruck.

»Ich weiß, Hanna. Ich habe lange gebraucht, um den Verlust meiner Mutter zu akzeptieren. Stell dir vor, ich hätte eine kleine Schwester! Ich hätte sie bestimmt ständig geneckt.« Bei der Vorstellung muss er grinsen, und mir stockt der Atem, weil er so schön aussieht.

Seine Augen sind vor Müdigkeit gerötet, aber sie leuchten, wenn er mich ansieht. Seine vollen Lippen glänzen feucht im Kerzenschein, sein Hemd ist hochgerutscht und ich sehe die feinen Härchen auf seinem muskulösen Unterarm. Ich will, dass er sich zu mir legt, mich hält, sein Herz ganz nah an meinem. Aber selbst ich traue mir nicht mehr über den Weg. Ich könnte ihn schlagen oder wieder anschreien und davor habe ich Angst. Also bleibt er auf dem Boden und ich im Bett.

»Wo kommen deine Eltern eigentlich her, Sayed aus Gold?«, frage ich ihn leise. Ich weiß nichts über ihn und bin neugierig. Seine Hand spielt mit dem Zipfel seiner Wolldecke, als er in die Vergangenheit blickt.

»Sie kamen mit der großen Flüchtlingswelle aus Syrien. Die Reise hierher war beschwerlich, aber alles besser als der Tod, sagte meine Mutter. Ich kenne mein Heimatland nicht, aber mein Vater meint, es sei wunderschön. Meine Mutter war auf der Reise schwanger mit mir, ich bin kurz, nachdem sie ankamen, geboren. Die ersten Jahre waren hart. In seinem Heimatland war mein Vater Professor für Geschichte und meine Mutter Schneiderin. Aber hier hat es lange gedauert, bis er eine Arbeit gefunden hat. Sie waren so glücklich, in die Freiheit entkommen zu sein. Die Eltern meiner Mutter, also mein Großvater und meine Großmutter, konnten sich mit dem dortigen Regime nicht identifizieren und der Krieg muss schrecklich gewesen sein.« Sein Gesicht verdüstert sich, als er weiterspricht. »Sie haben es gerade noch geschafft zu fliehen, mussten aber ihre Eltern zurücklassen. Meine Mutter hat das nie verwunden. Sie hat nie wieder von ihnen gehört. Ich hätte sie gerne kennengelernt.« Er sieht so traurig aus, und mein Herz weint mit ihm. Ich schiebe mich an den Rand des Bettes, strecke meinen Arm aus und nehme seine Hand.

»Sayed, sieh mich an.«

Als sich unsere Blicke treffen, glitzern Tränen in seinen Augen.

»Ich bin für dich da, hörst du? So wie du für mich.«

Durch seinen Tränenschleier lächelt er. »Werde du erst mal wieder gesund, Rotkehlchen. Im Moment kannst du mir noch nicht einmal etwas zu essen kochen.«

Ich werfe mein Kissen nach ihm und treffe ihn mitten im Gesicht. Innerhalb von Sekunden entwickelt sich ein erbitterter Kampf um jedes Wurfgeschoss im Raum. Decken und Kissen, Hosen und Hemden fliegen durch die Luft, Sayed und ich gehen abwechselnd in Deckung und auf Angriff und es ist ein einziges, ausgelassenes Chaos.

Die Tür geht auf und ein verschlafener Fathi steht vor uns.

»Ich freue mich, wenn es dir besser geht, Hanna, aber könntet ihr eure Kissenschlacht auf morgen verlegen? Ich bin müde, und bei dem Lärm kann niemand schlafen.« Er ist nicht wirklich böse, seine hochgezogenen Mundwinkel verraten es, aber er hat recht. Schuldbewusst drücke ich ein Kissen an meine Brust und blicke verlegen auf meine Hände, Sayed rutscht auf seine Matratze auf dem Boden.

»Entschuldige, Papa«, murmelt er und unterdrückt mühsam ein Lachen. Ich fühle mich, als wäre ich fünf Jahre alt, und plötzlich sehe ich Alex vor mir. Er jagt mich auf seinen kurzen Beinchen durch den Flur unserer Wohnung, seinen Finger erhoben, und schreit mir hinterher: »Hände hoch oder ich schieße!« Ich drehe mich um und schnappe ihn, kitzle ihn durch, bis uns meine Mutter ermahnt, leiser zu sein.

Schnell zähle ich von zehn rückwärts, um die aufsteigende Panik zu unterdrücken.

Sayed bläst die Kerze aus, und mit dem Licht verschwindet die Erinnerung wie der Kerzenrauch, der sich in der Luft kringelt. Ich bin schon fast eingeschlafen, als ich Sayeds Hand spüre. Er tastet suchend unter meine Decke, findet meine Finger und schlingt seinen Zeigefinger um meinen. Die tröstliche Berührung gibt mir das Gefühl, nicht alleine zu sein.

Sayed arbeitet den ganzen Tag im Laden, Fathi ist schon wieder unterwegs und ich grüble, wohin er dauernd verschwindet. Am Morgen wurden Lebensmittel angeliefert. Säcke mit Mehl und Zucker, schwere Kanister mit Wasser und Kisten mit Kartoffeln und Gemüse. Alles wird genauestens aufgelistet, damit es mit den Lebensmittelmarken keinen Betrug gibt und sich jemand unberechtigt mehr abholt.

Ständig läuft Sayed vom Lager in den Verkaufsraum, die Hemdsärmel hochgerollt, und schleppt und verteilt die Waren, während ich im Flur stehe und ihm zusehe. Er hat mir verboten zu helfen und so mache ich mich in der Küche nützlich, so gut ich kann. Ich koche Tee und versorge ihn mit Brot und Apfelstücken. Er bleibt stehen, in den Händen eine Kiste Kartoffeln, und ich schiebe ihm ein Stück Brot in den Mund. Sayed kaut, schwitzend und grinsend. »Das machst du prima, Hanna, vielen Dank.«

Ich weiß nicht, wie er es schafft, so gut gelaunt zu sein, selbst wenn er schwer arbeiten muss. Einzig ich nerve ihn mit meinen ständigen Fragen, wann ich nun endlich raus darf.

»Sayed, ich muss unser Haus sehen! Ich muss mit eigenen Augen sehen, was passiert ist! Verstehst du das nicht?«, nage und nörgle ich permanent und laufe ihm hinterher wie ein junger Hund, während er sich abschleppt. Irgendwann reißt ihm der Geduldsfaden, mit einem lauten Knall stellt er den Wasserkanister vor mir ab.

»Hanna, wenn du mich das noch ein einziges Mal fragst, kommst du in den Keller!«

»Du kannst mich hier nicht einsperren wie eine Gefangene. Mir geht es wieder gut und du hast mir versprochen, dass du …« Er hält mir den Mund zu.

»Ich weiß, was ich gesagt habe, ich bin nicht dumm, Rotkehlchen!«

Ich beiße ihn in den Finger. »Au, verflixt!«, ruft er aus und nimmt die Hand von meinen Lippen.

»Au, verflixt!« Mit einer zornigen Geste reibt er über den Abdruck, den meine Zähne hinterlassen haben. »Was soll das, Hanna? Das tut weh!«, schnaubt er verärgert.

»Warum hältst du mir den Mund zu?«, brause ich auf. Ich stelle mich auf die Zehenspitzen, sodass ich ihm wenigstens bis zum Kinn reiche, er rollt mit den Augen.

»Ich habe dir gesagt, es ist viel zu gefährlich, und das schon ein Dutzend Mal. Das ist kein Spaß, Hanna! Dein Stiefvater sucht dich und die Kontrollen sind verstärkt worden. Es gibt etliche Verhaftungen, und eine Frau, also ein Mädchen …«, er stockt kurz, »also du kannst noch nicht raus! Und jetzt lass mich durch, ich muss arbeiten!« Er will sich an mir vorbeischieben, aber ich breite die Arme aus, recke die Brust nach vorne und versperre ihm den Weg.

»Lass mich vorbei!«, knurrt er. Gleich wird er wütend, ich kenne ihn, kurz bevor er explodiert.

»Nein! Entweder du gehst mit mir, oder ich werde heute Nacht alleine gehen!«, erwidere ich genauso wütend.

»Das kannst du vergessen, kleines Mädchen! Ich schließe einfach ab!«

Sayed verzieht spöttisch die Mundwinkel, nimmt mich überhaupt nicht ernst und schubst mich problemlos zur Seite. Fassungslos sehe ich ihm nach, wie er im Keller verschwindet. Bis zum Abendessen wechseln wir kein Wort mehr miteinander, die Stimmung ist eisig. Fathi tut so, als würde er es nicht bemerken, wie Sayed und ich uns über den Tisch hinweg anfunkeln, als gäbe es einen Preis für den größeren Sturkopf.

»Danke, Sayed, dass du die Lieferungen angenommen hast«, sagt er und fährt sich müde über die Augen. »Es werden immer weniger Lebensmittel gebracht. Das ist nicht gut. Wir müssen uns das Essen besser einteilen.«

Wenn es noch weniger wird, verhungern wir! denke ich, aber ich will nicht undankbar erscheinen. Ich steuere nichts bei, für mich gibt es keine Lebensmittelmarken und keine Wasserration. Wenn ich wenigstens in die Wäscherei könnte, die Kleidung säubern und ausbessern, aber Sayed will nichts davon hören. Dabei fühle ich mich schon seit Wochen wieder vollständig gesund. Die Augenklappe ist verschwunden und der Arzt war nur noch einmal da. Außer einer Narbe unter meinem linken Auge werde ich keine bleibenden Schäden behalten, sagte er und wirkte sehr zufrieden mit meiner Genesung. Auf meiner Pupille liegt zwar noch ein feiner Film und ich sehe leicht verschwommen, aber das wird vergehen, beruhigte er mich.

Je mehr ich genese, desto nutzloser komme ich mir vor und das macht mich launisch und aggressiv. Immer öfter gerate ich mit Sayed aneinander, so wie heute. Grimmig reicht er mir in diesem Augenblick den Zucker, er ist immer noch aufgebracht. Und ich bin immer noch fest entschlossen, meinen Plan in die Tat umzusetzen. Ich werde mich heute Nacht rausschleichen und er wird mich nicht davon abhalten!

»Hanna?« Fathi sieht mich fragend an und ich habe keine Ahnung, was er gesagt hat. Verlegen ziehe ich die Augenbrauen hoch, und nach einem schnellen Blick zu Sayed habe ich das Gefühl, er kann meine Gedanken lesen. Er sieht mich so durchdringend an, als hätte ich meine Idee eben laut ausgesprochen.

»Ich weiß nicht, ob du das möchtest, aber immer in den alten Sachen meines Sohnes herumzulaufen, das geht doch nicht! Also, ich lege dir die Kleidung von meiner Frau zurecht und du schaust, ob sie dir passt, ja?«, sagt Fathi freundlich, ahnungslos, worüber ich gerade nachdenke.

»Ja sicher, danke, Fathi«, antworte ich und senke den Blick. Immer noch wünsche ich mir in seiner Gegenwart mein Tuch zurück.

»Weiß man schon, wer die Bomben gelegt hat?«, frage ich dann und gebe meiner Stimme einen beiläufigen Klang. In Wahrheit klopft mir das Herz bis zum Hals. Das sind keine Themen für ein Mädchen, auch habe ich noch nie in Gegenwart eines Mannes einfach ungefragt das Wort ergriffen.

Das geschieht alles nur wegen Sayed, dass ich mich so komisch benehme. Es ist, weil er mich wie einen gleichwertigen Mensch behandelt. Nie gibt er mir das Gefühl, ich sei weniger wert nur aufgrund meines Geschlechts. Das verwirrt mich und macht mich gleichzeitig mutig. Hastig trinke ich einen Schluck Tee, verschlucke mich und muss husten. Als ich aufblicke, hat Sayed die Arme verschränkt und wippt mit dem Stuhl vor und zurück, sein Vater räuspert sich.

»Nun, Hanna, ich verstehe, warum dich das so brennend interessiert«, er kratzt sich am Kinn, »und weißt du was? Warum solltest du es nicht erfahren?«

Sayed kippt nach vorne, mit einem lauten Knall kommt der Stuhl zum Stillstand. Entgeistert starrt er seinen Vater an.

»Papa, du musst das nicht tun.«

»Sayed, sie ist alt genug. Sie hat ihre gesamte Familie verloren. Ich denke, es ist an der Zeit.«

Sayed springt auf, sein Stuhl fällt um, seine Stimme wird laut.

»Aber sie ist noch nicht so weit!«

»Ich glaube nicht, dass du derjenige bist, der das zu entscheiden hat, Sayed. Hanna kann das sehr gut selbst.«

Fathi ist ebenfalls aufgestanden, mein Blick fliegt zwischen den beiden hin und her.

»Hanna?« Sayed wendet sich an mich, »Willst du das?«

Verwirrt sehe ich ihn an, ich habe nicht damit gerechnet, dass meine Frage so schwierig zu beantworten ist.

»Ich habe versprochen, dir alles zu erklären und ich denke, du bist noch nicht bereit dafür!«

»Warum, Sayed?«, frage ich schlicht. Ich kann nicht verstehen, aus welchem Grund er sich so sehr dagegen wehrt, dass ich die Wahrheit erfahre.

»Weil …« Verzweifelt rauft er sich die Haare, kommt dann auf mich zu und kniet sich vor meinen Stuhl, sodass wir auf Augenhöhe sind. Sanft nimmt er meine Hand in seine. »Das Ganze ist kompliziert und ich habe Angst um dich.«

Sein Kopf neigt sich an mein Ohr und jetzt flüstert er nur noch, weil er nicht möchte, dass sein Vater ihn hören kann.

»Ich weiß, was du vorhast, Hanna! Du willst einen Menschen töten. Du willst dich rächen!« Seine Stimme brodelt vor Zorn. »Aber ich werde das nicht zulassen. Hast du das verstanden?« Es klingt wie eine Drohung und ich würde ihn am liebsten wegschubsen, halte aber an mich. Ich habe nicht vor, klein beizugeben, muss aber ruhig bleiben, solange Fathi in der Nähe ist. Sayed sieht das wohl genauso, denn plötzlich redet er in normaler Lautstärke weiter, als wären die Worte vorher nicht gefallen. »Vertrau mir, Hanna, ich weiß, was gut für dich ist.« Mit diesen Worten steht er auf, und Vater und Sohn blicken auf mich herab und warten auf meine Entscheidung. Als ich nichts sage, setzt sich Fathi wieder an den Tisch und sieht mich aufmunternd an.

»Vielleicht hat mein Sohn recht, Hanna, vielleicht weiß er, was gut für dich ist. Das kannst nur du wissen. Ich werde dir jetzt eine Geschichte erzählen, wenn du das möchtest, und danach kannst du dir dein eigenes Urteil bilden.«

Gelassen schenkt er sich eine Tasse Tee ein und lehnt sich zurück.

»Bitte, Fathi, hilf mir! Ich will einfach nur wissen wer meine Mutter und meinen Bruder getötet hat!«, flehe ich ihn an und vermeide es, in Sayeds Richtung zu schauen. Sein abfälliges Schnauben ist mir Antwort genug. Dennoch hebt er seinen Stuhl auf und lässt sich darauf nieder. Seine ganze Haltung drückt Abwehr aus, aber das kümmert mich nicht. Mich überkommt eine innere Ruhe, ich blende alles um mich herum aus und konzentriere mich ganz auf Fathi.

»Einfach ist hier gar nichts, Hanna. Es gibt viele komplexe Zusammenhänge, die uns dahin gebracht haben, wo unser Land heute ist. Der wichtigste Grund ist allerdings …«, Fathi macht eine kurze Pause, trinkt einen Schluck Tee und sieht mich dann unvermittelt an. Sein Blick hält sich an meinem fest und mir läuft ein Schauer über den Rücken. Wie Sayed schafft er es, nur mit seinen Augen zu sprechen, die Dringlichkeit einer Sache ohne ein Wort zu vermitteln.

»Der wichtigste Grund, warum Deutschland so ist, wie es heute ist, ist, weil wir unsere Menschlichkeit verloren haben, Hanna. Wir haben sie freiwillig abgelegt wie ein altes Kleidungsstück und das bezahlen wir nun teuer. In unserem Land herrscht kein Krieg. Es gibt keinen Bürgerkrieg und es gibt keinen Widerstand, Mädchen. Nicht eine Sache davon ist wahr.«

Er verstummt.

Ich lache verunsichert.

Wie bitte? Habe ich mich eben verhört? Ich bin nur mit knapper Not dem Tod entronnen! Bomben des Widerstandes haben mein Haus zerstört und meine Familie getötet, und er will mir sagen, ich bilde mir das alles nur ein?

»Was willst du damit sagen? Es gibt keine Hinrichtungen und keine Verhaftungen? Keine Ausgangssperren und bewaffneten Patrouillen? Und auch keine Bomben?« Meine Fragen triefen vor Sarkasmus und ich spüre, wie ich rot werde. Nicht vor Scham, oh nein! Meine Farbe fängt an zu sieden, sie köchelt blass unter meiner Haut, noch kann ich sie im Zaum halten. Meine Stimme aber wird lauter, ich beuge mich über den Tisch.

»Fathi, willst du damit sagen, unser Land leidet keinen Hunger? Die Zerstörung unserer Städte, die Gefechte um jeden Zentimeter Boden finden gar nicht statt?« Ich kann die Ungeheuerlichkeit seiner Worte nicht begreifen und fühle mich hintergangen. Das soll alles sein? So wollen sie mich also abspeisen? Ich komme mir vor wie ein dummes Kind.

»Genau das will ich sagen, Hanna. Jetzt ist die Frage, ob du damit umgehen kannst. Willst du die Geschichte dahinter hören? Sie wird dir nicht gefallen, wird dir unwirklich vorkommen und grausam. Sie wird dir für immer die Augen öffnen über den wahren Charakter der meisten Menschen.«

Ich drehe mich zutiefst verstört zu Sayed. Meinem Rettungsanker, meinem Freund. Er hat die Arme auf den Tisch gestützt und die Hände vor sein Gesicht geschlagen. Ich stehe auf, gehe zu ihm und ziehe mit einem Ruck seine Finger beiseite.

»Verstecke dich nicht vor mir!«, blaffe ich ihn an. »Was soll das?« Mein Ton ist spöttisch. »Was habt ihr euch da ausgedacht im stillen Kämmerlein, während ich geschlafen habe? Wir erzählen ihr eine haarsträubende Geschichte, und dann wird sie nicken und dankbar lächeln und ihre Rachegelüste werden im Nichts verpuffen? Vergiss es, Sayed!«

Er sieht mich nicht an, schüttelt nur den Kopf. Ich ergreife derb seinen Oberarm und presse ihm meine Finger in die

Muskeln, weil ich dringend etwas zum Festhalten brauche. Der Boden unter meinen Füßen wankt.

»Sieh mich an, du Feigling!« Meine Faust landet direkt neben ihm auf den Tisch, wütend und frustriert, das Geschirr klirrt. Und endlich hebt er den Kopf.

»Ich hätte es dir anders beigebracht, Rotkehlchen. Ich habe dir immer gesagt, du hast keine Ahnung. Du bist noch nicht so weit, ich wusste, du würdest so reagieren. Jetzt werde damit fertig. Hör ihm zu, dann werden wir sehen, wie erwachsen du bist, Hanna Mahler.« Kurzerhand wischt er mit einer schnellen Bewegung meine Faust vom Tisch.

»Und nenn mich nie wieder einen Feigling!« Wie zwei schwarze Onyxe funkeln seine Augen, seine Kiefermuskeln treten hervor.

»Hanna.« Fathi mischt sich ein, ich wirble herum, meine Locken fliegen mir um die Ohren.

»Sayed hat recht. Lass mich alles in Ruhe erklären. Nimm einen Schluck Tee und wenn du dich beruhigt hast, wirst du mir zuhören.«

Unsicher beiße ich mir auf die Lippen. Meine Wut ist verschwunden und Zweifel machen sich stattdessen breit.

Sayed schält vorsichtig meine Finger von seinem Arm. »Tu, was er sagt Hanna. Komm schon, setz dich.« Er klingt versöhnlicher, mit dem Fuß schiebt er mir den Stuhl neben seinem zurecht. Er hat Mitleid mit mir. Ich brauche seine Barmherzigkeit nicht und brause sofort wieder auf. »Ich kann das alleine, vielen Dank.« Demonstrativ rücke ich meinen Stuhl zu Fathi, weg von ihm. Er stößt missbilligend die Luft aus, kommentiert es aber nicht. Sayeds Vater schmunzelt, er amüsiert sich über uns, trotz der ernsten Situation. Ich falte ergeben die Hände, mache es mir bequem und gebe Fathi mit einer Kopfbewegung zu verstehen, dass er weitersprechen kann.

»Sayeds Mutter und ich kamen nach Deutschland nach einer langen, beschwerlichen Reise und waren überglücklich. Du musst verstehen, Hanna, in unserem Heimatland war es noch viel schlimmer als hier. Dort herrschte wirklich Krieg.

Jeden Tag fielen Bomben, es gab unzählige Attentate und Feuergefechte auf offener Straße. Es gab überhaupt keinen Alltag mehr, nichts lief geregelt ab, jede Sekunde ging es um Leben oder Tod.«

Bedächtig führt er die Tasse an seine Lippen, die in seiner Hand gefährlich wackelt. Er ringt um Fassung, als er fortfährt.

»Wir kamen in einem Flüchtlingslager in der Nähe von Frankfurt unter. Am Ende unserer Kräfte zwar, aber wir hatten es geschafft. Meiner Frau, Sayeds Mutter, ging es zwischenzeitlich sehr schlecht. Sie stand kurz vor der Niederkunft mit Sayed und hatte auf unserer Reise große Schmerzen. In dem Flüchtlingslager bekamen wir zum ersten Mal medizinische Hilfe, Nahrung und Kleidung. Wir waren so dankbar. Es war zwar nicht unsere Heimat, aber es war ein Land mit Zukunft für unser Kind.« Liebevoll sieht er zu Sayed, ich folge seinem Blick. Dieser lässt keine Reaktion erkennen, er starrt auf die zerkratzte Tischplatte.

»Alle wollten nach Deutschland. Dort seien wir willkommen, hieß es, wir dürften bleiben und uns Arbeit und eine Wohnung suchen. In unserer Vorstellung musste es das Paradies sein. Und das war es auch. Sayed kam zur Welt, in dem Flüchtlingslager, aber das war uns egal. Meine Frau war überglücklich, endlich in Freiheit leben zu können. Schnell lernte sie die Sprache und integrierte sich mit Eifer. Deutschland sei nun ihr Zuhause, verkündete sie immer wieder mit Stolz, und das sollte auch jeder sehen können. Ich übernahm bald den Gemischtwarenladen von einem Mann, der aufgrund seines Alters nicht mehr arbeiten wollte, und eine Weile lief alles gut. Wir waren zufrieden und sicher. Mehr brauchten wir nicht. Doch dann wurden die ersten Stimmen laut, keine Flüchtlinge mehr aufzunehmen. Ganz plötzlich gab es keine Willkommenskultur mehr, die Menschen bekamen auf einmal Angst vor uns. Wir seien zu viele. Das könne das Land nicht bewältigen, hieß es. In unseren Nachbarländern wurden Regierungen an die Macht gewählt, deren erste Amtshandlung darin bestand, die Grenzen zu schließen.«

Das Licht geht aus, und erschrocken zucke ich zusammen.

Mit einem Mal ist es stockfinster. Über Fathis Erzählungen habe ich völlig die Zeit vergessen. Längst muss es später Abend sein, denn der Strom wird abgestellt. Schemenhaft kann ich Sayed erkennen, der mit geübtem Griff aus einem Regal hinter sich zwei dicke Stumpenkerzen hervorholt, und Sekunden später flammt sein Feuerzeug auf. Im sanften Licht schimmern seine Augen riesengroß, und als er die Kerzen in die Mitte des Tisches schiebt, sieht er mich an. Sein Blick trifft mich bis ins Mark, prüfend und abschätzend, ob ich der Geschichte weiter standhalte.

»Danke, Sayed. Wo war ich stehengeblieben?« Fathi überlegt kurz und nimmt dann den Faden wieder auf. »Ach ja, das große Europa! Kennst du Europa, Hanna?« Seine Frage klingt wie ein Test, als ob er wüsste, dass mich meine Mutter heimlich unterrichtet hat. Ich räuspere mich und sehe ihm fest in die Augen.

»Meine Mutter hat mir Geschichten erzählt. Von früher.« Jedes Wort ist wie ein Stich in mein Herz. Ihr gütiges Gesicht und ihre zarten Finger, die die Landkarte zeichnen, schweben im Raum, verschwinden dann wieder wie ein Geist in den dunklen Winkeln und Ecken der Küche.

Fathi lächelt wissend. »Sie hat dir also über unsere Vergangenheit berichtet. Du kannst auch lesen, richtig, Mädchen?«

Es hat keinen Sinn zu leugnen. Ich muss meine Mutter nicht mehr schützen, sie ist tot. Außerdem vertraue ich Fathi und Sayed, denn sie sind die Einzigen, die ich jetzt noch habe.

»Ja«, antworte ich deswegen einfach nur und spüre sofort Sayeds brennenden Blick auf mir, meine Lüge wie ein Dämon zwischen uns.

»Ich habe bemerkt, wie du die Namen auf den Lebensmitteln entzifferst«, holt mich Fathi ins Gespräch zurück. »Die meisten Frauen stellen ihre Waren nach dem Aussehen zusammen. Und wenn sie etwas nicht finden, fragen sie mich. Das hast du nie getan, Hanna. Deine Mutter war eine kluge und mutige Frau.«

Er steht auf, läuft auf den Flur. Unbehagliches Schweigen

macht sich breit, Sayed verschränkt die Arme und starrt die Wand an.

»Es tut mir leid, dass ich dich angelogen habe, Sayed. Du musst mich verstehen! Ich wusste nicht, ob ich dir vertrauen kann …« Beschämt verstumme ich. Er würdigt mich keines Blickes. Fathi kommt zurück, mit Wolldecken über dem Arm. Wenn der Strom abgestellt wird, ist es nachts immer noch empfindlich kühl, und ich wickle mich dankbar in den warmen Stoff.

»Soll ich weitererzählen, Hanna, oder bist du erschöpft? Wir können das auch ein andermal beenden.« Besorgt über meinen Gesundheitszustand legt er mir die Hand auf die Stirn.

»Mir geht es gut, kein Problem.« Ich könnte die ganze Nacht hier sitzen und ihm zuhören. Es ist, als ob mein Hunger nach Informationen unstillbar sei. Fathi nickt, seine sonore Stimme füllt den Raum. »Europa wurde also uneins und instabil, die große Union der europäischen Länder zerfiel zusehends. Es wurde Winter, es wurde kälter und immer noch kamen Hunderte, Tausende den gefährlichen Weg aus ihrem Heimatland hierher. Ungeachtet dessen, dass sie auf ihrer Reise den Tod finden könnten. Deutschland ließ immer noch alle Schutzsuchenden hinein. Aber es war nicht mehr wie vorher. Nach und nach bildeten sich Gruppen, die gegen die Einwanderungspolitik waren. Immer öfter gab es Zwischenfälle. Es brannten Unterkünfte für Flüchtlinge, wir wurden beschimpft, erniedrigt und abgeschoben. Im Frühjahr des darauffolgenden Jahres wurde es so schlimm, dass ich meinen Laden schließen musste, weil niemand mehr bei mir kaufen wollte. Meine Frau half zu dieser Zeit jeden Nachmittag an einer Schule aus. Sie unterrichtete Kinder im Nähen. Eines Tages überfielen vermummte Radikale die Schule und verprügelten die ehrenamtlichen Helfer, trieben die ausländischen Kinder zusammen und sperrten sie in einen Kellerraum. Dann zündeten sie das Gebäude an und es gelang nur mit knapper Not, die Kinder zu befreien.

Sayeds Mutter trug schwere Verletzungen davon, als sie versuchte, den Mädchen und Jungen zu helfen.« Fathi reibt sich bei der Erinnerung die Stirn und atmet schwer. Ich bin zu geschockt, um etwas zu sagen. Ich sehe die Bilder vor mir. Verängstigte kleine Kinder, schreiend und weinend in dichtem Rauch, ihre weit aufgerissenen Augen voller Angst, und mir dreht sich der Magen um.

»Ab diesem Zeitpunkt war jedem klar, dass alles anders werden würde«, nimmt er den Faden wieder auf. Ich hole Luft und wische mir einen feinen Schweißfilm von der Oberlippe.

»Deutschland versank langsam, aber sicher im totalen Chaos. Die Regierung hatte endgültig versagt. Plünderungen, Schlägereien und Gewalttätigkeiten aller Art gegen Ausländer und alle, die mit ihnen sympathisierten, waren an der Tagesordnung. Die Polizei war machtlos, unmöglich konnte sie überall gleichzeitig sein. Ein tiefer Riss zog sich durch die Bevölkerung. Auf der einen Seite waren die sogenannten Radikalen, die den Flüchtlingsstrom um jeden Preis stoppen wollten, und sei es mit roher Gewalt. Und auf der anderen Seite«, er deutet mit einer vagen Geste auf mich und neigt seinen Kopf zur Seite. »Ihr, Hanna. Die Frauen. Sie waren der Gegenpart zu der vorwiegend maskulinen Aggression und Zerstörung. Zu der Gnadenlosigkeit und dem Hass. Still und leise haben sie eine Revolution angeführt. Ich glaube, es war ihnen noch nicht einmal bewusst. Ohne viel Aufhebens haben sie sich einfach zusammengetan und geholfen, wo ihr konntet, unermüdlich und gut organisiert. Sie haben Flugblätter verteilt, Botschaften im Internet verbreitet und die Angst verscheucht. Irgendwann wurde ihr Einfluss wurde immer größer und mächtiger und sie wurden bekannt unter dem Namen WOMEN FREE HUMANS. Nach und nach brachten sie Ordnung in das Chaos mit ihrer Güte, ihrer Menschlichkeit und ihrer Liebe. Die Gewalt nahm ab, viele besannen sich wieder auf ihr Mitgefühl. Es war wunderschön. Gleich einem Regenbogen der Hoffnung, der sich plötzlich über unser Land spannte. Die Radikalen verloren an Boden, mehr und mehr Menschen wandten sich WOMEN FREE HUMANS zu. Warte einen Moment, ich zeige dir etwas.«

Fathi erhebt sich von seinem Stuhl, nimmt eine der Kerzen vom Tisch und läuft in den Keller.

»Hast du das alles gewusst?« Aufgewühlt wende ich mich Sayed zu, der immer noch mit unbeweglicher Miene vor mir sitzt. Er schürzt die Lippen und zieht die Augenbrauen nach oben.

»Was glaubst du wohl, Hanna? Als meine Mutter starb, hat mir mein Vater alles erzählt. Wir hatten nie Geheimnisse voreinander. So wie du vor mir.«

Fasziniert betrachte ich Sayed. Selbst wenn er wütend ist, sieht er wunderschön aus. Das kantige Kinn trotzig nach vorne geschoben, die braunen Augen verengt, wartete er auf eine Erwiderung von mir. Ich schiebe mich näher an ihn heran und lege meine Hand auf seinen Unterarm.

»Ich war dumm und ängstlich damals, Sayed. Ich entschuldige mich und verspreche dir, dich nie wieder anzulügen!« Den Kopf stur geradeaus nickt er nur knapp, als Fathi zu uns stößt, der ein vergilbtes Stück Papier vor mir auf den Tisch legt. Die Seiten sind eingerissen und so verblasst, dass ich fast nichts mehr erkennen kann. Auf der Vorderseite blickt mir das Gesicht eines Kindes mit großen, schwarzen Augen und einem breiten Lachen auf den Lippen entgegen. Die Überschrift lautet:

Jeder kann ein Lächeln schenken.

Darunter in kleinerer Schrift:

Haben Sie selbst eine Tochter oder einen Sohn? Wir Mütter und Frauen sind das Herz und die Seele dieses Landes. Lasst uns aufstehen und den Wahnsinn stoppen!
Was wäre, wenn es Ihr Kind wäre?
Holen Sie sich Informationen auf unserer Internetseite.
www.WOMENFREEHUMANS.de *oder wenden Sie sich an Ihre örtliche Vereinigung.*

Vorsichtig nehme ich es in die Hand. Selbst jetzt noch ist die Energie und die Hoffnung der Zeilen deutlich zu spüren. Wie eine unsichtbare Kraft schlagen mich die Worte in ihren Bann.

»Du fühlst es auch, nicht?« Fathi sieht mich an. »Den Enthusiasmus, den Glauben und die Zuversicht? Es war wirklich überwältigend, wie beeindruckend die Bewegung war.«

»Woher hast du es?«, frage ich leise, streiche über das Papier.

»Sayeds Mutter war selbstverständlich dabei. Ich habe es aufgehoben.« Er nimmt es mir wieder ab, faltet es behutsam zusammen, als wäre es sein kostbarster Schatz, und legt es beiseite.

»Europa wankte also, instabil und desorientiert, aber wir hätten es schaffen können. WOMEN FREE HUMANS war über die Jahre so stark geworden, dass sie sogar Mitglieder im Ausland hatten. Frauen aus unseren Nachbarländern schlossen sich an und erreichten die gleiche Popularität in ihrer Heimat. Schweden, Österreich und Italien waren die größten Anhänger. Du siehst, wir waren nicht allein und kurz davor, Deutschland vor diesem Wahnsinn zu retten.« Fathi bricht ab und ich hege die unsinnige Hoffnung, er erzählt mir ein anderes Ende der Geschichte als das, das ich kenne. Aber als er weiterspricht, zerschlägt er mit dem Kummer in seinen Augen die Vision in meinem Kopf.

»Und dann kam der Militärputsch. Im Oktober, zwei Jahre nach der Gründung von WOMEN FREE HUMANS, überrollten uns die Panzer. Die Radikalen verbündeten sich mit dem Militär und stürzten die desolate Regierung. Das, Hanna, war unser Todesurteil. Massenverhaftungen begannen und ein Bürgerkrieg brach aus. Es war fürchterlich. Die Frauen wurden zusammengetrieben wie Vieh, etliche verloren ihr Leben. WOMEN FREE HUMANS, der mächtigste Gegner der Radikalen, wurde zerschlagen. Auf offener Straße überfielen sie uns, drangen in Vereinszentren von WOMEN FREE HUMANS ein und zerrten alle nach draußen. Dort wurden sie zusammengeschlagen und festgenommen. Ihr wart Freiwild.«

»Warum habt ihr euch nicht gewehrt?« Meine Stimme ist nur noch ein Flüstern. Die Ungeheuerlichkeit seiner Worte dringt in mein tiefstes Innerstes, spaltet mich, Trauer und Wut kämpfen in meiner Brust.

Fathi seufzt tief, schlägt sich die Hand vor den Mund und schüttelt den Kopf.

»Das haben wir, Hanna. Zu Beginn haben wir es versucht. Eines nachts weckte mich lauter Lärm auf der Straße vor unserem Laden. Ich ging ans Fenster und sah einen Mann, der eine Frau hinter sich herzerrte. Ich zog mich an und lief hinunter, um ihr zu helfen. Sayeds Mutter rannte mir nach, und auch du warst von dem Lärm wach geworden«, er dreht sich zu seinem Sohn um. »Kannst du dich daran noch erinnern?«

Seit Stunden hat Sayed kein einziges Wort gesprochen. Er nickt stockend und fängt leise an zu reden, sein Gesicht ist totenbleich.

»Er zog die Frau hinter sich her wie einen Sack. Sie fiel hin und konnte nicht mehr aufstehen. Ihre Kleidung war zerrissen und sie schrie wie von Sinnen. Er presste sie an unsere Hauswand und brüllte sie an. *Ihr dreckigen Huren, euch werde ich es zeigen! Euch allen!*, schrie er. Und dann schlug er ihr mit voller Wucht in den Bauch.« Sayed schüttelt sich, während die Bilder vor seinem inneren Auge ablaufen. Ich muss mich nach vorne beugen, um ihn zu verstehen, eigentlich bewegt er nur seine Lippen. Er sieht seinen Vater an.

»Dann bist du losgerannt, hast gerufen, er solle verschwinden und die Frau in Ruhe lassen. Er hat dich so schlimm verprügelt, dass ich dachte, du seist tot. Mama hat geweint und um Hilfe gerufen, aber niemand kam.« Tränen fließen über Sayeds Wangen, die Sätze strömen aus seinem Mund, er kann nicht mehr aufhören. Wie ein Damm bricht es aus ihm heraus. »Er hat sich zu uns umgedreht, gegrinst und sich Mama geschnappt. Er hat sie an mir vorbei ins Wohnzimmer geschleift und die Tür zugeknallt. Ich bin hingerannt und habe ihre Schreie gehört, habe gegen die Tür gehämmert, aber ich konnte ihr nicht helfen!« Jetzt weint er richtig, sein ganzer Körper wird von heftigen Schluchzern geschüttelt. Ich stehe auf und will ihn umarmen, aber er stößt mich weg, das Gesicht verzerrt vor Schmerz. Jäh fährt er hoch, packt die Stuhllehne und feuert den Stuhl gegen die Wand.

»Ich war acht Jahre alt! Acht Jahre! Was hätte ich denn tun sollen?«, brüllt Sayed an niemand Bestimmten gewandt. Dann rennt er aus der Küche, und Sekunden später donnert er seine Zimmertür zu. Ich will ihm folgen, aber Fathi hält mich am Handgelenk fest.

»Lass ihn, Hanna. Sein Zorn ist groß, auch du wirst ihn nicht mildern können. Er wird sich wieder beruhigen.«

Resigniert nehme ich wieder Platz, ich bin völlig ausgelaugt. Sayed hat schon so viel Leid erfahren, dass es mich schier zerreißt. Erst jetzt fällt mir auf, dass ich ebenfalls Tränen vergossen haben muss, denn mein Gesicht ist nass und meine Nase läuft. Hastig wische ich mir mit dem Hemdsärmel über die Augen und trinke ein wenig Tee, der mittlerweile eiskalt ist.

»Du siehst, wir haben uns gewehrt.«

Ich weiß nicht, ob ich die Geschichte zu Ende hören möchte. Sayed hatte recht, ich bin noch nicht so weit. Nie war mir klar, wie sehr mich meine Mutter vor all diesen Dingen beschützt hat. Aber Fathis Stimme gräbt sich unbarmherzig weiter durch die Geschehnisse.

»Immer und immer wieder haben wir aufbegehrt. Und sind niedergeschlagen worden. Der Terror zog in unseren Alltag ein. In unsere Wohn- und Schlafzimmer, in die Schulen und öffentlichen Einrichtungen, bis er sich schließlich in den Herzen der Menschen seinen Platz eroberte. Viele waren froh, nicht aufzufallen, zufrieden, wenn man sie in Ruhe ließ. Doch als das Organ der WOMEN FREE HUMANS nicht verstummen wollte, als sie immer wieder Wege und Mittel fandet, sich Gehör zu verschaffen, griff die Regierung zu dem Einzigen, das ihnen noch blieb. Sie entmündigten euch. Ganz und gar.

Das offizielle Gesetz der Herabstufung der Frau kam und

jeder Widerstand wurde mit Drohungen und Terror im Keim erstickt. Sie sperrten uns in Gefängnisse, folterten und hängten diejenigen, die das alles immer noch nicht akzeptieren wollten. Danach erließen sie das Schulverbot für Mädchen und die Verschleierung für alle Menschen weiblichen Geschlechts ab zwölf Jahren und längst war die Angst so groß, dass kaum noch aufbegehrt wurde. Schritt für Schritt krempelten sie um, was vorher als selbstverständlich galt, und mit der Zeit war es für alle normal. Zu guter Letzt schlossen sie die Grenzen, verbarrikadierten sich und unser Land. Es gibt keinen Krieg, Hanna. Es ist die Regierung selbst. Sie machen uns nur glauben, dass es einen bewaffneten Widerstand gibt, um ihre Bomben, ihre Hinrichtungen, die Verhaftungen und Feuergefechte zu rechtfertigen. Die Angst ist ihr größter Katalysator. Sie werden sie schüren und schüren, das Feuer groß und verzehrend halten. Solange wir uns fürchten, bleiben sie stark und wir schwach. Das ist alles, was sie brauchen. Die Angst in den Köpfen der Menschen.« Er breitet die Arme aus, die Handflächen nach oben, eine Geste der Kapitulation.

Ein stechender Kopfschmerz pocht in meinem Schädel, ein stetig hämmerndes Geräusch, monoton und rhythmisch. Ich presse meine Fingerknöchel gegen meine Augenhöhlen, so fest, dass leuchtende Punkte hinter meinen Lidern tanzen. Ich kann das nicht glauben! Es ist zu ungeheuerlich! Wie eine Schlange windet sich ein weiterer Gedanke in meinem Gehirn. Ich begreife ihn noch nicht ganz, denn jedes Mal, wenn ich ihn festhalten will, zuckt er zischend zurück.

»Ist alles in Ordnung, Hanna?«

»Aber das würde ja bedeuten, dass …«

Ich kann es nicht aussprechen. Es fühlt sich an, als würde ich mit einem Messer in mein eigenes Fleisch schneiden. Aber die Spitze der Klinge bohrt sich unaufhaltsam in meine Haut, langsam und qualvoll, bis der erste Blutstropfen hervorquillt. Dunkelrot und dick tropft er auf das Gesicht meiner Mutter und in die Augen von Alex. Er blubbert aus meinem Mund, direkt vor Fathi auf den Tisch. »Das würde ja bedeuten, dass mein Stiefvater seine Familie getötet hat? Seine eigene Frau? Und das Baby? Sein ungeborenes Kind? Dass er ihren Tod billigend in Kauf genommen hat?«

Jetzt ist es raus. Ich habe es gesagt, es gibt kein Zurück.

Fathi nickt nur. Wie betäubt stehe ich auf, stolpere und fange mich wieder. »Ich … ich kann nicht. Ich danke dir, Fathi, aber ich muss …«

Wie damals nach der Hinrichtung wird mir ganz plötzlich schlecht. Ich springe auf, renne zur Toilette, schließe die Tür ab und schaffe es gerade noch, mich in die Kloschüssel zu übergeben. Würgend und speiend sinke ich schließlich völlig entkräftet zusammen. Der kalte Schweiß steht mir auf der Stirn. Fathi klopft unentwegt an die Tür.

»Hanna, mach auf!«

Ich schleppe mich zum Waschbecken, spüle den Mund mit schalem Wasser aus einem Krug aus. Aus dem alten Spiegel starren mir zwei tote Augen entgegen. Ich bin so weiß wie ein Bettlaken, die Haare kleben mir am Hals.

»Hanna, mach auf!«

Ich drehe den Türknauf, und Fathi hält mir ein Tuch und einen Becher mit Tee vor die Nase. »Geht es wieder?«

Benommen wackle ich mit dem Kopf, putze mir mit dem angebotenen Lappen die Nase und trinke ein bisschen Tee. Hinter Fathi steht Sayed in seiner Zimmertür.

»Ich habe es dir gesagt. Sie ist noch nicht so weit.«

Er klingt hohl und leer, seine Haare stehen nach allen Richtungen ab. Er streckt mir seine Hand entgegen.

»Lass uns schlafen gehen, Hanna. Morgen ist es immer noch das Gleiche. Und übermorgen auch. Nichts wird das ändern.«

Ich drehe mich zu Fathi.

»Danke für heute, Fathi.«

Er streicht mir übers Haar. »Kleine Hanna. Du schaffst das schon. Du bist stark und mutig wie deine Mutter. Glaube mir. Gute Nacht.« Lächelnd geht er in die Küche zurück.

Sayed liegt auf dem Boden und ich im Bett. An seinen Atemzügen kann ich erkennen, dass er genauso wenig in den Schlaf findet wie ich. Jeder einzelne Muskel in meinem Körper brennt, meine Gedanken rasen und kommen nicht zur Ruhe.

»Sayed«, wispere ich.

Er hat nichts mehr gesagt, nachdem er die Türe hinter mir geschlossen hat, schweigend die Kerze gelöscht, noch nicht mal eine gute Nacht hat er mir gewünscht. Auch jetzt bleibt er stumm, und als ich schon denke, er ist eingeschlafen, höre ich ihn.

»Was ist, Rotkehlchen?«

»Kannst du dich zu mir legen? Ich will nicht alleine sein.«

Wieder bleibt es eine Weile still, mein Herz klopft, ich habe Angst vor seiner Zurückweisung. Dann spüre ich, wie er meine Decke anhebt und mich fürsorglich zur Seite schiebt. Ich rutsche ganz an die Wand, denn Sayed ist groß und es wird eng. Zuerst liege ich völlig steif neben ihm und warte angespannt auf eine verrückte Reaktion meines Körpers. Aber als ich weder anfange zu schreien noch ihn zu schlagen, entkrampfe ich mich nach und nach und drehe mich zu ihm. Unsere Nasenspitzen berühren sich, seine bloßen Füße reiben an meinen eiskalten Beinen, sein warmer Atem bläst mir ins Gesicht. Ich will etwas sagen, ihm zeigen, wie leid er mir tut wegen allem, was er durchmachen musste. Aber als ich meinen Mund öffne, legt er mir sacht den Zeigefinger auf die Lippen.

»Ich weiß, Hanna. Es ist gut.«

Rau und heiser flüstert er die Worte in mein Ohr, sein Arm schließt sich um meinen Rücken, seine Hand fährt meine Wirbelsäule entlang und spielt mit meinen Locken.

»Schlaf jetzt, Rotkehlchen.«

Ich kämpfe gegen die Müdigkeit, aber die Geborgenheit seiner Nähe trägt mich hinüber in einen tiefen traumlosen Schlaf.

Ein Schlaf ausnahmsweise ohne die toten Gesichter von Alex und meiner Mutter.

Kapitel 17

Sayed behandelt mich wie ein rohes Ei.

Den ganzen Tag lässt er mich nicht aus den Augen, außer ich verschwinde auf die Toilette. Ich bin völlig überdreht, meine Bewegungen sind fahrig und unkoordiniert. Ständig fällt mir etwas herunter, einmal sogar eine Tasse, und die Scherben schneiden mir in die Hand. Ohne mich zu rügen legt Sayed mir geduldig einen Verband an. Er spürt, dass ich Zeit brauche. Zeit, um das Gehörte zu verarbeiten. Gedanken schießen durch meinen Kopf wie Murmeln, sie kullern von links nach rechts und ergeben einfach keinen Sinn. Warum hat mir meine Mutter das nie gesagt? Hat sie das alles gewusst? Wie konnte sie mit diesem Mann zusammen sein?

Das alles macht mich furchtbar traurig. Wenn mich die Tränen überkommen, verstecke ich mich im Bad, um Sayed nicht noch mehr zu beunruhigen. Das Leid und die tägliche Pein meiner Mutter mag ich mir kaum vorstellen! Ich war so blind!

Wenn ich mich wieder beruhigt habe, versuche ich meinen täglichen Pflichten nachzukommen. Ich probiere die Kleidung von Fathis Frau an. Ein leichter, schwarzer Mantel aus feinem Stoff, der mir ein wenig zu lang ist, ein Kleid aus robustem

Stoff, das mir um die Taille schlackert. Geduldig trenne ich die Naht auf und verändere den Schnitt mit zittrigen Fingern.

Wenn ich nicht traurig bin, bin ich wütend. Wütend auf mich, weil ich so dumm war! Nichts habe ich hinterfragt, alles hingenommen. Still und gehorsam habe ich versucht, nicht aufzufallen.

Sei unsichtbar, Hanna.

Das war ich und ich habe mir nie Gedanken gemacht, ob es richtig oder falsch ist. Dafür verabscheue ich mich jetzt. Was wäre geschehen, wenn ich nachgefragt hätte? Hätte ich meine Mutter retten können? Hätte es einen anderen Ausweg gegeben? Wir hätten vielleicht fliehen können, vor ihm. Diesem Monster. Meine Gedanken lenken mich ab, sodass ich mir versehentlich die Nadel in die Handfläche steche. Frustriert schleudere ich das Nähgarn in die Ecke und fluche laut. Noch so etwas, was ich früher nie getan hätte.

Sayed sitzt am Tisch und schreibt eine Liste der Lebensmittel, die noch gebraucht werden, und bei meinem Geschimpfe blickt er auf.

»Es reicht! Zieh dich an. Wir gehen raus. Du wirst hier noch verrückt!«

Entschlossen schiebt er seinen Stuhl zurück und steht auf. Verblüfft hebe ich den Kopf, damit habe ich nicht gerechnet. Ich bin davon ausgegangen, dass er mir nach gestern erst recht verbieten wird, die Wohnung zu verlassen.

»Was ist, willst du nicht?«, fragt er jetzt aus dem Flur, und ich springe auf. Eilig werfe ich mir den zu langen Mantel über, schnappe mir mein Tuch und stopfe meine Haare im Nacken zusammen. Und seit Wochen habe ich zum ersten Mal wieder schwarze Seide vor meinem Gesicht, was sich seltsam anfühlt. Es passt nicht mehr zu mir, dieser kratzige Stoff, der mir über die Haut reibt. Am liebsten würde ich es herunterreißen und verbrennen. Das bin nicht mehr ich. Aber weil es mein einziger Schutz ist, weil es das Risiko minimiert, erkannt zu werden, behalte ich es wohl oder übel an.

»Hanna, komm schon, oder musst du dich noch hübsch machen?«, ruft Sayed aus dem Keller und reißt mich aus meinen rebellischen Gedanken. Ich laufe zur Treppe und erblicke ihn unten, seine kleine Stabtaschenlampe in der Hand. Grinsend leuchtet er sich ins Gesicht.

»Buhuhu!«

Ich muss lachen, er sieht alles andere als gruselig aus.

»Wir gehen heute einen anderen Weg. Direkt aus dem Laden zu laufen ist zu gefährlich.«

Aufregung erfasst mich, ich fliege förmlich die Stufen hinunter. Im Keller war ich noch nie. Es ist kalt und penibel aufgeräumt. Wir durchqueren den großen Raum, in dem die Lebensmittel lagern. Säcke mit Kartoffeln, Kisten mit Gemüse, Wasserkanister, Flaschen mit Öl und Essig. Bis zur Decke stapeln sich Kartons mit Kerzen und Streichhölzern, Stoffreste und Seife in quadratischen Blöcken, Waschpulver, Salz und Zucker. Ordentlich verpackt und gelistet, denn Fathi und Sayed dürfen nichts für sich behalten. Am Ende des Raumes an der steinernen Wand steht ein Regal mit spärlichem Werkzeug. Sayed stemmt sich seitlich dagegen und schiebt es zur Seite. Dahinter kommt eine Tür aus Stahl zum Vorschein, mit einem dicken Schloss. Er nimmt einen Schlüsselbund vom Regal und schließt auf. Geräuschlos öffnet er sie, und ich blicke in einen dunklen Tunnel.

»Ist das nicht gefährlich? Wenn das jemand entdeckt?«, flüstere ich, und Gänsehaut überzieht meine Arme. Zögernd bleibe ich stehen und verknote die Finger, während Sayed schon im Tunnel verschwindet.

»Rotkehlchen, Rotkehlchen, du bist ja ein wahres Waisenkind.« Er gluckst. »Viele haben solche Tunnel. Es ist ganz normal. Die Regierung könnte unmöglich alle verhaften deswegen.« Sayed dreht sich zu mir um und leuchtet mir in die Augen. »Es sei denn, du hast Angst?« Er wackelt mit den dunkeln Brauen. »Dann gehen wir wieder nach oben?«

Schnell verneine ich und ergreife seine Hand, die er mir entgegenstreckt. Der Geruch feuchter Steine zieht mir in die Nase, meine klobigen Schuhe machen bei jedem Schritt ein schmatzendes Geräusch.

»Viele Häuser hier in der Innenstadt sind durch solche

Tunnel verbunden. Ich habe keine Ahnung, wann sie gebaut wurden. Manche sind zugemauert, aber die meisten dienen als einfache Verbindungen zu den anderen Kellerräumen. Wenn man sich auskennt, kommt man so fast durch die ganze Stadt«, erklärt mir Sayed, während wir tiefer in das Dunkel vordringen. Der schmale Gang macht eine Biegung und Sayed muss irgendwann gebückt gehen, weil die Decke so tief hängt. Ein stetes Tropfen ist zu hören, als ob Wasser fließt, und von irgendwoher sind gedämpfte Geräusche zu vernehmen.

»Das sind die Wohnungen in den Häusern über uns.«

Nachdem wir eine Weile schweigend gelaufen sind, verbreitert sich der Tunnel wieder und wir stehen vor einer weiteren Tür. Die Lackierung blättert ab, ehemals war sie wohl von einem hellen Blau. Sayed muss sich anstrengen, um sie zu öffnen, knarzend drückt er sie mit seinem ganzen Gewicht auf.

»Das Gebäude über diesem Keller ist zerstört. Wir müssen vorsichtig sein, wo wir hintreten. Nicht, dass es noch über uns zusammenstürzt. Das wäre wirklich ziemliches Pech, Rotkehlchen.«

Entsetzt sehe ich ihn an, aber er scherzt nicht.

»Dann lass uns verschwinden, ich habe keine Lust, hier begraben oder erschlagen zu werden«, sage ich und stelle fest, dass ich wohl doch ein Feigling bin.

»Wenn du nicht willst, gehen wir wieder, aber glaube mir, es lohnt sich!«, erwidert er und legt herausfordernd den Kopf zur Seite. Ich beiße mir auf die Lippen.

Sayed würde mich nie wissentlich einer Gefahr aussetzen, soviel weiß ich. Das Risiko muss relativ gering sein und so gebe ich ihm zu verstehen, dass er vorgehen soll.

»Dachte ich mir schon«, murmelt er schmunzelnd, und wir betreten den Raum. Überall liegt Schutt, Steinhaufen versperren den Weg und über mir klafft ein riesiges Loch in der Decke, durch das fahles Sonnenlicht dringt. Staubkörnchen tanzen in der Luft, und wenn ich den Kopf nach hinten lege, kann ich in dem Geschoss über uns eine riesige Fensterfront erkennen, deren Scheiben kaputt sind.

»Wo sind wir hier?«

Ich drehe mich einmal im Kreis und schaue mich um. Der Kellerraum war wohl ehemals weiß gestrichen, heute sind die Wände von einem schmutzigen Grau. Kaputte Leuchtstoffröhren hängen an dem Teil der Decke, der noch intakt ist, und überall stapeln sich feuchte Kartons, teils aufgerissen, teil noch verschlossen.

Sayed deutet mit der Hand auf die Kartons, ein erwartungsvolles Lächeln auf den Lippen. »Sieh hinein, Hanna«, sagt er und sein Lächeln wird breiter.

Zögerlich gehe ich zu einem der Kartons und hebe vorsichtig den Deckel an.

Darin liegen Bücher. In ihrer Originalverpackung, eingeschweißt in Plastik, unberührt vom Zahn der Zeit. Unbeschädigt und verführerisch, Seiten über Seiten, beschrieben mit den Gedanken und Geschichten der Menschen, die in Freiheit gelebt haben. Mir bleibt der Mund offen stehen. Ich wage kaum zu atmen, als würde sonst ein Lufthauch die Buchstaben und Wörter hinfort wehen, durcheinanderwirbeln, bevor ich in den Genuss des Lesens gekommen bin. Sayed tritt von hinten auf mich zu, seine Lippen dicht an meinem Ohr.

»Nimm, Hanna. So viele du willst«, raunt er. Ich wende mich um und seine Augen glänzen vor Stolz. Für ihn gibt es nichts Schöneres, als mir eine Freude zu bereiten. Mein Herz macht einen Satz, ohne zu zögern bücke ich mich und nehme behutsam ein Buch aus dem Karton. Ungeduldig wische ich eine dicke Staubschicht vom Deckel und reiße mit dem Fingernagel das Plastik herunter. Es ist ein dickes Buch. Der Einband beschreibt eine Liebesgeschichte zwischen einer todkranken Frau und ihrem Mann. Es ist mir völlig egal, wie es heißt, auch wenn es schrecklich schlecht wäre, würde mich nichts davon abhalten, es zu lesen. Vorwärts und rückwärts, bis ich die Zeilen auswendig kenne. Mein Daumen blättert durch die Seiten, der Geruch des Papiers ist immer noch neu, durch die schützende Verpackung ist es, als käme es frisch aus dem Druck. Die schwarzen Buchstaben auf weißem Grund springen mir entgegen und tanzen vor meinen Augen.

»Sayed«, hauche ich. Ich kann nicht glauben, dass ich ein echtes Buch in der Hand halte!

»Ich sagte doch, es wird sich lohnen. Das hier war mal ein Buchladen. Bei seiner Zerstörung haben sie es wohl nicht für nötig befunden, alle Bücher zu vernichten.«

Er nimmt sich ebenfalls eines aus dem alten Karton. *»Die Walpopulation unserer Meere«*, liest er mit näselnder Stimme. Achtlos legt er es zur Seite und fischt das nächste heraus. Es ist groß und gelb und dick. *»Duden. Die deutsche Rechtschreibung.«* Er schnaubt. »Das ist höchstens noch zum Feuer machen zu gebrauchen.«

Ich höre ihm gar nicht zu, so vertieft bin ich in die ersten Seiten meines Schatzes. Schon längst habe ich mein Tuch abgenommen und mich im Schneidersitz auf dem kalten Boden niedergelassen, meine Finger fahren unablässig die Zeilen entlang. Wegen meiner mangelnden Übung im Lesen muss ich mich konzentrieren, und Sayeds Stimme verklingt zu einem Hintergrundgeräusch. Eine Weile sitzen wir nebeneinander, Sayed packt Buch um Buch aus, ab und an höre ich ihn lachen. Irgendwann zieht er seine Jacke aus und breitet sie auf dem Boden aus. »Setz dich hier drauf, Hanna. Es ist zu kalt«, sagt er. Ich brauche einen Augenblick, um zu begreifen, wo ich mich befinde. Irritiert blinzle ich ihn an, bin immer noch ganz in der Welt versunken, in die mich das Buch entführt hat. Dann rutsche ich auf seine Jacke und lege mich neben ihn. Ich kuschle meinen Kopf in seine Armbeuge und blättere Seite für Seite um. Sayeds Brust hebt und senkt sich unter meinen Kopf, auch er ist ganz in sein Buch vertieft. Der Moment ist so friedlich, so innig, dass ich wie verzaubert bin. Kurz schleicht sich meine Mutter in meine Gedanken, es rüttelt und zieht in meinem Herzen, aber ich weiß, sie hätte sich für mich gefreut. Sie selbst hätte mir diesen Schatz geschenkt, hätte sie ihn gekannt. Resolut packe ich das Buch fester und fokussiere mich auf die Buchstaben, bis sich der eiserne Ring um meine Brust lockert. Sayeds Kopf liegt an meinem, seine Hand zupft gedankenverloren an meinem Haar.

Alles kann Liebe:
zürnen und zagen,
leiden und wagen,
demütig werben,
töten, verderben,
alles kann Liebe.

Alles kann Liebe:
lachend entbehren,
weinend gewähren,
heißes Verlangen,
nähren in bangen,
in einsamen Tagen -
alles kann Liebe –
nur nicht entsagen!

Seine Stimme schwebt golden durch den kalten Keller, weich und voller Sehnsucht. Mir stockt der Atem, die Worte sind so wahr. Das alles und noch mehr empfinde ich für ihn, meinen Freund, meinen Gefährten.

»Willst du noch eines hören?«, flüstert Sayed. Ich bewege den Kopf auf und ab, unfähig, zu antworten. Er räuspert sich kurz, und das nächste Gedicht wird unter seinem Klang lebendig.

Mit jeder Zelle meines Körpers bin ich mir seiner Nähe bewusst, alles flattert und schwirrt.

»Das ist wunderschön«, sage ich, als er endet.

»Als mein Vater dich damals in den Laden gebracht hat, geschlagen und wund, da wäre ich am liebsten losgerannt und hätte die Jungen, die dir das angetan haben …« Er beendet den Satz nicht, langsam zieht er seinen Arm unter mir hervor und stützt den Kopf in die Hand. Sayed sieht mit seinen großen dunklen Augen auf mich herab, seine Finger schweben über meinem Gesicht, lauernd, ob ich die Berührung zulasse.

Ich schließe die Lider, und er fährt sacht über meine Augenbrauen.

»Hanna.« Ich öffne die Augen. »Rache ist ein schlechter Begleiter. Sie ist niemals dein Freund, auch wenn sie dich scheinbar tröstet. Sie wirft dir ihren schützenden Mantel über und du denkst, das sei alles, was du brauchst. Aber sie ist falsch und hinterhältig und tötet dich lieber langsam und unauffällig. Ich habe es selbst erlebt, du kannst mir glauben.«

Er spricht fest und mit Nachdruck und ich komme mir vor, als hätte er mich in eine Falle gelockt. Er hat das alles hier vorbereitet und mich eingelullt, nur um mich umzustimmen! Das war von Anfang an sein Plan! Aufgebracht schiebe ich Sayed von mir und stehe auf, mein vorher so kostbares Buch fällt achtlos von meinem Schoß.

»Du hättest mich nicht extra hierherbringen müssen, nur um mir das zu sagen! Ich lasse mich weder hier noch woanders davon abbringen, Sayed! Du kannst mir noch so viele Geheimnisse zeigen, wie du willst, ich verliere mein Ziel nicht aus den Augen, nur weil du sie mir verschleierst. Ich weiß jetzt, wer für den Tod meiner Familie verantwortlich ist und er verdient seine gerechte Strafe!«, sage ich fühle mich wunderbar erwachsen.

»Gut«, ist alles, was Sayed erwidert. Er ist nicht wütend oder zornig, eher gefasst, als hätte er meinen Einwurf vorausgeahnt. »Dann erkläre mir doch bitte, wie genau du dir das vorstellst, Hanna?« Sayed erhebt sich jetzt ebenfalls, stellt sich vor mich und sogleich komme ich mir ob seiner Größe klein und albern vor. »Was willst du tun? Willst du deinen Stiefvater erschießen? Nein, warte«, er legt sich den Zeigefinger an sein Kinn. »Das gibt eine fürchterliche Sauerei. Überall dieses Blut, einfach eklig.« Er schüttelt sich leicht. »Und wie willst du an eine Waffe kommen? Ziemlich kompliziert. Mhm … lass mich nachdenken.« Die Stirn in Falten gelegt, neigt er den Kopf zur Seite. »Du könntest ihn erwürgen. Von hinten, mit einem dicken Seil. Ja, das könnte gehen! Allerdings musst du ihn dafür erst einmal finden. Ihn überwältigen, was nicht so leicht werden dürfte. Schließlich ist er ein ausgewachsener Mann und du bist ein Mädchen …«

»Hör auf!«

»Was?« Sayed lacht bissig. »Wieso? Du sagtest, du tust es auf jeden Fall, ich helfe dir nur.« Er zuckt mit den Schultern. »Ich habe auch noch nie jemanden umgebracht. Das ist völlig neu für mich, obwohl ich zugeben muss, dass ich schon oft den Wunsch dazu verspürt habe. Ich wollte es dir ja erklären, aber offensichtlich weißt du es besser als ich!«

Jetzt ist er doch böse, sein Ton wird immer kälter.

»Sayed!«

Resigniert lasse ich die Schultern hängen, denn er hat recht. Wie zum Teufel will ich das anstellen? Aber die Flamme in mir wird nicht verschwinden, das weiß ich ganz sicher. Es gibt keine andere Möglichkeit, sie zu löschen, und ich will mich von ihr befreien. Ich muss mich von ihr befreien, sonst werde ich wahnsinnig! Wenn ich an meinen Stiefvater denke, an das, was er uns angetan hat, kehrt sich mein Innerstes nach außen, meine Haut platzt auf und ich brenne. Es schmerzt einfach fürchterlich und das Rot verzehrt mich. Es wütet gnadenlos, eine Feuerbrunst so hoch und so gewaltig, dass sie alles in mir mitreißt. Das halte ich nicht mein ganzes Leben lang aus. Niemals.

Ich hege nicht den geringsten Zweifel, dass sich eine Chance ergeben wird. Ich werde ihm von Angesicht zu Angesicht gegenüberstehen, und wie ein tödlicher Pfeil werde ich ihn vernichten. Diese Vorstellung hat mich genesen lassen, ohne den Glauben daran wäre ich vielleicht nicht mehr am Leben, bilde ich mir ein.

»Ich weiß auch nicht …«, sage ich, weil ich es tatsächlich nicht weiß, und sehe zu Boden. Sayed kommt zu mir und hebt mein Kinn an.

»Hast du denn nicht gehört, was ich gesagt habe? In den Gedichten? Hanna, du bist mein Leben. Ich will nicht mehr ohne dich sein.« Sein Blick verschmilzt mit meinem, er legt mir in diesem Moment sein Herz zu Füßen.

Und es kostet mich meine ganze Überwindung, einen Schritt zurück zu gehen. Abstand zwischen uns zu bringen.

Ich bin es meiner Mutter und Alex schuldig, ich habe keine Wahl. Meine Mutter hatte recht. Sayed ist gefährlich. Seine Liebe lässt mich die wesentlichen Dinge vergessen. Bevor ich weiter nachdenken kann, schüttle ich den Kopf.

»Lass mich«, zische ich und mein Kopf wackelt immer heftiger hin und her. Er darf mich nicht umstimmen, auf keinen Fall!

Die Enttäuschung in Sayeds Augen ist nicht zu übersehen. Wie in Zeitlupe lässt er die Hand sinken und schluckt die Worte, die er noch auf den Lippen hatte, herunter. Meine Hand fährt nach vorne, will ihn packen und ihm sagen, dass ich ihn liebe! Dass er mir das Wertvollste ist, was ich habe – aber es klingt selbst in meinen Ohren heuchlerisch und gelogen. Der Augenblick geht vorüber. Sayed bückt sich nach einer Ewigkeit stumm, hebt seinen Gedichtband auf, ich sammle mein Buch ein, und ohne ein versöhnliches Wort wenden wir uns dem Ausgang zu. Es ist dunkel geworden und wir benötigen die Taschenlampe, aber auch sie kann die Finsternis in mir nicht erhellen.

Ich habe Sayed zutiefst verletzt, ihn zurückgewiesen, aber er will mich einfach nicht verstehen. Mit großen Schritten läuft er vor mir, als könne er nicht schnell genug von mir wegkommen, und ich kann seine Verzweiflung fühlen. Sie umgibt ihn wie ein Nebel, hüllt mich ein und füllt mich ebenfalls aus.

Wie im Schlaf kennt Sayed den Weg und mir fällt erst gar nicht auf, dass wir einen anderen Ausgang nehmen, bis wir in der kühlen Nachtluft stehen.

»Ich denke, du willst das hier sehen. Damit du dein Vorhaben rechtfertigen kannst«, stößt er roh hervor. Angespannt sieht er nach rechts und links und winkt mich dann weiter. Ich weiß nicht, was er meint, bis ich mich umblicke. Wir sind in meiner Straße gelandet. Die Häuser ragen schwarz und bedrohlich in den Nachthimmel und eigentlich dürften wir gar nicht hier sein. Die Sperrstunde hat längst begonnen, es ist gefährlich hier draußen.

»Sie haben die Häuser evakuiert, alle mussten ihre Wohnungen verlassen. Es kann dich niemand beobachten, also tu dir keinen Zwang an.« Sayed breitet die Arme aus, dreht sich einmal im Kreis, als würde er mir ein Geschenk präsentieren. Wir stehen am anderen Ende meiner Straße. Massive Betonpfeiler, auf denen Stacheldraht thront, verhindern den Zugang. Ein riesiger Berg Schutt türmt sich vor uns auf. Steine und Mauerwerk versperren uns den Weg, eine gespenstische Stille liegt über dem Viertel. Sayed klettert unbeeindruckt über die Hindernisse, ich folge ihm vorsichtig. Ab und an dreht er sich um und reicht mir seine Hand, ansonsten würdigt er mich keines Blickes.

Dann sind wir da.

Nichts kommt mir vertraut vor, es ist, als stünde ich in einer anderen Welt. Das Haus neben unserem ist verschwunden. Es klafft ein gähnendes Loch in der Gebäudefront. Fassungslos starre ich an meinem ehemaligen Zuhause hoch. Die Wand, die an das Haus grenzte, in dem die Bomben hochgingen, ist weggerissen. Die einzelnen Zimmer liegen frei. Der Vollmond bescheint die schreckliche Kulisse und in einer Wohnung erkenne ich sogar noch einen Tisch, als hätte eben noch jemand daran gegessen, geatmet und gelebt. Die Mauern sind vom Feuer geschwärzt.

Ich keuche.

Schon holen mich die Sekunden, bevor ich gerettet wurde, ein. Mir bleibt die Luft weg, imaginärer Rauch frisst sich in meine Lunge. Ich fuchtle wild mit den Händen vor meinem Gesicht, kann Realität und Erinnerung nicht mehr unterscheiden und unvermittelt liege ich in unserer alten Küche auf dem Boden. Der Kopf meiner Mutter rollt unnatürlich auf ihren zarten Schultern, Alex' riesige Augen starren ins Nichts, sein Mund ein stummer Schrei, der mir gilt.

Warum, Hanna?

»Sayed!«, stoße ich hervor, aber aus meinem Hals kommt nur ein heiseres Krächzen. Sayed steht mit dem Rücken zu mir und blickt ebenfalls gebannt nach oben, direkt in das Grauen. Meine Brust wird eng, ich brauche dringend Sauerstoff. Mit letzter Kraft kralle ich mich in Sayeds Jacke, reiße ihn zu mir herum und deute mit hektischen Bewegungen auf meine Kehle. Ich japse panisch nach Luft, weil ich gleich ersticken werde. Ich weiß es! Ich werde einfach ersticken, jetzt und hier, und schon überfällt mich eine Schwärze, so dunkel, als gäbe es nie wieder Licht auf dieser Erde. Sayed ist mit einem Satz bei mir, reißt mir mein Tuch vom Kopf und schlägt mir auf die Wange.

»Hanna!« Er greift mich an den Schultern. »Es ist alles gut, du musst dich beruhigen! Sofort! So ist es richtig, sieh mich an. Ich bin bei dir, dir kann nichts passieren.«

Immer noch verschwimmt sein Gesicht vor meinen Augen, seine Stimme dringt nur undeutlich zu mir durch, aber ich werde ruhiger. Der Sauerstoff schießt prickelnd in meine Fingerspitzen wie tausend Nadelstiche.

»Hör mir zu, Hanna! Du bist am Leben, dir ist nichts passiert, ja? Ich bringe dich jetzt zurück und da bekommst du eine schöne Tasse Tee. Mit ganz viel Zucker, wenn du magst. Und eine dicke Scheibe Brot, ich röste es dir knusprig, so, wie du es gerne hast, ja?«

Sayed redet wirres Zeug, seine Angst ist unverkennbar. Trotzdem holt er mich zurück, sein monotones Geplapper findet seinen Weg durch meinen Gehörgang in mein Gehirn. Ich mache ein paar tiefe Atemzüge, zu schnell, und fange an zu husten.

»Langsam, Hanna, langsam.« Während er spricht, schleift er mich durch die Nacht. »Verflucht, es tut mir leid! Das wollte ich nicht, ich dachte, du verkraftest das! Ich bin so ein Idiot. Verzeih mir, Hanna!«, faselt er vor sich hin. Ich bin überhaupt nicht in der Lage, ihm zu antworten, aber das kümmert ihn nicht. Sayed plappert und redet in einer Tour, und als wir endlich da sind und Fathi uns die Tür öffnet, hänge ich wie ein Sack Mehl in seinen Armen.

»Was ist passiert?«

Geschickt greift er mir unter die Arme und hebt mich

hoch. Er trägt mich ins Zimmer und legt mich auf das Bett, die Stätte meiner ständigen Schwäche. Dann zieht er Sayed am Schlafittchen auf den Flur.

»Bist du von allen guten Geistern verlassen? Wo wart ihr?« Ungehalten gestikuliert er mit erhobenem Zeigefinger vor seinem erwachsenen Sohn. Sayed lässt die Schultern hängen.

»Ich dachte nicht, dass sie …« Er verstummt beschämt.

»Warst du nicht derjenige, der gesagt hat, sie ist noch nicht so weit?«

»Ja, aber …«

»Nichts aber! Ihr solltet überhaupt nicht draußen sein, Sayed! Und das auch noch nach der Ausgangsperre! Mit ihr! Bist du von allen guten Geistern verlassen?« Erbost schickt er Sayed in die Küche. »Mach ihr Tee, ich werde nach ihr sehen.«

Er kommt an mein Bett und legt mir seine kühlen Hände an die Wangen. Ich setze mich auf.

»Es geht schon wieder. Es war meine Schuld. Ich wollte unbedingt dahin und habe ihm keine Ruhe gelassen. Sei nicht böse mit ihm. Ich bin nur durcheinander, sonst nichts.« Ich ergreife Fathis Hand, und mein Blick bringt ihn zum Schmunzeln.

»Zwei Kinder und keine Frau, das habe ich mir auch nie träumen lassen.«

Ich muss grinsen.

»Na dann. Du wirst ihn schon genug bestrafen. Ruf mich, wenn du etwas brauchst.« Fürsorglich legt er mir eine Decke um die Schultern und geht hinaus. Ich ziehe die Knie an und lege meinen Kopf ab. Ich bin total erschöpft und verspüre Durst und Hunger. Ganz allmählich dringt mir ins Bewusstsein, welcher Gefahr sich Sayed ausgesetzt hat, nur um mir meinen Willen zu lassen. Bestimmt wimmelt es in der Gegend, wo das Bombenattentat stattgefunden hat, von bewaffneten Regierungsbeamten. Erst jetzt packt mich die eisige Faust der Angst. Wenn sie uns erwischt hätten, wären wir verhaftet worden! Oder Schlimmeres. Und zu allem Übel trugen wir auch noch die Bücher bei uns! Ein Schauer fährt mir über den

Rücken, als ich daran denke, wie leichtfertig er sein Leben für mich aufs Spiel setzt.

Gerade kommt er zurück, in der Hand eine Tasse Tee, einen gequälten Ausdruck im Gesicht. Er reicht sie mir wortlos und will gleich wieder verschwinden.

»Sayed.« Er bleibt mit dem Rücken zu mir an der Tür stehen. »Entschuldige. Ich hätte dich nicht so drängeln dürfen.«

Er wartet angespannt, ob ich noch etwas sage.

»Wir hatten ziemliches Glück, oder?«, frage ich kleinlaut. Endlich dreht er sich um.

»Ja, das hatten wir. Und das war dumm von mir.« Er schließt die Augen und fährt sich mit Daumen und Zeigefinger über die Stirn. »Warum vertraust du mir nicht?«, fragt er mich rundheraus.

»Das tue ich doch!«

»Nein, Hanna, das tust du nicht. Du stellst meine Entscheidungen in Frage. Ich würde niemals etwas tun, das dir schadet. Du scheinst das nicht zu wissen, und das verunsichert mich. Wie kann ich dir noch zeigen, dass ich dich nur schützen will?« Er lässt sich an der Wand herabsinken, die Arme legt er locker auf seinen Knien ab, sein Blick ist fragend.

»Vielleicht traust du mir auch mal zu, dass ich selbst entscheide, was ich will?«

»Hanna«, er stößt geräuschvoll die Luft aus. »Was du willst und was möglich ist, sind oft völlig verschiedene Dinge! Ich dachte wirklich, du verkraftest es, euer zerstörtes Haus zu sehen, aber ich habe das völlig falsch eingeschätzt. Du hast immer noch keine Ahnung, wie das hier alles läuft! Deine Mutter hat dich von allem ferngehalten und dich vor den Grausamkeiten da draußen geschützt. Du kannst einfach nicht selbst entscheiden, kapierst du das nicht?«

Ich will aufbrausen und ihm widersprechen, begreife aber, dass er recht hat. Wenn das, was Fathi sagt, stimmt, dann bin ich wirklich völlig ahnungslos und muss einfach auf Sayeds Erfahrung vertrauen.

Mit dem Fuß schließt er leise die Türe.

»Ich will nicht, dass mein Vater das hört. Was ich dir jetzt erzähle, hat mein Leben verändert. Und ich möchte, dass du mir zuhörst, versprich mir das, ja?«

Ich nicke nur, weil Sayed sehr ernst aussieht.

»Ich war fünfzehn, als ich den Mann wiedersah, der meine Mutter überfallen hatte. Diese schreckliche Nacht damals hat mich fertiggemacht, Hanna. Sie hat ein Stück von mir mitgenommen. Es war irgendwie, als hätte ich ein Gift geschluckt, das mich innerlich langsam, aber sicher verrotten ließ. Anfangs versuchte ich noch, es zu verdrängen. Ich tat einfach so, als wäre es nie passiert. Ich schloss dieses grauenvolle Erlebnis in eine kleine Kiste und warf den Schlüssel weg. Aber das funktionierte nicht. Immer wieder sah ich meinen Vater daliegen, in seinem Blut, unfähig, uns zu helfen, und die entsetzlichen Schreie meiner Mutter verfolgten mich bis in den Schlaf. Das Gift breitete sich unaufhaltsam in mir aus, floss schwarz und zäh durch meine Adern und verdunkelte mein Herz.«

Er holt zitternd Luft und schlingt die Arme um seinen Oberkörper, als wäre ihm kalt. Seine Augen fixieren einen Punkt an der Wand, er ist Jahre entfernt von diesem Ort, diesem Zimmer und mir.

»An einem Abend lief ich ziellos durch die Stadt. Ich tat das oft, versteckte mich vor den Patrouillen, wie in einem Spiel. Es war, als wäre ich auf der Suche. Auf der Suche nach Ruhe und Frieden. Es war wie ein Zwang, als könnte mich dort in der nächtlichen Dunkelheit irgendetwas retten. Und da fand ich ihn. Er lehnte an einer Hauswand und schnarchte. Er war verdreckt und total hinüber und er stank fürchterlich nach Schnaps. Erst erkannte ich ihn nicht und wollte ihn wachrütteln, weil ich Sorge hatte, er könnte sonst erfrieren. Ich nahm ihn an seiner Jacke und zog ihn hoch, aber als ich ihm ins Gesicht blickte, wusste ich, wen ich vor mir hatte. Nie würde ich diese Augen vergessen. Es durchfuhr mich wie ein Blitz und etwas explodierte in meinem Kopf. Das war meine Chance auf Rache! Hier, zufällig, direkt vor meiner Nase! Schicksal nennt man das wohl. Am Schlimmsten aber war die unsagbare Freude, die mich überkam. Ich hätte jubeln können vor Glück! Bevor ich auch nur nachdenken konnte, holte ich aus und schlug ihm mit voller Wucht die Faust ins Gesicht. Das weckte ihn aus seinem Delirium, er schrie auf vor Schmerz und hob im Reflex die Arme, um sich zu schützen. Aber er war viel zu betrunken, um sich ernsthaft zu wehren. Ich packte ihn am Kragen und verpasste ihm noch eine. Und noch eine. Meine Fäuste krachten auf seine Schläfen, seine Nase, sein Kinn. Wie damals an unsere Wohnzimmertür. Das Blut schoss ihm aus der aufgeplatzten Haut und er wimmerte nur noch.«

Sayeds Augen füllen sich mit Tränen, er schluckt und sein Kehlkopf hüpft hektisch auf und ab.

»Es war mir nicht genug, kleine Hanna. Nicht genug.«

Er schüttelt den Kopf und ich schlage die Hand vor den Mund. Er hat gesagt, er hätte noch nie jemanden umgebracht. Hat er gelogen?

»Er brach vor mir zusammen und war bewusstlos. Ich nahm Anlauf und …«

Sayed heult gequält auf, ich springe vom Bett und laufe zu ihm. Er vergräbt das Gesicht in den Händen, schluchzt und redet so schnell, dass ich Mühe habe, ihm zu folgen.

»Ich nahm Anlauf und sprang mit voller Kraft auf seinen Rücken. Es knackste so laut, dass ich zu mir kam. Ich erwachte aus meinem Wahn, sah auf ihn herab und war mir sicher, ich hätte ihn getötet.«

Seine Hände krallen sich in sein Haar, er zieht so fest daran, als würde er sich am liebsten die Büschel ausreißen.

Ich lege meine Arme um ihn, halte ihn und wiege ihn hin und her. Abgehackt presst er die nächsten Sätze heraus.

»Dann bin weggerannt. Ich rannte und rannte, die ganze Nacht stolperte ich durch die Stadt, nur um nicht nach Hause zu müssen. Ich hätte meinem Vater nicht in die Augen sehen können, Hanna.«

Ich bin starr vor Entsetzen. Aber nicht wegen des Mannes, stelle ich verblüfft fest. Sayeds schreckliches Erlebnis erfüllt mich mit grenzenlosem Mitleid. Er schlottert am ganzen Körper, und ich schäle vorsichtig seine Finger aus seinen Haaren. Sayed drückt sich die Handballen an die Augen.

»Nie wieder, Hanna, nie wieder will ich diesen Augenblick erleben! Es war fürchterlich! Ich wusste nicht, dass ich zu so etwas fähig bin. Ich betrachtete meine blutverkrusteten Hände und mir wurde klar, ich war nicht besser als er. Das war das Schrecklichste, was ich je über mich erfahren musste.«

Er dreht den Kopf und sieht mich an, das Gesicht verschwollen und gerötet, die Augen blutunterlaufen.

»Das darf dir auf keinen Fall passieren, Rotkehlchen!«

Die Verzweiflung in seiner Stimme geht mir durch Mark und Bein. Er greift nach meiner Hand, drückt schmerzhaft zu und beugt sich mit weit aufgerissen Augen dicht an meine Kehle.

»Du tötest nicht ihn, Hanna!«, flüstert er mir ins Ohr.

Speichel benetzt meinen Hals.

»Du tötest dich. Verstehst du?«

Dann lässt er mich abrupt los, lehnt sich nach hinten und sein Kopf knallt gegen die Wand, als wäre er zu schwer für seine Schultern. Sayed schließt die Lider, sein Atem geht flach und rasselnd, als hätte er einen Hundertkilometersprint hinter sich.

Schweigen breitet sich aus.

Die Luft im Zimmer ist zu dünn, wir kämpfen beide um Erlösung. Minuten vergehen und ich bin unfähig, etwas zu sagen. Als Sayed unvermittelt die Augen aufschlägt, zucke ich zusammen. Er sieht aus wie eine Marionette, der die Fäden durchtrennt wurden. Nur seine Lippen bewegen sich, er blinzelt nicht einmal.

»Er ist nicht gestorben. Er ist im Rollstuhl gelandet. Ich sehe ihn immer noch ab und zu, wenn er durch die Straßen fährt und bettelt. Er wird nie wieder arbeiten können. Nie wieder laufen können. Und das ist meine Schuld, Hanna. Ganz allein meine.«

Kapitel 18

Sayed steht jeden Morgen vor Sonnenaufgang auf und verlässt die Wohnung. Er geht mir aus dem Weg, ohne ein Wort, wohin er verschwindet. Fathi steht im Laden, aber auch er verrät mir nicht, wo sein Sohn den ganzen Tag ist. Und ich traue mich nicht zu fragen, weil ich weiß, warum er nicht hierbleibt.

Hier bei mir.

Seine Schuldgefühle fressen ihn auf und er schämt sich vor mir. In seinen Augen ist er ein Mörder, auch wenn der Mann noch lebt. Noch am selben Abend versuchte ich ihm klarzumachen, dass ich ihn nicht verurteile, denn ich verstehe ihn nur zu gut. Der Hass auf meinen Stiefvater ist der gleiche, wenn nicht schlimmer.

Aber Sayed will das nicht hören. Er legt sich auf seine Matratze, verschränkt die Arme hinter dem Kopf und starrt die ganze Nacht an die Decke. Krampfhaft bemühe ich mich, mit ihm wach zu bleiben, aber irgendwann dämmere ich in einen unruhigen Schlaf. Wenn ich dann aufwache, ist sein Bett leer und er ist fort.

Es muss ihn eine unglaubliche Überwindung gekostet haben, mir diese, seine Geschichte zu erzählen.

Er hat es nur getan, um mich zu schützen. Mich vor dem

gleichen ungeheuerlichen Fehler zu bewahren, den er begangen hat und den er sich niemals verzeihen kann. Ich weiß nicht, ob es reicht, sollte ich jemals vor die Wahl gestellt werden, doch ich spüre, wie es in mir arbeitet. Zweifel sind gesät, ich habe Angst und denke zum ersten Mal ernsthaft darüber nach, dass ich einem anderen Menschen das Leben nehmen will.

Immer noch bin ich fürchterlich wütend, hege und pflege meine kleine Flamme. Sie gehört zu mir, zu meinem ganzen Wesen, und ich weiß nicht, was ich ohne sie wäre.

Unbewusst fasse ich an meine Kette, meine Finger spielen mit dem Hampelmann.

Was hätte mein Vater getan?

Hätte er sich gerächt für alles, was ihm genommen wurde, wenn er die Möglichkeit bekommen hätte?

Meine Mutter hätte mich eingesperrt, hätte sie jemals solch einen verrückten Gedanken von mir gehört, das weiß ich mit Sicherheit. Sie hätte mir gehörig den Kopf gewaschen und mir eine Backpfeife verpasst, dass es mir in den Ohren geklingelt hätte!

Meine Tochter ist keine Mörderin! Dazu habe ich dich nicht erzogen, Hanna Mahler!

Ihre Stimme hätte streng geklungen und keinen Widerspruch geduldet. Andererseits kennt sie das Mädchen, das ich nun bin, gar nicht. Ich bin nicht mehr nur ihre gehorsame Tochter, dieser Teil von mir ist klein und unbedeutend geworden. Ich bin erwachsen geworden. Die Erfahrungen, die ich machen musste, haben mich verändert. Das spüre ich ganz deutlich.

Seufzend erhebe ich mich vom Bett und will in die Küche gehen, als ich aus dem Augenwinkel sehe, wie die Tür des Ladens krachend auffliegt und gegen ein Regal mit Konserven knallt. Es fällt scheppernd um, die Dosen rollen mit einem schabenden Geräusch durch den ganzen Raum. Schnell ziehe ich den Kopf zurück, um gleich darauf wieder um die Ecke zu spähen. Bewaffnete Regierungsbeamte poltern mit schweren Schritten auf Fathi zu, der wie versteinert hinter der Theke steht. Mein Herz klopft bis zum Hals, ich überschlage im Kopf, wo ich mich verstecken kann. Am besten wäre der Keller. Aber dazu müsste ich über den Flur laufen und die drei Männer, von denen zwei mit Maschinenpistolen im Anschlag vor Fathi stehen, würden mich entdecken.

Der Dritte von ihnen lehnt sich lässig über den Ladentisch.

Es ist mein Stiefvater!

Da steht er, zum Greifen nahe! Ich halte die Luft an, und eine eiskalte Ruhe überkommt mich. Mit aller Deutlichkeit wird mir bewusst, dass ich es unmöglich in den Keller schaffen werde.

»Fathi, mein Freund«, unterbricht die schnarrende Stimme meines Stiefvaters meine Gedanken. Ein übler Brechreiz überkommt mich, ich schlucke.

»Lange nicht gesehen. Wie geht es dir und deinem Sohn? Laufen die Geschäfte gut?« Während er spricht, klimpert er mit einem dicken Schlüsselbund rhythmisch gegen seinen Handballen und nagelt Fathi mit seinem Blick fest.

»Du weißt genau, dass es schlecht läuft, Werner, also warum fragst du?« Fathi klingt unbeeindruckt, nichts deutet darauf hin, dass er mich, die Stieftochter dieses Mannes, in seiner Wohnung versteckt. »Was willst du?«

»Das weißt du doch ganz genau, alter Mann.« Mein Stiefvater hört auf, mit dem Schlüssel zu spielen, und beugt sich nach vorne. »Der Anschlag ein paar Straßen weiter? Wir suchen die Verantwortlichen.«

»Was? Hier? In meinem Laden?« Belustigt breitet Fathi die Arme aus. »Bitte. Tu dir keinen Zwang an. Vielleicht findest du ja noch ein halbes Schwein hinter den Mehlsäcken, dann hätten mein Sohn und ich endlich einmal wieder etwas Richtiges zu essen«, schiebt er kalt hinterher.

Mein Stiefvater packt ihn blitzschnell am Kragen und zischt ihm leise ins Gesicht: »Vielleicht finde ich aber auch meine Tochter, was meinst du? Ich habe Gerüchte gehört, Fathi. Meine Augen und Ohren sind überall. Dann hätte ich mal wieder was Richtiges zu beißen.«

Er stößt ihn so heftig von sich, dass Fathi gegen einen

Ständer mit Streichhölzern stolpert. Die kleinen Schachteln fallen zu Boden und mein Stiefvater gibt den beiden anderen mit einer Bewegung seines Kopfes zu verstehen, dass sie anfangen sollen zu suchen. Mir bricht der Schweiß aus. Mein ganzer Mut verschwindet, ich zittere unkontrolliert und kauere mich auf dem Boden zusammen wie ein Kaninchen in der Falle. Die Handlanger meines Stiefvaters beginnen den Laden zu verwüsten. Es poltert und kracht, Mehlsäcke platzen auf und ihr feiner Staub verteilt sich in der Luft bis zu mir.

»Wenn sie hier ist, sag es mir lieber gleich. Dann lass ich dich und deinen Sohn in Frieden, Fathi. Sollte ich sie finden und ihr habt etwas damit zu tun, töte ich ihn und du darfst zusehen! Na, wie findest du das? Wo ist er überhaupt, der kleine Spinner?«

»Er ist nicht hier und ich weiß nicht, wovon du sprichst, Werner. Ich kenne deine Tochter nicht einmal, aber ich hoffe für sie, sie muss niemals zu dir zurückkehren.«

Immer noch klingt Fathis Stimme fest und ruhig, aber mir schnürt sich die Kehle zu. Wenn Sayed wegen mir irgendetwas zustößt ... ich kann den Gedanken daran nicht zu Ende denken. Ich will die beiden nicht in Gefahr bringen. Langsam richte ich mich auf. Ich werde mich ihm stellen. Er wird mich hier sowieso finden. Wenn sie den Laden kurz und klein geschlagen haben, werden sie sich die Wohnung vornehmen, und hier gibt es keine Möglichkeit, sich zu verstecken. Einzig der Tunnel im Keller wäre sicher, aber dafür ist es zu spät. Die Schultern gestrafft, atme ich tief durch. Lieber gehe ich freiwillig zu ihm zurück und weiß Sayed dafür in Sicherheit. Entschlossen trete ich aus dem Zimmer in den Flur. Ein paar Schritte noch und sie werden mich entdecken. Dann ist es vorbei.

Wie mechanisch setze ich einen Fuß vor den anderen, und tiefer Frieden breitet sich in mir aus. Ich habe plötzlich keine Angst mehr.

Alles, was ich will, ist, dass Sayed nichts geschieht. Dieser Gedanke treibt mich voran. Und als ich beinahe schon im Laden stehe, kommt er.

Sayeds Schatten verdunkelt den Eingang, in dem er mir direkt gegenüber steht. In Sekundenbruchteilen registriert er, was ich vorhabe, fixiert meinen Blick und schüttelt ganz sachte und wie in Zeitlupe den Kopf. Alle Augen richten sich auf ihn, niemand nimmt Notiz von mir.

Das ist meine Chance!

Ich drehe mich um und husche geräuschlos über den Gang zur Kellertür.

»Sayed! Wie schön, dass du dich zu uns gesellst! Dein Vater langweilt mich mit seinen platten Attitüden! Muntere mich auf und erzähle mir ein bisschen was von meiner Tochter!«

Ich werfe einen Blick zurück, ich kann nicht anders. Gerade noch erkenne ich, wie mein Stiefvater Sayed einen Arm um die Schultern legt und ihn brutal an sich drückt, dann wende ich mich ab und haste die Stufen hinunter. Über mir höre ich Schritte, sie betreten die Wohnung. Ich fliege zum Ende des Raumes, schnappe mir den Schlüssel und lehne mich mit meinem ganzen Gewicht gegen das Regal.

Es bewegt sich nicht.

Hektisch wische ich mir die schweißnassen Hände ab und versuche es noch einmal. Millimeter für Millimeter rücke ich es von der Wand ab, oben stürzen Möbel um, Türen knallen und mein Stiefvater pfeift eine Melodie.

Laut und deutlich höre ich ihn trällern. Das ist verboten! Musik ist Freiheit und niemand darf das. Er muss einen wirklich wichtigen Posten haben, dass er sich so etwas in Gegenwart von Zeugen erlauben kann. Verwirrt schüttle ich den Gedanken ab, ich muss mich konzentrieren. Schon höre ich ihn gedämpft fragen, wohin die Tür führt, seine Stiefel donnern ungeduldig dagegen.

»Der Keller mit den Vorräten, sonst nichts.« Sayeds Stimme klingt unnatürlich hoch und ich weiß nicht, ob es nur mir auffällt.

Bitte, denke ich, *bitte bleib ruhig,* während endlich die Tür zum Vorschein kommt. Mit zitternden Fingern drehe ich den Schlüssel im Schloss und öffne die Tür. Zumindest soweit, dass ich hindurch schlüpfen kann, und zum ersten Mal bin ich dankbar für die spärlichen Essensrationen, die mich so klapperdürr halten. Bevor ich die Tür schließe, verrenke ich mich wie ein Zirkusartist, um das Regal notdürftig an seinen Platz zurückzuschieben.

Ein aufmerksamer Beobachter würde es bemerken, aber mehr kann ich jetzt nicht tun. Im Tunnel ist es ohne Taschenlampe stockfinster, und meine Augen gewöhnen sich nur langsam an die lichtlose Umgebung. Nichtsdestotrotz eile ich mit gerafftem Umhang so schnell ich kann durch die Dunkelheit, denn je weiter ich mich entferne, desto sicherer ist Sayed. Die Ohren gespitzt, stolpere ich den Gang entlang, Ratten huschen mir über die Schuhe. Irgendwann ist da eine Abzweigung, an die ich mich nicht mehr erinnern kann, und ich bleibe stehen. An die feuchte Wand gelehnt, atme ich ein und aus und überlege unschlüssig, ob ich mich nach rechts oder links wenden soll. Von oben ist kein Laut zu hören. Keine Stimmen, kein Gepolter dringt nach hier unten, und die Unwissenheit über die Geschehnisse über mir macht mich schier wahnsinnig.

Erschöpft sinke ich nach unten und lausche angestrengt in die Dunkelheit, immer noch in der Erwartung, entdeckt zu werden, aber außer dem leisen Scharren der Ratten bleibt es still.

Mein Kopf sinkt auf meine Brust und ich kann nicht fassen, dass ich ihm tatsächlich entkommen bin! Jetzt erst wird mir klar, wie kurz ich davor war, freiwillig in das Grauen zurückzukehren. Für Sayed.

Aber wenn ich ehrlich zu mir selbst bin, kam mir noch ein anderer Gedanke in den Sinn. Das wäre die Gelegenheit gewesen, meine Tat in die Realität umzusetzen. Ich wäre meinem Stiefvater so nahe gewesen, wie ich es mir die ganze Zeit gewünscht habe.

Nahe genug, um ihm Gift unter das Essen zu mischen.

Nahe genug, um ihn im Schlaf die Luft abzudrücken.

Die Vorstellung war zu verführerisch, und ich kann unmöglich leugnen, dass sie ebenso ein Grund war, mich ihm auszuliefern.

Ich muss verrückt sein, meine Freiheit dafür aufzugeben! Vielleicht bin ich das ja auch? Der Tod meiner Mutter hat mich verrückt werden lassen. In der undurchdringlichen Schwärze, die mich umgibt, erscheint ihr Gesicht vor meinem.

Hanna.

Sei nicht dumm, mein Kind. Zerstöre dich nicht selbst und lass ihn ziehen! Er ist ein schlechter Mensch, nicht so wie du. Steh auf und geh zurück, denn die Gefahr ist vorüber. Vertrau auf Sayed.

Ihre Konturen verschwimmen, werden blasser und verschmelzen mit der Wand. Mein Geist spielt mir einen Streich oder ich verliere tatsächlich den Verstand, denn ich höre Schritte. Ich springe auf die Füße, und noch während ich mich konfus einmal um die eigene Achse drehe, kämpft sich ein Lichtkegel durch die Finsternis, hüpft auf und ab und blendet meine Augen.

»Hanna?« Es ist Sayed.

»Hier! Ich bin hier hinten.«

Erleichtert renne ich ihm entgegen, bis ich merke, wie zornig er ist. Wie ein Stier stürmt er auf mich zu, schnauft und bläht die Nasenflügel, und dann brüllt er.

»Was, verflucht noch mal, sollte das da oben? Hast du den Verstand verloren, Hanna? Willst du, dass ich durchdrehe? Ist das deine Absicht?«

Er stoppt abrupt vor mir und donnert mir die letzte Frage ins Gesicht. Die Zähne gebleckt, hält er in der einen Hand eine Taschenlampe, mit der anderen schubst er mich grob nach hinten. Ich verliere beinahe das Gleichgewicht, fange mich aber wieder und bleibe ganz ruhig. Sayed dagegen schreit unbeirrt weiter.

»Du wolltest dich ihm freiwillig ausliefern? Bist du wahnsinnig? Glaubst du, ich kann weiterleben, wenn ich weiß, dass er dich hat?« Seine Stimme überschlägt sich, er holt aus und will die Lampe an die Wand feuern.

»Nicht, Sayed!«, sage ich leise und lege meine Hand an seine zornrote Wange. »Es tut mir leid, ja?«

Er hält inne, verblüfft über meine sanfte Stimme und meine zarte Berührung.

Dann zieht er mich an sich, hält mich so fest, dass es mir die Luft abschnürt. Seine Hände umschlingen meine Taille, das Licht klappert zu Boden. Er vergräbt seinen Kopf an meinem Hals, wühlt mir durch die Haare, rücksichtslos und gierig, als wolle er zählen, ob auch keines fehlt.

»Tu das nie wieder, hörst du! Nie wieder!«

Seine großen Hände umfassen mein Gesicht, pressen sich an meine Wangen, er legt die Stirn an meine.

»Ich ertrage ein Leben ohne dich nicht, Hanna!«

Fiebrig fahren seine Lippen über meine Haut, er küsst meine Lider, meine Schläfen, wandert zu meinem Mund. Dann stoppt er und sieht mir in die Augen, überprüft, ob ich ihn gewähren lasse. Ich bin schon längst dort, wo er hin will.

Bei uns.

Bei ihm und mir.

Ich lege behutsam meine Hand auf sein Herz und spreize meine Finger.

»Ich halte es für dich, wenn es dir zu schwer wird, Sayed. Hab keine Angst. Du bist ein guter Mensch. Nichts wird das ändern.«

Er schließt die Augen und schluckt. Dann senkt er seine Lippen auf meine, sein Herz schlägt unter meiner Handfläche. Schnell und hart. Und die Steine um mein Herz purzeln weg. Schicht um Schicht legt er es mit seinem Kuss wieder frei. Mir wird leichter und leichter und erst jetzt wird mir bewusst, wie schwer ich getragen habe. Er öffnet seinen Mund und seine Zunge fährt über meine Lippen. Er schmeckt nach Minze, nach Freiheit und Liebe. Meine Seele tanzt, ich brauche keine Musik dazu, keine Nahrung und keine Luft. Er ist mir genug. Sayed wird fordernder, seine Zunge umkreist meine und mir wird heiß.

»Sayed? Hanna?«

Dumpf höre ich unsere Namen und Sayed stöhnt auf. Er löst sich von mir, mit glänzenden Augen und feuchten Lippen.

»Was denn? Jetzt? Ausgerechnet?«, murmelt er, wirft die Arme in die Luft und dreht sich um. Ich versuche mich zu sammeln, zupfe atemlos an meinem Umhang herum, der sowieso schon völlig zerknittert und verdreckt ist.

»Wir sind hier. Ich habe sie gefunden.«

Sayeds Stimme klingt heiser, unter meinen Fingern spüre ich immer noch seinen Herzschlag. Fathi kommt mit einer Kerze in der Hand auf uns zu, die Stirn in Sorgenfalten gelegt. Sofort habe ich ein schlechtes Gewissen, dass wir ihn haben warten lassen.

»Ich dachte schon, du hättest dich verlaufen, Hanna.« Er hebt die Kerze an, um das Gesicht seines Sohnes forschend betrachten zu können. »Alles in Ordnung bei dir? Ich habe gesehen, dass er fürchterlich böse war. Er ist hier runtergerannt wie ein Wirbelsturm.« Fathi blickt von ihm zu mir, ahnungslos, was tatsächlich die letzten Minuten passiert ist, und ich muss an mich halten, um nicht wie das verliebte Huhn loszukichern, das ich bin.

Sayed legt den Arm um mich. »Du siehst, ich habe ihr kein Haar gekrümmt.«

Da wäre ich mir nicht so sicher, denke ich immer noch belustigt.

»Lasst uns hier verschwinden, es ist kalt.« Fathi reibt sich die Arme und geht voraus. Sayed schiebt mich vor sich, nicht ohne vorher seine Finger mit meinen zu verschlingen.

Die nächsten Tage beseitigen wir die Schäden der Zerstörungswut, die mein Stiefvater und seine Schergen hinterlassen haben. Es sieht aus wie auf einem Schlachtfeld, einige Lebensmittel sind nicht mehr zu gebrauchen. Das ist schlecht, denn Fathi muss für die Verluste selbst aufkommen. Sayed repariert geschickt die Regale, ich räume die Wohnung auf und Fathi rettet im Laden, was noch zu retten ist. Wir arbeiten schweigend, auf jedem lastet die drohende Gefahr.

»Er wird uns nicht in Ruhe lassen, das ist dir klar, Papa, oder?«

Jeden Abend drehen sich die Gespräche um das Gleiche,

niedergeschlagen sitze ich daneben und hadere, weil ich der Grund für ihre Sorge bin. Auch die Blicke von Sayed, der genau weiß, was in mir vorgeht, helfen nicht. Er schläft nicht mehr auf dem Boden. Jetzt, wo der Damm gebrochen ist und ich seine Berührungen nicht mehr fürchte, kann er kaum ohne mich sein. Ich habe ihn nicht mehr auf seine Geschichte angesprochen und er spürt instinktiv, wie sehr es mich beschäftigt. Wie ein Geschenk hat er mir sein Geheimnis zu Füßen gelegt, nun vertraut er darauf, dass ich es für mich nutzen und verstehen werde.

»Sayed, ich weiß das! Du musst mich nicht ständig darauf hinweisen«, antwortet Fathi und isst gleichmütig den wässrigen Eintopf aus den Kartoffeln und Zwiebeln, den ich gekocht habe. Wehmütig denke ich an die feinen Backwaren meiner Mutter und wieder wird mir klar, wie sehr sie uns behütet hat. Selbst die katastrophale Lage mit den Lebensmitteln hat sie vor mir und Alex geschickt verborgen.

Wir löffeln die dünne Suppe, bis Sayed wieder anfängt.

»Und was gedenkst du zu tun, Papa?«

Ungehalten schiebt Fathi seinen Teller von sich.

»Sayed! Es reicht! Was soll ich schon tun? Nichts. Wir verhalten uns wie immer, etwas anderes bleibt uns wohl kaum übrig!«

»Er wird nicht aufhören, mich zu suchen«, mische ich mich ein. »Stimmt doch, oder?« Ich sehe erst Fathi, dann Sayed an, beide senken den Kopf. Der eine mustert interessiert seine Hände, der andere kratzt sich am Kinn.

»Ich kann nicht für immer hier eingesperrt bleiben, das ist unmöglich! Wie soll das denn weitergehen? Beim nächsten Mal wird er mich finden und dann«, ich halte inne und lege die Handflächen auf den Tisch. »Dann sind wir alle dran. Er oder die Regierung, oder wer auch immer, wird euch verhaften, hinrichten, töten. Ich werde zu ihm zurückgeschickt und das alles hier«, ich zucke mit den Schultern, »war umsonst.«

Es hat keinen Sinn, weiter so zu tun, als hätten wir eine Chance. Ich schachere mit Sayeds Leben und mit dem seines Vaters. Jeden Tag, den ich hier verbringe. Mein Stiefvater sucht mich, will mich zurück, das hat er überdeutlich gemacht. Ich weiß zwar nicht warum, denn als meine Mutter noch lebte, scherte er sich einen Dreck um mich. Er behandelte mich wie ein Möbelstück, das in der Wohnung steht und nicht zu gebrauchen ist. Zumindest für ihn. Vielleicht geht es ihm auch nur um die Einhaltung der Regeln, denn so ist nun mal das Gesetz. Es spielt auch keine Rolle. Er hat mich nicht vergessen und das ist Fakt.

»Sag es ihr.« Fathi nickt, erst bedächtig, dann immer entschlossener.

Sayeds Kopf schnellt nach oben, er klappt den Mund auf, ohne einen Ton zu sagen.

»Sag es ihr, Sayed. Es ist Zeit.«

Ich wusste, die beiden verbergen etwas vor mir. Zu auffällig war das Geflüster und Getuschel der letzten Tage, wenn sie dachten, ich höre sie nicht. Auch weiß ich immer noch nicht, wohin Sayed ständig verschwunden ist, im Morgengrauen, um in den Abendstunden erst heimzukehren. Deshalb bin ich nicht allzu überrascht und lehne mich erwartungsvoll zurück. Mit verschränkten Armen beobachte ich mit Genugtuung, wie Sayed sich windet. Er weiß nicht, ob ich noch mehr Informationen verarbeiten kann, setzt ein-, zweimal zu sprechen an und bricht doch wieder ab.

»Wir arbeiten im Untergrund gegen die Regierung, Hanna.«

Fathi nimmt ihm die Entscheidung ab und wirft den Satz wie eine Spielkarte auf den Tisch. Nun ist es an mir, sie aufzunehmen. Beide sitzen regungslos vor mir, lauern auf eine Reaktion. Sie folgt prompt.

»Du hast mich angelogen, Sayed!« Meine Stimme bebt, schneidet die Luft wie Glas. »Du bist also im Widerstand, ja? *Nein, Hanna! Es gibt ihn nicht! Der Widerstand ist ein Märchen!*«, äffe ich ihn gehässig nach. »Waren das nicht deine Worte? Du bist doch derjenige, der Lügen verabscheut, oder?«

Jetzt warte ich meinerseits auf eine Reaktion, gespannt, wie er sich herausreden will.

»Ich habe nicht gelogen, Hanna. Es gibt keinen Widerstand, das stimmt. Das bedeutet aber nicht, dass wir vollkommen wehrlos alles hinnehmen. Wir sind im Untergrund tätig, das ist etwas ganz anderes.« Er spricht ruhig und gefasst, keine Spur von Zorn oder Wut, weil ich ihn als Lügner bezeichnet habe. Das macht mich stutzig. Sayed fährt schnell aus der Haut, diesmal nicht.

»Wir sind in einem Netzwerk tätig, das Menschen unterstützt, die von der Regierung verfolgt werden. Wir bieten ihnen unsere Hilfe an, verstecken Männer, Frauen und Kinder. Wir sind nicht die Einzigen. Es gibt etliche, die sich so wie Sayed und ich nicht einfach mit der Lage in diesem Land abfinden wollen«, sagt Fathi.

»Aber wo ist der Unterschied zum Widerstand, Fathi? Ihr tut genau das Gleiche, du nennst es nur anders!«

»Wir bedienen uns keiner Gewalt, Hanna. Keine Waffen, keine Bomben, keine Attentate. Wir protestieren auf unsere Art, untergraben ihre Autorität mit anderen Mitteln. Du wirst es verstehen, wenn du es mit eigenen Augen gesehen hast.« Er steht auf und kniet sich vor mich.

»Mädchen«, Fathi legt mir die Hand auf meine Schulter, »es ist nicht nur für uns außerordentlich gefährlich, dir das anzuvertrauen. Viele Menschenleben hängen von absoluter Verschwiegenheit ab, vergiss das nicht! Aber ich kann nicht mehr mitansehen, wie du dich zerfleischst wegen deinem Stiefvater. Du bist nicht der einzige Grund, warum er mich bekämpft.« Fathi setzt sich wieder. »Ich kenne deinen Stiefvater schon sehr lange, Hanna. Er war einer der Ersten, der vom Völkermord an den Deutschen durch die Flüchtlinge gesprochen hat. Er hat es schon immer verstanden, die Massen zu begeistern. Von *Bürgerkrieg* und *Volkszorn* hat er schwadroniert auf den Bühnen der Stadt. Die Menschen hingen gebannt an seinen Lippen und auch diejenigen, die keine radikalen Ansichten vertraten, zog er auf seine Seite. Er beschwor die schrecklichsten Zukunftsszenarien herauf. Er sprach von der Ausrottung des deutschen Volkes, wenn dem Zustrom der Flüchtlinge kein Einhalt geboten würde. Die Vermischung der verschiedenen Kulturen sei menschenverachtend. Und nicht zuletzt die Erhebung der Frau über den Mann. Die war ihm ein besonderes Anliegen. Er konnte die Organisation WFH nicht ausstehen und tat alles in seiner Macht Stehende, um sie zu zerschlagen. Wir sind seit jeher Feinde, und das wird sich nie ändern. Ich vermute, er ahnt, was ich tue. Und auch, dass Sayed in meine Fußstapfen getreten ist.«

Über den Tisch hinweg blickt er wohlwollend zu ihm herüber.

»Ich sage es dir viel zu selten, Sayed. Ich schätze mich glücklich, so einen wunderbaren Sohn zu haben. Du machst deinen alten Vater sehr stolz, mein Junge.«

Sayed krümmt sich innerlich, ich spüre es. Zweifelsohne denkt er an seine grausame Tat und es tut mir schrecklich weh, ihn so zu sehen. Er blickt nicht auf, antwortet nicht, seine Finger spielen mit der Holzmaserung des Tisches.

»Wie auch immer«, Fathi interpretiert sein Verhalten als Verlegenheit, »dein Stiefvater ist nicht gut auf mich zu sprechen. Ich bin ihm ein Dorn im Auge, aber dennoch hat er es noch nicht geschafft, mich dran zu kriegen.«

»Aber was hält ihn davon ab, dich einfach zu verhaften? Er braucht doch keinen Vorwand? Es gibt niemanden, der ihn aufhalten könnte!« In meiner Frage schwingt Angst mit, die komplexen Zusammenhänge schwirren durch meinen Kopf.

»Das weiß ich nicht. Vielleicht einfach Glück? Oder er mag das Katz-und-Maus-Spiel. Ich bin mir der Bedrohung jede Minute bewusst, Hanna. Sie hält mich aber nicht davon ab, meinen Weg zu gehen. Die Angst ist ein schlechter Berater.«

Er grinst, und plötzlich sieht er etliche Jahre jünger aus. Eine exakte Kopie seines Sohnes. »Mit diesen Worten verabschiede ich mich für heute, Kinder. Ich bin alt und müde, seht es mir nach. Vergesst nicht, die Kerzen zu löschen.«

Liebevoll strubbelt er Sayed im Vorbeigehen durch die Haare, streicht mir leicht über den Rücken und lässt uns alleine.

Sayed liegt neben mir in dem viel zu kleinen Bett, aber es stört uns nicht. Mein Kopf ruht in seiner Armbeuge, gedankenverloren wickelt er meine Locken um seine Finger. Er ist bedrückt und schließt mich aus, und das macht mich verrückt. Ich stütze mein Kinn auf seine Brust und warte, dass er mich ansieht, aber Sayed weicht meinem Blick aus, beschäftigt sich weiter mit meinen Haaren.

»Sayed, sieh mich an!« Ich bemühe mich um einen strengen Tonfall, klinge aber eher piepsig. Ein leichtes Lächeln stiehlt sich auf seine Lippen, verschwindet aber sofort wieder.

»Niemand kennt dich so gut wie dein Vater. Wenn er sagt, er ist stolz auf dich, dann hat er auch Grund dazu. Glaub ihm doch einfach!«

Sayed atmet tief ein und bläst die Backen auf. Dann stößt er die Luft geräuschvoll aus, will mir zu verstehen geben, dass ich keine Ahnung habe.

»Sei nachsichtiger mit dir, Sayed. Wenn du nicht anfängst, dir zu vergeben, wird es dich zerstören.«

Ich spiele mit dem Knopf seines Hemdes, als er mich unsanft von seiner Brust schiebt. Sayed kniet sich auf das Bett, die Hände auf den Oberschenkeln, und sieht mich an, als wäre ich begriffsstutzig.

»Glaubst du, das würde dem Mann irgendwie helfen, Hanna? Manchmal denke ich, du bist ein kleines Kind! Er sitzt im Rollstuhl! Ich habe ihm die Wirbelsäule gebrochen! Nichts wird das jemals wieder gut machen! Erst recht nicht, wenn ich mir vergebe. Das ist so ein Schwachsinn!« Er lässt sich nach hinten fallen und legt den Arm über sein Gesicht. Kurz bin ich beleidigt und schmolle, finde mich dann aber albern.

Er kämpft mit Dämonen, die ich nicht kenne, also darf er sagen, was er will! Langsam gleite ich auf ihn und schiebe seinen Arm von seinem Gesicht.

»Lass das, Hanna!«, fährt er mich mit geschlossenen Augen an. Ungerührt ob seines Tones zupfe ich mit meinen Fingernägeln an seinem Bart herum. Er hat sich einige Tage nicht rasiert und die Haare sprießen dunkel auf seinem Kinn.

»Hör auf, das ziept!« Verärgert ruckt er den Kopf zur Seite, doch so leicht lasse ich mich nicht abwimmeln.

»Hanna, hör auf! Ich warne dich«, knurrt Sayed, und ich muss ein Lachen unterdrücken. Unsanft rupfe ich an einem ganzen Büschel.

»Au, zum Teufel noch mal!« Sayed fährt hoch, packt meine Handgelenke und wirft mich zur Seite. Dann beugt er sich über mich und ich kann mich nicht mehr beherrschen. Er sieht so lustig aus, die buschigen Brauen grimmig in Falten gelegt, den Mund entrüstet verzogen. Ich fange an zu lachen, laut und übermütig, es überkommt mich mit solch einer immensen Wucht, dass ich nicht anders kann. Sayed hält immer noch meine Hände über meinem Kopf fest, während ich mich schüttle und kehlige Laute meinen Brustkorb verlassen. Tränen laufen mir über die Wangen, ich lache und lache, als wolle ich die ganzen letzten Jahre aufholen.

Irgendwann verziehen sich auch seine Mundwinkel nach oben, erst grinst er und dann muss auch er lachen. Einen schöneren Ton habe ich noch nie gehört. Rau und zugleich weich und überschäumend. Kleine Lachfalten kringeln sich in seinen Augenwinkeln, seine Pupillen sind groß und leuchten, und ich halte voller Ehrfurcht inne. Er sieht so wunderschön aus, dass mir der Atem stockt und mir das Lachen im Hals stecken bleibt.

»Was ist?«, fragt er verblüfft.

»Ich liebe dich, Sayed.«

Mein Herz hüpft vor Freude, ohne seine Mauern springt es mir fast aus der Brust.

Überrascht lässt er meine Hände los. »Das hast du noch nie zu mir gesagt.«

»Es ist aber so, Sayed aus Gold. Ich liebe dich. Du bist die andere Hälfte meiner Seele.«

Er bringt sein Gesicht ganz nah an meines und küsst mich. Unsere Münder pressen sich aufeinander, fast verzweifelt nähren wir uns von dem anderen.

Einsam. Zweisam.

Kapitel 19

Ein paar Tage später können wir den Laden wieder öffnen. Die Schäden sind notdürftig beseitigt, die Nahrungsmittel aufgefüllt, soweit das möglich war. Weil Fathi nicht da ist, steht Sayed hinter dem Tresen und wartet auf Kundschaft, aber es kommt so gut wie niemand. Die Menschen, die in meinem Viertel ihre Wohnungen räumen mussten, kehren nicht zurück. Niemand macht sich die Mühe, die Zerstörungen zu beseitigen. Es gibt genug leerstehende Häuser und den meisten ist es sowieso egal, wo sie wohnen. Ich mache mich in der Küche nützlich, räume die Regale aus und säubere alles bis in die hinterste Ecke. Nicht dass es nötig wäre, es ist eine reine Beschäftigungstherapie. Ansonsten schaffe ich es nicht, auch nur eine Minute von Sayed getrennt zu sein. Seit seinem Kuss im Tunnel kann ich meine Hände nicht mehr von ihm lassen, ich brauche ihn so dringend, dass die Zeit ohne ihn beinahe körperlich schmerzt. Er ist mein Fundament, mein Leben, und ihm geht es wohl ähnlich. Wie im Rausch sehne ich die Abendstunden herbei, in denen wir uns in sein Zimmer zurückziehen können. Seine Hände auf mir, seine Haut an meiner. Sein Atem, der sich süß mit meinem vermischt, seine geflüsterten Worte, voller Sehnsucht und Hoffnung auf eine bessere Zukunft für mich. Für uns.

Dummerweise kann ich mich unmöglich im Laden aufhalten, das wäre viel zu gefährlich, und so überbrücke ich die Zeit mit Hausarbeit. Ich bin so in Gedanken versunken, dass ich mich nicht konzentriere und mir eine ganze Armada von Töpfen scheppernd und krachend vor die Füße fällt. Mit einem Heidenlärm poltern und kullern sie über den Boden und ich schreie vor Schreck auf. »Verdammt noch mal, Hanna! Pass doch auf«, schimpfe ich mit mir selbst, als auch schon Sayed in die Küche stürzt und den Zeigefinger an die Lippen presst. Seine Augen geben mir zu verstehen, dass ich leise sein soll und ich begreife, dass er Kundschaft hat. Verschämt beiße ich mir auf die Lippen. Wie konnte ich so unachtsam sein?

»Das macht doch nichts, Selma! Ich helfe dir gleich, einen Augenblick noch«, betont er extra laut, sodass es derjenige im Laden auch hören kann. Ich verziehe das Gesicht, weil mich meine eigene Dummheit wütend macht. Sayed hebt die Hand zum Zeichen, dass ich mich ruhig verhalten soll, und verschwindet wieder. Ich wage mich nicht zu bewegen, stehe wie angewurzelt mitten im Raum. Wie konnte ich nicht bemerken, dass er Kundschaft hat?

Das Glöckchen über der Ladentür ist abgerissen, als die Männer sich so aggressiv Zutritt verschafft haben und es ist das Einzige, was Sayed noch nicht repariert hat.

»Wer war denn das? Ist etwas passiert? Kann ich helfen?«, tönt es von vorne.

Ich kenne diese Stimme und krame hektisch in meiner Erinnerung, bis es mir wie Schuppen von den Augen fällt.

Es ist Melanie. Vor Schreck schlage ich mir die Hand vor den Mund.

Sie muss mich gehört haben! Es kann gar nicht anders sein! Ob sie mich an meiner Stimme erkannt hat?

Ihr Tonfall jedenfalls ist neugierig, geschickt stellt sie ihre Frage, verkleidet im Mantel der Hilfsbereitschaft.

»Es geht schon, danke«, erwidert Sayed unwirsch und ich denke, warum er ihr nicht ein winziges bisschen freundlicher begegnet. Melanie mag es, wenn man sie umschmeichelt, aber Sayed kann so etwas nicht.

»Habt ihr Besuch? Du und dein Vater?«, fragt sie und als Sayed nicht antwortet, plappert Melanie ungerührt weiter: »Ich dachte eben noch, die Stimme kommt mir bekannt vor. Aber wahrscheinlich habe ich mich getäuscht.« Jetzt klingt sie schnippisch.

»Ja, das hast du wohl«, brummt Sayed.

»Könntest du mir vielleicht …?« Ihr Satz bleibt unvollendet und ich höre, wie Sayed ungeduldig Luft holt. Anscheinend hilft er ihr mit den Tragegurten ihres Korbes und hält ihr die Tür auf.

»Danke, Sayed«, flötet Melanie zum Abschied zuckersüß, Sayed bleibt weiterhin stumm und dann schließt sich die Ladentür.

Immer noch stehe ich stocksteif am gleichen Platz, als er mit gefurchter Stirn in die Küche kommt.

»Das ist vielleicht eine blöde Kuh!«

»Sayed, sie hat mich gehört! Sie hat mich erkannt! Ich habe laut und deutlich meinen Namen gesagt!« Mir wird ganz schlecht, das Blut steigt mir zu Kopf.

»Die war viel zu beschäftigt, mich anzuhimmeln«, sagt er und verdreht die Augen. »Mach dir keine Sorgen. Das ging alles viel zu schnell.« Beschwichtigend nimmt er mich in den Arm und küsst meine Nasenspitze. »Außerdem, wie soll sie uns schon gefährlich werden können? Sie ist nur ein Mädchen, das zu viel schwätzt«, tut er meine Sorge ab.

»Aber ihr Vater ist …« Sayed verschließt meinen Mund mit einem Kuss und ich beende meinen Satz nicht.

»Ich bin bei dir, es kann dir nichts geschehen, Hanna«, flüstert er zwischen meinen Lippen, und weil mir von seinen Küssen ganz schwindelig wird, vergesse ich meinen Einwand. Als wir auseinandergehen, sind meine Wangen erhitzt und meine Knie ganz weich.

»Rotkehlchen, du bist unersättlich«, neckt er mich und sieht dabei unendlich glücklich aus. »Ich schließe jetzt den Laden und …«

»Und wir tun einfach den ganzen Tag gar nichts? Nur faul

herumliegen und du liest mir Gedichte vor!« Ich finde meinen Vorschlag prima, Sayed lacht nur.

»Nein, Hanna. Ich möchte dir was zeigen. Wir müssen raus, also verhülle dich.« An den Schultern bugsiert er mich in sein Zimmer, und während ich mich angemessen kleide, hängt er das *Geschlossen*-Schild an die Ladentür. Wir verlassen das Gebäude durch den Keller, laufen den Tunnel entlang und kommen schließlich zu einer U-Bahn-Station. Während wir auf den mittlerweile vertrauten Schienen entlanggehen, klärt Sayed mich auf.

»Wir benutzen die alten U-Bahn-Schächte, um uns Nachrichten zu überbringen. So ist es am sichersten, hier unten triffst du höchstens die verlorenen Seelen der Stadt. Gestrauchelte, ohne Zuhause, ohne Familie, die sich hier einen Unterschlupf gesucht haben. Sie sind ungefährlich, sie haben sich schon vor langer Zeit aufgegeben«, versichert er mir. »Einmal habe ich versucht, einen Mann dazu zu bewegen, mit mir zu kommen. Ich hätte ihm eine Unterbringung besorgen können und«, er hält sich die Nase zu, »eine Gelegenheit, sich zu waschen. Er hat mich angeschrien, ich solle ihn gefälligst in Ruhe lassen! Er warte hier auf seine Einheit, ob ich das denn nicht wüsste? Ich bin so erschrocken, und von da an habe ich es tunlichst vermieden, irgendwem hier unten zu helfen. Also hab keine Angst, wenn dir so einer begegnet, sie sind harmlos.« Während wir laufen und er erzählt, liegen seine Finger locker in meinem Nacken, er steuert mich unbewusst über den unebenen Boden und an Hindernissen vorbei. Als ich einmal von ihm wissen wollte, warum er nicht einfach den Arm um mich legt, sondern mich wie eine Katze ihr Junges im Genick packt, sah er mich perplex an.

»Ist mir gar nicht aufgefallen«, sagte er verblüfft. »So kann ich dich schneller hinter mich ziehen, wenn es nötig ist, schätze ich«, antwortete er dann.

Jetzt streichelt sein Daumen die feinen Härchen an meinem Hals, was mir eine Gänsehaut verursacht.

»Wir sind in verschiedenen Wohnungen in der ganzen Stadt verteilt. Wir nennen sie die Freiheitsbunker. Irgendjemand hat diesen Begriff mal benutzt und seitdem ist er hängengeblieben.« Sayed zuckt die Schultern. »Es sind Hunderte in ganz Frankfurt und vermutlich Tausende in ganz Deutschland. In allen großen Städten und auch auf dem Land gibt es Helferzellen. Der Untergrund hat ein riesiges Netzwerk, und manchmal begreife ich selbst nicht, wie wir das alles geheim halten können.« Erstaunt über diese Tatsache schüttelt er den Kopf. »Jedenfalls gehen wir heute zu dem Freiheitsbunker, für den mein Vater und ich zuständig sind. Da sind ein paar Menschen, die ich dir gerne vorstellen würde.« Behände klettert er durch einen Seitentunnel auf die Gegenfahrbahn und ich haste ihm hinterher. »Da vorne müssen wir hoch.« Nachdem wir die Station erreicht haben und ein wenig Tageslicht zu uns heruntersickert, zieht er mich noch einmal an sich.

»Hanna, wenn wir das jetzt tun, wenn ich dich da hinbringe, gibt es kein Zurück mehr. Wir haben sehr strenge Regeln und ich kann dich nur mitnehmen, wenn ich dir absolut vertrauen kann.« Eindringlich sieht er mich an, seine Augen nageln mich fest. »Ich bin für diese Menschen verantwortlich und ich muss wissen, dass du unter allen Umständen zu mir stehst.«

Eigentlich ist es keine Frage und ich hätte es gar nicht nötig, ihm zu antworten. Sayed weiß, dass ich ohne zu zögern mein Leben für ihn geben würde, denn es wäre dann sowieso nichts mehr wert. Ich lehne den Kopf an seine Brust, lausche seinem Herzschlag.

»Sayed«, flüstere ich und muss schlucken. Tränen schießen mir in die Augen und mir versagt die Stimme. Vorsichtig hebt er mein Kinn an und nickt. Dann zieht er mir mit einer fließenden Bewegung mein Tuch über das Gesicht und läuft vornweg. Ich folge ihm in einigem Abstand, und wir treten in gleißenden Sonnenschein. Es ist warm geworden, der Frühling ist vorübergegangen, ohne dass ich es bemerkt habe. Ich hefte meinen Blick an Sayeds Rücken, an seine Muskeln, die sich bei jedem Schritt bewegen, an sein altes T-Shirt, das ihm an der Haut klebt. Die Hände in den Hosentaschen, läuft er zielstrebig die Straße entlang. Wir befinden uns in einem sehr belebten Viertel, mir begegnen viele Menschen. Die verhüllten Frauen hasten mit gesenktem Kopf und eingezogenen Schultern an mir vorbei, die Männer beachten mich gar nicht. Hier bin ich immer noch unsichtbar, ich habe schon fast vergessen, wie es ist, wie Luft behandelt zu werden. Militärfahrzeuge fahren an uns vorbei, und unwillkürlich mache ich mich noch kleiner, als ich schon bin.

Sayed behält das Tempo bei, biegt irgendwann nach links ab und auf einmal wird es ruhiger. Vor einem Haus mit mehreren Stockwerken bleibt er stehen, wartet auf mich und als ich bei ihm ankomme, stößt er die Tür auf. Im Treppenhaus wendet er sich direkt nach rechts, kramt einen Schlüssel aus seiner Hose und schließt mit routinierten Bewegungen auf. Bevor er mich in die Wohnung schiebt, sieht er sich noch einmal um, tritt selbst ein und schließt dann hinter uns sofort die Tür.

»Hallo?«, ruft er laut, und ich sehe mich neugierig um.

Von dem dunklen Flur, in dem wir stehen, gehen vier Türen auf beiden Seiten ab. Sie sind geschlossen und es riecht nach frisch gebackenem Brot. Auf dem Boden liegt ein verschlissener Teppich, im Dämmerlicht erkenne ich an der Wand eine kleine Holzkonsole.

Am Ende des Ganges öffnet sich eine Tür und eine Frau kommt heraus. Sie trägt kein Tuch und ist ungefähr so alt wie meine Mutter. Braune Haare umrahmen ihr Gesicht, freundliche graue Augen beginnen bei Sayeds Anblick zu strahlen. Weil ich hinter ihm stehe und über seine Schulter luge, entdeckt sie mich nicht gleich. Mit ausgebreiteten Armen läuft sie auf uns zu.

»Sayed, wie schön, dir ist nichts passiert!« Erleichterung schwingt in ihrer Stimme mit, ihre Hände legen sich um sein Gesicht. Gerade, als sie ihn auf die Wange küssen will, bemerkt sie mich. Sie zieht die Finger weg, zuckt zusammen und macht einen Schritt zurück.

»Wer ist das?«, fragt sie mit gerunzelten Brauen, ihr Ton wird kalt.

Sayed zieht mich nach vorne und legt locker den Arm um

mich. »Ist schon gut, Cleo. Das ist Hanna. Sie hat ihre Familie vor zwei Monaten bei einem Anschlag verloren und wohnt bei Papa und mir.«

Zögerlich reiche ich ihr die Hand.

»Warum trägst du ein Tuch? Sayed, warum trägt sie hier ihr Tuch?«, ignoriert Cleo aufgebracht meine ausgestreckte Hand, und ihre Finger verhaken sich in meinem Stoff. *Sie will es mir vom Gesicht ziehen*, stelle ich entsetzt fest, hebe den Arm und wehre sie grob ab. Kurz rangeln wir um die Seide über meinem Gesicht, dann stellt sich Sayed zwischen uns.

»Die Damen, ich muss doch sehr bitten!«, sagt er freundlich und dreht sich zu mir um. »Leg es ab, Hanna«, bittet er mich.

Die Feindschaft, die mir von dieser Frau entgegenschlägt, habe ich nicht erwartet. Alles in mir sträubt sich, seiner Aufforderung nachzukommen. Ich will mich nicht entblößen. Es macht mich verletzlich und ist mir in Gegenwart Fremder immer noch unangenehm. Also schüttle ich den Kopf.

»Zieh es aus, Hanna!« Sein Ton wird fordernder, mein Widerstand ebenfalls.

Stoisch bewege ich meinen Kopf nach links und rechts und weigere mich, und Cleo beobachtet uns misstrauisch. Die Minuten vergehen und nichts geschieht, bis Sayed ungeduldig das Stück Stoff ergreift. Er schiebt es resolut nach oben, ich schlage seine Hand beiseite.

»Lass das!«, fahre ich ihn an. »Ich will das nicht!«

Seine Augen blitzen zornig, meine auch, aber offensichtlich will er mir hier keine Szene machen. Nicht ohne mich noch einmal böse anzusehen, wendet er sich dann entschuldigend an Cleo.

»Es ist noch zu ungewohnt für sie. Hör zu, Cleo, ich bürge für sie, ja? Sie wird es später abnehmen«, versichert er ihr, und nur ich nehme den bedrohlichen Unterton wahr, der eindeutig an mich gerichtet ist. Der Lärm unserer Auseinandersetzung bleibt nicht unbeachtet und lockt noch eine andere Person in den Flur. Ich war so vertieft in das Geschehen, dass ich sie erst wahrnehme, als sie vor uns steht.

Kurz schnappe ich nach Luft, weil sie so wunderschön ist. Sie muss ungefähr in meinem Alter sein. Dunkle, glatte Haare ergießen sich über ihren ganzen Rücken, ihre Gestalt ist groß und schlank. Die grünen Augen passen perfekt zu den hohen Wangenknochen, die vollen Lippen verziehen sich zu einem spöttischen Grinsen. Ihre langen Beine stecken in einer Hose mit aufgenähten Taschen, ein schwarzes Hemd hängt ihr lose bis über die Oberschenkel. Schwarze Stiefel, klobig und robust, komplettieren das Bild.

Sie kleidet sich wie ein Mann! So etwas habe ich noch nie gesehen, und während ich mich noch von ihrem Anblick erhole, faucht sie mit rauer Stimme los.

»Sayed, was soll das, Scheiße noch mal? Wer ist das und was hat sie hier zu suchen?«

Argwöhnisch mustert sie mich von oben bis unten, und die Abscheu in ihrem Gesicht spricht Bände. Sofort erfasst mich der Impuls, am liebsten von hier zu verschwinden.

Sayed fasst sie an der Hand. »Kann ich dich kurz sprechen?«, sagt er und zieht sie hinter sich in den Raum, aus dem sie vor wenigen Sekunden herauskam.

Als sich die Tür hinter ihnen schließt, klopft mir mein Herz bis zum Hals. Betreten stehen Cleo und ich voreinander, bis sie seufzt.

»Na dann komm mal mit, Hanna. Ich mache uns erst mal einen Tee, ja?« Sie dreht sich um und läuft zum Ende des Flurs. »Ich beiße nicht, Mädchen, komm schon«, wirft sie mir über die Schulter zu und verschwindet in der Küche, wie ich vermute. Unschlüssig bleibe ich stehen, meinen Blick auf die geschlossene Tür gerichtet, hinter der ich Sayed und das Mädchen streiten höre.

Ich könnte ihn erwürgen! Er hat mich den Löwen zum Fraß vorgeworfen und ich fühle mich schrecklich.

Allein und unerwünscht, immer noch mit meinem albernen Tuch vor den Augen! Entschlossen straffe ich die Schultern und fasse mir an meine Kette, die tröstlichen Umrisse des Hampelmannes drücken sich an meine Fingerkuppen. So leicht lasse ich mich nicht unterkriegen! Ich bin Hanna

Mahler und niemand macht mich unsichtbar! Einen Moment lang überlege ich, ob ich mein Gesicht zeige, aber dafür bin ich jetzt zu wütend.

Wütend auf Sayed, wütend auf die unfreundliche Art von Cleo und dem Mädchen und wütend, dass ich mich so habe behandeln lassen. Und so lasse ich es aus purem Trotz auf, als ich die Küche betrete.

Cleo steht am Herd und gießt heißes Wasser in eine Kanne. Geschickt arrangiert sie Tassen und Löffel auf dem Tisch und nimmt Platz. Alles ist blitzsauber und ordentlich, zwar spärlich möbliert, aber gemütlich.

»Entschuldige, dass ich so ruppig war. Ich habe nicht damit gerechnet, dass Sayed jemanden mitbringt. Wir müssen sehr vorsichtig sein, verstehst du?«

Sie klopft auf den Stuhl neben sich. »Setz dich. Also? Warum hat er dich mitgebracht? Was kannst du?«

Neugierig sieht sie mich über den Rand ihrer Tasse an, wartet auf meine Antwort. Ich ziehe den Stuhl zur Seite, weg von ihr, und hocke mich angespannt auf den äußersten Rand der Sitzfläche.

»Ehrlich gesagt weiß ich nicht, was ich hier soll«, sage ich und recke das Kinn vor. Mein Ton ist abweisend. Verwundert lässt Cleo ihre Teetasse sinken und will gerade etwas erwidern, als Sayed und das Mädchen zurückkommen.

Cleo springt auf und richtet sich an Sayed. »Willst du einen Tee? Ich habe gerade frischen gemacht.«

Eifrig rückt sie ihm einen Stuhl zurecht, holt eine weitere Tasse aus dem Schrank und ich stelle verwundert fest, welchen Wirbel sie um Sayed veranstaltet. Als wäre er ein König, den es zu beeindrucken gilt.

»Ja gerne, Cleo«, bedankte er sich liebevoll und schubst zeitgleich das Mädchen in meine Richtung, das mir widerwillig seine Hand entgegenstreckt.

»Ich bin Sam. Eigentlich Samanta, aber ich hasse diesen Namen«, erklärt sie knapp, wirft ihr Haar über ihre Schulter und starrt immer noch unfreundlich auf mich herab.

Weil ich nicht zu ihr aufsehen will, erhebe ich mich, stelle mich direkt vor sie und nehme langsam mein Tuch ab. Meine blonden Locken kringeln sich sogleich um meinen Hals, ich richte mich zu meiner vollen Größe auf und erwidere stur ihren geringschätzigen Blick. Dann ergreife ich steif ihre Hand und schüttle sie. Ihr Händedruck ist kräftig, als wolle sie mir zeigen wer hier das Sagen hat.

»Hallo Sam. Ich bin Hanna. Hanna Mahler«, sage ich kühl. Bei der Erwähnung meines Namens fällt Cleo die Tasse aus der Hand. Sie zerschellt mit einem lauten Klirren auf dem Steinboden. In Zeitlupe dreht sie sich zu mir um, ihr Gesicht so weiß wie die Wand, ihre Augen schreckgeweitet.

»Mahler? Du bist Hanna Mahler?«

Und bevor ich realisieren kann, was hier gerade passiert, stürmt sie auf mich zu und verpasst mir eine saftige Ohrfeige. Vollkommen fassungslos halte ich mir meine glühende Backe, Cleo sinkt vor meinen Augen auf einem Stuhl zusammen. Sekundenlang sagt niemand etwas, auch Sayed steht wie erstarrt neben Sam, die im nächsten Augenblick anfängt zu lachen.

»Der hast du es aber gezeigt, Cleo!«, stößt sie hervor und hält sich vor Lachen den Bauch, bis Sayed sie grimmig anfährt.

»Halt die Klappe, Sam! Cleo, was sollte das? Sie kann nichts dafür, um Himmels willen!«

Mit zwei Schritten ist er bei mir und will mich in den Arm nehmen, aber ich schäume vor Wut und gebe ihm mit einem feuerroten Blick zu verstehen, dass er mich ja nicht anfassen soll. Ergeben hebt er die Hände zum Zeichen, dass er mich verstanden hat, und wendet sich stattdessen an die anderen beiden.

»Wir beruhigen uns jetzt alle mal. Das geht so nicht. Wenn wir uns schon die Köpfe einschlagen, wie wollen wir dann anderen Menschen helfen? Hanna, setz dich. Sam, verschwinde, oder hast du nichts zu tun?«

Jetzt klingt auch er stocksauer und Sam verlässt den Raum, nicht ohne mir noch hinterherzurufen: »Ich mag dich einfach nicht, Hanna. Ist doch kein Problem, oder?«

Bevor Sayed sich auch nur umdrehen kann, um sie zurechtzuweisen, ist sie auch schon verschwunden, Cleo sitzt am Tisch, weint lautlos und zittert immer noch am ganzen Körper. Sayed geht vor ihr in die Hocke und legt tröstend den Arm um sie.

»Cleo, ich weiß, es ist schwer. Aber die Jungs … Willst du, dass sie ihre Mutter so sehen?«

Cleo schüttelt den Kopf, schnieft und reibt sich die geröteten Augen.

»Na siehst du. Hanna ist nur seine Stieftochter, sie hat mit der ganzen Sache absolut nichts zu tun. Du vertraust mir doch, oder?«

Cleo nickt, immer noch stumm, und Sayed reicht ihr ein Taschentuch, in das sie sich schnäuzt. Mit immer noch brennender Wange beobachte ich die Szene, als ein kleiner Junge hereinkommt. Er wackelt auf seinen kurzen Beinen zu Sayed, springt ihm auf den Rücken und lacht, als Sayed ihn kitzelt.

»Saii, wann gehen wir wieder aufs Dach?«, plappert er los, seine kleinen Hände schließen sich um Sayeds Nacken, und nun hängt er an ihm wie ein Äffchen.

»Morgen vielleicht, Karl. Aber auch nur, wenn du schön artig bist«, grinst Sayed ihn an und lässt ihn dann vorsichtig zu Boden gleiten. Flink wie ein Wiesel krabbelt der kleine Kerl auf den Schoß seiner Mutter, die ihn auf die Stirn küsst und ihm das Hemd zurück in die Hose stopft.

»Geh und lauf zu Sam, mein Schatz. Sie braucht einen neuen Papierflieger«, sagt Cleo und streicht ihm liebevoll über die Haare. Karl klatscht begeistert in die Hände und flitzt so schnell davon, wie er aufgetaucht ist. Seine Mutter wendet sich an mich. »Es tut mir leid, Hanna«, sagt sie leise und knetet das Taschentuch in ihrer Hand. »Wenn ich *seinen* Namen höre, also deinen Namen …«, sie stockt, sammelt sich kurz. »Ich habe mich immer noch nicht damit abgefunden, dass Karls Vater … mein Mann nicht mehr bei uns ist.«

Und da endlich verstehe ich.

Sie ist die Frau des Mannes, dessen Hinrichtung ich mit angesehen habe.

Sie muss es sein. Sayed sprach von einer Familie und von kleinen Kindern, und auf einmal habe ich schreckliches Mitleid mit ihr. Ich sehe zu Sayed, er schließt die Augen und nickt.

»Cleo, das tut mir so leid. Ich wusste nicht …« Ich breche ab, weiß nicht, was ich noch sagen soll. Sie räuspert sich, setzt sich kerzengerade hin und fährt mit den Händen über ihr schmuckloses Kleid, als müsse sie imaginäre Fussel wegwischen.

»Es geht schon wieder, Sayed hat recht. Es nutzt niemandem, wenn ich mich gehen lasse.« Cleo versucht sich an einem kläglichen Lächeln und gewinnt langsam ihre Fassung wieder. Aus dem Augenwinkel nehme ich wahr, dass Sayed versucht, mit mir Blickkontakt aufzunehmen, doch ich bin noch viel zu wütend, um ihm meine Aufmerksamkeit zu schenken. Stur drehe ich den Kopf weg, er seufzt leise.

»Dein Vater war heute Morgen da. Er sagte, dass sie den Laden verwüstet haben?«, unterbricht Cleo unseren stummen Zweikampf. Sie klingt eindringlich. »Sayed, ihr müsst vorsichtig sein! Seit dem letzten Anschlag sind sie noch brutaler. Ihnen entgeht nicht, dass die Bevölkerung unruhig wird. Gestern hätten sie beinahe einen Lastwagen mit einer Wasserlieferung von uns abgefangen! Sam ist gerannt wie der Teufel, um Ahmed zu warnen.« Die Erinnerung zaubert ihr kurz ein Lächeln ins Gesicht. »Als sie wieder hier ankam, hat sie geschnauft wie ein Walross, die Arme, aber sie ist schnell wie der Blitz.« Sie zwinkert Sayed zu. Ich versuche den beiden zu folgen und frage mich, was ich hier eigentlich soll. Warum hat Sayed mich hierher mitgenommen?

Nicht nur, dass ich nicht willkommen bin, ich habe nicht mal eine Ahnung, wie und was ich hier helfen kann. Weder kann ich schnell rennen noch einen Lastwagen fahren noch verstehe ich überhaupt, was genau sie tun.

»Die Kramers haben es über die Grenze geschafft, ich habe heute Morgen Bescheid bekommen. Sam wertet gerade eine neue Route aus. Wir sind uns nicht sicher, wie viele Stopps wir einrechnen müssen. Ich gebe dir die Karte mit, du musst dir das selbst ansehen. Ach, und die beiden Freiheitssbunker am Willy-Brandt-Platz sind jetzt wieder frei. Du kannst sie neu besetzen«, informiert Cleo Sayed, der ihr konzentriert zuhört. Schließlich sieht sie nachdenklich auf die Uhr, die an der Wand hängt.

»Ahmed wollte schon längst hier sein. Ich weiß gar nicht, wo er bleibt.« Die Besorgnis in ihrem Gesicht ist nicht zu übersehen, doch sie zuckt die Schultern. »Das wäre, glaube ich, erst einmal alles«, sagt sie abschließend, und Sayed nickt.

»Gut, dann erledige ich das«, sagt er und atmet tief ein, bevor er weiterspricht. »Cleo, ich wollte noch mal mit dir reden …«

Sie hebt mitten in seinem Satz die Hand und stoppt ihn. »Sayed, lass es gut sein. Ich habe mich entschieden. Ich werde nicht gehen. WFH braucht mich, das weißt du.«

»Aber die Jungs, Cleo! Wenn sie dich erwischen, was soll dann aus ihnen werden?« Er beugt sich nach vorne und sieht Cleo eindringlich an. Die legt die Hand an seine Wange.

»Sayed, mir wird nichts geschehen«, sagt sie sanft. »Das weiß ich einfach. Meine beiden Jungen sollen werden wie du. Mutige junge Menschen, die die Dinge hinterfragen und Nächstenliebe kennen. Ich kann nicht fliehen und das hier aufgeben! Was wäre ich ihnen für ein Vorbild? Ich werde die Menschen, die meine Hilfe brauchen, nicht im Stich lassen! Und das ist mein letztes Wort!«

Um ihre Worte zu unterstreichen, steht sie auf und umarmt Sayed, kommt dann auf mich zu und nimmt meine Hände in ihre. »Bis bald, Hanna. Ich freue mich, dass wir uns kennengelernt haben. Gib auf dich acht.« Ihr Groll von vorhin ist wie weggeblasen und als sie mich so ansieht, erinnert sie mich an meine Mutter. Auch sie hat mich oft mit diesen Worten verabschiedet, und mir schnürt es die Kehle zu. Ich schlucke den Kloß herunter, zwinge die Tränen zurück.

»Danke, Cleo. Ich freue mich auch, dich kennengelernt zu haben«, sage ich und meine es genau so.

Auf dem Weg zu Tür schauen wir noch einmal bei Sam vorbei. Sie sitzt an einem riesigen Tisch, einen Wust von

Papier um sich herum, und ist in eine alte Deutschlandkarte vertieft. Als wir eintreten, hebt sie den Kopf, nur um ihn gleich wieder sinken zu lassen. Offensichtlich ist sie böse auf Sayed.

»Sei nicht kindisch, Sam. Das war nicht nett vorhin«, tritt Sayed versöhnlich auf sie zu, und nun blickt sie ihn doch an, klimpert mit den Wimpern.

»Oh Liebster, wie könnte ich lange mit dir böse sein?«, antwortet sie und spitzt ihre Lippen zu einem Kussmund. Hinter ihm schnappe ich hörbar nach Luft, und Sam beginnt zu grinsen.

»Bist du eifersüchtig, kleines Mädchen?«

Ihre Stimme trieft vor Genugtuung, als sie weiterspricht.

»Mach dir keine Gedanken. Niemand trennt Sayed und mich. Wir kennen uns schon Ewigkeiten und länger. Stimmt doch, Sayed, oder?« Ihre Hand legt sich auf sein Bein, streicht hauchzart nach oben, Sayed atmet genervt aus.

»Hör auf damit! Gib mir einfach die Unterlagen.«

Sam schließt die Augen, ihre Finger spreizen sich an seinem Oberschenkel.

»Komm schon. Küss mich zum Abschied, Sayed. Das tust du doch sonst auch«, wispert sie verführerisch und formt ihren Mund zu einem Kuss. In der Zimmerecke sitzt Karl und beobachtet die beiden.

»Ja Saii! Küssen, küssen«, ruft er jetzt, springt auf und hüpft auf und ab, bis ihn Sayed zu seiner Mutter scheucht und Sams Hand wegschlägt.

»Jetzt gib schon her, Sam! Ich habe keine Zeit für diesen Quatsch!«

Ungeduldig deutet er auf die Papiere, tippt mit dem Fuß auf. Die Ader an seinem Hals pocht, und wenn sie ihn weiter so reizt, explodiert er, das sehe ich ganz deutlich. Weil mir das ganze Theater zuwider ist, gehe ich aus dem Zimmer und warte auf dem Gang. Meine Laune sinkt ins Bodenlose und als er endlich auftaucht, brodle ich von Kopf bis Fuß. Ich werfe ihm einen vernichtenden Blick zu und ziehe wortlos mein Tuch über.

Nur mit äußerster Selbstbeherrschung schaffe ich es bis

zur U-Bahn-Station, dann platze ich. Während des Weges hier herunter hat sich mein Ärger in Raserei verwandelt.

Kaum, dass uns niemand mehr hören kann, schreie ich los. »Wenn du das noch ein einziges Mal machst, Sayed, wenn du mich noch einmal so bloßstellst dann, dann …« Meine Worte verpuffen, denn Sayed bleibt noch nicht mal stehen. Er läuft einfach weiter. Ich stampfe hinter ihm mit dem Fuß auf, seine Art macht mich wahnsinnig. Mir stehen die Haare zu Berge und ich würde ihm am liebsten eine Ohrfeige verpassen, aber mittlerweile kann ich ihn schon fast nicht mehr sehen.

»Bleib verdammt noch mal stehen!«

Ich kreische so laut ich kann, mein Echo hallt von den Wänden wider, und er stoppt mit dem Rücken zu mir.

Wie eine Furie sprinte ich auf ihn zu und reiße ihn zu mir herum, und er lässt es geschehen, obwohl es ein Leichtes für ihn wäre, sich zu wehren. Das Licht seiner Taschenlampe blendet mich, ich schlage es kurzerhand zur Seite.

»Das war demütigend und gemein! Du hast genau gewusst, wie sie auf mich reagieren werden! Was sind das für Leute, die sich so benehmen? Und diese Sam! Die ist verrückt! Vollkommen irre!«

»Hanna, hör auf.« Ganz ruhig steht er vor mir und lässt meinen Ausbruch über sich ergehen, einzig sein zusammengepresster Kiefer verrät, dass er ebenfalls aufgebracht ist.

Ich zetere und keife wie ein Huhn, meine Wut ist so gewaltig, dass ich kein Ende finde.

»Mit ihren dämlichen, langen Haaren und ihrer Kleidung! Sie sieht aus wie ein Mann, die blöde Kuh!«, schreie ich so heftig, dass mir die Kehle schmerzt.

»Sei still, Hanna. Es reicht!«

Sayed bemüht sich mit aller Macht, gelassen zu bleiben, was mich noch mehr in Rage bringt.

»Du hast mir nicht zu sagen, wann ich still sein soll! Ich will dieses Mädchen, diese Sam«, ich stecke mir den Finger in den Hals und imitiere ein Würgegeräusch, »nie wieder sehen! Sie ist einfach nur schrecklich!«

»Du kennst sie überhaupt nicht!«

Jetzt brüllt er.

»Du hast keine Ahnung, was sie durchgemacht hat, also bilde dir kein Urteil über sie! Das ist anmaßend und gemein! Nicht jeder hatte so ein behütetes Leben wie du, Hanna!«

»Jetzt verteidigst du sie auch noch?«

Mir bleibt die Spucke weg. Sayeds Gesicht ist rot angelaufen, er hat die Fäuste geballt, daher trete ich einen Schritt zurück.

»Sie wollte dich küssen, Sayed! Küssen! Wie oft habt ihr das schon getan, bevor ich aufgetaucht bin? Einmal? Zehnmal? Oder tut ihr es immer noch, wenn die dumme kleine Hanna nicht dabei ist? Fährst du ihr durch ihre langen Haare und erzählst ihr, wie schön sie ist?«

Heiße Tränen laufen mir über das Gesicht, wie ein Fluss, ein reißender Fluss, und seine Strömungen wirbeln um mein Herz.

Sayeds Haltung ändert sich jäh. Seine Hände entspannen sich, er verzieht den Mund zu einem überraschten Ausdruck.

»Warte! Bist du etwa tatsächlich eifersüchtig, Hanna?«

Die Erkenntnis scheint ihn so zu amüsieren, dass er anfängt zu lachen.

»Das ist doch albern. Du hast gar keinen Grund, glaube mir! Sie wollte dich doch nur ärgern.«

Dass er mich auch noch lustig findet, ist der Tropfen, der das Fass zum Überlaufen bringt. Ohne ein weiteres Wort drehe ich mich um und renne in die andere Richtung davon.

»Hanna, bleib hier! Das ist doch nicht dein Ernst? Ich bin sowieso schneller als du!«

Ich bleibe nicht stehen, zu peinlich ist mir mein Tobsuchtsanfall. Sayed flucht leise hinter mir, setzt sich in Bewegung und holt mich mühelos ein. Seine Hände fassen mich an den Schultern, stoppen mich und drängen mich an die Wand des Schachtes.

Mit der Taschenlampe in der Hand bringt er seine Arme neben meinem Kopf in Position, sodass ich nicht entwischen kann. Ich ringe nach Luft.

»Ich brauche meine Kraft für andere Dinge, als dir

hinterher zu rennen, Rotkehlchen.«

Auch er schnauft und pustet sich die verschwitzten Haarsträhnen aus der Stirn. »Gut. Um das ein für alle Mal klarzustellen: Sam und ich sind nur Freunde. Mehr nicht.«

Ich will widersprechen, aber Sayed schnalzt mit der Zunge. »Nein, Hanna, jetzt rede ich! Glaubst du, ich würde das alles tun, wenn du nur eine Nummer auf meiner Liste wärst? Ich weiß nicht, ob du es immer noch nicht verstanden hast, Rotkehlchen, aber ich kriege keine Luft ohne dich. Alles wird nebensächlich und bedeutungslos, wenn du nicht in meiner Nähe bist.«

Er rückt von mir ab, lässt seinen Worten Raum, sie hängen zwischen uns wie goldener Nebel.

»Wenn ich dich verliere, Sayed, dann habe ich niemanden mehr. Ich werde ganz alleine sein«, sage ich.

Mein Zorn ist verraucht, ich habe mich mehr als albern und kindisch benommen. Ich kenne den giftigen Stachel nicht, der sich in mein Herz bohrte, als Sayed mit Sam gesprochen hat. Bis heute musste ich Sayed mit niemandem teilen. Dass Sayed ein Leben außerhalb des Ladens hat, mit Menschen, die seine Freunde sind, die ihm wichtig sind, ist mir nie in den Sinn gekommen. Ich weiß immer noch so wenig über ihn und das verunsichert mich.

»Ich werde dich nicht verlassen, Hanna, wie könnte ich?«, sagt er, verschränkt die Finger im Nacken und schüttelt resigniert den Kopf.

»Das hat meine Mutter auch immer gesagt. *Ich werde immer für dich da sein, Hanna,* hat sie gesagt. Und dann war sie weg. Einfach so.« Ich beiße die Zähne zusammen, will nicht weinen.

»Rotkehlchen«, Sayed zieht mich an sich, birgt meinen Kopf an seiner Brust und streicht mir übers Haar. »Freiwillig wirst du mich nicht mehr los, das verspreche ich dir. Manche Dinge liegen nicht in unserer Hand, das stimmt. Aber das bedeutet nicht, dass es immer so sein muss. Ich werde alles dafür tun, dich und mich am Leben zu halten. Versprochen. Wie findest du das?« Er schiebt mich ein klein wenig von sich. »Sieh mich an, Hanna.«

Ich hebe meinen Blick und Sayed legt seine Hände locker an meinem Hals. »Ich werde nicht sterben. Und du auch nicht. Zumindest nicht, bevor wir einhundert Jahre alt sind.« Er grinst.

»Aber es ist gefährlich, was du da tust, Sayed! Mir war nicht klar, wie sehr. Wie haben sie Cleos Mann erwischt? Sag es mir!«

Ich flehe ihn an, verlange Unmögliches von ihm. Er kann mir nicht versprechen, nicht zu sterben. Es kann ihn jederzeit und überall treffen, so wie mich. In so einem Land leben wir nun mal. Willkür, Angst und Terror ist die einzige Konstante, die ich kenne.

»Was nutzt es, wenn du die Details kennst, Hanna? Er ist geschnappt worden, das war´s. Damit rechnen wir jeden Tag. Wir müssen einfach vorsichtig sein. Und das sind wir, es ist so selbstverständlich wie das Atmen.« Er zuckt gleichgültig die Schultern.

»Siehst du! Du kannst mir nicht versprechen, bei mir zu bleiben. Verlasse den Untergrund, Sayed! Du hast genug getan!« Ich will ihn unbedingt überzeugen. »Wir hauen ab! Irgendwohin, wo mein Stiefvater mich nicht findet!«

Ich finde den Vorschlag, kaum dass er meinen Mund verlassen hat, so brillant, dass ich Sayeds Freude schon vor mir sehe.

Der aber hebt die Hände, schüttelt den Kopf.

»Warte! Habe nicht ich dich gebeten, mit mir zu verschwinden? Das Land zu verlassen? Kannst du dich erinnern? Du hast Nein gesagt, Hanna!« Er fährt sich durch die Haare. »Jetzt ist deine Mutter tot und plötzlich können wir gehen? Findest du das nicht ein bisschen seltsam?« Seine Augenbrauen wandern nach oben. »Ist auch egal, ich kann jetzt nicht gehen. Und ich kann auch nicht einfach aufhören. Ich werde gebraucht, Hanna.«

»Ach, und vor ein paar Monaten wärst du bereit gewesen, alles aufzugeben? Erklär mir das, Sayed, das verstehe ich nämlich nicht!« Ich habe einen bitteren Geschmack im Mund. Eigentlich will ich ihn nicht vor die Wahl stellen, aber ich muss ihn dazu bringen, dem Untergrund den Rücken zu kehren.

Sayed nimmt meine Hände und sieht mich forschend an.

»Seitdem ist viel passiert, Hanna, oder? Die Dinge haben sich geändert. Du hast dich verändert. Du bist stärker geworden, selbstbewusster. Du trägst eine unglaubliche Kraft in dir. Du musst sie nur gebrauchen, dann kann dich nichts mehr ängstigen. Willst du das nicht anderen Menschen weitergeben? Deinen Glauben an das Gute in ihnen, die Hoffnung auf ein besseres Leben?« Er legt seinen Daumen auf meinen Puls am Handgelenk. »Spürst du es? Wie es pocht und pulsiert? Dein Blut, Hanna, deine Liebe, deine Wut, deine Überzeugungen. Zeig anderen, dass es sich lohnt zu kämpfen! Dass es sich lohnt, nicht aufzugeben! Hilf uns!«

Wir stehen reglos voreinander, verbunden durch meinen Puls, der gegen seinen Daumen pocht. Nach einer Ewigkeit lässt er mich los.

»Du musst dich nicht sofort entscheiden. Schlafen wir eine Nacht darüber. Papa wird sich sowieso schon Sorgen machen, wo wir bleiben.«

Er zieht mich an sich, drückt seine Lippen gegen mein Haar. Wir laufen die Schienen entlang, sein Arm liegt locker über meiner Schulter.

»Mein Mädchen ist also ein kleiner eifersüchtiger Teufel«, neckt er mich irgendwann, und ich werde rot. Verlegen kneife ich ihn in die Seite, sodass Sayed einen Schritt nach vorne springt.

»Sie ist und bleibt eine«, ich überlege, will ihn nicht kränken, »eine gemeine Person!«

Er bleibt stehen und küsst mich auf den Mund.

»Das, Rotkehlchen«, wispert er an meinen Lippen, »tue ich nur mit dir.«

In meinem Magen flattert es.

»Sei nachsichtig mit ihr, Hanna. Sie hat schlimme Dinge erlebt«, sagt er dann und meine Neugier ist geweckt. Aber mehr würde er ohne ihre Zustimmung nie preisgeben, und so muss ich mich damit begnügen.

Kapitel 20

Als wir zu Hause ankommen, ist die Wohnung leer. Wir essen den Rest vom Vortag und Sayed beugt sich anschließend am Küchentisch über die Unterlagen, die ihm Sam mitgegeben hat. Ich wickle mich in eine Decke und lese in meinem Buch. Es ist so friedlich, dass ich mir wünsche, es könnte immer so sein.

»Was tust du da?«

Sayed legt den Stift beiseite und reibt sich die Augen. Er ist müde und erschöpft.

»Wir haben zwei Waisenkinder auf der Straße aufgelesen und ich überlege, wo ich sie unterbringen kann. Sie brauchen jemanden, der sich den ganzen Tag um sie kümmert. Es gibt da eine Familie, die in Frage kommt – ich sollte Ahmed morgen hinschicken.«

»Wer ist Ahmed?«

Ich habe noch keinen Entschluss gefasst, ob ich mich dem Untergrund anschließen werde, trotz allem will ich mehr über die Menschen erfahren, die Sayed so schätzt und verteidigt.

»Ahmed ist«, nachdenklich reibt er sich die Bartstoppeln, »er ist gewieft, schlau und furchtlos. Er ist ein Schleuser. Bringt die Leute, die hier wegwollen, über die Grenze. Nach

Schweden hoch oder nach Frankreich rüber. Früher war er Fernfahrer. Ahmed fuhr Waren aus Deutschland hinaus und wieder hinein. Seine geografischen Kenntnisse sind Gold wert. Er sieht aus wie ein Bär, riesige Hände und ein buschiger Bart, du weißt schon.« In seiner Stimme schwingt Stolz und Bewunderung mit. »Nichts, absolut nichts bringt ihn aus der Ruhe. Das beeindruckt mich.«

Ich kann mir denken, warum. Sayed ist schnell gereizt, und oft genug bringt ihn das in Schwierigkeiten.

»Ich kenne ihn schon, seit ich klein bin, er ist so was wie mein großer Bruder. Er hat mich das eine oder andere Mal aus unangenehmen Situationen gerettet.« Sein Mund verzieht sich zu einem wissenden Lächeln und ich frage besser nicht nach.

»Weißt du, Hanna, die Flucht ist nicht das eigentliche Problem. Es geht eher um die Personen, die wir verschwinden lassen. Es sind die Frauen, die sie haben wollen. Zuerst verhaften oder töten sie ihre Männer, um dann an die Frauen ranzukommen. WOMEN FREE HUMANS existiert nämlich noch. Die Bewegung ist keineswegs zerschlagen, und das wissen sie. Das ist ihre größte Angst, die sie mit allen Mitteln bekämpfen. Die Flucht an sich ist keine große Sache. Sie verfolgen nur die ganz besondere Ware, die Ahmed transportiert.«

Ich weiß, er will mich überzeugen. Und ich kann nicht leugnen, dass ich fasziniert bin. Die Logistik hinter ihren Aktionen, der Mut und die Treue zueinander imponieren mir. Ich sehe meine Mutter vor mir, wie sie sich auf Alex wirft, um ihn vor dem Tod zu bewahren. Sie hätte keine Sekunde gezögert, sich dem Untergrund anzuschließen. Der silberne Hampelmann liegt bleiern zwischen meinen Brüsten, seine Konturen glimmen auf meiner Haut.

Auf was wartest du, Hanna? Seine Frage frisst sich in mein Gewissen.

»Ich mache mit.«

Sayed ist aufgestanden, um die heruntergebrannte Kerze auszutauschen und dreht sich zu mir um, doch ich halte die

Hand nach oben. »Unter einer Bedingung. Ich werde nicht mit Sam in einem Zimmer arbeiten.«

Er hat schon eine Erwiderung auf den Lippen, als er sieht, dass ich grinse.

»Danke, Hanna! Das bedeutet mir wirklich viel.« Seine Augen glänzen, als er mich in den Arm nimmt.

»Lass uns Schluss machen, Rotkehlchen. Ich habe genug für heute.«

»Und ich dachte schon, du willst die ganze Nacht hier sitzen.«

Bereitwillig lasse ich mich von ihm aus der Küche führen.

Am Morgen wache ich allein im Bett auf. Sayed ist in der Küche, ich rieche geröstetes Brot und Minztee. Auf nackten Sohlen tapse ich zu ihm rüber und wische mir den Schlaf aus den Augen. Er sitzt schon wieder über den Papieren und schreibt konzentriert auf einen Zettel. Ich will mir gerade einen Tee einschenken, als es an der Ladentür klopft. Es ist noch viel zu früh, das *Geschlossen*-Schild hängt deutlich sichtbar an der Scheibe. Sayed blickt auf, legt den Finger an die Lippen und scheucht mich aus der Küche. Ich husche ins Zimmer zurück und ziehe mich in aller Eile an.

Schon wieder hämmert es hektisch gegen die Türe, und Angst kriecht mir in den Nacken. Diesmal wird es keine Möglichkeit geben, in den Keller zu entwischen. Fathi ist noch immer nicht zurückgekehrt, wir sind auf uns alleine gestellt.

Durch den Türspalt sehe ich Sayed den Gang entlanglaufen, dann tritt Stille ein. Ich habe das Gefühl, mein Herzschlag dröhnt von den Wänden wie ein Signal, das jeder vernehmen kann. Schweiß rinnt mir den Rücken hinab, ich halte die Hand vor den Mund, selbst mein Atem ist zu laut.

»Ahmed, was soll das? Du hast uns zu Tode erschreckt!«

Die Erleichterung in Sayeds Stimme erlöst mich aus meiner Schockstarre, vorsichtig öffne ich die Tür. Direkt vor mir steht Ahmed und sieht genauso aus, wie Sayed ihn beschrieben hat. Der ungepflegte Bart bedeckt die Hälfte seines Gesichtes und er ist so groß, dass ich meinen Kopf nach hinten legen muss, um ihm in die Augen sehen zu können. Eine lange Narbe zieht sich von seiner rechten Schläfe bis unter die struppigen Haare an seinem Kinn. Er folgt Sayed in die Küche, bleibt aber stehen, als dieser ihm einen Platz anbietet.

»Sayed. Sie haben Fathi.«

Mehr sagt er nicht.

Das ist alles.

Alle Farbe weicht aus Sayeds Gesicht, ich schreie auf.

»Wann?«, fragt Sayed tonlos.

»Gestern. Nachdem er bei Cleo war. Ich habe es eben erst erfahren. Sie haben ihn kurz vor eurem Laden abgepasst und mitgenommen. Er ist im Loch. Sam hat versucht, noch mehr herauszubekommen, aber das war alles.«

»Wir müssen hier weg«, sagt Sayed.

Wie angewurzelt stehe ich im Flur, kann mich nicht bewegen.

»Jetzt, Hanna!«, brüllt er mich an und fegt an mir vorbei in sein Zimmer. Er klaubt Kleidung und Schuhe zusammen, kommt zurück und wischt mit einer Handbewegung die Papiere vom Tisch in eine große Tasche. Ich beobachte ihn, als führe er ein Theaterspiel auf, fühle mich seltsam losgelöst von der Situation.

»Hilf ihr, Ahmed«, weist er seinen Freund an, ohne mich anzusehen.

Derweil kramt er aus einer alten Dose einen Batzen Geld und Schmuckstücke, die wohl seiner Mutter gehört haben. Ahmed fasst mich behutsam am Arm und begibt sich auf Augenhöhe mit mir.

»Hanna. Wir müssen gehen, verstehst du? Halte noch einen Augenblick durch, dann bist du in Sicherheit, ja?«

Woher kennt er meinen Namen?, denke ich verwirrt.

»Ich bin so weit, hauen wir ab.«

Sayed schultert die Tasche und läuft entschlossen in den Keller, Ahmed folgt ihm und schiebt mich vor sich her.

Wir eilen durch den Tunnel und alles geht so schnell, dass ich die Fassung verliere.

»Halt!«, sage ich und bleibe stehen. »Ich will nicht weg. Wir bleiben hier und warten auf Fathi.«

Die Beine in den Boden gestemmt, verschränke ich die Arme und bewege mich keinen Millimeter.

Sayed blickt über meinen Kopf hinweg erst zu Ahmed, dann zu mir.

»Hanna, wir müssen weiter. Tu das bitte nicht.«

Er ist extrem angespannt, seine Kiefermuskeln mahlen, ein Schweißfilm bedeckt seine Stirn und die Muskeln an seinen Armen zittern.

»Wir können nicht einfach gehen! Wie soll er uns denn jemals wiederfinden?«, sage ich, stampfe mit dem Fuß auf und sehe Fathi, wie er verzweifelt die Zimmer nach uns absucht. Ein Teil von mir weiß, dass ich mich völlig irrational verhalte, aber wenn ich den Gedanken zulasse, dass Fathi nicht mehr zurückkommt, breche ich zusammen.

Sayed holt tief Luft und beschwört mich abermals.

»Wir haben keine Zeit mehr, Hanna!«

»Doch!«, fahre ich ihn an.

Wutentbrannt schleudert er die Tasche von sich und packt mich. Seine Finger graben sich schmerzhaft in meine Schultern, er schüttelt mich so grob, dass mein Kopf hin- und herfliegt.

»Hör auf, verdammt! Er kommt nicht mehr zurück, kapierst du das nicht?«

»Sayed!« Ahmeds Stimme schneidet durch den Tunnel, mit einer einzigen, fließenden Bewegung trennt er uns und stellt sich schützend vor mich.

»Geh!«

Sayed starrt ihn an, wischt sich über den Mund, ergreift in einer zornigen Geste die Tasche und wirft sie sich mit solch einer Wucht über die Schulter, dass sie gegen die Wand des

Tunnels prallt. Ein gellender Schrei ergießt sich aus seinem Innern, qualvoll und grausam, und Ahmed breitet die Arme aus, schiebt mich noch weiter hinter sich, bis Sayed weiterläuft.

Schweigend durchqueren wir den Tunnel, hasten mit gesenkten Köpfen über Straßen und durch U-Bahn-Schächte. Es gleicht einer einstudierten Choreographie, wie sich Sayed und Ahmed verständigen. Ohne ein Wort zu wechseln, wenden sie sich nach links, nach rechts, spähen um Ecken und suchen mit schnellen Blicken die Umgebung ab. Ich lasse mich führen, treibe zwischen ihnen wie ein Stück Holz auf einem Fluss, orientierungslos und phlegmatisch.

Ahmed nimmt Sayed den Schlüssel ab, weil seine Hände so sehr zittern, dass er nicht aufschließen kann.

Wir treten ein. Cleo steht im Flur und ihr tränennasses Gesicht beweist, dass sie Bescheid weiß. Sayed hebt abwehrend die Hände, als sie auf ihn zukommt. Er schüttelt stumm den Kopf, stürmt wortlos an ihr vorbei, öffnet eine Tür und knallt sie mit dem Fuß hinter sich zu. Im Inneren poltert und kracht es, Glas zerbricht, aber niemand rührt sich.

»Hanna, es tut mir so leid, dich unter solchen Umständen wiederzusehen.« Mitfühlend reibt Cleo meinen Arm.

Hinter uns öffnet sich die Wohnungstür und Sam schlüpft herein. Sie ist verhüllt und reißt sich sofort das Tuch vom Gesicht.

»Wo ist er?«, richtet sie ihre Frage an Ahmed, der ihr mit einem Nicken bedeutet, in welchem Raum Sayed verschwunden ist. Ohne mich zu begrüßen, schiebt sie sich an uns vorbei und verschafft sich Zutritt zu dem Zimmer. Sayed scheint immer noch alles kurz und klein zu schlagen, der Lärm dauert an. Kurz nachdem sie die Tür geschlossen hat, höre ich ihn brüllen.

»Hau ab! Verschwinde, Sam! Hanna?«

Er heult wie ein verletztes Tier, die Tür geht wieder auf und Sam läuft rückwärts auf den Gang zurück.

»Du spinnst doch, Sayed! Dreh nicht durch! Fathi hat gewusst, dass das passieren kann.«

Aus dem offenen Raum fliegt ihr ein Kissen an den Kopf, und sie stürmt zum Ausgang.

»Ich mach mich aus dem Staub, bis er sich wieder beruhigt hat!«

Die Tür fliegt hinter ihr zu.

»Hanna!«, schreit Sayed.

Ich sehe Ahmed an, unsicher, ob ich zu ihm gehen soll. Er hebt fragend die Augenbrauen und ich bringe mich zur Räson. Das da drin ist Sayed.

Mein Sayed.

Er braucht mich und ich stehe hier rum wie ein Mäuschen. Mit einem tiefen Atemzug setze ich mich in Bewegung und bleibe erst einmal in der offenen Türe stehen.

Das Zimmer ist völlig verwüstet. Sayed hat einen Stuhl an die Wand gefeuert, die drei verbliebenen Stuhlbeine zeigen in einem grotesken Winkel Richtung Decke. Scherben einer Glasschüssel glitzern verstreut auf dem Boden, die Matratze ist aus dem Rahmen gerissen und Decken und Kissen verteilen sich im ganzen Raum. Ich trete ein und schließe leise die Tür hinter mir. Sayed liegt zusammengerollt auf dem blanken Holzboden, die Arme um seinen Körper geschlungen, und atmet flach ein und aus. Er hat Schnittwunden an den Händen, Blut tropft auf sein Hemd.

»Warum hat er nicht besser aufgepasst? Wie konnte er nicht …«

Seine Stimme versagt, er spricht nicht weiter. Langsam laufe ich auf ihn zu, gehe auf die Knie, streiche ihm die Haare aus dem Gesicht.

»Sayed«, flüstere ich, aber er sieht durch mich hindurch. Seine weit aufgerissenen Augen sind ganz dunkel, ein Tränenschleier liegt über den Pupillen. Es zerreißt mich schier, ihn so zu sehen, und behutsam ziehe ich seinen Kopf auf meinen Schoß. Er vergräbt sein Gesicht an meiner Brust, schiebt sich nach oben, an meinen Hals. Dort stößt er die Worte rau hervor.

»Hanna, er wird sterben! Ich weiß es. Sie werden ihn töten, ohne dass ich ihm sagen konnte, dass ich ihn liebe.«

Er drückt sich so fest an mich, dass wir nach hinten kippen. Mein Kopf knallt schmerzhaft auf den Boden, aber Sayed bemerkt es nicht. Mit seinem ganzen Gewicht liegt er auf mir, seine blutverschmierten Finger gleiten über mein Gesicht, betasten meine Konturen, als hätte er mich noch nie gesehen.

Ich lege meine Hände an seine Wangen.

»Sayed!«

Mein Blick nagelt ihn fest.

»Ich bin hier. Hier bei dir. Du bist nicht alleine. Ich halte dich. Ich halte dein Herz, wenn es dir zu schwer wird, erinnerst du dich?«

Er blinzelt.

»Hanna?«

»Ja?«

»Geh nicht weg.«

»Nein. Nein Sayed. Ich gehe nicht weg.«

Er schließt die Augen und ich bin froh, diesem leeren Blick zu entkommen. Sein Kopf sinkt auf meinen Bauch, seine Arme schlingen sich um meinen Hals und er hält mich, als ob ich mich sonst in Luft auflösen könnte. Es ist schrecklich unbequem, der kalte Holzboden drückt sich in meinen Rücken, aber ich bleibe still liegen. Draußen ist nichts zu hören. Ich habe keine Ahnung, ob die anderen immer noch auf dem Flur stehen, und die Zeit vergeht quälend langsam. Meine Beine schlafen ein, werden taub, aber immer noch bewege ich mich nicht. Irgendwann werden Sayeds Atemzüge regelmäßiger, sein Körper schwerer. Nach Stunden schiebe ich ihn von mir herunter, das Blut fließt in meine Muskeln zurück und sticht wie tausend Nadelstiche. Erschöpft sammle ich Kissen und Decken ein und lege sie schützend auf Sayed, dann kauere ich mich in eine Ecke und beobachte, wie ihm der Schlaf das Vergessen bringt.

Trauer überfällt mich.

Um Fathi.

Um meine Mutter.

Um Alex.

Und um Sayed.

Es ist ein Teufelskreis, in dem wir uns bewegen. Wir werden ihm nicht entkommen, egal, wie sehr wir uns wehren. Hoffnungslosigkeit ergreift Besitz von mir.

Als die Morgendämmerung hereinbricht, sind meine Glieder steif vor Kälte. Ich sitze immer noch in der Ecke, in der ich dann wohl doch eingeschlafen sein muss. Leise erhebe ich mich, um Sayed nicht zu wecken. Seine Gestalt ist in die Decke gewickelt, ich kann nur ein Büschel Haare sehen. Ich schleiche zur Tür und betrete den Gang.

Ratlos sehe ich mich um, ich muss dringend zur Toilette, habe aber keine Ahnung, wo sie sich befindet. Sam kommt aus der Küche geschlendert, in der Hand eine dampfende Tasse. Sie trägt ihre übliche Kluft, ganz in schwarz, die dicken Haare zu einem praktischen Zopf gebunden.

»Die Tür ganz vorne.« Ihr Kinn ruckt in die Richtung, die sie mir weist.

»Danke.«

»Es gibt Kaffee, wenn du magst. Hab ich gestern geklaut. Ist ganz frisch.«

Damit lässt sie mich stehen, ich schlüpfe ins Bad und mustere mich kritisch im Spiegel. Verkrustetes Blut zieht sich in Schlieren über meine Wangen, die Haare sind zerzaust, mit dunklen Ringen unter den Augen starre ich mich an. Mechanisch schütte ich mir Wasser aus einem Kanister unter dem Becken über die Hände und reinige mich notdürftig. Als ich einigermaßen vorzeigbar aussehe, streife ich mein Kleid ab. Darunter trage ich immer noch die hastig übergeworfene Hose und ein ausgebleichtes T-Shirt von Sayed. Es kommt mir fehl am Platz vor, mich hier mit meinem Mantelkleid zu zeigen, außerdem ist es so viel bequemer. Mit den Fingern entwirre ich meine Locken, kneife mich in die Wangen und wappne mich gegen Sam.

Wortlos reicht sie mir in der Küche eine Tasse mit echtem, aufgebrühtem Kaffee. Der Duft macht mich schwindelig, vernebelt mir die Sinne und ich schätze, das war ihre Absicht.

»Er scheint dich wirklich zu mögen.«

Ihr Ton ist spöttisch, als ob sie nicht verstehen kann, wieso er das tut.

Ich antworte nicht und trinke einen Schluck.

»Wie geht es ihm?«

Sie ist wirklich außergewöhnlich schön. Ihre fein geschwungenen Augenbrauen gehen fragend in die Höhe, ihre blasse Haut steht im krassen Kontrast zu den grünen Augen.

Ich zucke die Schultern, nicht, weil ich ihr keine Auskunft geben will, sondern weil ich selbst keine Ahnung habe. Sayed ist unberechenbar, das wissen hier wohl alle.

»Fathi ist im Loch. So nennen wir hier die letzte Station vor der Hinrichtung. Manchmal kommen sie in Gewahrsam, das heißt dann Folter. Da gab es schon einige, die wieder rauskamen, aber«, sie hebt den Zeigefinger an die Schläfen und beschreibt kleine Kreise, »da war nix mehr zu machen, wenn du verstehst? Dann lieber tot, wenn du mich fragst«, schnaubt sie und pustet auf ihren Kaffee. »Ich vermute, sie werden es heute oder morgen erledigen. Später weiß ich mehr, nach dem Treffen mit einem unserer Informanten.«

Die Kaltschnäuzigkeit ihrer Worte entsetzt mich, sie spricht von Fathi, als wäre er ein Fremder.

Wir sind so damit beschäftigt, einander einzuschätzen, dass wir Sayed nicht bemerken, der im Türrahmen steht.

Er sieht fürchterlich aus, wie ein Gespenst. Seine fahle Haut sticht sich mit den schwarzen Augen, das getrocknete Blut auf seinem Hemd leuchtet grell, der dunkle Bart betont die eingefallenen Wangen. Sam blickt ihn ungerührt an, obwohl ihr bewusst sein muss, dass er jedes Wort mitbekommen hat.

»Gib dir keine Mühe, ich habe dich gehört«, sagt er und

seine Stimme schabt unangenehm in meinen Ohren. Er krächzt wie ein verletzter Rabe.

»Ja. Und?« Sam neigt den Kopf. »Nichts, was du nicht sowieso schon weißt. Kein Grund auszuflippen, mein Freund.«

Er schnaubt und schlurft in den Raum.

»Rieche ich Kaffee?«

Sayed schnuppert, und ich reiche ihm meine Tasse. Er pustet kurz, trinkt sie mit zwei kräftigen Schlucken leer und legt den Arm um meinen Nacken. Behutsam zieht er mich an sich und küsst mich auf den Kopf.

»Danke für gestern, Rotkehlchen«, flüstert er mir an die Stirn.

Sam beobachtet uns mit Argusaugen. Sayed dreht sich zu ihr um, mich immer noch fest im Griff.

»Also, was hast du sonst noch herausgefunden?«

»Ich treffe mich später mit Hans. Dann weiß ich mehr. Bis dahin halten wir die Füße still.«

Ich kann nicht glauben, was hier passiert. Was soll das? Ist die Sache mit Fathi damit abgeschlossen? Die beiden sind so abgebrüht, dass sich mir der Magen umdreht. Ungläubig blicke ich von einem zum anderen und kann nicht mehr an mich halten.

»Seid ihr eigentlich völlig verrückt? Ihr redet, als wäre Fathi schon tot.« Meine Augen sprühen Funken, am liebsten würde ich ihre Köpfe gegeneinanderschlagen, bis sie wieder klar denken können.

Sam lacht. »Oh nein, wie süß, kleine Hanna! Was denn, willst du ihn befreien? Na los, nur zu. Lass dich nicht aufhalten.«

Ich hasse sie! Aus tiefstem Herzen. Sie ist böse und gemein.

»Lass sie in Ruhe, Sam. Ich kläre das.« Er klingt völlig erschöpft und nur ihm zuliebe verkneife ich mir eine gehässige Erwiderung. Sam verzieht das Gesicht, rudert aber zurück.

»Ahmed kommt gleich. Er hat heute eine Tour, aber er wollte vorher hier vorbeischauen. Ich muss los. Bis später.«

Sie stellt ihre Tasse in die Spüle, hebt die Hand und geht.

Kaum ist sie weg, wende ich mich an ihn.

»Sayed, was soll das?« Forschend sehe ich ihm in die Augen, er weicht mir aus. »Antworte mir!«

Ich halte ihn fest, gebe ihm keine Chance, sich davonzustehlen.

»Was willst du hören, Hanna? So ist das Spiel. Papa weiß das, ich weiß das, alle wissen das.«

Er versucht stark zu bleiben, aber seine Stimme zittert.

»Ich verstehe euch nicht. Kann man denn gar nichts tun? Das war´s? Er ist dein Vater, Sayed!«

»Nein, wir können nichts tun!« Sayed wird laut. »Sollen wir uns auch Waffen besorgen? Sie erschießen? Bomben auf ihre Häuser werfen, Hanna? Unschuldige in den Tod reißen? Dann sind wir wie sie. So arbeiten wir nicht, kannst du das nicht verstehen?«

Er sinkt auf dem Stuhl zusammen, schlägt die Hände vors Gesicht und stöhnt. »Ja, es ist schrecklich! Ja, es bricht mir das Herz! Aber das ist es, was uns von ihnen unterscheidet. Wir sind nicht wie sie.«

»Sayed?« Ahmed unterbricht unsere Auseinandersetzung. »Wo ist Cleo?« Er steckt den Kopf in die Küche. Seine bloße Anwesenheit tut Sayed gut. Er entspannt sich, als Ahmed ihm durch die Haare wuschelt.

»Cleo ist noch nicht hier gewesen. Also hier in der Küche, meine ich.« Ich verstumme schüchtern.

»Na dann, sie wird noch mit den Jungs beschäftigt sein. Gibt´s Kaffee? Wo hat Sam den schon wieder her?« Ahmed reibt die Hände aneinander und schenkt sich eine Tasse voll. Selbst er macht keine große Sache aus Fathis Verhaftung.

»Wie ist es so, Junge?« Seine Stimme ist voller Mitgefühl.

»Geht schon.«

Ahmed klopft ihm auf den Rücken. »Warten wir erst mal ab, was Sam noch hört. Ich komme dann heute Abend vorbei und wir reden, ja?« Er wirft mir noch einen verständnisvollen Blick zu und verlässt uns dann ebenfalls. Still sitzen wir am Tisch, Sayed stiert zum Fenster, an dem die Vorhänge vorsichtshalber geschlossen sind.

»Ich geh schlafen, Hanna. Ich muss einen klaren Kopf bekommen.«

Als laste das Gewicht der ganzen Welt auf seinen Schultern, stemmt er sich hoch und zieht mich mit.

Im Zimmer legt er die Matratze zurück auf das Bett, und ich beseitige so gut ich kann die restlichen Verwüstungen. Bis ich damit fertig bin, liegt Sayed schon unter der Decke, die Augen geschlossen. Ich schlüpfe neben ihn. Meine Lider brennen, die unbequeme Position heute Nacht hat mich auch kaum schlafen lassen. Binnen Sekunden dämmere ich in einen angenehmen Halbschlaf. Bei jeder Bewegung von Sayed überprüfe ich, ob er wach ist, aber die Erschöpfung lässt ihn fast bewusstlos erscheinen. Ab und zu höre ich Cleo mit Karl und seinem kleinen Bruder über den Flur laufen. Sie ermahnt die Kinder, leise zu sein, der Duft von Essen hängt in der Luft und irgendwann fragt sie durch die geschlossene Tür, ob wir Hunger haben. Ich antworte nicht, will die schützende Glocke über uns nicht verlassen, obwohl mein Magen knurrt. Der Tag zieht vorbei, die goldenen Strahlen der Sonne wandern über den Holzboden.

Gegen Abend erwacht Sayed. Seine Augen sind immer noch verschwollen, aber insgesamt sieht er frischer aus als heute Morgen. Er rollt mich auf die Seite, schlingt die Arme um meinen Bauch und drückt seinen Brustkorb gegen meinen Rücken.

»Wie spät ist es?«

»Ich weiß es nicht, die Sonne geht unter.«

»Ist Sam schon da?«

Ich rucke die Schulter nach oben, gleichgültig, dann schäme ich mich. Sayed wartet auf Informationen, das ist wichtig für ihn.

»Lass uns nachsehen.«

»Nein.« Er hält mich bei sich. »Wir bleiben einfach hier, bis die Welt untergeht.« Er schiebt meine Haare nach oben und bedeckt meinen Nacken mit federleichten Küssen, als es klopft und Ahmeds tiefe Stimme durch die Türe klingt.

»Sayed, Sam ist da. Seid ihr wach?«

Sofort springt er aus dem Bett. »Ich komme«, ruft er und schnappt sich ein paar Kleidungsstücke aus der Tasche. »Ich verschwinde kurz ins Bad, sagst du Bescheid?«

Ich nicke.

Ich gebe mir keine große Mühe, verknote lose meine Haare am Hinterkopf und glätte nur oberflächlich meine Hose.

Kapitel 21

In der Küche sind alle versammelt. Cleo, Sam und Ahmed sitzen am Tisch, die Gesichter angespannt, vor ihnen eine Kanne Tee. Sam kaut an ihrem Daumennagel, Cleo fährt sich nervös über die Brauen. Einzig Ahmed lehnt, zwar aufmerksam, aber ruhig, in seinem Stuhl und wartet auf uns. Niemand richtet das Wort an mich. Ahmed rückt mir eine Sitzgelegenheit zurecht und ich nehme Platz. Außer dem Ticken der Uhr an der Wand ist kein Laut zu hören, bis sich alle Köpfe gleichzeitig heben, als Sayed zu uns stößt. Bei seinem Anblick seufze ich erleichtert auf. Der Schlaf und die Katzenwäsche lassen ihn schon fast wieder wie vorher erscheinen. Die dunklen Ringe unter den Augen sind nur noch blasse Schatten, seine Haut hat einen gesünderen Farbton. Cleo will ihm einen Stuhl heranziehen, aber er winkt ab.

»Ich stehe lieber, danke.«

Mit gekreuzten Beinen lehnt er sich an die Küchentheke, seine Finger krallen sich an die Arbeitsfläche. Er schließt die Augen und legt den Kopf in den Nacken. Nach einem tiefen Atemzug fixiert er Sam.

»Ich bin so weit.«

Sam nickt.

»Werner hat ihn geholt. Er ist im Loch, aber Hans sagt, sie haben ihm bis jetzt kein Haar gekrümmt. Er bekommt zu essen und durfte seine Kleidung behalten. Es geht ihm den Umständen entsprechend gut.«

Ihre barsche Art bekommt feine Risse. Das erkenne ich an dem leichten Zittern in ihrer Stimme, ihr Oberschenkel wippt nervös auf und ab. Sayed verzieht keine Miene, wartet reglos ab.

Sam bleibt stumm.

Nach ein paar Minuten beugt er sich nach vorne.

»Was denn? Mehr nicht?«

Sie schüttelt den Kopf.

»Komm schon, Sam! Das hätte ich auch selbst rausgefunden! So schlecht bist du doch sonst nicht.«

Er provoziert sie, aber Sam beißt sich nur auf die Lippen und schlägt die Beine übereinander.

»Vielleicht sollten wir dein Aufgabengebiet ändern, was meinst du?«

Immer noch kehrt sie ihm halb den Rücken zu, aber ihre Mundwinkel zucken. Niemand mischt sich ein, Ahmed zwirbelt seinen Bart, Cleo blickt mit gesenktem Kopf auf ihre Hände.

»Sie weiß nichts, Sayed, das siehst du doch.« Ich fühle mich bemüßigt, sie zu verteidigen, habe keine Ahnung, wieso. Wie alle anderen sehe ich auch, dass sie etwas zurückhält, und mit aller Wahrscheinlichkeit will sie Sayed damit schützen.

»Halt dich da raus, Hanna«, fährt er mich an und kommt an den Tisch. Er stellt sich vor Sams Stuhl, stützt seine Arme auf die Lehnen und bringt sein Gesicht ganz nah an ihres.

»Wann werden sie ihn hinrichten, Sam?«

Mit einem Ruck erhebt sie sich und drängt Sayed zurück. Sie ist fast so groß wie er, sie begegnen sich auf Augenhöhe. Ihr Mund klappt auf und zu, ich warte mit angehaltenem Atem auf ihren Zorn, aber Sam wendet sich ab, ohne einen gemeinen Spruch auf den Lippen.

Ahmed ergreift das Wort, als er Sayeds Fassungslosigkeit sieht.

»Sam. Was ist los? Sag es, Sayed verkraftet es schon.«

»Er will Hanna«, flüstert sie mit dem Rücken zu uns.

»Sprich lauter, ich habe kein Wort verstanden!«

Sayed fasst sie sanft an der Schulter und dreht sie zu sich um. In ihren Augen schwimmen Tränen, mitleidig sieht sie ihn an.

»Er will Hanna.«

Sayed lässt sie los, als hätte er sich verbrannt.

Klar und rein erfüllt ihre melodiöse Stimme meinen Kopf. Wie Puzzleteile fallen die Wörter an ihren Platz.

Ich bin der Preis, um den gespielt wird. Meine Freiheit gegen Fathis Leben.

»Was?« Sayed stolpert rückwärts, bis er an die Tischkante stößt, die Kanne klirrt leise.

Cleo vergräbt den Kopf in den Händen.

»Ich wusste es«, murmelt sie in einer Tour vor sich hin.

»Wie meinst du das, er will Hanna?«

Sayed sieht aus, als wäre er geschrumpft, alle Körperspannung ist aus ihm gewichen. Sam findet zu ihrer gewohnten Art zurück, ich sehe, wie sie ihre Schutzmauer hochzieht.

»Bist du begriffsstutzig? Ich meine es so, wie ich es sage. Du kannst Fathi wiederhaben, wenn du ihm Hanna gibst. Das ist seine Nachricht an dich.«

»Er hat doch nicht einfach so eine Nachricht an Sayed geschickt, Sam! Jetzt erzähl schon!« Ahmed wird ungehalten, die vagen Andeutungen von Sam sind ihm nicht genug.

Sie spürt, dass sie es nicht auf die Spitze treiben darf, und rattert ihre Informationen wie eine Maschine herunter.

»Melanie Dorn hat euch verraten. Sie hat Werner erzählt, dass sich Hanna bei Fathi versteckt.«

Melanie!

Ich wusste, sie hat mich gehört!

Meine Unachtsamkeit kostet Fathi das Leben.

Mir wird schlecht, bittere Galle steigt mir in die Kehle.

»Sie hat Hannas Stimme erkannt, als sie im Laden einkaufen war, und hat es Werner gesteckt. Daraufhin hat sich Werner Fathi geholt. Gestern hat er ihm einen Besuch im

Loch abgestattet und ihn vor die Wahl gestellt. Wenn er ihm sagt, wo Hanna jetzt ist, kann er gehen. Fathi hat sich geweigert. Werner gibt ihm bis morgen Zeit, seine Meinung zu ändern. Das ist alles.«

Alle fangen gleichzeitig an zu reden.

Alle außer Sayed.

Er steht mitten im Raum und starrt auf seine Hände, die er unablässig zu Fäusten ballt.

Auf und zu.

Auf und zu.

Fasziniert bewundere ich die bläulichen Adern, die sich mit jeder Bewegung unter seiner Haut abzeichnen. Das Stimmengewirr um mich herum wird immer unerträglicher, verdichtet sich zu einem einzigen Ton.

»Dieses Schwein! Ich hasse ihn!« Cleo klingt schrill vor Empörung.

»Wir müssen ihn da rausholen. Wir lassen uns was einfallen, Sayed, keine Sorge.« Der tiefe Bass von Ahmeds Stimme drückt mir auf den Brustkorb.

»Wie sollen wir das denn anstellen, Ahmed? Bist du irre?« Sam versucht die anderen zu übertönen, indem sie noch lauter schreit. Es ist ein einziges Geschnatter und Geplärre.

Langsam hebt Sayed den Kopf und sucht meinen Blick. Über das Chaos, das die anderen veranstalten, sieht er mich unverwandt an, und ich folge gebannt dem Kampf, den er mit sich austrägt.

Ich oder sein Vater.

Sein Vater oder ich.

Er kann nur einen von uns beiden haben. Und als ginge es nicht um mich, überlege ich eiskalt, was ich tun würde.

Ich weiß es nicht.

Diese Entscheidung überfordert mich, obwohl ich sie nicht zu treffen habe.

Nimm mich!, schreie ich innerlich und schlage vor Entsetzen die Hand vor den Mund. Der brutale Egoismus, der mich überfällt, treibt mir die Schweißperlen auf die Stirn. Wie kann ich das von ihm verlangen? Aber die Angst, die mich packt, allein die Vorstellung, Sayed aufzugeben, meine Freiheit gegen ein Leben an der Seite meines Stiefvaters auszutauschen, bringt mich an den Rand des Wahnsinns.

Ich kann das nicht mehr.

Noch vor ein paar Wochen wäre ich ohne zu zögern in die Gefangenschaft zurückgekehrt, aber Sayed hat recht. Ich habe mich verändert.

Ich werde sterben, wenn ich ihn verliere.

Ich werde weiterhin essen, schlafen und atmen, aber mein Herz wird allmählich vertrocknen und dann einfach aufhören zu schlagen.

Die anderen brüllen sich immer noch an, die Stimmung ist aufgeheizt. Jeder hat einen Vorschlag, doch keiner wird funktionieren. Wir alle wissen das, aber niemand will es zugeben.

Sayed bewegt sich auf mich zu, ergreift in dem ganzen Durcheinander meine Hand und zieht mich aus dem Raum. Er schleift mich über den Flur, schubst mich ins Zimmer und schließt die Tür.

»Keine Chance, Hanna. Das kannst du gleich vergessen. Ich werde dich nicht eintauschen.«

Ich befürchte, er kann den Stein hören, der mir vom Herzen fällt und verabscheue mich dafür, aber es zu leugnen wäre zwecklos.

»Ich lasse mich nicht erpressen. Er wird ihn so oder so nicht gehen lassen, er blufft nur.«

Bei jedem Wort kommt er einen Schritt auf mich zu.

»Werner will, dass ich durchdrehe, dass ich ihm die Entscheidung abnehme. Dass ich anfange, dich zu hassen, dir die Schuld am Tod meines Vaters gebe. Aber es ist nicht deine Schuld. Und auch nicht meine. Es ist seine. Nur seine. Verstehst du? Das ist wichtig.« Seine Wangen sind nass, aber seine Stimme klingt gefasst. »Ich kann dich nicht hergeben. Niemals mehr, Hanna. Papa weiß das. Er würde nicht wollen, dass ich das tue.«

Es hört sich an wie eine Frage, die er ausgerechnet mir stellt.

»Sayed, lass mich frei.«

Alles in mir sträubt sich, auf keinen Fall will ich ihm diese Option geben, aber wie könnte ich es nicht wenigstens versuchen? Es ist sein Vater.

»Ich gehe zu ihm zurück und halte solange durch, bis sich eine Gelegenheit ergibt. Dann bringe ich ihn um.«

Die Abgebrühtheit meiner Worte erschreckt mich, aber ich meine es todernst.

Enttäuschung macht sich in Sayeds Augen breit.

»Das hatten wir doch schon, Hanna! Das wäre das Letzte, was Papa wollen würde. Dich zu einer Mörderin machen! Denkst du tatsächlich, das ist die Lösung?«

Nein. Fathi wäre entsetzt, ich muss nicht lange nachdenken, um das zu wissen.

Also steht es fest.

Es gibt keine Alternative.

Wir sind Gefangene. Unser Leben lang wird uns dieser eine Entschluss verfolgen. Fathi wird für immer zwischen uns schweben, ob tot oder lebendig.

»Ich liebe dich, Hanna.«

Wir berühren uns nicht, nur unsere Augen verbinden sich, knüpfen ein unsichtbares Band, gewebt aus Trauer und Verzweiflung, Hoffnung und Liebe.

Ich stelle mich auf die Zehenspitzen und küsse seine Tränen weg, bedecke sein Gesicht mit meinen Lippen, in dem törichten Versuch, ihm sein Gewissen zu erleichtern. Sein Bart kratzt an meinem Kinn, er hebt mich hoch und trägt mich zum Bett. Dort setzt er mich ab und streift mir ungeschickt das Hemd über den Kopf. Es verhakt sich in meinen Haaren, er zieht und zerrt und wirft es in eine Ecke des Zimmers. Seine Augen blicken glasig, er presst seinen Mund auf meinen Kehlkopf.

»Ich schaffe das, Hanna. Keine Sorge, ich krieg das hin. Ich schaffe das. Ich weiß es. Er hätte es so gewollt, ich bin mir sicher. Ich schaffe das!«

Er wiederholt die Sätze immerzu. Wie ein Künstler malt er sie auf meine Haut, aus Gold wird Rot und aus Rot wird Schwarz.

»Sayed, hör auf.«

Er redet weiter, immer und immer wieder die gleichen Sätze, und ich fange an zu weinen. Sayed legt seine Wange an meine und unsere Tränen vermischen sich.

Und gemeinsam weinen wir um Fathi.

Im Morgengrauen sitzen wir alle in der Küche. Cleo wandert geschäftig hin und her, Karl und sein Bruder schlafen noch. Sie öffnet Schränke und Schubladen und tut eigentlich doch nichts. Mit versteinerter Miene starren Ahmed und Sam auf die Uhr. Ihre Zeiger wandern unerbittlich weiter. Nichts vermag das zu ändern.

Sayed steht am Fenster, wie schon die ganze Nacht. Ich bin immer wieder eingenickt, aber wenn ich wach wurde, stand er, die Hände hinter dem Rücken verschränkt, reglos am Fenster. Den Vorhang beiseitegeschoben, beleuchtete das Mondlicht seine Umrisse. Ich weiß nicht, ob er überhaupt geschlafen hat.

»Wir müssen eure Flucht vorbereiten, Sayed«, unterbricht Ahmed die Stille und zündet sich eine Zigarette an. Sam brachte sie mit, als sie vor ein paar Stunden zurückkam. Ich weiß nicht, wo sie gewesen ist.

»Du kannst unmöglich mit Hanna hierbleiben, das weißt du, oder?«

Die drei müssen gestern noch beratschlagt haben, was zu tun ist, denn für niemanden außer mich ist diese Information neu.

Sayed nickt.

»Wenn das heute vorbei ist, wenn ich wieder da bin, kümmere ich mich darum.«

Sams Kopf schnellt nach oben. »Du kannst auf gar keinen Fall zur Hinrichtung, Sayed! Er wird nach dir Ausschau halten, dich suchen. Und Hanna.« Sie kann ein Schnaufen nicht unterdrücken, als sie meinen Namen ausspricht. »Du bist sein Schlüssel zu ihr. Wenn er dich entdeckt, ist Fathis Opfer völlig sinnlos.«

Sie sieht zu Ahmed, der ungerührt an seiner Zigarette zieht, erwartet seine Unterstützung. Die Spitze glüht rotgolden.

»Ich werde hingehen, Sam. Auch du wirst mich davon nicht abhalten. Er wird mich nicht erwischen.«

Er steht immer noch mit dem Rücken zu uns, aber er muss niemanden ansehen. Sein Ton macht unmissverständlich klar, dass sein Entschluss feststeht.

Ich schlucke.

Wer bin ich, ihn zu bitten, hierzubleiben? Mein Magen verkrampft sich vor Angst und doch werde ich ihm niemals diesen Abschied von Fathi verbieten.

»Hat er die … warst du noch mal bei Hans?« Sayeds Stimme schwankt.

»Ist alles erledigt.«

»Danke, Sam.«

Er dreht sich um und sieht Sam an. Ich weiß nicht, von was sie sprechen. Sie verständigen sich auf eine Art, die nichts mit Worten zu tun hat.

Die nächsten Stunden fühlen sich an wie Jahre. Niemand verlässt den Raum, einzig Cleo kümmert sich zwischendurch um ihre Kinder. Selbst ihr Kichern und Glucksen vermag die Atmosphäre, die sich über uns gesenkt hat, nicht zu durchbrechen. Irgendwann geht Sayed aus dem Raum und als er zurückkommt, ist er frisch rasiert. Er trägt eine dunkle Hose, einen schwarzen Pullover und eine Kappe mit einem Schild, das sein Gesicht verdeckt. Es ist zwar heiß draußen, er wird schwitzen, aber das scheint ihm gleich zu sein. Nacheinander stehen alle auf und ich schließe mich an. Sayed drückt mich auf den Stuhl zurück.

»Du nicht, Hanna. Du bleibst bei Cleo.«

Ich schüttle den Kopf. »Wenn du mich nicht mitnimmst, gehe ich ohne dich«, sage ich schlicht und Sayed sieht, dass zwecklos ist, mit mir zu streiten. Ergeben schiebt er mich zu Ahmed.

»Du gehst mit ihm, ich mit Sam. Du weichst nicht von seiner Seite, ist das klar?« Ich nicke knapp, der Ernst der Lage ist mir durchaus bewusst. Mir schlottern die Knie, mein Herz schlägt heftig gegen meine Rippen und ich habe furchtbare Angst.

Nicht davor, dass wir entdeckt werden. Sondern vor Sayeds Schmerz. Aber ich werde ihn nicht im Stich lassen. Niemals. Deshalb reiße ich mich zusammen und folge Ahmeds breitem Kreuz, hefte meine Augen auf einen Punkt an seinem Rücken, um den Schwindel loszuwerden, der sich in mir ausbreitet. Cleo küsst Sayed auf die Stirn, Karl schmiegt sich an ihr Bein und sein Bruder greint auf ihrem Arm. Die beiden spüren die Stimmung des Augenblickes.

Sam tritt auf mich zu und zieht mir sanft mein Tuch über das Gesicht. Ihr Blick ist mitfühlend und ich forme ein tonloses *Danke*.

Zügig durchqueren wir die Stadt. Je näher wir dem Hinrichtungsplatz kommen, desto mehr Menschen strömen aus den Straßen und schließen sich zusammen.

Diesmal lastet eine schwere Stille auf allem. Ich spüre keine Hysterie. Ich weiß nicht, ob ich es anders wahrnehme als bei Cleos Mann oder ob es daran liegt, dass es Fathi ist. Durch seinen Laden kennen ihn die meisten und ich habe keine Ahnung, wer hier noch im Untergrund tätig ist und seinen Tod verflucht.

Sayed rückt seine Mütze zurecht. Das Schild tief in die Stirn gezogen, wühlt er sich durch die Menge, Sam im Schlepptau. Ahmed grummelt leise in seinen Bart.

»Wo will er hin, verflucht noch mal?«, sagt er, lässt ihn aber nicht aus den Augen.

Endlich stoppt Sayed.

Wir stehen weit vorne, ich kann den Galgen deutlich sehen. Hunderte Menschen haben sich versammelt. Mit der einheitlichen Kleidung, die Männer in alten Hosen und Hemden, die Frauen ausnahmslos mit schwarzem Mantelkleid und verhüllt, fallen wir kaum auf und zum ersten Mal bin ich dankbar, dass alle gleich aussehen. Mein Stiefvater müsste jeden Einzelnen von uns ganz genau unter die Lupe nehmen, um uns zu entdecken, und das ist unser größter Schutz.

Ich stelle mich direkt hinter Sayed, kein Blatt passt zwischen uns. Kraftlos lässt er die Arme hängen, Sam stützt ihn von der Seite.

Vor uns kommt Bewegung in die Menge, ein Auto fährt vor. Die Wagentüren öffnen sich und zwei Männer mit Maschinengewehren steigen aus. Sie laufen nach hinten, zur offenen Ladefläche, und zerren einen Menschen herunter. Stimmengemurmel erhebt sich, Hälse werden gereckt, jeder will einen Blick auf den armen Teufel werfen.

Es ist Fathi.

Sayed wankt, ein leises Stöhnen verlässt seinen Mund. Sein Gewicht drückt gegen mich, und Sam legt verstohlen ihren Arm um ihn.

Fathi trägt keine schwarze Kapuze, seine Kleidung ist nicht zerrissen und er hat auch keine Wunden. Aufrecht steht er da, die Hände auf dem Rücken gefesselt.

Meine Beine fangen an zu zucken, meine Hände werden feucht und beginnen zu kribbeln.

Ich will weglaufen, nur weg von hier.

Aber stattdessen sehe ich Fathi, wie er Sayed über den Kopf streicht. Wie er an meinem Bett sitzt und mich tröstet. Wie seine Hände Tee kochen, Waren sortieren und wie er lacht. Ich sehe unseren letzten Abend, als er seinem Sohn sagt, wie stolz er auf ihn ist, fast als ahne er, was passieren würde.

Ein weiterer Wagen kommt an, mein Stiefvater sitzt hinter dem Steuer. Sein Beifahrer öffnet ihm die Tür und er steigt aus. Heißer, wilder Zorn überkommt mich. Mit einem gewaltigen Zischen entzündet sich die erloschen geglaubte Flamme und fängt Feuer. Wie durch einen roten Schleier beobachte ich meinen Stiefvater, seine klobigen Stiefel, die kalten Augen, die Fathi mustern.

Ich hasse ihn, wie ich nie jemanden gehasst habe! Er ist der Verbündete des Todes. Seine kantigen Züge verzerren sich vor meinem inneren Auge zu einer Fratze. Ahmed legt seine riesige Pranke auf meine Schultern und ich merke, dass ich im Begriff bin, loszulaufen. Ich wende Ahmed mein Gesicht zu.

»Nicht«, sagt er leise und verstärkt den Druck seiner Hand.

Mit aller Macht lenke ich meine Aufmerksamkeit wieder nach vorne. Mein Stiefvater flüstert Fathi etwas ins Ohr, Fathi schüttelt den Kopf. Daraufhin brüllt mein Stiefvater einen Befehl und die beiden Männer nehmen Fathi in ihre Mitte. Sie laufen zum Galgen und erklimmen die wenigen Stufen, die zur Plattform führen.

Oben angekommen hebt Fathi langsam den Kopf und seine Augen gleiten über die Menschenmasse.

Er weiß, dass wir hier sind.

Er sucht seinen Sohn.

Und bevor ich zu Ende denken kann, bleibt sein Blick an uns hängen. Er hat uns gefunden. Seine ganze Haltung entspannt sich, seine Gesichtszüge werden weich.

Vor mir führt Sayed ganz langsam seine rechte Hand an die Schildkappe, lüpft sie ein winziges bisschen und neigt den Kopf. Ein Lächeln stiehlt sich auf Fathis Lippen, wird zu einem erlösenden Lachen. Dann schließt er die Augen und bricht plötzlich zusammen. Ich zucke erschrocken zurück, als er mit voller Wucht auf dem Boden aufschlägt und sein Körper ekstatisch zuckt. Schaum sammelt sich vor seinem Mund. Tumult bricht aus, mein Stiefvater erstürmt die grausige Bühne und springt wie ein Derwisch herum. Er stößt seine Henker in seiner Raserei zur Seite, geht auf die Knie und packt Fathi an der Kehle. Er rüttelt seinen Körper, als ob er so dessen Todeskampf aufhalten könnte …

Die Niederlage, ihn nicht hängen zu sehen, bringt ihn zur Weißglut. Ich weiß nicht, was passiert ist, alles ging so schnell. Aber ich weiß, dass Fathi in einem letzten Protest gewonnen hat. Die Menge ist vollkommen still, kollektiv hält sie den Atem an, dann werden vereinzelt Buhrufe laut, Fäuste recken sich gen Himmel.

»Ihr habt euch den Falschen geholt, ihr Schweine«, schreit

ein Mann in Richtung der Tribüne, andere stimmen mit ein, Unmut macht sich breit.

Sayed krümmt sich nach vorne, sein Kopf fällt auf seine Brust. Ich schlinge die Arme um ihn, berge mein Gesicht an seiner Wirbelsäule. Sam keucht vor Anstrengung. Ihre linke Hand unter seine Achsel geschoben, hält sie ihn mit ihrer ganzen Kraft aufrecht.

»Hanna«, krächzt Sayed. »Du musst für mich hinsehen. Lass ihn nicht alleine. Ich flehe dich an, tu es für mich.«

Ich zittere wie Espenlaub, kann seinen Wunsch unmöglich erfüllen.

Sam schüttelt neben mir den Kopf, verbietet mir ausdrücklich, nach vorne zu blicken. Und so sehr wir uns auch anfeinden, sind wir in diesem Augenblick Verbündete. Ich lese in ihrer Haltung, dass sie diese Bürde für mich und Sayed tragen wird. Entschlossen reckt sie sich zu ihrer vollen Größe auf und begleitet Fathi auf seinem letzten Weg.

Ich höre ihn schreien, jeder Ton wie ein Messer, das sich in meine Eingeweide bohrt. Rotz läuft mir aus der Nase, Schleim sammelt sich in meinem Mund und die Tränen fließen unaufhörlich. Ohne den Nebel der Katastrophe, die sich beim Tod meiner Mutter ereignete, ist es nicht zu ertragen.

Sam ist bleich wie Gips, aber sie hält durch. Nicht eine Sekunde wendet sie den Blick ab, bis auf einmal Schüsse ertönen. Die Männer feuern ihre Gewehre in die Luft, wollen die aufgebrachte Menge auseinandertreiben, was ihnen auch gelingt. Die Hinrichtung ist nicht verlaufen, wie sie es sich vorgestellt haben, Fathi hat sie verhöhnt und verspottet und das ärgert sie.

Die wogende Masse läuft panisch auseinander, überall stoßen mich Arme und Beine. Ahmed packt mich um die Taille und hebt mich kurzerhand hoch. Er prescht rücksichtslos durch die Leiber, wie ein wild gewordener Stier, sein Unterarm drückt mir die Luft aus der Lunge. Ich habe den Überblick verloren, Sayed und Sam sind verschwunden.

An der ersten U-Bahn-Station verlassen wir das Tageslicht, wie Ratten verkriechen wir uns in die Dunkelheit. Ahmed kramt eine Taschenlampe aus seiner Jacke und fasst mich am Ellenbogen.

»Du musst jetzt stark sein, Hanna. Er wird das nicht alleine schaffen, ich kenne Sayed gut. Seine Dämonen finden ihn schnell.«

»Ahmed. Was soll ich nur tun?« Meine Fingernägel kratzen über meine Stirn, bis Blut hervorquillt. Wie soll ich, Hanna Mahler, ihn von dieser Pein befreien?

»Sei einfach du«, ist alles, was Ahmed erwidert. Dann dreht er sich um und bringt mich zurück.

Zurück zu Sayed.

Die Küche ist der Ort, an dem wir Fathi verabschieden.

Auf dem Tisch steht eine Flasche mit einer klaren Flüssigkeit darin. Ich vermute, es ist Schnaps.

Sayed und Sam kamen kurz nach uns an. Schnurgerade eilte er auf mich zu und küsste mich vor allen anderen grob auf den Mund. Er löste sich erst aus unserer Umarmung, als Cleo verlegen hüstelte.

Jetzt kratzt die Flasche über den alten Holztisch, einer nach dem anderen schenken wir uns einen Fingerbreit ein und reichen sie dem Nächsten. Wir geben einen schauderhaften Anblick ab, jeder sieht aus wie ein Schatten seiner selbst.

Ahmed steht auf, hebt sein Glas in die Mitte des Tisches und seine sonore Stimme erfüllt den Raum.

»Auf Fathi, einen der besten Menschen, die ich jemals kennenlernen durfte. Seine Tapferkeit, seine Weisheit und seine Liebe haben jedem von uns mehr als einmal das Leben gerettet. Ohne ihn wären wir alle nicht die, die wir heute sind.«

Cleo weint, Sams Unterlippe zittert verdächtig.

»Danke, Ahmed. Auf Papa.«

Mit leerem Blick setzt Sayed sein Glas an die Lippen und kippt den Kopf nach hinten, wir anderen tun es ihm gleich.

Die Flüssigkeit brennt wie Feuer in meinem Mund, am

liebsten würde ich sie sofort wieder ausspucken. Meine Augen quellen aus den Höhlen und meine Backen blähen sich auf.

»Du musst dir die Nase zuhalten!« Sam springt auf, biegt meinen Kopf zurück und drückt meine Nasenflügel zusammen. Sie grinst, ich muss komisch aussehen.

»Schluck, verdammt!«

Sie fängt an zu kichern, erst leise, dann immer lauter. Durch die Atemnot würge ich das eklige Gebräu runter und habe das Gefühl, meine Kehle wird verätzt. Sofort lässt sie mich los, mit hochrotem Kopf japse ich nach Luft und muss husten. Sam klopft mir kräftig auf den Rücken, glucksende Laute verlassen ihren Mund. Ich werfe ihr durch meine tränenden Augen einen bösen Blick zu, aber sie sieht mich gar nicht. Ihr Lachen hallt durch den ganzen Raum.

Erst will ich ihr gehörig die Meinung sagen, ich bin wütend. Doch dann sehe ich Sayed schmunzeln. Seine Mundwinkel verziehen sich nach oben, rücksichtsvoll versucht er es zu unterdrücken. Das erste Mal seit Tagen entspannt er sich für einen Sekundenbruchteil, und mein Herz wird leicht. Ich stimme in Sams Lachen ein. Die Freude über sein Grinsen lässt mich meinen Ärger vergessen. Und als hätte er auf meine Zustimmung gewartet, platzt es aus ihm heraus. Er prustet los, wackelt auf seinem Stuhl, vergräbt das Gesicht hinter den Händen, und auch Ahmed und Cleo können sich nicht mehr zurückhalten.

Sein Gold und mein Rot verflechten sich zu einem hellen Strahlen, schattieren das Zimmer in den buntesten Farben.

Der Schnaps tut sein Übriges. Er rötet unsere Wangen und löst unsere Zungen. Geschichten von Fathi machen die Runde, ich lausche gebannt und für diese Nacht ist es, als wäre er nur kurz im Laden und würde jeden Moment hier auftauchen.

Ahmed und Sayed füllen sich Glas um Glas und ich werde langsam müde. Es ist schon tiefe Nacht, als ich aufstehe. Cleo erhebt sich ebenfalls. Sam schläft längst zusammengekauert auf ihrem Stuhl. Ich unterbreche Sayed und Ahmed nicht, zu schön ist ihr Anblick. Sayed fuchtelt mit den Händen durch die Luft und erzählt, wie Fathi ihm das Autofahren beigebracht hat. Heimlich, auf dem Gelände einer stillgelegten Fabrik. Seine Augen leuchten und das macht mich glücklich. Ich stehle mich davon, den Klang seiner Stimme im Ohr, als ich einschlafe.

Kapitel 22

»Ich werde hier drin noch wahnsinnig!« Sayed rauft sich die Haare und läuft vor mir auf und ab. »Das ist doch die reinste Folter, seit Tagen sind wir hier eingesperrt.«

Er hat recht. Die Wohnung wird langsam, aber sicher zu eng für uns alle.

Sam kommt jeden Abend mit Neuigkeiten zurück. Seit Fathis Tod sind zwei Wochen vergangen und sie berichtet täglich von neuen Unruhen in der Bevölkerung. Irgendetwas hat die Leute aufgebracht, das Klima draußen verändert. Es gab in den letzten Tagen drei Brandanschläge auf Regierungseinrichtungen und keine der üblichen Verhaftungen. Wo vorher Verrat und Beschuldigungen herrschten, wird nun geschwiegen. Niemand hat etwas gehört oder gesehen und das ist ungewöhnlich, sagt Sam. Ich bilde mir ein, es hat mit Fathis Hinrichtung zu tun.

Cleo klärte mich eines Morgens bei einer Tasse Tee auf. Wir waren allein, die anderen schliefen noch.

Sam hat Hans, einem im Gefängnis eingeschleusten Mitglied vom Untergrund, die Zyankali-Kapseln für Fathi gegeben.

Damit hat Fathi sich das Leben genommen und Werner der Lächerlichkeit preisgegeben. Seitdem scheinen die

Menschen verärgert über die sadistische Führung unseres Landes. Noch ist es nur vereinzelt, hier ein Auflehnen, da eine Weigerung, aber Sam ist felsenfest davon überzeugt, dass dies der Anfang des Endes sei.

Unser Verhältnis hat sich seit dem Vorfall bei der Hinrichtung ein wenig entspannt. Wenn ich ganz ehrlich zu mir selbst bin, mag ich sie. Sie liebt Sayed, das spüre ich, aber nicht wie ich. Die beiden verbindet etwas, das ich noch nicht verstanden habe. Sam würde ohne zu zögern ihr Leben für ihn geben. Das imponiert mir mehr, als ich zugeben will.

Außerdem bewundere ich ihre Fähigkeiten, sie scheint ein fotografisches Gedächtnis zu haben. Alles, was sie jemals irgendwo gelesen hat, vergisst sie nicht mehr. Sie wiederholt den exakten Wortlaut, ohne einen Fehler. Wenn ihre Laune gut ist, nimmt sie mich mit in ihr Zimmer und ich helfe ihr beim Verfassen von Texten für WOMEN FREE HUMANS. Meine Schrift ist ungelenk und krakelig, aber das scheint sie nicht zu stören. Wenn wir fertig sind, packt sie alles in eine Tasche und verteilt die Blätter in der ganzen Stadt. Sie klettert auf Dächer und lässt sie fliegen, erzählt sie mir mit glänzenden Augen. Nichts ist Sam wichtiger als ihre Freiheit. Würde ihr die genommen, würde sie sterben.

Ahmed und Sayed arbeiten an unserer Fluchtroute und Sayed ist übervorsichtig. Tagsüber darf ich mich nicht einmal in der Nähe eines Fensters aufhalten und meine Haut ist schon so blass, dass ich aussehe wie Schnee. Dabei ist es stickig und heiß in der Wohnung, weil draußen der Sommer Einzug gehalten hat.

Sayeds Nerven sind zum Zerreißen gespannt, aber die Aufgabe unserer Fluchtplanung verdrängt den Schmerz über den Verlust seines Vaters. Er sitzt nächtelang mit Ahmed in der Küche und plant, verwirft seine Ideen und überlegt neu.

Ich weiß, er kommt zu keinem Entschluss, weil er Angst hat.

Angst, mich zu verlieren.

Die relative Sicherheit der Wohnung ist ihm lieber als die Ungewissheit der Flucht. Und doch ist uns beiden klar, dass wir hier nicht bleiben können. Die Gehorsamsverweigerung von Fathi hat die Besessenheit meines Stiefvaters noch angestachelt. Er wird alles daransetzen, mich zu finden.

Eines Abends wird es Ahmed zu bunt und seine Faust kracht auf den Tisch, Papiere flattern zu Boden. Ich stehe im Türrahmen und zucke zusammen.

»Sayed, um Himmels willen! Was ist los mit dir? Das ist jetzt der hundertste Vorschlag, den ich mache, und er ist wirklich gut! Besser wird es nicht, und die Zeit läuft uns davon!«

Sayed blickt nicht mal auf, mit gerunzelter Stirn beugt er sich kritisch über die Karte, die als einzige noch auf dem Tisch liegt.

»Wir könnten von hier über«, sein Finger fährt wie im Wahn über die Linien und Punkte, die Ahmed markiert hat, »über diese Route nach Dänemark. Und von dort in einem Boot über das Meer nach Schweden.« Er hebt den Kopf, ein Grinsen auf dem Gesicht. »Ich hab´s, Ahmed! So machen wir es. Das ist am sichersten!« Er klatscht in die Hände, doch Ahmed schüttelt den Kopf.

»Nein, Sayed! Nein, so machen wir es nicht. Wir nehmen den kürzesten Weg. Und der führt genau da lang, wo ich es aufgezeichnet habe. Von hier über Hamburg nach Flensburg und von da zum Flüchtlingslager in Pattburg. Da sind keine Mauern, nur Stacheldraht, dort ist der Übergang am einfachsten. Übermorgen geht es los, ich bereite alles vor.« Er drückt mir kurz die Hand, als er an mir vorbeigeht. »Hab keine Angst, Hanna. Ich weiß, was ich tue.«

Die Wohnungstür fällt hinter ihm ins Schloss, und Sayed und ich sind alleine.

»Der hat doch keine Ahnung! Ich war schon immer der bessere Routenplaner von uns beiden«, sagt er bockig und zieht mich auf seinen Schoß. Das leichte Zittern in seiner Stimme entgeht mir allerdings nicht.

Ich lege seinen Kopf an meine Brust.

»Sayed, wir schaffen das. Fathi wird uns beschützen und Ahmed und du, ihr habt das schon hundertmal gemacht. Es kann uns nichts passieren.«

Ich habe keine Ahnung, wovon ich da rede, das alles ist mir völlig unbekannt. Meine eigene Angst bläht sich wie ein Ballon in meinem Magen, aber ich ignoriere das Gefühl. Wir können uns einen Zusammenbruch von Sayed nicht leisten und ich habe schon seit Tagen den Eindruck, er hängt nur noch an einem seidenen Faden. Er muss unbedingt Vertrauen zu unserem Vorhaben fassen, sonst ist es von Anfang an zum Scheitern verurteilt.

»Wahrscheinlich hast du recht, Rotkehlchen«, sagt er und ich weiß nicht, wen er eigentlich beruhigen will. Mich oder sich selbst. Sein Mund wandert zu meinem Schlüsselbein, seine Hände unter mein Hemd. Seine Finger fahren über meinen Rücken, Wirbel für Wirbel, bis sie in meinem Nacken stoppen. Er zieht mich an sich und seine Lippen finden ihren Weg zu meinem Mund. Er küsst mich, als würde er Zuversicht trinken.

Und die benötigen wir dringend.

Es ist soweit.

Gestern habe ich unsere spärlichen Habseligkeiten gepackt, und jetzt steht Cleo mit den Kindern in der Tür zu unserem Zimmer und fragt mich seit Stunden, ob ich auch nichts vergessen habe. Ahmed und Sayed haben alles bis ins Detail ausgearbeitet, nichts dem Zufall überlassen und jede noch so kleine Eventualität besprochen. Ich bin aufgeregt und traurig zugleich und weiß nicht, was mich erwartet.

Ein Leben an Sayeds Seite, mehr wollte ich nie.

Aber auch ein anderes Land.

Fremde Sitten und Gebräuche.

Werde ich mich dort wohlfühlen?

Sam schwärmt von den Freiheiten, die ich genießen werde, von einem Lager, in dem Menschen wie ich einen Neuanfang wagen.

Ich hingegen muss meine Heimat verlassen. Hier bin ich geboren, aufgewachsen und fest verwurzelt. Ich muss die

Erinnerung an Menschen, die ich geliebt habe, zurücklassen. Menschen, die mir wichtig geworden sind, verabschieden. Das alles, gepaart mit der Furcht vor Entdeckung, drückt mir auf das Gemüt. Cleo musste mich zwingen, etwas zu essen, und der Schlaf kam spät und unruhig.

Allerdings ist Sayed seit Ahmeds Machtwort wieder in besserer Stimmung. Gerade überprüft er die letzten Einzelheiten. Cleo hat mir ein neues Mantelkleid und ein federleichtes Tuch geschenkt. Sie nimmt mich in den Arm, ihr Duft nach mütterlicher Geborgenheit wird mir für immer im Gedächtnis bleiben. Sie küsst mich auf die Stirn und streichelt mein Gesicht.

»Ich wünsche euch alles Glück dieser Welt, Hanna. Es wird schon gutgehen.«

Dann ist Sayed an der Reihe. »Ich danke dir für alles, was du für mich und die Kinder getan hast«, sagt sie und Tränen schwimmen in ihren Augen. »Du bist ein guter Junge. Lass dir von niemandem etwas anderes einreden, hörst du! Gib auf sie Acht, Sayed.« Auch ihn küsst sie auf die Stirn. »Und jetzt geht, ich hasse Abschiede.« Ihre Hände wedeln durch die Luft, sie schnieft.

Sayed schultert unsere Tasche. »Cleo, du weißt, Ahmed ist da. Er wird für dich sorgen, ja?«

»Ich weiß, ich weiß, Sayed. Ich komme schon durch, mach dir um mich keine Gedanken. Wie sagt man? Unkraut vergeht nicht.« Sie lächelt, und Sayed beugt sich zu Karl.

»Kleiner Mann, pass gut auf deine Mamma auf, ja?«

Karl schmiegt sich an Sayeds Hals. »Wenn du jetzt fort bist, wer geht dann mit mir auf das Dach, um Sterne zu zählen, Saii?« Er wischt sich über die Nase und blickt mit großen Augen zu Sayed.

»Na, Ahmed und Sam natürlich! Und weißt du was? Sam kennt noch viel mehr Sternbilder als ich, du musst sie nur fragen.« Karl hüpft begeistert auf seinen nackten Füßen durch den Flur und ruft laut nach Sam, Sayed erhebt sich und nimmt meine Hand. Ich bin dankbar für seine Berührung, sie gibt mir wieder festen Boden unter den Füßen. Nach einem letzten Blick durch den Flur und zu Cleo dreht er sich wortlos um und wir verlassen unsere Zufluchtsstätte der letzten Wochen.

Ahmed wartet mit zwei Wagen auf einem verlassenen Parkplatz am Stadtrand. Ich war noch nie so weit außerhalb und bestaune die weiten Flächen ohne Häuser, die Felder, auf denen sich das hohe Gras im Wind biegt.

Sayed wird mit Sam fahren, ich mit Ahmed. So ist die Gefahr, dass wir beide gemeinsam erwischt werden, geringer. Schon von Weitem erkenne ich Sams schlanke Gestalt, es sieht ihr ähnlich, nicht brav in dem großen Lastwagen zu warten. Sie steht neben Ahmed und ihr Anblick ist gänzlich ungewohnt, verhüllt von Kopf bis Fuß.

Wir fahren mit getarnten Lieferungen von Wasser und Lebensmitteln. Sayed hat mich die letzten Abende zur Weißglut getrieben, wenn er mich über meine falsche Identität befragt hat.

»Ich bin Marie Heller und du bringst mich zu meinem zukünftigen Ehemann, Jens Bühner. Er ist ein Freund meines Vaters, Dirk Heller, und erwartet mich. Ahmed ist mein Fahrer, den mein Vater bezahlt hat. Aber eigentlich liebe ich dich und will Jens gar nicht heiraten.«

Ich grinste und Sayed schlug die Hände über dem Kopf zusammen. »Hanna, das ist kein Spaß! Davon hängt dein Leben ab! Nur wenn du die Geschichte überzeugend genug rüberbringst, besteht die winzige Chance, dass du ihm nicht in die Hände fällst!« Aber er musste selbst lachen, warf mich auf das Bett und überhäufte mich mit Küssen. »Ich liebe dich auch, Marie Heller.«

Jetzt reicht er Ahmed meinen gefälschten Pass, den Sam in stundenlanger Arbeit angefertigt hat, und Ahmed drückt ihm die Autoschlüssel in die Hand.

»Wir machen keine Pause, fahren zügig durch. Sollte einer von uns in Schwierigkeiten geraten, fährt der andere weiter. Ohne Wenn und Aber, Sayed, hast du verstanden?«

Er sieht ihn eindringlich an, denn Sayeds Gemüt ist unberechenbar. »Auch Sams Leben steht auf dem Spiel, denk daran!«

Sam verrollt die Augen. »Sei nicht so dramatisch, Ahmed, du siehst aus wie ein Mädchen. Es wird schon alles klappen, was soll das ganze Theater?«

Ihre Worte nehmen der ganzen Situation den Schrecken und ich muss kichern. Sie greift zur Wagentür und steigt ein, Ahmed läuft zu dem anderen Auto und quetscht sich hinter das Steuer.

Der Wind bläst warm unter mein Tuch. Sayed hebt die Hand und legt sie auf den dünnen Stoff.

»Ich liebe dich, Hanna.«

Ich nehme den Klang seiner Stimme auf, wickle ihn um mich wie eine Decke. Meine behandschuhte Hand umfasst seine und ich schmiege mich hinein. »Ich liebe dich auch, Sayed.«

»Bis später«, sagt er und es klingt wie eine Zauberformel. Als ob diese beiden Worte allein imstande wären, alles zum Guten zu wenden.

Er nimmt seine Hand von meinem Gesicht und geht.

Ich steige zu Ahmed in den Wagen, werfe einen letzten Blick zurück.

Sayeds Haarschopf verschwindet im Inneren des anderen Wagens und die Tür fällt zu.

Seit Stunden sind wir ohne Zwischenfall unterwegs. Ahmed gibt sich die größte Mühe, mich abzulenken, erklärt mir die einzelnen Pflanzen, die auf den Feldern wachsen, Mais und Weizen, Hopfen und Raps, und ich staune über die Vielfalt der Nahrungsmittel, die uns zur Verfügung stehen.

»Warum müssen alle hungern, wenn wir so viel haben?«, frage ich erstaunt.

Ahmed streicht sich über den Bart. »Ach, Hanna. Das ist nur ein weiteres Mittel, wie sie uns gefügig machen. Eine

Bevölkerung mit leerem Magen rebelliert nicht, sie ist zu sehr damit beschäftigt, satt zu werden.«

Menschen begegnen uns kaum. Ab und an laufen Frauen am Straßenrand, ihre Gewänder schleifen über den staubigen Boden, auf dem Rücken haben sie schwere Körbe, gefüllt mit Äpfeln oder Holz. Männer stehen auf den Feldern, die Hemdsärmel nach oben gekrempelt, Hüte bedecken ihr Haupt zum Schutz gegen die pralle Sonne. Wir umfahren die großen Städte, bleiben auf Landstraßen und nehmen Schleichwege, die nur Ahmed kennt. Sayeds Wagen fährt in einigem Abstand hinter uns, manchmal verlieren wir ihn aus den Augen, dann taucht er wieder auf. Jedes Mal, wenn ich ihn wiederentdecke, seufze ich laut und Ahmed legt die Hand auf mein Knie. »Es läuft alles gut, Hanna. Wir sind fast da.« Aber er kann den misstrauischen Ton in seiner Stimme nicht ganz verbergen.

Gegen Spätnachmittag lassen wir Flensburg hinter uns, und die flache Landschaft scheint schier endlos. Irgendwann biegt Ahmed auf einen Feldweg ab und nach ein paar holprigen Kilometern tut sich ein kleiner Wald vor uns auf. Die Bäume wiegen sich in sattem Grün im Wind, riesige Tannen spenden erlösenden Schatten. Ahmeds Finger klopft gegen die Windschutzscheibe.

»Da vorne, nach dieser Lichtung, da werdet ihr rübergehen. Da steht der Wald so dicht, dass sie keine Mauer hochgezogen haben. Unser Glück.« Er zwinkert mir zu, lenkt den Wagen durch eine schmale Schneise und fährt tiefer in den Wald hinein. Hinter einer Gruppe hoher Bäume stellt er den Motor ab, und schlagartig wird es still.

»Wir werden später keine Zeit mehr haben, deshalb …« er holt tief Luft. »Ich habe Sayed noch nie so glücklich gesehen. Du tust ihm gut und das freut mich. Du bist eine tapfere Person, dass du ihn erträgst«, Ahmed lächelt, »und dafür wollte ich dir danken. Sayed bedeutet mir sehr viel. Er ist für mich wie ein Bruder.« Er sieht mich nicht an, seine Finger umklammern das Lenkrad. »Das wollte ich dir sagen. Ich wünsche euch alles Gute, Hanna.«

»Danke Ahmed. Danke für alles.«

Ich beuge mich zu ihm herüber und drücke ihm einen Kuss auf die Backe, sein Bart kitzelt mich durch den Stoff des Tuches. Verlegen kratzt er sich an der Stirn. »Das kannst du abnehmen, wenn du willst. Die da drüben mögen es nicht besonders, wenn ihr so zu ihnen kommt.« Seine Hand beschreibt einen Kreis vor seinem Gesicht und ich nehme mein Tuch ab. In diesem Moment höre ich Motorengeräusche.

Das muss Sayed sein, mein Herz macht einen Satz. Ich will schon aus dem Wagen springen, da hält er mich zurück.

»Warte, Hanna.« Ich erstarre mitten in der Bewegung, sein Blick ist argwöhnisch. Ahmed drückt mich in meinen Sitz, ich halte die Luft an. Plötzlich klopft es an meine Scheibe und ich schreie auf. Sams Gesicht taucht auf, sie schielt in das Fahrerhaus und grinst, ich presse mir die Hand auf den Brustkorb und strecke ihr die Zunge heraus. Aber ich bin viel zu erleichtert, um ihr böse zu sein. Sie öffnet die Tür und hilft mir aus dem Wagen.

»Hab ich dich erwischt, was?«, lacht sie und Ahmed schüttelt nur den Kopf. Er steigt ebenfalls aus und läuft auf Sayed zu, der in einiger Entfernung an dem anderen Kleinlaster steht.

Sam deutet mit ihrem Kopf in Richtung Wald. »Du weißt, wir beide gehen zuerst.« Ich nicke, auch diesen Ablauf hat Sayed gefühlte tausend Mal mit mir geprobt. Sam wird mich zur Grenze bringen, mich bis auf die letzten Meter begleiten. Für meinen Stiefvater ist Sayed ist der Einzige, der ihn zu mir führen kann. Erst drüben, in Dänemark, werde ich mich von Sam verabschieden. Erst wenn ich auf sicherem Boden bin, folgt mir Sayed.

Ahmed wird dann schon weg sein.

Ein Mann, den ich nicht kenne, holt Sam und den zweiten Wagen ab, wenn alles vorbei ist.

Sam ergreift meine Hand.

»Wollen wir?«

So freundlich wie jetzt hat sie mich noch nie behandelt. Ihre grünen Augen sprühen vor Begeisterung, sie liebt die Gefahr. Ich nicke und wir laufen los.

»Hanna!«

Sayed ruft mich.

Ich bleibe stehen und drehe mich um. Selbst aus der Entfernung kann ich das Leuchten in seinem Gesicht sehen.

»Zieh deine Schuhe aus!«

Er schmunzelt.

Das grüne Gras unter mir glitzert verführerisch. Mit fliegenden Fingern knote ich die Schnürsenkel auf, schlüpfe aus den Stiefeln und ziehe mit einem Ruck die Strümpfe von den Füßen. Feine Tannennadeln piksen mich in die Haut, als mein Fuß den Waldboden berührt. Ich grabe meine Zehen in den trockenen Boden und breite die Arme aus. Den Kopf in den Nacken gelegt, stoße ich einen gellenden Jubelschrei aus. Wir haben es tatsächlich geschafft! Aus tiefster Seele lasse ich meinen überschäumenden Gefühlen freien Lauf. Der Himmel über mir erstrahlt in hellem Blau, die Sonne bricht sich Bahn durch die hohen Wipfel, die Vögel zwitschern. Selbst die Luft riecht hier anders. Satt und frisch und klar. Ich nehme einen tiefen Zug.

Hinter mir lacht Sayed, und das Geräusch vervollständigt die Kulisse der Freiheit. Ich werde frei sein.

Frei, Sayed zu lieben.

Frei von meinem Stiefvater und den Zwängen, die mein Leben in Deutschland bestimmen.

Voller Glück sehe ich zu, wie sich Sayed von Ahmed verabschiedet. Sie klopfen sich gegenseitig auf den Rücken, verweilen einen Moment in einer Umarmung, dann dreht sich Ahmed um, hebt die Hand zum Gruß und läuft mit schnellem Schritt zum Wagen. Sayed greift nach unserer Tasche.

»Nach dir, Rotkehlchen«, ruft er und deutet eine Verbeugung an.

»Lass uns gehen, Hanna.« Sams Stimme hat einen warmen Klang, wie ein zartes Gelb. Sie nimmt mich sanft am Ellenbogen und wir gehen los.

Und mit nichts als meinen Schuhen in der Hand verlasse ich Schritt für Schritt meine Heimat.

»Du bist gar nicht so übel, weißt du«, unterbricht Sam

meine Gedanken. »Ehrlich gesagt bist du sogar ganz nett.« Es kostet sie Überwindung, mir dieses Kompliment zu machen, auch wenn es nur ein ganz kleines ist.

»Danke, Sam«, sage ich ehrlich erfreut, denn nichts kann mir jetzt die Laune verderben. Der Wald wird immer dichter, nur noch vereinzelt blitzt das Sonnenlicht durch.

»Ich musste erst wissen, ob du ihm gut tust. Und ich muss zugeben, das tust du. Deshalb«, sie bleibt stehen, »wollte ich mich entschuldigen, Hanna. Ich bin nicht immer so. Sayed ist mein bester Freund und ich will nicht, dass er verletzt wird, verstehst du?«

»Kein Problem, Sam. Zuerst habe ich dich verabscheut, aber jetzt geht es schon.« Sie runzelt die Augenbrauen, sieht mich pikiert an.

»Hab ich dich erwischt, was?«

Ich grinse und sie gibt mir einen Klaps auf den Arm.

»Ich mag dich, Sam, ganz ehrlich. Sayed kann sich glücklich schätzen, eine Freundin wie dich zu haben.«

Sam schluckt und nickt knapp. Zu viel Nähe ist ihr unheimlich, niemand soll ihre Schutzmauer einreißen. Und niemand versteht das so gut wie ich, deshalb lasse ich es dabei bewenden.

Sie streckt den Arm aus. »Da. Da vorne! Siehst du die Dächer der Wohncontainer? Das ist das Flüchtlingslager. Gleich bist du in Sicherheit, Hanna.«

Ich reibe mir nervös die Hände und bin froh, sie an meiner Seite zu wissen.

»Was denkst du, Sam? Wird es …«

Schüsse reißen mir die restlichen Worte von den Lippen. Drei, vier Mal hintereinander durchbrechen sie die friedliche Stille, die hier über allem liegt. Ein Schwarm Vögel erhebt sich wie eine schwarze Wolke aus den Baumkronen und fliegt kreischend davon.

Ruckartig bleiben wir stehen.

»Was war das, Sam?« Meine Stimme bebt.

Ich weiß, was es war. Ich will es nur nicht wahrhaben.

Nein! Bitte nicht! Ausgerechnet jetzt? Am Ende unserer langen Reise?

Verzweiflung macht sich in mir breit. Ein Zittern durchfährt meinen Körper, so heftig, dass mir die Zähne klappern. Meine Schuhe gleiten mir aus der Hand.

Sam steht immer noch mucksmäuschenstill neben mir, ihre Hand an meinem Ellenbogen, die Muskeln angespannt wie die eines Raubtieres vor einem Angriff. Sie legt den Finger auf die Lippen, spitzt die Ohren, sucht die Umgebung ab.

Es ist nichts zu hören außer dem leisen Rauschen des Windes.

»Pass auf, Hanna«, haucht sie die Worte in mein Ohr, ihr Mund kitzelt meine Haut. »Ich gehe nachsehen. Du bleibst hier und versteckst dich. Wenn ich in ein paar Minuten nicht zurück bin, gehst du alleine rüber. Hast du verstanden?« Schon während sie spricht, schüttle ich heftig den Kopf. Auf keinen Fall werde ich hierbleiben, wenn Sayed in Gefahr ist.

»Wenn du mich nicht mitnimmst, schreie ich, so laut ich kann«, sage ich zitternd. »Ich werde nicht hier rumstehen und warten!«

Meine Stimme wankt, ich bin kurz vorm Durchdrehen. Das alles kommt mir vor wie ein erbarmungsloser Scherz, den sich jemand mit uns erlaubt. Sams Augen blitzen zornig, sie kämpft mit sich, was sie tun soll. Mich über die Grenze bringen oder zurück zur Lichtung zu laufen? Offensichtlich hat Sam keine Zeit für eine Diskussion, sie zieht mich brüsk hinter sich.

»Du tust genau, was ich dir sage! Wenn ich sage lauf, dann läufst du! Ich will keine eigenmächtigen Aktionen von dir, klar? Wenn ich dir befehle, die Luft anzuhalten, atmest du erst wieder, wenn ich dir die Erlaubnis gebe, Hanna!«

Ich bin ihr so dankbar, dass ich stumm einwillige.

So leise wie möglich schleichen wir durch das Unterholz, kleine Zweige brechen unter meinen nackten Sohlen, laut wie Donnerschläge. Sam bewegt sich mit schlafwandlerischer Sicherheit, wie eine Katze schlängelt sie sich geräuschlos durch den dichten Wald. Nach wenigen Metern kommen wir zur Lichtung und finden Deckung in einer Mulde im Boden, über der sich Äste und Baumstämme türmen. Ich spähe durch die Ritzen des gestapelten Holzes, und greller Sonnenschein beleuchtet gnadenlos die Szene, die sich uns bietet.

Mitten auf dem grünen Gras, das noch vor einer halben Stunde die Freiheit versprach, kniet Sayed vor meinem Stiefvater.

Die Hände auf dem Rücken gefesselt, hängt sein Kopf auf der Brust. Mein Stiefvater zielt mit einer Pistole auf seine Stirn.

Ein schwarzer Wagen steht mit laufendem Motor daneben.

Sam keucht. »Verfluchte Scheiße!«

Eine eiskalte Faust legt sich um mein Herz, ich ringe nach Sauerstoff. Ohne nachzudenken springe ich auf, Sam reißt mich zurück. Mit einer schnellen Bewegung dreht sie mir den Arm auf den Rücken und presst ihre Hand auf meinen Mund.

»Ich warne dich, Hanna!« Mit zusammengebissenen Zähnen flüstert sie mir in den Nacken, mir schießen vor Schmerz die Tränen in die Augen. Langsam zwingt sie mich ganz zu Boden, geht neben mir in die Hocke.

»Du rührst dich nicht!« Sie sieht mich an. »Dann lass ich dich los, ja?«

Ich nicke panisch.

Vorsichtig nimmt sie die Hand von meinem Mund und wir drehen gleichzeitig die Köpfe nach vorne.

»Wo ist sie, du dreckiger Bastard?«, brüllt mein Stiefvater und fuchtelt mit der Waffe vor Sayeds Gesicht. »Antworte mir!« Sein Gesicht ist zu einer scheußlichen Grimasse verzogen, Speichel spritzt ihm aus dem Mund.

Sayed bleibt stumm, und er verpasst ihm einen Schlag ins Gesicht. Sein Kopf fliegt zur Seite, feine Blutstropfen schießen aus Sayeds Nase. Ich beiße mir so fest auf die Lippen, dass sie aufplatzen. Mein Stiefvater setzt Sayed von hinten den Lauf der Pistole an die Schläfe, ich wimmere, presse mir die Fingerknöchel in den Mund.

»Du kleiner Spinner, ich weiß, dass sie mit dir unterwegs ist. Wenn du nicht redest, bringe ich dich hier und jetzt um.«

Der Hass in seiner Stimme legt sich wie kalter Stahl um alles Leben auf der Lichtung, sein Finger krallt sich um den Abzug. Das feine Klicken ist kilometerweit zu hören.

Sam atmet neben mir hektisch ein und aus.

»Ich weiß nicht, wo deine Tochter ist, Werner. Ich habe nichts mit ihr zu schaffen. Sie hat meinen Vater getötet. Es ist mir egal, wo sie sich rumtreibt. Ich hasse sie.« Sayed klingt vollkommen ruhig und die Worte schneiden wie ein Schwert in mein Herz, obwohl ich weiß, dass sie nicht stimmen.

»Du lügst!« Unsicher lässt Werner die Waffe sinken.

Sayed schüttelt den Kopf. »Was soll ich mit ihr, sag mir das? Sie ist dumm und einfältig und noch nicht mal hübsch. Ich verstehe gar nicht, warum du sie unbedingt zurückhaben willst, das hässliche Ding«, sagt er hämisch grinsend, und

mein Stiefvater holt aus und tritt Sayed mit seinem Stiefel in den Rücken. Sayeds Körper fliegt nach vorne.

»Wie redest du mit mir, du Sohn einer Hure?«, schreit er hemmungslos, beugt sich dann nach unten, direkt an Sayeds Ohr.

»Ich will gar nicht sie! Es geht mir nicht um Hanna. Es ging mir immer nur um deinen Vater, dieses Schwein. Ich hasse ihn, diesen dreckigen Kaffer! Kommt in unser schönes Land, mit seiner Hure von Frau, und kriegt hier auch noch einen Sohn! Noch einen stinkenden Ausländer, der unsere Frauen begrapscht und unsere Arbeitsplätze klaut.«

Sein Stiefel kracht in Sayeds Rippen. Es knirscht und Sayed krümmt sich zur Seite. Ich schluchze auf, Sam schließt die Augen.

Meinen Stiefvater packt die Raserei. Wie ein Verrückter läuft er vor Sayed auf und ab, fuchtelt mit der Waffe herum.

»Ihr schäbiges Pack! Verrecken solltet ihr allesamt! Aber nein!« Er wirft die Arme in die Luft, den Finger immer noch am Abzug. »Wir haben euch ja kommen lassen! Wie die Fliegen habt ihr euch breitgemacht«, knurrt er und rotzt Sayed auf die Schulter, »und unser Land beschmutzt.« Schwer atmend setzt er sich im Schneidersitz vor Sayed ins Gras und es sieht aus, als würde er einen netten Plausch unter Freunden halten. Die Unterarme locker auf den Knien, die Pistole baumelt an seinem Daumen, streicht er sich die verschwitzten Haare aus der Stirn.

»Deinen Vater krieg ich nicht mehr dran. Er hat sich aus unserem Spiel verabschiedet, der feige Hund. Aber dich, mein Junge«, mit dem Lauf der Pistole hebt er Sayeds Kinn an, »dich mach ich fertig! Du denkst, ich glaube dir diesen Quatsch, dass dir meine Tochter egal ist? Du liebst sie, ich weiß es. Meine Tochter ist deine persönliche Achillesferse, mein Freund. Ihr Leid an meiner Seite wird dir jeden Tag körperliche Schmerzen bereiten. Und das, das wird mein Sieg sein!« Er reckt die Faust nach oben, kichert wie wahnsinnig. »Ich habe dieser kleinen Nutte, deren Mann ich erschießen hab lassen, einen Besuch abgestattet. Erst wollte sie nicht so wie ich, aber als ich ihr drohte, sie zu verhaften und ihre Bälger ins Waisenhaus zu stecken, da hat sie geredet wie ein Wasserfall, ohne Punkt und Komma.«

Ich verkrampfe mich. Er redet von Cleo.

Sams Finger krallen sich in den Waldboden, als wolle sie sich dort festhalten. Es kostet sie die größte Überwindung, liegen zu bleiben.

»Sie hat mir deine Route gesteckt und auch, wer mit dir unterwegs ist. Deine miese Schwindelei hat keinen Zweck. Also, noch mal. Wo. Ist. Meine. Tochter?«

Sayed hebt den Kopf, blickt Werner sekundenlang in die Augen, spuckt ihm dann ins Gesicht. »Sie ist schon drüben«, nuschelt er und entblößt seine blutverschmierten Zähne. »Du bist zu spät, alter Mann.«

Mein Stiefvater packt Sayed am Kragen und zieht ihn hoch.

»STEH AUF!«, schreit er.

Sayed wankt und kann sich kaum auf den Beinen halten, als er sich aufrichtet. Werner stößt ihn grob und Sayed stolpert ein paar Schritte in unsere Richtung. Blut und Speichel laufen über sein Kinn, sein rechtes Auge ist zugeschwollen.

Sam presst ihre Hand auf meine Schultern, hält mich mit aller Kraft unten. Ich schlottere am ganzen Körper, mir ist abwechselnd kalt und heiß und ich spüre, wie ich die Kontrolle verliere. Alle meine Muskeln spannen sich an, und mit einer behänden Bewegung befreie ich mich aus Sams Gefangenschaft und springe auf die Füße.

Ich muss zu Sayed, nichts anderes zählt mehr!

Ich mache einen Satz nach vorne, will raus aus unserer Deckung, als sich Sam mit ihrem ganzen Gewicht auf mich wirft. Brutal drückt sie mein Gesicht auf den Boden, blitzschnell umschlingen ihre Beine meine Hüfte und Erdklumpen verstopfen meinem Mund. Auf einen Schlag kriege ich keine Luft mehr.

»Hanna!«, kreischt mein Stiefvater meinen Namen in den Himmel. »Komm und rette ihn!«

Unter Sam zapple ich wie eine Verrückte, werfe den Kopf hin und her und will mich befreien, aber ihre Umklammerung ist eisern. Durch einen winzigen Spalt zwischen zwei Baumstämmen sehe ich, wie mein Stiefvater die Pistole auf Sayed richtet. Ich höre auf zu zappeln und habe das Gefühl, mein Herz bleibt stehen.

Mein ganzes Dasein schrumpft auf diese eine Szene vor mir.

Sayed, wie er den Kopf in den Nacken legt, die Arme ausbreitet und die Augen schließt. Wie er eine Sekunde und eine Ewigkeit so da steht, seine Silhouette gestochen scharf, gegen den dämmrigen Abendhimmel.

»LAUF, HANNA!«, schreit er dann, mit all seiner Kraft in der Stimme, und Werner drückt ab.

Die Kugel trifft ihn in die Brust. Wie in Zeitlupe dreht Sayed sich um die eigene Achse, Blut spritzt aus der Wunde, breitet sich rasend schnell auf seinem Hemd aus. Ein hellroter Stern mit tödlichen Zacken.

Dann fällt er.

Ein erstickter Laut entringt sich meiner Brust, klagend und dumpf, ich bäume mich auf, keuche und heule wie ein Tier. Nie im Leben spürte ich einen schlimmeren Schmerz als diesen. Er zerfleischt mich bei lebendigem Leib.

Auch Sam weint, ihre Tränen tropfen auf meinen Hals, doch sie rückt nicht einen Millimeter von mir ab.

Vor uns bohrt mein Stiefvater seine Stiefelspitze in Sayeds Rippen, der sich nicht mehr rührt. Mit zwei großen Schritten läuft er dann in Richtung Wald und lauscht angestrengt. Sam hält mir den Mund zu, ihr Herz klopft gegen meine Rippen, mein Herz klopft gegen den Waldboden. Nach einigen Minuten dreht Werner ab, kehrt zu Sayed zurück und schleift ihn an den gefesselten Armen zum Auto. Sayeds Kopf hängt leblos zur Seite, sein Hemd ist mittlerweile blutgetränkt. Werner öffnet den Laderaum und wuchtete Sayed unsanft in den Wagen.

»Du entkommst mir nicht, Hanna«, ruft er in den Wald, wartet noch einen Moment, bis er einsteigt und die Tür zuschlägt.

Ein paar Sekunden später fährt er mit dröhnendem Motor davon und der Spuk ist vorbei.

Als wäre nichts geschehen.

Kaum ist das Geräusch verklungen, rollt sich Sam von mir herunter und kommt auf die Füße. Sie ist kalkweiß, ihre grünen Augen blicken gehetzt von links nach rechts. Ich springe ebenfalls auf, wirble herum und verpasse ihr eine schallende Ohrfeige. Adrenalin flutet meinen Körper, ich fange an zu schreien.

»Warum hast du das getan? Wir hätten ihm helfen müssen!« Meine Haare peitschen mir ins Gesicht, ich bin von solch einer Angst ergriffen, dass sich meine Worte überschlagen. »Jetzt ist er tot und das ist deine Schuld!« Ich schlage sie noch einmal, mit der Faust auf die Schulter, sie zuckt zusammen. »Ich hasse dich! Du bist keine Freundin, du bist eine Mörderin!« Mich packt glühende Wut, wie Lava fließt sie durch meinen Kopf und rote Blitze nehmen mir die Sicht. Unablässig hämmere ich meine Faust auf ihre Schultern, Rotz läuft mir in den Mund.

»Er ist tot, Sam! Tot!«, kreische ich vollkommen haltlos

und trommle auf sie ein. Sams Blick ist leer, sie bewegt den Kopf stetig von einer Seite auf die andere, als wolle sie nicht wahrhaben, was wir eben gesehen haben. Meine Schläge scheint sie überhaupt nicht zu spüren, sie wehrt sich nicht einmal.

»Er ist tot. Er ist tot. Er ist tot«, wiederhole ich die Worte wie ein Gebet und kann doch den Sinn dahinter nicht begreifen.

Irgendwann macht Sam einen Schritt zurück und ich komme aus dem Gleichgewicht. Stolpernd falle ich ihr vor die Füße, schlinge die Arme um mich und winde mich vor ihr auf dem Waldboden. Aus meinem Schreien ist ein klägliches Wimmern geworden.

»Sayed ist tot, Sam. Warum hast du das zugelassen?« Mit meinen Nägeln kratze ich über meine Wangen, Moos und Erde vermischen sich mit meinem Blut.

Und endlich sagt sie etwas. Ihre Stimme klingt gebrochen.

»Das habe ich nicht gewollt«, flüstert sie. »Hanna, ich wollte das nicht. Aber ich habe es ihm doch versprochen. Er hat mir ein Versprechen abgenommen. Was hätte ich tun sollen?« Sam schlägt die Hände vors Gesicht.

»Was? Was hast du gesagt?«

Sie fällt vor mir auf die Knie. »Ich dachte nicht, dass das passieren wird. Wir waren doch schon so gut wie in Sicherheit«, stammelt sie, schüttelt immer noch den Kopf.

Ich packe sie an den Oberarmen. »Was hast du ihm versprochen, Sam? WAS?« Ich werde wieder lauter, habe Angst vor ihrer Antwort.

»Sag es mir!«

»Dass ich dich um jeden Preis schützen werde. Egal, was passiert. Ich soll dich rüberbringen, Hanna. In jedem Fall.«

Sie weint, ihre Augen starren auf einen Punkt hinter mir. »Er war mein bester Freund. Ich habe es ihm versprochen. Ich konnte nicht anders.«

Ich lasse sie los und falle auf die Fersen.

Ich wusste es. Mehr brauche ich nicht zu hören.

Sayed hat ihr mein Leben anvertraut und seines dafür gegeben.

Und so sitzen wir lange voreinander, reglos und weinend und betrauern den schwersten Verlust, den wir uns vorstellen können.

Irgendwann atmet Sam zitternd ein und steht auf. Sie reicht mir ihre Hand. »Unser Weg ist noch nicht zu Ende, Hanna. Ich bringe dich rüber. Wie versprochen.«

»Ich gehe nirgendwo hin, Sam. Ich gehöre zu Sayed und nicht alleine da rüber. Du kannst mich hier nicht zurücklassen und ich werde nicht nach Dänemark gehen. Nicht ohne Sayed!« Trotzig hebe ich das Kinn. Sam kommt einen Schritt auf mich zu, nimmt meinen Kopf zwischen ihre Hände.

»Hanna, Sayed ist tot«, sagt sie schlicht. »Er wird nicht auf dich warten und er wird nicht mit dir kommen. Und ich werde dich nicht mehr zurückbringen. Ich habe ein Versprechen gegeben und das werde ich halten. Er hat gesagt, ich soll dich in jedem Fall ins Flüchtlingslager begleiten. Das werde ich tun.«

Wie durch Watte dringen ihre Worte in mein Gehirn.

Ich bin ihr ausgeliefert. Sie wird mich nicht mitnehmen, das sehe ich in ihren Augen. Mich aus diesem Land fortzubringen, hat Sayed das Leben gekostet. Wie kann ich dieses Opfer ausschlagen?

»Wir müssen uns beeilen, Hanna. Mein Fahrer kommt bald und ich muss zurück zu Cleo und Ahmed. Hilf mir!«

Sie bittet mich. Sam bittet mich um Hilfe.

Für sie ist es ebenfalls ein unfassbarer Verlust, und sie trägt die Verantwortung für mich.

Ich ergreife ihre ausgestreckte Hand und schlucke.

»Lass uns gehen«, sage ich.

Kapitel 23

Zwei Tage und Nächte überquere ich die Grenze nicht.

Sam brachte mich am Zaun entlang zu einem Durchgang. Auf der anderen Seite liegt hinter einem großen Feld eine riesige Containerlandschaft. Die Sonne reflektierte die blecherne Oberfläche der provisorischen Unterkünfte, Essensgerüche und Stimmengewirr wehten leise zu uns herüber. Alles in mir sträubte sich, durch das Loch im Zaun zu schlüpfen. Sam spürte, was ich empfand, und nahm mich in den Arm.

»Tu es für Sayed, Hanna. Er wollte es so.«

Mechanisch nickte ich, meine Kehle wie zugeschnürt. Sam schob mich vorsichtig zum Zaun. »Ich muss gehen, Hanna. Ich wünsche dir alles Gute.« Ihre Stimme brach. »Ich … Sayed hat dich sehr geliebt, ich weiß es. Du wirst das schon schaffen, Kleines.« Noch einmal strich sie mir über das Gesicht, dann drehte sie sich um und verschmolz mit dem Wald wie ein Geist.

Nie im Leben habe ich mich so alleine gefühlt.

Die Sonne geht endgültig unter, ich stehe immer noch an dem Platz, an dem Sam mich zurückgelassen hat. Die Finger zwischen die Drahtmaschen gekrallt, blicke ich wie hypnotisiert auf die Lichter, die in der Ferne erwachen. Die Nacht bricht herein und im Dunkeln laufe ich zur Lichtung zurück. Steine und Dornen zerkratzen meine Füße und Knöchel, aber es ist mir egal. Ich spüre keinen Schmerz und habe keine Angst. Jedes Gefühl in mir ist tot.

Ich will nur an den Ort zurück, an dem Sayed seinen letzten Atemzug getan hat. Die Lichtung ist friedlich, der Mond lässt das Gras silbern glänzen und nichts deutet auf die Katastrophe hin, die sich hier ereignet hat. Die Zeiger der Zeit drehen sich unbeirrt weiter. Verzweifelt suche ich die Stelle, an der er zusammenbrach, nach irgendetwas ab, das ihm gehört und weiß doch, dass ich nichts finden werde.

Er ist weg, für immer.

Ich sinke zu Boden, rolle mich auf der feuchten Erde zu einer Kugel zusammen und fange an zu weinen.

Jede Faser meines Körpers brennt vor Sehnsucht nach seiner Nähe. Sein Geruch prickelt in meiner Nase, seine Hände liebkosen mein Gesicht. Ich sehe ihn, wie er mich anlacht, die dunklen Augen voller Zuneigung.

Ich liebe dich, Rotkehlchen, raunt er mir ins Ohr.

Ich bleibe einfach liegen, stiere mit offenen Augen zum Mond. Die Sonne geht auf, goldenes Licht funkelt auf den Tautropfen, die wie Edelsteine wirken, und noch immer bewege ich mich nicht.

Als die zweite Nacht vorübergeht, kann ich vor lauter Hunger und Durst nicht mehr klar denken. Die Gesichter von Sayed, meiner Mutter und Alex vermischen sich in meinen wirren Gedanken. Sie kommen auf mich zu und schweben von mir weg und verwandeln sich dann zu einem einzigen Gesicht. Zu der grauenvollen Fratze meines Stiefvaters, die mir ins Gesicht lacht. Wild fuchtle ich mit den Händen durch die Luft, um ihn zu vertreiben, aus meinem Mund kommen krächzende Laute. Ich spüre, wie ich mit jedem Atemzug schwächer werde. Ein feiner Schweißfilm überzieht meinen steifen Körper und ich weiß, wenn ich jetzt nicht aufstehe, werde ich sterben.

Hier auf dieser Lichtung, genau wie Sayed.

Die Versuchung ist groß. Einfach alles zu vergessen, einzuschlafen und nicht mehr aufzuwachen.

Aber dann war alles umsonst.

Fathis Tod.

Sayeds Tod.

So viele Menschen, die ihr Leben für mich riskiert haben.

Ich bin es ihnen schuldig.

Ich bin es ihm schuldig. Sayed.

Mit letzter Kraft stemme ich mich auf die Ellenbogen, und die Anstrengung verursacht mir heftige Übelkeit. Mit zitternden Fingern ertaste ich den Hampelmann unter meinem Kleid. Er ist das Einzige, was mir geblieben ist, aus einem Land voller Erinnerungen.

Meine Augen füllen sich mit Tränen, ich habe so viel verloren. Kalt und zerbrechlich liegt der Anhänger in meiner Hand, ich raffe die Schultern und hebe den Kopf.

Ich bin Hanna Mahler und ein Mensch.

Mit jedem Wort richte ich mich ein wenig mehr auf, auch wenn meine Beine zittern und mein Herz flattert.

Ich bin Hanna Mahler und ich bin ein Mensch.

Ich sehe Sayed, wie er mich tröstet, in dem U-Bahn-Schacht, nach meinem Zusammenbruch. Getragen von diesem Satz stolpere ich los. Er schiebt und zieht mich vorwärts, durch den Wald, bis zum Zaun. Am Durchgang drehe ich mich noch einmal um, ein leises Lebewohl auf den Lippen. Einen Gruß an Sam, Cleo und Ahmed.

Ich liebe Dich, Sayed aus Gold, wispere ich in den Himmel.

Dann gleite ich durch das Loch und setze meinen Fuß auf fremden Boden.

TEIL II

SAYED

Ich erwache aus einem Albtraum.

Keuchend fahre ich hoch, um gleich darauf durch den sengenden Schmerz in meiner Schulter wieder zurückgeschleudert zu werden. Schwer atmend sinke ich auf die stinkende Matratze, kneife die Augen zusammen, um die grellen Blitze, die durch meinen Kopf schießen, zu vertreiben. Mit der Hand fahre ich an die Quelle des Feuers, das in mir lodert, und ertaste einen Verband um meine Brust und mein Schlüsselbein. Feucht und klebrig unter meinen Fingern. Langsam öffne ich die Augen, um mich zu orientieren. Im schwachen Licht erkenne ich grau gestrichene Wände, ich liege auf einer dünnen Matratze auf einem Feldbett, trage nur eine dreckige Hose und kein Hemd. Mir ist kalt, Gänsehaut überzieht meine bloßen Arme. Vorsichtig drehe ich den Kopf, versuche mich aufzusetzen – und die Hölle bricht los. Eine glühende Machete bohrt sich durch meine linke Schulter, und schnell presse ich den Kiefer aufeinander, um nicht in eine Ohnmacht zu gleiten. Schweiß läuft mir in die Augen und ich muss mich zwingen, ruhig ein- und auszuatmen. Als ich sicher bin, dass ich mich nicht übergeben muss, stelle ich die nackten Füße auf den Boden, so behutsam wie möglich, um eine neue Schmerzwelle zu vermeiden, und blicke mich um. Direkt vor mir erkenne ich eine Tür aus massivem Stahl, die keinen Griff hat. An der Wand über mir ist ein kleines Fenster, mit Gitter davor, durch das ich den Mond sehen kann, der mit seinem silbrigem Glanz Streifen auf den Boden malt.

Wo bin ich, verdammt?

Das Letzte, an das ich mich erinnere, ist der blaue Himmel über mir.

Ich habe geschrien.

Krampfhaft schlucke ich, mein Kehlkopf schabt an meinem wunden Hals.

Dann fällt mir alles wieder ein, und mit der Gewalt eines Wirbelsturms fegt ihr Name durch meinen Kopf.

Hanna!

Vor genau siebenundzwanzig Tagen war der grausamste Tag meines Lebens.

Ich habe Hanna verloren.

Jeden Tag ritze ich bei Sonnenaufgang eine Kerbe in die Wand neben meinem Bett.

Nach und nach flutet mich die Erinnerung, und diese Schmerzen sind ungleich schlimmer als die der Schusswunde unter meinem Schlüsselbein.

Sie zerreißen mich.

Ich weiß nicht, ob Hanna und Sam es geschafft haben.

Hilflos vegetiere ich in diesem Loch vor mich hin und drehe langsam, aber sicher durch.

In meinen guten Minuten stelle ich mir vor, wie Hanna über eine grüne Wiese läuft, den Duft der Freiheit in der Nase, und glücklich ist.

Den Rest der Zeit laufen die schrecklichsten Bilder vor meinem inneren Auge ab.

Ich sehe ihren Stiefvater, der sie schlägt und misshandelt. Der sie in die Gefangenschaft zurückgezwungen hat, ohne

Identität und ohne eigenen Willen. Ihre zerbrechliche Gestalt windet sich unter seinen Fingern, ihr Gesicht ist verzerrt vor Angst.

Vielleicht hat er sie auch schon getötet.

Wenn ich diesen Gedanken zulasse, fange ich an zu schreien. Wie ein Wahnsinniger laufe ich auf und ab und schreie meine Höllenqualen hinaus, hier hört mich sowieso niemand. Wie in einer Endlosschleife rekonstruiere ich die letzten Minuten auf der Lichtung. Immer und immer wieder überlege ich, was ich hätte anders machen können. Der Schuss hallt in meinen Ohren, dann die glühenden Schmerzen, als die Kugel meine Schulter durchschlug.

Die Wunde infizierte sich, und ich wälze mich mit Hannas Gesicht vor Augen im Fieberwahn von links nach rechts. Wenn ich nach ihr greifen will, verschwindet sie in einem roten Nebel. Stinkender Eiter durchnässt den Verband, den ich um den Brustkorb trage, das Fieber steigt und steigt und ich halluziniere. Ich wechsle wirre Worte mit meinem Vater, und Hanna fleht mich inständig an, durchzuhalten.

Irgendwann kommt jemand und versorgt meine Verletzung.

Während er das tut, beobachte ich mich selbst. Ich schwebe irgendwo im Raum und kann ganz deutlich sehen, wie der Mann den fleckigen Stoff entfernt, sich den Mund zuhält und würgen muss. Kurz wundere ich mich, warum ich keinen Schmerz empfinde, und mustere interessiert meinen ausgezehrten Körper auf der verdreckten Matratze. Mit geschlossenen Augen liege ich da, bin furchtbar bleich und atme flach.

Ein seltsames Gefühl, mir selbst beim Sterben zuzusehen.

Der Mann reinigt die Wunde mit Alkohol, legt mir einen frischen Verband an und schiebt mir eine Tablette in den Mund. Dann hebt er meinen Kopf und zwingt mich, einen Schluck zu trinken. Ich huste und spucke, falle kraftlos nach hinten und der Mann verlässt kopfschüttelnd die Zelle.

Sayed. Du musst zurück!

Hanna spricht mit mir.

Ich will nicht. Ich verneine stumm und blicke teilnahmslos auf den Körper hinab, der nichts mehr mit mir zu tun hat.

Sayed, ich bitte dich! Tu es für mich!

Sie klingt ängstlich und ich frage mich, wieso.

Ich warte auf dich, spürst du das denn nicht? Du kannst noch nicht gehen!

Ihr Drängen und Flehen katapultiert mich in meinen Körper zurück.

Die Schmerzen treffen mich völlig unvorbereitet. Es ist, als ob sich ein Beil durch mein Fleisch wühlt, ich ächze, muss dieser Pein sofort entkommen. Die Bewusstlosigkeit erlöst mich. Wie eine helle Glocke stülpt sie sich über mich. Eine Welle der Dankbarkeit überkommt mich und ich versinke im Nichts.

Für meine körperlichen Gebrechen gibt es Heilung.

Ich erhole mich nur langsam und falle immer wieder in einen ohnmächtigen Schlaf. Ich weiß nicht, warum sie mich nicht einfach haben sterben lassen.

Für was kann ich ihnen noch von Nutzen sein?

Tage später entferne ich vorsichtig den Verband und betrachte die Wunde. Die blassrosa Haut spannt sich dünn über das Loch, in dem die Kugel steckte.

Hässlich und wie ein stetes Mahnmal zeichnet sich die Verletzung unter meiner linken Schulter ab und erinnert mich jeden Tag an mein Scheitern.

Ich war nicht vorsichtig genug, habe Hanna nicht beschützen können.

Ich habe bei meinem Vater schon versagt.

Wie konnte mir das bei ihr passieren?

Jetzt ist sie vielleicht tot und ich lebe.

Auch wenn das kein Leben ist.

Einmal am Tag bekomme ich zu essen. Eine blasse Hand schiebt in aller Eile eine Schüssel mit wässriger Brühe in meine Zelle, und ich esse und schlucke und lebe einzig für den Gedanken, hier rauszukommen. Ich muss wissen, wo Hanna ist.

Sobald ich wieder kräftig genug bin, holen sie mich jeden Abend und verhören mich die ganze Nacht.

So wie jetzt.

Die Tür geht auf und ich stelle mich mit dem Gesicht zur Wand, die Hände auf dem Rücken gekreuzt. Es ist zu einem alltäglichen Ritual geworden und ich wehre mich nicht mehr dagegen.

Es ist besser, wenn ich mich ruhig verhalte. Als stiller Beobachter kann ich meine Umgebung leichter erkunden.

Handschellen klicken um mein Handgelenk und mir werden nachlässig die Augen verbunden. Das Tuch sitzt schlecht und auf dem Weg in den Verhörraum schiele ich auf den Boden.

Ich sammle Informationen und konstruiere Fluchtpläne, die ich nachts auf meinem Lager allesamt wieder verwerfe.

Wie immer erklimmen wir eine Treppe, exakt zweiundzwanzig Stufen. Hier oben ist die Luft viel frischer, und ich nehme einen tiefen Atemzug. Nach zehn Schritten biegen wir rechts ab, laufen einen langen Korridor entlang, dreißig Schritte, bis zum nächsten Flur. Ich schärfe meine Sinne, spitze die Ohren und nehme die verschiedenen Gerüche wahr. Wir müssen im Erdgeschoss sein, denn ab und zu dringt Straßenlärm herein und irgendwo befindet sich hier eine Teeküche oder Ähnliches. Der Kaffeeduft, der sich dahinter staut, katapultiert mich in Cleos Küche und ihre gütigen Augen sprechen mir für die Prozedur, die gleich folgt, Mut zu.

Die Tür zum Verhörzimmer wird geöffnet, ich werde unsanft auf einen Stuhl gedrückt. Mit einem Ruck reißen sie mir das Tuch von den Augen. Blinzelnd sehe ich schnell zum Fenster, durch eine Ritze im Vorhang leuchtet der Mond. Dunkle Wolken ziehen in schnellem Tempo daran vorbei, Laub wirbelt durch die Luft. Es muss längst Herbst sein.

Sofort kassiere ich für meinen Blick eine Faust an die Schläfe und sacke zusammen. Aber das war es mir wert. Ich muss wissen, ob die Welt da draußen noch existiert, sonst werde ich verrückt.

Meine beiden Bewacher sind vermummt, stellen sich jetzt stumm in eine Ecke und wir warten auf ihn.

Auf Hannas Stiefvater.

Feine Schweißperlen bilden sich auf meiner Stirn und ich bekomme Angst. Angst, dass der Mann, den ich am meisten hasse, sich vergisst und ich sterben werde, ohne jemals herausgefunden zu haben, was mit Hanna passiert ist.

Die Tür geht auf und er betritt den Raum. Die Luft wird dünn, es ist, als würde seine bloße Existenz den Sauerstoff vergiften. Ich setze mich auf. Er soll meine Schwäche nicht sehen, davon nährt sich sein dämonisches Wesen.

»Sayed, du lebst ja noch! Siebenundzwanzig Tage hältst du schon durch! Bist ein sturer Bock. Ganz wie dein Vater, die Missgeburt!«

Seine weißblonden Haare fallen ihm in die Stirn, seine farblosen Augen sind blutunterlaufen. Er greift sich einen Stuhl, dreht ihn um und nimmt mit gespreizten Beinen Platz. Die Arme auf der Rückenlehne verschränkt, mustert er mich.

»Was soll ich noch mit dir anstellen? Wenn du nicht bald das Maul aufmachst, wirst du mir lästig.« Seine Hand wedelt durch die Luft, ich starre an ihm vorbei an die Wand.

»Gut, fangen wir an.«

Schwerfällig erhebt er sich, stellt sich vor mich.

»Wer sind deine Komplizen? Wie seid ihr an die Grenze gekommen? Wer hat Fathi die Zyankalikapseln gegeben?«

Er feuert mir die immer gleichen Fragen um die Ohren, und ich bleibe wie immer stumm. Ich fokussiere einen Punkt in meinem Inneren und blende ihn aus. Mein Sichtfeld verengt sich, bis ich nur noch Hanna vor mir sehe. Sie lacht, ihre blauen Augen strahlen und ihre Locken kringeln sich um ihr Gesicht.

Meine Ruhe macht ihn rasend. Er schreit und brüllt, schon längst prasseln seine Fäuste auf mich nieder. Die Haut über meinem Auge platzt auf, Blut läuft mir über das Gesicht und den Hals.

Rot, denke ich.

Eine Farbe, die ich für immer mit Hanna in Verbindung bringen werde. Eine Farbe, die mir durch den Kopf schoss, als ich das erste Mal ihre Stimme hörte. In meinen Ohren klang sie wunderschön. Wütend und stark und mutig hinter ihrem Tuch, das den Rest von ihr verbarg.

Ruckartig reißt mich Werner an den Haaren vom Stuhl und zerrt mich zum Waschbecken in der Ecke.

Davor fürchte ich mich am meisten. Das Becken ist mit Wasser gefüllt, die glatte Oberfläche glitzert trügerisch unter dem gelben Deckenlicht.

Einen schnellen Atemzug schaffe ich noch, bevor Werner mich nach unten drückt. Das Wasser ist so verflucht kalt, dass ich beinahe nach Luft schnappen will. Es sticht mir wie feine Nadeln in die offenen Wunden, trotzdem versuche ich ruhig zu bleiben, konzentriere mich auf das Rauschen in meinen Ohren. Werner presst mich unter Wasser, der Griff seiner Hand ist eisern. Der Druck auf meiner Brust wird immer größer und wie sehr ich mich auch bemühe, Hannas Gesicht verschwindet langsam.

Und dann habe ich nur noch einen einzigen Gedanken.

Luft!

Ich muss atmen. Jetzt.

Auch wenn ich es nicht will, fange ich an zu zappeln wie ein elender Feigling. Meine Beine treten aus, mein Nacken versteift sich. Panisch versuche ich mich zu befreien, und das bereitet ihm Freude. Er genießt meine Todesangst, gedämpft höre ich ihn lachen. Ich habe das Gefühl, dass meine Lungen kurz vor dem Platzen sind und plötzlich wird mir klar, dass ich es heute nicht schaffen werde.

Ich werde ertrinken. In einem verdammten Waschbecken.

Er steigert seinen Sadismus von Tag zu Tag. So lange wie dieses Mal hat er mich noch nie unten gehalten.

Allmählich wird mir schwarz vor Augen, ich kann die drohende Bewusstlosigkeit nicht mehr verhindern. Meine

Arme fangen an zu kribbeln, Lichtblitze blenden mich hinter meinen geschlossenen Lidern, und gerade als ich aufgeben will und meine Beine unter mir nachgeben, zieht er mich an den Haaren zurück. Er schleudert mich so heftig herum, dass meine Narbe aufreißt und meine Wirbelsäule knackst. Die feuchten Haare kleben mir an der Stirn, ich ringe keuchend nach Luft und jeder Atemzug scheuert wie Schmirgelpapier. Wie ein Schwächling huste und spucke ich und mein Brustkorb hebt und senkt sich unkontrolliert.

Werner lässt mich los und ich falle zu Boden wie ein nasser Sack. Sofort drehe ich mich weg von ihm, pumpe wie eine Maschine Sauerstoff in meinen Körper. Seine Stiefelspitze landet in meinem Gesicht, Blut schießt mir aus der Nase.

»Du mieser, kleiner Spinner.«

Er wischt sich den Speichel vom Kinn. »Wenn du morgen nicht redest, ertränk ich dich wie eine räudige Katze.«

Er wendet sich an seine Handlanger.

»Schafft ihn weg!«

Mit diesen Worten dreht er sich auf dem Absatz um und verlässt das Zimmer. Ich nehme alles nur noch durch einen grauen Schleier wahr, bin ein einziges Wrack. Einer der Männer packt mich unter den Achseln und schleift mich aus dem Raum, den Korridor entlang, die Treppen hinunter, mein Kopf knallt rhythmisch auf die Stufen. Der Mann öffnet die Tür zu meinem Verließ und wirft mich auf die Matratze.

Ich rolle mich zusammen und stöhne.

Morgen werde ich sterben.

Noch einmal überstehe ich diese Tortur nicht.

Drei Tage und Nächte geschieht nichts.

Kein Verhör, keine Folter.

Meine größte Sorge ist die Schusswunde. Die feine Haut, die sich während der Heilung darauf gebildet hat, ist gerissen und blutet stark und ich versorge sie, so gut ich kann.

Ich schlafe viel, die einzige Möglichkeit, mir selbst zu helfen.

Am vierten Tag warte ich nervös, denn ich bin mir sicher, heute ist es soweit. Aber ich werde nicht einfach so aufgeben.

Wenn ich schon sterben muss, dann nicht kampflos. Ich werde es ihm so schwer wie möglich machen und konzentriere mich ganz auf meine unermessliche Wut, um Kraft zu sammeln.

Gegen Abend geht die Tür auf, und wie ein wildes Tier springe ich aus einer Ecke und halte mir die Fäuste vor die Brust. Ich spanne die Muskeln an und überschlage im Kopf die Distanz, um einen Treffer zu landen. Meine Faust schnellt nach vorne, und der Mann in der Tür zuckt überrascht zurück.

Ich ebenfalls, als ich ihn erkenne.

Es ist Hans.

Unser Mann vom Untergrund, den wir hier eingeschleust haben. Bevor ich etwas sagen kann, wirft er mir ein Bündel Kleidung und Schuhe zu und bedeutet mir, zu schweigen.

»Zieh das an. Ich schaffe dich jetzt hier raus. Sam hat Werner aus der Stadt gelockt, die Wachen im Gang habe ich bestochen. Du folgst mir einfach«, flüstert er, und während er spricht, schlüpfe ich schon in die dunkle Hose und das schwarze Hemd. Meine Bewegungen sind schwerfällig, weil ich immer noch Schmerzen habe. Mit zitternden Fingern knote ich die Stiefel zu und werfe mir die Jacke über.

Hans riskiert sein Leben.

Irgendwen wird Werner für meine Flucht verantwortlich machen und derjenige wird sterben. Aber so sind unsere Regeln. Das weiß jeder, der sich dem Untergrund anschließt, deshalb versuche ich gar nicht erst, Hans zu überzeugen, mich hierzulassen. Wenn es so beschlossen und geplant wurde, wird es durchgeführt. Alle kennen das Risiko. Sam muss sich mächtig ins Zeug gelegt haben, um diese Aktion durchführen zu können. Hans nickt mir kurz zu und geht los. Ohne ein Wort führt er mich an den bewaffneten Männern vorbei, tiefer in den Keller, der Lichtkegel seiner Lampe erhellt den Gang, er gibt mir weitere Instruktionen.

»Draußen wartete Ahmed in einem Wagen. Er bringt dich in unser neues Quartier. Cleo musste die alte Wohnung aufgeben, nachdem Werner sie gefunden hatte. Du hast einiges verpasst. Die Leute werden aufmüpfig. Die Stadt brodelt, die einzelnen Regierungsstellen haben alle Hände voll zu tun. Es gibt jeden Tag Verhaftungen und sie erschießen uns wie die Karnickel. Na ja, du wirst es ja selbst sehen.«

Wir steigen ein paar Stufen hoch und gelangen an eine Tür, Hans zückt einen Schlüsselbund und schließt auf.

»Ab hier musst du alleine klarkommen, mein Freund.«

Er umarmt mich und spuckt mir dreimal über die Schulter.

»Viel Glück, Sayed. Sie brauchen dich.«

Ich sehe ihm in die Augen, er weiß, dass wir uns aller Wahrscheinlichkeit nicht mehr wiedersehen.

»Danke, Hans.«

Mehr gibt es nicht zu sagen. Er klopft mir kräftig auf den Rücken und grinst, dann verschwindet er in dem dunklen Gang.

Ich hole Luft und stoße die Tür auf. Kälte schlägt mir entgegen, mein Atem bildet kleine Wölkchen vor meinem Mund.

Der Hinterhof ist menschenleer. Ein einziges Fahrzeug steht mit ausgeschalteten Lichtern in Richtung Straße, der laufende Motor dröhnt durch die stille Nacht. Den Kopf gesenkt, laufe ich mit schnellem Schritt darauf zu und öffne die Beifahrertür. Hinter dem Steuer sitzt Ahmed, sein Kopf berührt fast das Wagendach. Sein struppiger Bart umrahmt sein Gesicht, die riesigen Pranken liegen am Steuer. Wortlos steige ich ein und er fährt sofort los. Ich schließe die Augen und lasse den Kopf zurücksinken, lehne mich an den Sitz.

Ich bin frei.

Ich kann es nicht glauben.

Gerade dachte ich noch, es sei ein guter Tag zum Sterben.

Nachdem wir eine Weile stumm durch die Stadt gefahren

sind, haut Ahmed seine Hand mit voller Wucht auf das Lenkrad und lacht erleichtert auf.

»Sayed, altes Haus! Ich wollte dich ja noch länger drin lassen, aber Sam meinte, es reicht.« Sein ganzer Körper wackelt, sein Gelächter dröhnt durch den Wagen. Ich drehe den Kopf, mustere seine vertrauten Konturen und warte, bis er sich beruhigt hat.

»Wo ist Hanna, Ahmed?«, frage ich.

HANNA

Vor genau siebenundzwanzig Tagen war der grausamste Tag meines Lebens.

Ich habe Sayed verloren.

Ich esse und ich schlafe und ich weine.

Die geballte Wucht der freien Zivilisation hier in Dänemark überfordert mich.

Die vielen Menschen machen mir Angst. Die Geräusche sind zu laut für meine Ohren, die Farben zu grell für meine Augen und die Gerüche zu scharf für meine Nase. Hier gibt es so viel Neues für mich, dass es meine Sinne überreizt und ich mich nach Ruhe sehne.

Der Anblick der unverhüllten Frauen irritiert mich. Sie tragen Kleidung, die ich in meinem ganzen Leben noch nicht gesehen habe und lachen und schnattern in einer Tour.

Ich liege mit meinem schmutzigen Kleid in einem sauberen Bett auf einer Krankenstation. Das Kleid war ein Abschiedsgeschenk von Cleo und ich weigere mich vehement, es abzulegen. Wenn sie es mir abnehmen wollen, dann mit Gewalt, obwohl mir selbst auffällt, dass ich mittlerweile schlecht rieche und der Stoff nur noch in Fetzen an mir herunterhängt.

Ein Arzt erklärt mir geduldig meinen Zustand. Er redet

von Dehydrierung und Vitaminmangel, von entzündeten Kratzern und Wunden, die aber nicht besorgniserregend sind.

Kann er denn nicht sehen, dass mir die andere Hälfte meines Herzens fehlt? Dass ich innerlich schon längst tot bin?

Sein freundliches Gesicht blickt mich mitleidig an, wenn ich mich wie ein verängstigtes Tier in die Ecke kauere, um seiner Untersuchung zu entkommen. Niemand darf mich anfassen.

Das geht tagelang so, bis mich eine Krankenschwester, die sich um mich kümmert, zurückholt. Unermüdlich redet sie mit mir, während sie mein Bett frisch bezieht, die Vorhänge aufzieht und das Fenster öffnet, um die Sonne in mein Herz zu lassen, wie sie sagt. Sie fragt mich geduldig jedes Mal aufs Neue nach meinem Namen und wie es mir geht, wo ich herkomme und wie ich mich fühle.

Ich antworte nicht.

Sie ist die Einzige, die ich in meine Nähe lasse.

Ihre sanften Hände waschen mir den Dreck und das Leid vom Gesicht und während sie das tut, plappert sie beruhigend vor sich hin. Es scheint ihr egal, dass ich stumm bleibe.

»Es wird schon alles gut, Mädchen. Ich weiß nicht, was dir geschehen ist, aber du bist ein tapferes kleines Ding. Du wirst sehen, die Welt dreht sich weiter und auch du wirst dein Leid irgendwann vergessen«, sagt sie, und ich glaube ihr kein Wort.

Das werde ich nämlich nicht. Ich weiß es.

Sayed fehlt mir so sehr, dass ich nachts aufwache und keine Luft mehr bekomme. Wenn ich ein Messer hätte, würde ich den Schmerz, der direkt auf meinem Herzen sitzt, herausschneiden. Bei lebendigem Leib würde ich mir die Haut aufschneiden und den hässlichen schwarzen Klumpen, der sich wie ein Parasit von meinem Blut nährt, entfernen.

»Ich heiße Hanna«, krächze ich eines Morgens. Meine Stimme klingt hohl. Sie hat ihr Rot verloren, es ist mit Sayed verschwunden.

Die Krankenschwester dreht sich verblüfft um, sieht mich erfreut an. »Du sprichst! Das ist doch schon mal was! Ich heiße Zaida. Das ist arabisch und bedeutet *Wachsen*.«

Ihr Lächeln lässt ihr ansonsten unscheinbares Gesicht in heller Schönheit erstrahlen. Sie hat braune Augen und pechschwarze Haare, die sich in sanften Wellen bis zu ihrem Kinn locken. Ihre Nase ist breit, aber ihr Mund ist so fein geschwungen, als wäre er gezeichnet. Fachmännisch prüft sie die Nadel, die in meinem Arm steckt. In der klaren Flüssigkeit, die aus einem Beutel in meine Vene tropft, sind Vitamine und andere Stoffe, die mein Körper dringend braucht. Das alles erklärt sie mir mit ruhiger Stimme, schüttelt mein Kissen auf und nötigt mich zu trinken. Das Wasser hier ist anders. Sauber und rein kommt es direkt aus dem Hahn. Nicht wie in Deutschland, wo es selbst abgekocht noch schal und verbraucht schmeckt. Ich nicke dankbar und schließe die Augen.

»In deinem Pass, den wir gefunden haben, steht, du heißt Marie. Marie Heller.« Sie neigt den Kopf. »Welcher Name ist denn nun der richtige?« Fragend zieht sie die Augenbrauen nach oben.

Ich liebe dich, Marie Heller.

Sayed liegt auf mir, lacht und bedeckt mich mit zarten Küssen.

»Ich … Marie. Marie Heller. Das ist mein Name. Ich bin noch ein wenig müde, es tut mir leid«, stoße ich hervor, um die Erinnerung zu vertreiben.

Zaida sieht mich prüfend an, dann wird ihr Blick weich.

»Marie also. Sehr schön, er passt zu dir«, sagt sie leichthin und sammelt die gebrauchten Tücher und Kanülen ein, wirft alles in eine Schüssel und geht zum nächsten Bett. Sie zieht den Vorhang zu, sodass ich vor den Blicken der anderen Patienten geschützt bin.

»Ich sehe später noch einmal nach dir, Marie. Versuch zu schlafen, so wirst du am schnellsten wieder gesund.«

Ich drehe mich zur Seite, das Stöhnen und Murmeln der Menschen um mich herum zerrt an meinen Nerven. Dabei hatte ich noch Glück, andere sind viel schlimmer dran als ich.

Neben mir liegt eine Frau, die ihr Kind bei seinem Vater in Deutschland zurückgelassen hat. Jeden Abend erzählt sie die gleiche Geschichte, obwohl sie niemand mehr hören will. Es ist ihr egal. Ihr Mann wurde ihrer überdrüssig und setzte sie auf die Straße. Seinen Sohn behielt er. Als sie kurz vorm Sterben war, fast verhungert, las der Untergrund sie auf und brachte sie hierher. Sie klagt und jammert so inständig um ihren Sohn, dass ich ihr am liebsten eine Ohrfeige verpassen möchte.

Wenigstens lebt dein Sohn noch. Sayed ist tot!, würde ich ihr am liebsten ins Gesicht schreien, und sofort überkommt mich das schlechte Gewissen. Wie kann ich so grausam sein?

Es ist der schwarze Klumpen, der einmal mein Herz war. Er wächst und gedeiht jeden Tag und macht mich zu einem Wesen, das ich nicht kenne.

Ich versuche zu schlafen. Meistens träume ich von Sayed. Das ist die einzige Zeit, in der ich mich frei fühle.

Glück durchströmt mich in meinem Traum, golden und warm, und wenn ich dann aufwache, falle ich tief. So tief, dass ich schreie.

Es nützt nichts.

Mein Albtraum geschieht während des Tages.

In der vierten Woche im Lager bin ich wieder gesund. Zumindest sind die körperlichen Wunden verheilt und ich bin kräftig genug, um Zaida in der Krankenstation zu helfen. Ich habe so lange gebettelt, bis sie zugestimmt hat. Wenn ich nichts tue, werde ich verrückt. Meine seelischen Qualen verfolgen mich und flüstern mir teuflische Dinge ins Ohr.

Sayed könnte noch am Leben sein, Hanna! Du hättest ihn retten können!, flüstern sie und ich muss sie mit allen Mitteln zum Verstummen bringen, sonst gehe ich daran zugrunde.

Deshalb stehe ich mit Zaida in der Küche und bereite die Mahlzeiten für die Kranken und Bedürftigen zu. Die einfachen Tätigkeiten erinnern mich an meine Mutter. Sie hat mir in stillen Stunden ihr medizinisches Wissen beigebracht und so wechsle ich Verbände, messe den Puls oder teile Essen aus. Ich blicke in all die verzweifelten Seelen, die in ihrer Heimat alles verloren haben.

So wie ich.

Die medizinische Versorgung hier ist schier unglaublich. Medikamente sind im Überfluss vorhanden, alles ist neu und steril verpackt. Die alten Bettbezüge werden zum Waschen abgeholt und neue, gestärkte Überzüge angeliefert. Die Lebensmittel sind frisch und reichhaltig, das Gemüse lässt mich immer noch staunen. Grüne Zucchini neben roten Paprika, gelbe Bananen und sogar Schokolade. Als die braune Masse das erste Mal auf meiner Zunge schmilzt, der samtene Geschmack sich über meine Zähne legt, explodiert ein Fest der Sinne in meinem Kopf. Zaida nötigt mir ein Stück auf und grinst dabei breit, als sie meinen verzückten Gesichtsausdruck sieht.

»Das ist doch das Glück auf Erden, oder, Marie?«

Sofort sammle ich den Rest der Schokolade in meinem Mund und spucke ihn in hohem Bogen aus. Zaida macht erschrocken einen Schritt zurück.

»Marie! Was soll denn das? Die gute Schokolade!« Sie bückt sich und wischt über den Boden, doch ich nehme ihr den Lappen aus der Hand.

»Ich kann das selbst.«

Kopfschüttelnd verlässt sie den Raum, während ich auf dem Boden knie.

Der Geschmack der Schokolade verwandelt sich in meinem Mund in bittere Galle. Sayed wird nie so eine Köstlichkeit probieren, also wie kann es mir zustehen?

Ab diesem Augenblick schmeckt alles nur noch nach nichts. Das Gemüse, die Kartoffeln, das Obst. Mein Geschmacksinn hat sich verabschiedet. Über Nacht war er einfach weg und egal, was ich versuche, er kehrt nicht wieder. Ich empfinde es als keinen großen Verlust, nehme die Strafe gelassen hin.

Das Lager ist riesig, und so langsam wird mir der Alltag

vertraut. Ich habe ein eigenes kleines Zimmer, ganz für mich allein. Dafür habe ich einen ungenutzten Abstellraum leergeräumt und ein Bett und einen Kleiderständer hineingestellt. So ist es mir lieber. Ich ertrage die vielen Menschen immer noch nicht, ihre verschiedenen Schicksale und Bedürfnisse machen mich traurig und strengen mich an. Zaida hält nichts davon, dass ich mich so abschotte, drängt mich aber auch nicht.

»Du kannst den Raum haben, Marie, da steht sowieso nichts Wichtiges drin. Aber ist er dir nicht zu klein?« Skeptisch mustert sie den fensterlosen Raum, den sie mit zwei langen Schritten durchqueren kann.

»Willst du nicht ein bisschen Tageslicht und Gesellschaft?«

Ich verneine stumm. Ich mag die Dunkelheit, denn sie bringt mich schneller zu Sayed.

Wenn es finster ist, muss ich nicht hinsehen. Nicht wie im grellen Tageslicht, das mich gnadenlos daran erinnert, dass ich ihm hätte helfen müssen.

Ich habe keine Ahnung, wie meine Zukunft aussieht. Viele der Menschen hier bleiben nicht lange, das Lager ist nur eine Übergangslösung. Die meisten können es kaum abwarten, in die ihnen zugeteilten Wohnungen zu übersiedeln. Sie freuen sich auf ein eigenes Heim, mit fließendem Wasser und Strom, der nicht abgestellt wird. Europa ist immer noch nicht so stabil wie vor zwanzig Jahren, aber es ist auf einem guten Weg, meint Zaida.

»Viele Flüchtlinge aus Deutschland reisen weiter. Ins warme Spanien oder ins schöne Schweden.« Ihre Augen blicken wehmütig in die Ferne, irgendwann will sie selbst fremde Länder sehen. »Aber im Moment werde ich hier gebraucht Marie«, sagt sie dann resolut. Ich vermute, sie hat hier jemanden, den sie nicht verlassen will, obwohl Zaida nicht verheiratet ist. Manchmal, wenn sie einen Tag frei hat und zurückkommt, strahlt ihr Gesicht vor Glück. Ich kenne diesen Ausdruck, Sayed spiegelte ihn mir, wenn er mit mir zusammen war.

»Du kannst hin, wo du willst, Hanna! Warum bist du noch

hier?«, fragt sie mich unermüdlich und sie hat keine Idee, wie falsch sie liegt.

Da, wo ich hinwill, kann ich nicht hin.

Nach Deutschland.

Nach Frankfurt, zu Sam und Cleo und ihren Kindern, und zu Ahmed. Ich habe Heimweh nach einem Land, das nie gut zu mir war. Aber ich spreche es nicht laut aus, es wäre undankbar und niemand würde mich verstehen. So schüttle ich nur den Kopf und übergehe geflissentlich Zaidas Vorschläge.

Das Einzige, was mich außer der Arbeit auf der Station noch ablenkt, sind Bücher. Ich habe freien Zugang zu einer Bibliothek. Die gespendeten Bücher sind schon älter und abgegriffen, aber das stört mich nicht. Ich verschlinge alles, was mir in die Finger fällt. Dicke Wälzer und dünne Hefte, Atlanten und Geschichtsbücher, Romane und Biografien. Besonders interessiert lese ich alles, was mit Deutschland und Europa zu tun hat. Ich verschlinge die Lektüre, die ich darüber finden kann, will unbedingt wissen, was passiert ist. Verstehen, warum es so weit kommen konnte.

Deutschland ist jetzt eine Diktatur, steht da.

Eine Herrschaftsform, die sich durch eine einzelne regierende Person, den Diktator, oder eine regierende Gruppe von Personen (z. B. Partei, Militärjunta) mit unbeschränkter politischer Macht auszeichnet, lese ich.

So ist es also jetzt in meinem Heimatland. Während ich die Seiten umblättere, blicke ich mir ständig über die Schulter, weil ich immer noch ein ängstliches Ziehen im Bauch habe, wenn ich lese. Zaida lächelt verständnisvoll, wenn sie sieht, wie ich meine Lektüre zuknalle, kaum dass sie den Raum betritt.

»Alle benehmen sich seltsam die ersten Wochen, niemand gewöhnt sich so schnell um.« Behutsam schlägt sie das Buch wieder auf und fordert mich mit einem Kopfnicken auf, weiterzulesen.

Und ich mache mich auf in andere Länder, studiere Landkarten und Grenzen und werde zu einer Reisenden meiner eigenen Fantasie.

Liebevoll fahren meine Finger über das Land, das Syrien heißt. Ich schließe die Augen und stelle mir vor, wie ich mit Sayed durch die trockene Hitze laufe. Hand in Hand erkunden wir in meiner Vorstellung sein Heimatland.

Sengende Sonne brennt auf uns nieder, Staub sammelt sich unter unseren Füßen. Weiße Steinhäuser, die sich an Berghänge schmiegen, ein Vogel, der seine Kreise am stahlblauen Himmel über uns zieht. Sayed zieht mich an sich, seine Fingerspitzen fahren über mein Gesicht. Ich lege den Kopf in den Nacken, versinke in seinen dunklen Augen. Er beugt sich zu mir hinab und küsst mich zart auf den Mund. Seine warmen, trockenen Lippen passen perfekt auf meine, seine Hände vergraben sich in meinem Haar. Er löst sich von mir, atemlos öffne ich die Augen.

»Warum hast du mich sterben lassen, Hanna?«, flüstert er. Und plötzlich sieht er ganz anders aus. Seine Wangenknochen stechen hervor, ein ungepflegter Bart wuchert in seinem schmalen Gesicht. Die Augen hohl und leer, die Haut bleich, wispert er unentwegt diesen einen Satz: »Warum hast du mich sterben lassen, Hanna?«

Schreiend fahre ich hoch, der Bildband über Syrien fällt klappernd von meinem Schoß. Ich schwitze, die Luft staut sich in meiner Lunge. Hektisch wische ich mir übers Gesicht und fülle mir an der Spüle ein Glas Wasser.

Zaida kommt herein.

»Marie! Wie siehst du aus? Geht es dir nicht gut? Setz dich, Kind, ich glaube, dein Kreislauf macht gleich schlapp.« Sie führt mich zum Stuhl zurück und legt mir eine Manschette um den Oberarm, misst meinen Puls. »Viel zu niedrig. Du bleibst während der Essensverteilung hier. Und heute Abend sprechen wir miteinander. Das kann so nicht weitergehen,

Schätzchen. Du bist jetzt seit zwei Monaten hier, wir müssen überlegen, wie es weitergeht. Ein paar Wochen noch und es ist Winter. Bis dahin will ich dich gut untergebracht wissen.«

Erschöpft nicke ich und lehne den Kopf zurück.

Wie soll sie mir helfen? Ich habe kein körperliches Leiden, das sie mit Medizin heilen kann. Mein Gewissen braucht kein Medikament, nichts wird diese Frage jemals zum Verstummen bringen. Ich hätte etwas tun müssen, auch wenn Sam das verhindert hat. Ich hätte mich wehren können, mich meinem Stiefvater stellen.

Ich habe bei Fathi schon versagt.

Wie konnte mir das bei Sayed passieren?

Jetzt ist er tot und ich lebe.

Auch wenn das kein Leben ist.

Wir sitzen in Zaidas Schwesternzimmer, es ist klein, aber gemütlich. Sie hat Tee gekocht und Nüsse und andere Köstlichkeiten auf den Tisch gestellt. Herbstliche Zweige schmücken eine Vase auf ihrem Nachttisch, alles ist sauber und ordentlich. Sie gießt mir Pfefferminztee in meine Tasse, es ist meine Lieblingssorte.

Es ist Sayeds Geruch.

Ich dränge die Tränen zurück und konzentriere mich auf Zaidas Worte.

»Marie. Dir geht es schlecht. Du erholst dich zu langsam, ich sehe das. Du hast keine Krankheit, nicht im eigentlichen Sinn, soviel kann ich mit Sicherheit sagen. Du trägst etwas mit dir herum, das dich nicht gesund werden lässt. Willst du es mir nicht sagen, Mädchen?«

Stumm blicke ich sie an. Zu groß ist meine Schuld, als dass ich sie laut aussprechen kann. Zaida wartet geduldig, pustet in ihre Tasse und lässt mich nicht aus den Augen. Je länger sie schweigt, desto unbehaglicher ist mir zumute. Nervös rutsche ich auf meinem Stuhl herum, warte, dass sie mich aus der unangenehmen Situation erlöst.

»Wer hat das Lager hier gegründet?«

Ich stelle die Frage, um sie abzulenken. Eigentlich will ich es nicht wirklich wissen, aber alles ist besser, als über mich zu sprechen.

Verwundert räuspert sie sich, antwortet mir aber.

»Es gibt eine Organisation, die sich WOMEN FREE HUMANS nennt. Sie entstand in deinem Heimatland und ist heute eine der größten Hilfsorganisationen in ganz Europa. Früher waren ausschließlich Frauen dabei, heute sind wir ungefähr gleichwertig verteilet. Viele Männer haben sich uns angeschlossen, vielleicht müsste man den Namen mal ändern.« Sie kichert und trinkt einen Schluck. »Wir arbeiten eng mit dem Untergrund in Deutschland zusammen, die Schleuser bringen uns jeden Tag neue Flüchtlinge, wie du ja weißt.«

Ich habe sehr schnell begriffen, wie es abläuft. Der Grenzübergang ist ein riesiges Tor, mit Wachtürmen und einer hohen Mauer. Von dort kommt niemand rein oder raus, bewaffnete Männer von der Regierung schützen die Grenze zu Deutschland. Der weitere Grenzverlauf aber ist abschnittsweise nur durch Stacheldraht gesichert. Der Wald steht dicht, das Abholzen der Bäume war ihnen zu aufwendig. Es ist so, wie Sayed es mir erklärt hat. Die Flüchtlinge werden in den seltensten Fällen aufgehalten. Wer unser Land verlassen will, kann das tun, es ist ihnen egal. Außer es handelt sich um jemanden wie mich. Ich bin die persönliche Trophäe meines Stiefvaters, er will mich um jeden Preis zurück. Es gibt noch mehr wie mich, Frauen, die aus den verschiedensten Gründen verfolgt oder gesucht werden. Meistens sind sie selbst im Untergrund tätig oder ihre Ehemänner wollen sie an der Flucht hindern.

Deshalb gibt es entlang des Zauns immer wieder Durchgänge wie den, den ich benutzt habe. Ein Loch, in den Draht geschnitten, und die Grenzbeamten blicken für ein bisschen Geld in eine andere Richtung.

»WFH, wie wir es kurz nennen, ist in Deutschland auch noch aktiv.«

»Ich weiß, ich habe Flugblätter geschrieben«, murmle ich

unbedacht in meinen Tee und sehe Sam, wie sie mit gebeugtem Kopf am Tisch sitzt und schreibt.

»Ach ja?« Überrascht stellt Zaida ihre Tasse ab. »Du steckst ja voller Geheimnisse, Marie! Willst du mir nicht noch eines verraten?«

»Ich habe einen Menschen getötet.« Meine Stimme klingt kalt, ich hefte meinen Blick provozierend auf sie. Ihr Gesicht ist eine undurchdringliche Maske, kein Muskel zuckt. »Sprich weiter.« Erwartungsvoll hebt sie das Kinn.

»Ich habe den Menschen, den ich am meisten geliebt habe, umgebracht. Ich hätte ihn retten können, habe es aber nicht getan.«

»Hast du ihn nun getötet oder nicht?« Sie verschränkt die Arme vor der Brust und sieht mich herausfordernd an.

Ich springe auf. »Hast du mir nicht zugehört?«, schreie ich. »Ich habe ihn nicht erschossen, aber ich hätte es genauso gut tun können! Da gibt es keinen Unterschied, verstehst du?« Ich kralle die Fingernägel in die Ellenbogen, ein Zittern durchfährt meinen Körper. Ich warte auf ihre entsetzte Reaktion, auf ihre Verurteilung, auf meine gerechte Strafe.

»Das ist es also.«

Mitfühlend blickt sie zu mir auf.

»Marie. Ich weiß nicht, was passiert ist, aber du hast ihn nicht getötet. Dieser schreckliche Zustand in eurem Land fordert viel zu viele Opfer. Aber am schlimmsten trifft es die, die überleben. Alle fühlen sich schuldig an dem Verlust eines geliebten Menschen. Die Grausamkeit dieser Buße ist unvorstellbar. Aber du musst dich davon befreien, sonst wird es dich zerstören.«

Sie steht auf und nimmt mich in den Arm. Ich wehre mich, stoße sie von mir, aber sie lässt nicht locker. Beharrlich streicht sie mir über den Rücken, und mein Widerstand wird langsam schwächer. Ich habe keine Kraft, dieser tröstlichen Umarmung zu entsagen. Zu lange habe ich keine menschliche Nähe erfahren. Sayeds starke Arme, die mich umfangen, fehlen mir so sehr. Ich lasse mich fallen, meine Schultern sinken nach unten, meine Beine knicken mir weg, aber Zaida fängt mich auf. An ihrem Hals weine ich. Raue Schluchzer schütteln mich, meine Kehle schwillt zu.

»Lass es raus, Marie. Das ist gut. Das machst du sehr gut.«

Auch ohne ihren Zuspruch kann ich gar nicht mehr aufhören; der Schmerz der letzten Wochen sucht sich eigenmächtig sein Ventil. Ich durchnässe ihre Bluse, und ein Wort formt sich wie ein Ballon in meinen Bauch. Es bläht sich auf, immer größer und dicker. Ich schlucke krampfhaft und versuche es zu unterdrücken, aber es wandert unbeirrt nach oben, auf der Suche nach einem Ausgang. Schon steckt es mir im Hals, und wie von selbst lege ich den Kopf in den Nacken, öffne den Mund und schreie, so laut ich kann.

»Sayed!«

Der Ballon platzt, er explodiert und hinterlässt eine tiefe, schwere Traurigkeit. Ich klappe endgültig zusammen, gehe zu Boden. Zaida hält mich. Sie geht in die Knie und legt meinen Kopf an ihre Brust, und ich umklammere sie, als wäre sie mein Schutzschild gegen das Verbrechen, das ich begangen habe.

Nach einer Ewigkeit schiebt sie mich ein Stückchen von sich und reicht mir ein Taschentuch. Geräuschvoll putze ich mir die Nase und reibe meine geschwollenen Augen.

»Du musst dir vergeben, Marie«, sagt sie.

»Ich kann nicht, Zaida«, sage ich.

SAYED

Ich stehe vor Sam und schreie sie an, wie die letzten vier Tage auch schon. Sie ist mein Ventil für meine Verzweiflung und nimmt es hin. Die neue Wohnung, in der wir uns eingerichtet haben, ist größer als die andere und doch schaffe ich es nicht, ihr einfach aus dem Weg zu gehen. Sie bringt mich mit ihrer Art zur Weißglut.

»Du hast doch sonst immer eine Antwort auf jeden Mist! Was kann so schwer daran sein, herauszufinden, ob er Hanna hat?«

Sam betrachtet ihre Fingernägel, ich durchquere mit großen Schritten das Zimmer und bombardiere sie mit Fragen.

»Wenn sie nicht im Lager registriert ist, wo soll sie dann sein? Warum hast du sie nicht dort abgeliefert, Sam?« Ich bin so laut, dass Cleo den Kopf ins Zimmer steckt und mich bittet, Rücksicht auf Karl zu nehmen. Ich winke nur ab und sie schließt verstimmt die Tür.

»Sayed, scheiße noch mal!« Sam wird nun doch wütend, ich strapaziere ihre Geduld über die Maßen. »Glaubst du im Ernst, es gibt nichts anders zu tun? Hanna wird es schon gut gehen. Wenn Werner sie wirklich hätte, wüsste ich das längst!« Sie verrollt die Augen und steht auf. »Weißt du, wie viel Anstrengung es uns gekostet hat, dich da rauszuholen? Es war scheiß teuer! Und Hans ist seit zwei Tagen verschwunden! Wahrscheinlich muss ich jetzt jemand Neuen einschleusen, das wird nicht leicht. Und du hängst hier rum und jammerst wegen Hanna, anstatt das zu tun, wofür du gebraucht wirst!«

Mit jedem Wort ist sie einen Schritt auf mich zugekommen und sticht mir nun ihren Zeigefinger gegen die Brust.

Sie hat recht. Ich kann mich nicht konzentrieren, seit ich weiß, dass keine Hanna Mahler im Lager registriert ist. Sam hat sich mehrmals über unsere Mittelsmänner erkundigt, eigentlich jeden Tag, seit sie mich befreit haben. Aber Hanna taucht nirgendwo auf und das kostet mich bald den Verstand.

Wo ist sie?

Wenn Sam sie an die Grenze gebracht hat, warum ist sie nicht im Lager? Ich drücke mir die Handballen an die Augen und stoße die Luft aus. Sam wird versöhnlicher.

»Sayed, sieh dich um. Die Bevölkerung ist unruhig, das ist unsere Chance! Wenn wir sie nicht ergreifen, geht sie ungenutzt vorüber. Ahmed braucht dich für die Organisation der Versammlung. Wir müssen so viele Menschen wie möglich erreichen und wir brauchen einen sicheren Ort, wo du sprechen kannst.« Sie klopft mir mit dem Knöchel an den Kopf, ich blicke zu Boden.

Es ist nicht fair, was ich hier tue.

Sam hat meine Flucht über Wochen geplant. Wir haben wegen meiner Befreiung einen unserer besten Männer verloren, wohin Hans auch immer verschwunden ist. Jetzt gibt es niemanden mehr, der für uns im Bunker spioniert.

Als Sam von Hans hörte, dass ich noch lebe, ist sie zusammengebrochen, hat Ahmed erzählt. Das ist absolut untypisch für Sam, es gibt so gut wie nichts, was sie aus der Fassung bringt. Cleo und Ahmed steckten sie drei Tage lang ins Bett, nachdem sie hier ankam. Sie berichtete den beiden von meinem Tod und gab sich die Schuld daran. Apathisch lag sie auf ihrem Zimmer, aß nichts und schlief auch nicht. Sie stierte die ganze Zeit mit offenen Augen an die Decke, Cleo sagte, sie sah richtig gruselig aus. Dann kam die Nachricht von Hans, dass ich am Leben bin und im Bunker sitze. Sam konnte es nicht glauben, schlug Hans mit der flachen Hand ins Gesicht und drohte ihm, sich ja keinen Fehler zu erlauben. Er versicherte ihr, er erkenne mich wohl und ob sie denke, er sei zu dämlich für seine Aufgabe.

Da brach sie zusammen. Sie fiel einfach auf den Boden und schluchzte so laut, dass Karl anfing zu weinen. Er hatte Sam noch nie so gesehen und erschrak über die Heftigkeit ihrer Reaktion. Nach einer halben Stunde, in der sie niemand anfassen durfte, hörte sie einfach wieder auf. Sie putzte sich die Nase und war wieder ganz die Alte. In ihrem gewohnten Befehlston trommelte sie Leute für meine Befreiung zusammen und fing an zu planen. Ich hatte großes Glück. Wenn ich im Loch gewesen wäre wie mein Vater, hätten sie keine Chance gehabt, mich da rauszuholen.

Als ich mit Ahmed am Abend meiner Flucht hier ankam, krallte Sam ihre Finger um meinen Nacken und ließ mich nicht mehr los. Wir standen beieinander, bis mir die Beine wehtaten und ich sie irgendwann von mir schob.

Seitdem lässt sie mich nicht mehr aus den Augen und legt eine für ihre Verhältnisse ungewohnte Feinfühligkeit an den Tag, die ich langsam, aber sicher mit meinem ständigen Fragen über Hanna zunichtemache.

Der öffentliche Tod meines Vaters schlug größere Wellen, als ich mir vorstellen konnte. Ich war so mit Hannas und meiner Flucht beschäftigt gewesen, dass ich die Entwicklung in der Stadt nicht mitbekam.

Weil er sich der Regierung widersetzte und in einem letzten Protest seine Erhängung durch einen selbstgewählten Tod verhinderte, ist er jetzt so etwas wie ein stiller Held. Der Unmut der Menschen schlägt sukzessive in blanke Wut um. Proteste sind an der Tagesordnung, die Regierung muss immer öfter größere Ansammlungen von Menschen mit Gewalt zerschlagen. Sie wehren sich offen gegen die Unterdrückung und Armut, die in unserem Land herrschen.

Erst gestern stürmte eine Gruppe Männer eine Fabrik, in der Lebensmittel gelagert werden. Mit Knüppeln, Hacken und

Schaufeln bewaffnet verschafften sie sich Zutritt zu dem Gebäude, rangen die Arbeiter nieder und deckten sich mit Säcken voll Mehl und Kartoffeln ein. Bis das Militär ankam, war alles vorbei.

So aufgeheizt war die Stimmung in Deutschland noch nie, aber offensichtlich sind Jahrzehnte des Krieges allen genug.

Jetzt will Sam eine Zusammenkunft organisieren, auf der die Menschen angeblich mich sehen wollen, weil ich Fathis Sohn bin. Sie übertragen ihre Hoffnungen und Forderungen auf mich. Den Nachfolger des Mannes, der die Regierung öffentlich zum Gespött gemacht hat.

Ich weiß nicht, ob ich das wirklich will, aber Ahmed ist der gleichen Meinung wie Sam.

»Sayed, sie brauchen eine Gallionsfigur. Jemanden, der sie lenkt und führt. Sie haben dich gewählt, wie kannst du dich davor drücken?« Er streicht sich nachdenklich über seinen Bart. »Du schaffst das schon, mein Freund. Wenn nicht du, wer dann?«

Ich nicke nur, denn insgeheim ist es mir egal. Ich will nichts mehr, als nach Dänemark fahren und Hanna finden und weiß zugleich, dass dies unmöglich ist. Dort wird mich Werner als Erstes suchen. Ein Schleuser, der zweimal die Woche Flüchtlinge über die Grenze bringt, berichtete erst gestern, dass Hannas Stiefvater eine ganze Truppe losgeschickt hat, um mich zu finden. Das überschreitet bei Weitem seine Befugnisse und macht deutlich, wie sehr er mich will. Ich würde Hanna einer großen Gefahr aussetzen, wenn ich dieses Vorhaben in die Tat umsetze.

Mein Verstand begreift es, mein Herz nicht.

Ahmed legt seine Hand auf meine.

»Junge, ich tue alles, was in meiner Macht steht, um sie zu finden. Und bis jetzt habe ich kein Sterbenswörtchen, nicht das kleinste Gerücht gehört, dass Werner sie hat. Du weißt, dein Mädchen ist eine Kämpferin. Hanna ist stark. Sie hat es bestimmt geschafft, Sayed.«

Ich runzle zweifelnd die Brauen und wünsche mir doch nichts sehnlicher, als dass er recht hat.

»Sobald ich Gelegenheit habe, werde ich Zaida fragen«, verspricht er mir. »Du weißt, sie kennt jeden Neuankömmling mit Namen, sie wird sich umhören, ja? Und jetzt mach dich an die Arbeit. Ihr müsst ein Gebäude finden und die Versammlung vorbereiten.«

Ahmed steht auf, wuschelt mir durch die Haare, schiebt sich schnell ein Stück Brot in den Mund und verlässt die Wohnung.

Ich erhebe mich ebenfalls und fasse mir unwillkürlich an meine Narbe. Manchmal habe ich das Gefühl, Hannas kühle Hände auf mir zu spüren. Ihre zarten Fingerspitzen, die über die knotigen Erhebungen tasten und mir durch die bloße Berührung Linderung verschaffen.

Aber weil das alles nur Einbildung ist und ich in der Realität bleiben soll, schlurfe ich seufzend zu Sam, die im Arbeitszimmer über neuen Flugblättern sitzt.

»Also, was liegt an?«, frage ich und lasse mich müde ihr gegenüber nieder. Es dauert einen Moment, bis ich eine Position finde, in der meine Wunde nicht schmerzt. Sam freut sich wie verrückt, dass ich mich zu ihr bequeme und überhört meinen passiven Unterton.

»Also«, eifrig schiebt sie mir Papiere über den Tisch zu, »WOMEN FREE HUMANS erhebt sich gerade wie der Phönix aus der Asche. Frauen formieren sich auf offener Straße zu kleinen Gruppen und rebellieren stumm, Sayed, du musst dir das mal vorstellen! Sie stehen nur rum und tun eigentlich nichts, und es sieht einfach nur beängstigend aus. Wie vermummte Diener in schwarzer Tracht versperren sie Fahrzeugen den Weg oder blockieren Eingänge zu Gebäuden, zu denen Frauen der Zutritt verwehrt ist. Es ist einfach gigantisch, ich habe jedes Mal Gänsehaut, wenn ich dieses neue Schauspiel beobachte.«

Ich muss zugeben, dass mich ihre Begeisterung ansteckt. Seit Tagen war ich nicht draußen, auf der Straße, und das macht mich wahnsinnig.

»Weißt du, Sayed, davon habe ich die letzten Jahre immer geträumt! Und du doch auch! Wir alle hier haben so hart dafür gearbeitet und jetzt ist es endlich so weit! Die Lunte ist entfacht und die Zündschnur brennt! Findest du das nicht auch einfach unglaublich?«

Seit langer Zeit wieder spüre ich so etwas wie einen Puls, einen Herzschlag.

Meinen Herzschlag.

Neugierig ziehe ich die Papiere, die vor mir liegen, näher heran und studiere ihre Notizen zum ersten Mal mit echtem Interesse. Sam hat mehrere leerstehende Gebäude markiert, die sie für geeignet hält, außerdem Stichpunkte für eine Rede, die ich halten soll. Nachdem ich eine Weile gelesen habe, hebe ich den Kopf und sehe sie durchdringend an.

»Wenn das durchsickert, wenn *er* spitzkriegt, was wir da tun, sind wir alle dran. Das ist dir klar, oder?«

»Was denkst du denn? Wenn ich einen Kindergeburtstag feiern wollen würde, würde ich mich an Cleo wenden, Sayed.«

Ihre Antwort ist ein Schutz. Sie hat Angst, so wie ich. Aber wir können diese Gelegenheit unmöglich ungenutzt verstreichen lassen. Unsere Herzen schlagen für ein freies Deutschland, so wie es meine Eltern noch kannten.

»Dann ist es beschlossene Sache. Lass uns anfangen«, sage ich mit fester Stimme, und Sam grinst.

Sie hebt die Hand und ich klatsche ab.

Die nächsten Tage arbeiten wir uns durch unzählige Listen mit Namen von Untergrundaktivisten, die den Ort und den Tag der Versammlung verbreiten sollen. Es ist eine schwierige Angelegenheit, weil wir jeden genau unter die Lupe nehmen müssen. Auf keinen Fall dürfen die Informationen an den Falschen gelangen. Zusätzlich erkundet Sam des Nachts ihre ausgesuchten Gebäude. Wegen den Unruhen der letzten Monate wurde die Sperrstunde auf zwanzig Uhr abends herabgesetzt, was Sam herzlich egal ist. Sie streift durch die Dunkelheit, als wäre sie ein Wolf und kommt völlig übermüdet erst am frühen Morgen zurück.

Ahmed war indes noch zweimal am Grenzübergang, kam aber ohne Neuigkeiten zurück. Selbst Zaida, die gute Seele der Containerstadt, kennt keine Hanna Mahler und meine Zuversicht, dass es ihr gut geht, schwindet kontinuierlich.

Ich versuche, mich abzulenken. Tagsüber ist sowieso so viel zu tun, dass ich wenig Zeit zum Grübeln finde.

Nachts sieht die Sache anders aus.

Ich träume.

Hanna und ich laufen Hand in Hand über die grüne Lichtung. Unsere nackten Füße versinken im warmen Gras, die Sonne brennt auf uns herab, der Himmel über uns strahlt in einem tiefen Blau. Glücklich ziehe ich Hanna an mich, meine Fingerspitzen fahren sanft über die Konturen ihres Gesichts. Langsam neige ich den Kopf, versinke in ihren blauen Augen, mein Mund findet endlich den ihren und ich küsse sie. Ihre Lippen pressen sich auf meine, meine Hände vergraben sich in ihrem Haar. Nach einer Weile löst sie sich von mir und sieht mich fragend an.

»Warum hast du mich verlassen, Sayed?«, flüstert sie und sieht plötzlich ganz anders aus. Ihre Wangenknochen stechen hervor, die Augen hohl und leer, die Haut bleich, wispert sie unentwegt diesen einen Satz. »Warum hast du mich verlassen, Sayed?«

Mit rasendem Herzschlag wache ich auf und mein feuchtes Kissen zeugt davon, dass ich geheult habe wie ein Baby.

Ich kann sie einfach nicht vergessen, auch wenn ich weiß, dass Sam und die anderen das von mir erwarten.

Ahmed spricht mich behutsam darauf an. Er sagt, ich solle loslassen und Hanna freigeben. Ich weiß, sie wollen nur mein Bestes. Sie sind mittlerweile alle der festen Überzeugung, dass Hanna sich ein neues Leben aufbaut.

Ohne mich.

Dass sie dort, wo sie ist, frei und glücklich und zufrieden ist und mich nicht mehr braucht.

Und wie sehr ich mir wünsche, so selbstlos zu sein, ich schaffe es einfach nicht.

Stattdessen funkle ich Sam böse an, wenn sie erbarmungslos einen Alltag von Hanna beschreibt, der mich durchdrehen lässt. Mit voller Absicht schwärmt sie von neuen Hannas neuen Freunden, von einem Mann, der sie liebt und ihr all das gibt, was ich ihr nicht geben kann. In den buntesten Farben malt sie mir Dinge aus, die die beiden gemeinsam tun und will mich so dazu bringen, mich auf das Wesentliche zu konzentrieren.

Es ist die absolut falsche Methode.

»Halt deinen Mund, Sam!«, fahre ich sie an, als sie mir beschreibt, wie gut der Typ an Hannas Seite aussieht und wie leidenschaftlich er sie verehrt.

Ungehalten fege ich dabei Geschirr vom Tisch und Cleo schüttelt erschrocken den Kopf. Sie holt einen Besen und kehrt die Scherben auf, bevor Karl sich daran verletzen kann, und ich stehe vor den beiden und schreie herum.

»Rede nicht so einen Mist daher, du Biest! Du hast keine Ahnung! Vielleicht braucht sie mich, vielleicht prügelt sie ihr Stiefvater in diesem Augenblick windelweich!«

Ich weiß selbst, dass ich Schwachsinn rede. Wenn Werner sie hätte, dann wüssten wir es längst. Sam hat ihre Spitzel überall, nichts bleibt ihr verborgen.

»Komm mal wieder runter, großer Krieger!« Sam sieht mich angewidert an. »Du benimmst dich echt zum Kotzen. Ich sag dir jetzt mal was und am besten hörst mir ganz genau zu!« Ihre Augen funkeln.

»Hanna denkt, du bist tot. Tot, verstehst du! Wo immer sie sich aufhält, sie weiß nicht, dass du lebst und wenn du mich fragst, ist das auch gut so. Sie hat ein Recht darauf, aus diesem Schlamassel entkommen zu sein und zu leben. Du musst das endlich mal kapieren, Sayed! Sie ist weg, okay?« Sie spitzt ihren Mund, hält ihre Fingerspitzen daran und bläst hinein. »Wie ein Windhauch, Sayed. Einfach weg!«

»Sam!« Cleo wirft ihr einen vernichtenden Blick zu, als sie sieht, dass alle Farbe aus meinem Gesicht weicht. Sams Worte sind wie eine Ohrfeige für mich. Ich stehe mitten im Raum und die Erkenntnis, dass sie recht hat, trifft mich wie ein Hammer. Der Schlag dröhnt in meinem Schädel, und ich schlucke den ekelhaften Geschmack in meinem Mund herunter.

Wenn ich Hanna wirklich liebe, muss ich sie ziehen lassen. Das ist das Einzige, was ich für sie tun kann. Aufgebracht fahre ich mir mit den Händen durch die Haare, bewege meinem Kopf auf und ab und presse die Lippen aufeinander. Cleo und Sam starren mich, warten auf meine Reaktion. Weil ich damit nicht klarkomme, verlasse ich den Raum und schlage die Tür hinter mir zu, will alleine sein. In meinem Zimmer schmeiße ich mich aufs Bett, drücke mir das Kissen vors Gesicht und schreie meine ganze Wut und die Verzweiflung über die ausweglose Lage in den dünnen Stoff.

Ich werde sie nicht suchen können und sie wird nie wieder in dieses Land zurückkehren, ich muss das endlich begreifen. Die Ungerechtigkeit darüber macht mich rasend, wütend springe ich auf und donnere meine geballte Faust gegen die Wand. Knochen knacken, der Putz bröckelt auf den Boden, meine Stirn knallt gegen kalten Stein. Tränen laufen mir über die Wangen, Blut tropft von meiner Hand auf die Hose.

Ich hasse Werner. Mit jeder Faser meines Körpers will ich ihn büßen lassen, büßen für seine teuflische Existenz.

Aber ich weiß, was passiert, wenn ich die Rache, die sich verführerisch vor mir räkelt, zulasse. Ich habe es schon einmal erlebt und es bringt keine Erlösung. Verzweifelt rutsche ich an der Wand zu Boden und ziehe die Beine an, vergrabe meinen Kopf auf den Knien.

Die Tür geht auf und Cleo kommt herein. Sie nähert sich mir, auf der Hut, ob ich mich unter Kontrolle habe, geht dann langsam neben mir in die Hocke und legt den Arm um mich.

»Sayed«, flüstert sie. »Ich kann deinen Schmerz nachempfinden, glaube mir. Als Jens …«, sie schluckt, unterdrückt ihre eigene Trauer. »Als er Jens erwischt hat, bin ich mit gestorben.

Ich bin einfach zerbrochen. Fast hätte ich den Verstand verloren. Aber ich habe Kinder und die Verantwortung hat mich überleben lassen. Du hast auch etwas, wofür es sich zu kämpfen lohnt. Seit du denken kannst, willst du Freiheit für dieses Land und nun ist es soweit.«

Ich lege den Kopf in den Nacken, mit geschlossenen Augen spreche ich aus, was mich am meisten quält.

»Ich habe sie zu dieser Flucht gezwungen, Cleo. Ich habe nicht nachgedacht, ich bin völlig leichtfertig davon ausgegangen, dass alles gut geht. Ich habe Hanna im Stich gelassen!« Ich heule schon wieder und widere mich selbst an. Unwirsch wische ich mir den Rotz vom Kinn. »Sie hat gesagt, wenn ich sie verlasse, dann ist sie vollkommen alleine. Und ich habe ihr versprochen, dass dies nicht geschehen wird. Vielleicht geht es ihr schlecht oder sie ist tot! Und das ist meine Schuld, verstehst du!« Ich suche ihren Blick, suche die Vergebung, die sie mir doch nicht geben kann. Cleo streicht mir die Haare aus dem Gesicht, fürsorglich wie eine Mutter.

»Sayed, wir alle haben in diesem Krieg mindestens einen Menschen verloren, den wir geliebt haben. Es ist nicht deine Schuld. Am schrecklichsten ist es für die, die überleben. Wir alle brauchen die Absolution, aber niemand wird sie uns erteilen. Ich habe mir solche Vorwürfe gemacht, als ich Werner verraten habe, wohin du mit Hanna flüchten wolltest.« Ihre Stimme bricht, sie weint jetzt auch. »Aber als er mir drohte, mich zu verhaften, die Kinder … ich …. was ich meine, Sayed, du musst dir verzeihen, sonst zerbrichst du daran«, sagt sie.

»Ich kann nicht, Cleo«, sage ich.

HANNA

Es ist kalt geworden, der Winter steht vor den Toren des Lagers. In Deutschland wäre es schon seit Monaten Zeit, Holz zu horten. Schicht um Schicht schleppten meine Mutter und ich es jedes Jahr in den Keller. Fein säuberlich aufgestapelt lag es dort, bereit, uns seine Wärme zu spenden, wenn es so weit war.

Hier kommt die Hitze von Heizungen, die mit Strom betrieben werden. Niemand muss frieren, es gibt Unmengen gespendete Winterjacken, Stiefel und dicke Pullover.

Jetzt trage ich selbst die Kleidung, die ich noch vor ein paar Wochen geringschätzig gemustert habe. Eine Hose aus schwarzem Jeansstoff, weich und eng schmiegt sie sich an meine dünnen Beine. Meine Füße stecken in gefütterten Stiefeln, ein schwarzer Pullover mit einer Kapuze fällt mir locker über die Brust. Ich dachte, es dauert länger, bis ich mich an die gänzlich unbekannte Kultur unseres Nachbarlandes gewöhne, aber die Vorzüge sind zu verlockend. Ich komme mir vor wie eine Verräterin.

Seit meinem Geständnis bei Zaida geht es mir etwas besser.

Der schwarze Klumpen bekommt feine Risse, sitzt nun

lockerer auf meinem Herzen. In den Monaten, die ich hier bin, habe ich mich verändert. Ich bin reifer geworden.

Meine schlimmste Befürchtung ist eingetreten. Ich habe Sayed verloren.

Aber ich muss ihn ziehen lassen, sonst werde ich niemals Ruhe finden.

Ich versuche es jeden Tag erneut.

Noch immer lebe ich meinen Alltag isoliert von den anderen. Ich vermisse Cleo und Sam und Ahmed ganz schrecklich, obwohl ich sie nicht lange kannte. Ich vermisse auch meine Heimatstadt, Frankfurt, mit all ihren guten und schlechten Erinnerungen.

Zaida gibt ihr Bestes, um mich abzulenken.

Vor vier Tagen machte sie mir ein Geschenk, das ich ihr niemals vergessen werde.

Ich sortiere gerade die neu eingetroffenen Medikamente, als sie mir von hinten die Augen zuhält und mich blind auf einen Stuhl setzt.

»Lass sie geschlossen, ja?« Ihre Stimme ist voll Vorfreude, und ich nicke grinsend. Gleich darauf spüre ich ihre Hände, die mir etwas über den Kopf stülpen. Ich zucke erschrocken zurück.

»Marie, hab dich nicht so! Ich tue dir schon nichts!«, kichert sie, aber ich höre sie nur gedämpft. Auf meinen Ohrmuscheln liegt eine Art Stoff. Ich lausche meinem Herzschlag und warte gespannt, als plötzlich Musik meine Ohren erfüllt. Aufgeregt fahre ich hoch und reiße die Augen auf. Zaida steht vor mir und klatscht lachend, ich hebe verblüfft die Hände und betaste die runden Schaumstoffbälle, aus denen die süßesten Töne erklingen, die ich jemals gehört habe. Ich habe zuvor hier im Lager schon Menschen gesehen, die Instrumente spielen, die sich am Abend im Gemeinschaftsraum versammeln und musizieren. Sie singen und klimpern auf einer alten Gitarre oder einer Flöte, aber ich bin nie dazugestoßen.

Jetzt singt mir eine rauchige Männerstimme einen Text in einer Sprache ins Ohr, die ich nicht verstehe, aber das muss ich auch nicht. Die Klänge aus dem weichen Stoff, der sich um meinen Kopf schmiegt, fließen in mein Gehirn, wirbeln durch meinen Körper und flattern in meinem Magen zum Takt der Musik. Völlig verzückt schließe ich die Augen, lege den Kopf nach hinten und hebe die Arme. »Das ist wunderschön, Zaida«, brülle ich viel zu laut und Zaida schüttet sich aus vor Lachen. Das Lied geht zu Ende und sie befreit mich von den Kopfhörern.

»Wo hast du das her?«, frage ich aufgekratzt.

»Das habe ich bei den Spenden gefunden und sofort für dich zurückgelegt.« Sie grinst. »Musik heilt die Seele, Marie, weißt du?« Geschäftig drückt sie mir einen kleinen schwarzen Kasten in die Hand, an dem an einem Kabel die Kopfhörer hängen. »Das ist ein MP3-Player. Zugegeben, er ist alt, aber er funktioniert. Die Kopfhörer kratzen ein wenig, aber wenn du nicht zu laut drehst, merkst du es gar nicht. Ich habe dir Musik aufgespielt, die ich mag, ich hoffe, sie gefällt dir auch.« Sie strahlt stolz und ich trete auf sie zu und umarme sie stürmisch.

»Danke, Zaida! Ich weiß gar nicht, was ich sagen soll.« Meine Kehle schnürt sich zu und mir wird bewusst, wie sehr ich Zaida ins Herz geschlossen habe. Sie ist eine Freundin geworden.

»Was du eben gehört hast, war ein Lied auf Englisch. Es heißt *What a wonderful world* von einem großen Musiker, der aber schon lange tot ist. Ich dachte, der Text passt zu dir. Er handelt von der Schönheit der Welt, Marie. Von der Natur und der Liebe und der Freiheit.« Aufmerksam sieht sie mich an und ich weiß, was sie mir eigentlich sagen will. Seit Wochen liegt sie mir in den Ohren, ich solle mir endlich eine Wohnung in der Stadt zuteilen lassen. Sie ist der Meinung, dass ich lange genug hier war. Ich bin zu jung, um tagein, tagaus die Arbeit einer alten Jungfer zu erledigen, scherzt sie oft, aber ihre Augen blicken ernst. Und ich weiß, sie hat recht. Aber ich habe Angst.

Wenn ich das Lager verlasse, muss ich endgültig zugeben, dass Sayed tot ist. Dass er nicht mehr kommen wird und ich mich mit dieser Tatsache abfinden muss. Dazu bin ich noch nicht bereit.

Manchmal nachts, wenn ich nicht schlafen kann, berühre ich eine Stelle unter meinem Schlüsselbein. Ungefähr da muss Sayed von der Kugel getroffen worden sein. Es sticht und brennt unter meiner Haut und egal, wie fest ich kratze, das unangenehme Gefühl verschwindet nicht.

»Bald, Zaida. Bald gehe ich, ja?«, sage ich und lege meinen Kopf auf ihre Schulter. Sie streicht mir über den Kopf.

»Ach, Schätzchen«, seufzt sie zärtlich. »Ich werde dich ja auch vermissen. Aber Marie, das ist kein Leben für jemanden in deinem Alter. Du willst doch bestimmt irgendwann Kinder und einen Mann, der dich liebt, oder? Eine eigene Familie?«, erwidert sie mit fester Stimme.

Wie falsch sie liegt.

Ich will Sayed.

Ich nehme die Kopfhörer nur noch ab, wenn ich unbedingt muss. Selbst an den Betten der Patienten lasse ich ganz leise die Musik spielen. Manchmal stülpe ich sie auch den Kranken über und beobachte ihren verzückten Gesichtsausdruck, wenn die Klänge in ihrem Herzen ankommen. Zaida neckt mich und fragt, ob sie unter meinen Haaren angewachsen sind. Sie beschwert sich halb im Scherz, dass ich mich nicht mehr mit ihr unterhalte – und es stimmt. Ich kann von der Musik nicht genug bekommen. Aus irgendeinem Grund hilft sie mir, meine Erinnerungen zu verarbeiten. Wie eine beruhigende Salbe legt sie sich auf meine Wunden und verschließt sie Stück für Stück.

Gerade stehe ich in der Küche und schneide Obst für den Nachmittag, als Zaida mit ihrer Kollegin Lore hereinkommt. Lächelnd hebe ich den Kopf, konzentriere mich aber sogleich wieder auf das Messer in meiner Hand. Die beiden beginnen eine Unterhaltung, ohne mich zu beachten, weil ich wie immer die Kopfhörer trage. Leise summend widme ich mich meiner

Tätigkeit, als das Display schwarz wird. Ich halte inne und schnalze verärgert mit der Zunge. Dummerweise habe ich vergessen, den Player an den Strom anzuschließen. Kurz überlege ich, meine Arbeit zu unterbrechen und eine Steckdose zu suchen, verwerfe mein Vorhaben aber wieder. Erst bringe ich meine Aufgabe zu Ende.

Zaidas Stimme dringt an mein Ohr.

»Ja, ich habe es gehört. Da drüben muss der Teufel los sein. Ahmed hat mir von den Zuständen berichtet.«

Langsam lege ich das Messer nieder, bleibe reglos stehen.

Hat sie eben Ahmed gesagt? Mein Herz pocht.

Lore antwortet ihr flüsternd: »Die Bevölkerung beginnt sich zu wehren. Gerüchten zufolge stürmen sie Lebensmittellager und liefern sich Straßenschlachten mit der Regierung. Die Frauen schließen sich zusammen, jeden Sonntag, auf den großen Plätzen, auf dem die Hinrichtungen stattfinden. Sie stehen einfach nur da und sind mucksmäuschenstill. Am Anfang hat das Militär noch geschossen, mitten in die Menge, überleg dir das mal, Zaida!« Entsetzt holt sie Luft. »Aber jetzt weigern sie sich, auf wehrlose Menschen zu schießen. Wie erzählt wird, stehen sie einfach nur vor ihnen, die Waffen im Anschlag, aber es fällt kein Schuss. Die WFH soll diese Demonstrationen organisieren, munkelt man.«

Wie betäubt ziehe ich mir die Kopfhörer ab und drehe mich um. Zaida sieht mich an, einen erschrockenen Ausdruck in den Augen.

»Ich dachte, du hast die Musik an?«

Ich verneine stumm, kann nichts sagen.

Lore sieht von mir zu ihr. »Es tut mir leid, Zaida, ich wusste nicht, dass Marie das nicht hören soll.« Betreten schlägt sie die Augen nieder und macht sich aus dem Staub, und ich finde meine Stimme wieder.

»Du kennst Ahmed?«, krächze ich.

»Ja, sicher. Er ist mein … ein Freund.«

»Er hat mich hierhergebracht, Zaida!« Mit zwei Schritten bin ich bei ihr und packe ihre Hand. »Ich muss ihn sehen! Wann kommt er wieder?«

»Das weiß ich nicht, Marie. Lass mich los, du tust mir weh!« Sie entzieht mir ihre Hand und setzt sich. »Ich weiß nicht, wann er das nächste Mal kommt. Es gibt keine festen Zeiten, der Untergrund hat mehrere Schleuser. Es ist nicht immer Ahmed.«

»Was ist da drüben los? Was geschieht in Deutschland, sag es mir!« Ich klinge, als wäre ich übergeschnappt.

»Marie, ganz ruhig. Ich sage dir, was ich weiß, aber nur, wenn du dich hinsetzt und dich beruhigst.«

Sie hat Angst, dass ich wieder kollabiere, was kein Wunder ist, so wie ich mich benehme. Ich atme hektisch ein und aus, meine Augen sind weit aufgerissen und meine Beine zittern unkontrolliert.

Zaida faltet die Hände im Schoß und wartet beharrlich, bis ich mir einen Stuhl hole und Platz nehme.

»Ich weiß auch nicht alles«, beginnt sie ruhig. »Es sind nur Gerüchte. Ob sie stimmen, kann ich dir nicht sagen. Es gab wohl vor einigen Monaten eine Hinrichtung, bei der sich der Verurteilte widersetzte und vor den Augen aller einen Freitod wählte.«

Ich schlage die Hände vor den Mund.

Sie spricht von Fathi!

»Das war der Anstoß zu mächtigen Unruhen in Deutschland. Die Menschen sind aufgebracht und wollen die Regierung stürzen.« Sie hebt die Hand, als ich aufspringen will. »Bleib sitzen, Marie, ich bin noch nicht fertig.« Ihr Ton ist scharf, so hat sie noch nie mit mir gesprochen. Ich gehorche, weil ich unbedingt will, dass sie weiterspricht.

»Im Moment ist es sehr, sehr gefährlich in Deutschland, Marie. Das Militär ermordet wahllos Menschen. Niemand ist mehr sicher. Du wirst auf gar keinen Fall zurückgehen, das werde ich nicht zulassen.«

Verblüfft sehe ich sie an. Kann sie Gedanken lesen?

Sie verzieht die Mundwinkel, wird aber sofort wieder ernst. »Ich sehe es in deinen Augen, Mädchen. Niemand kann garantieren, was als Nächstes geschieht. Niemand weiß, ob euer Volk einen Sieg davonträgt, Marie. Davon seid ihr noch weit entfernt. Im Augenblick ist es viel zu instabil und vor allen Dingen lebensgefährlich! Du bleibst hier, bis sich die Lage beruhigt hat, dann sehen wir weiter.«

Es scheint, als sei das ihr letztes Wort, und ich werde wütend.

»Du bist nicht meine Mutter, Zaida!«, fauche ich und weiß, ich benehme mich abscheulich. Ihr geschockter Gesichtsausdruck spricht für sich. Aber ich kann nicht anders. »Ich kann selbst bestimmen, wo ich hingehe, und ich tue es mit oder ohne deine Hilfe!«

Mein Ultimatum bricht ihr das Herz, und ich spüre den Anflug eines schlechten Gewissens. Schnell sperre ich es in eine Kiste und werfe den Schlüssel weit weg. Zaida schüttelt den Kopf, die Eiseskälte, die ich ausstrahle, lässt sogar mich frieren.

Mir wird klar, dass ich niemals im Leben etwas so sehr wollte wie das.

Ich muss zurück.

Und zwar sofort.

SAYED

Mit gesenktem Kopf haste ich über den Bürgersteig, die Mütze tief ins Gesicht gezogen, den Schal um den Hals geschlungen. Ich stopfe die Hände in die Taschen, um die beißende Kälte zu vertreiben.

Auf den Straßen blicke ich direkt in den Schlund der Hölle.

Es brennt überall, rotgelbe Feuer züngeln in den schwarzen Himmel. Die Revolution hat begonnen, die Wut der Menschen ist kolossal. Das Militär rumpelt mit seinen Panzern über den Asphalt, überrollt jeden, der sich nicht schnell genug in Sicherheit bringt. Ohnmächtig schießen sie wahllos auf alles, was sich ihnen in den Weg stellt. Mit Knüppeln und Äxten, mit Stöcken und Stangen schlägt die Bevölkerung gnadenlos zurück. Sie entwaffnen das Militär, und ihr Zorn entlädt sich in Gewalt und Mord.

Es ist ein einziges gegenseitiges Abschlachten.

Die wichtigsten Befehlshaber unserer Stadt verschanzen sich in ihrem Hauptgebäude, verstecken sich wie Tiere in der Falle. Ihr Einfluss schwindet von Stunde zu Stunde.

Der geballte Hass des Volkes lässt Frankfurt im totalen Chaos versinken.

Der Krieg ist da.

In anderen großen Städten sieht es ähnlich aus, berichten unsere Fahrer. Immer mehr Menschen flüchten und verlassen unser Land, jeden Tag bringen sie Familien, Kinder und Alte über die Grenze, nach Frankreich oder Dänemark.

Aber mindestens genauso viele kommen zurück. Zurück in ihr Heimatland, mit dem glühenden Wunsch, Deutschland in die Freiheit zu führen. Voll Hoffnung auf eine Wende kehren sie nach Hause zurück, heben die Waffen gen Himmel und brüllen ihren Frust in die schreckgeweiteten Gesichter ihrer Unterdrücker.

Ich habe genug von der Gewalt.

Werner sucht nach wie vor nach mir. Erst gestern brachen er und seine Leibwächter in eine Wohnung in unserer unmittelbaren Nachbarschaft ein. Cleo löschte in aller Eile die Kerzen und wir verharrten vier Stunden in der eiskalten, stockdunklen Wohnung. Es ist ein sinnloser Versuch, so etwas wie Sicherheit in unseren immer gefährlicheren Alltag zu bringen. Wenn Werner weiß, wo ich bin, helfen auch keine gelöschten Lichter mehr. Aschfahl saß sie mir am Küchentisch gegenüber und ich sah die blanke Angst, die sich in ihren Augen spiegelte. Der Tag, an dem Werner sie aufsuchte, ist ihr noch allzu gut im Gedächtnis. Es muss grässlich gewesen sein, seitdem ist Cleo nicht mehr dieselbe. Sie ist schreckhaft und übervorsichtig mit Karl und seinem Bruder, und ständig entschuldigt sie sich bei mir. Sie macht sich immer noch schreckliche Vorwürfe, aber ich trage ihr nichts nach. Sie schützt ihre Kinder. Nichts anderes würde ich tun.

Ein Fahrzeug des Militärs taucht am Ende der Straße auf und ich will schon in einem Hauseingang verschwinden, als sich eine Gruppe Menschen aus der Dunkelheit löst und mit gezückten Maschinenpistolen auf das fahrende Auto zustürmt. Es sind ungefähr fünfzehn Männer. Die Waffen im Anschlag zwingen sie den Wagen mit den zwei Insassen zu stoppen. Der Fahrer hebt beim Aussteigen mit aschfahlem Gesicht die Hände über den Kopf. Der grelle Schein des Feuers ein paar Meter weiter beleuchtet das Geschehen mit geisterhaftem Licht. Ich will weitergehen, aber Schaulustige stellen sich mir in den Weg, recken die Fäuste und drängen in Richtung Straße.

Die beiden Männer des Militärs haben mit ihrem Schicksal abgeschlossen, ich kann es in ihren Augen sehen. Ängstlich positionieren sie sich vor dem Fahrzeug, trotz allem flackert Hoffnung auf Erbarmen über ihre Gesichter.

»Ich … ich habe niemals jemanden getötet«, stammelt einer von ihnen. »Ich schwöre es! Ich habe ein Kind, ich flehe euch …«

Weiter kommt er nicht und ich halte die Luft an. Nicht eine Kugel durchlöchert ihn. Ein ganzer Kugelhagel prasselt auf ihn ein. Sein Körper zuckt wie in Ekstase. In einem letzten Tanz kreiselt er um sich selbst, sein Kopf fliegt nach hinten, seine Lippen formen einen stummen Schrei.

Mir wird schlecht, Speichel sammelt sich in meinem Mund und meine Narbe pocht bei seinem Anblick unter meiner Haut, als führe sie ein Eigenleben. Der Mann geht zu Boden, er ist tot. Jubelrufe werden laut, einige klatschen neben mir. Der andere Kerl steht wie angewurzelt neben dem Wagen, ein dunkler Fleck breitet sich langsam auf seiner Hose aus.

Mich überkommt ein derartig heftiger Brechreiz, dass ich mich umdrehe und mir einen Weg aus der Menge bahne. Ich stütze mich an der nächsten Hauswand ab, die Schüsse, mit denen sie den zweiten zu Fall bringen, im Rücken. Würgend beuge ich mich nach vorne und es kostet mich meine ganze Kraft, mich nicht zu übergeben.

Auch wenn ich ihren Hass verstehe, sind sie nicht besser als ihre Feinde.

Dieses kaltblütige Morden führt uns in eine noch schlimmere Zukunft. In der ganzen Stadt spielen sich diese Szenen ab.

Die Stirn an der kalten Außenmauer, presse ich die Handflächen gegen den harten Stein und versuche mich wieder unter Kontrolle zu bringen. Vorsichtig werfe ich einen Blick über die Schulter und kann sehen, wie sie die Leichen und den Wagen mit Benzin übergießen. Jemand wirft ein Streichholz auf den Asphalt und die Menge weicht zurück. Ein lodernder

Feuerball explodiert mit einem lauten Knall in der schwarzen Nacht, mit einem Schlag wird es heiß. Die Flammen verleiben sich ihre Beute ein.

Die Hitze dringt durch meine Kleidung, alles lodert und durch das Knistern und Knacken des Brandes höre ich einen grauenvollen Schrei. Was die Kugeln nicht geschafft haben, vollendet nun das Feuer. Es hat nichts Menschliches mehr, was an mein Ohr dringt. Ein grausiger Ton, der sich wie eine dünne Nadel durch meine Schläfe in mein Gehirn bohrt.

Jetzt kotze ich doch auf die Straße.

Angezogen liege ich auf meinem Bett, die dreckigen Stiefel beschmutzen das Laken, der Geruch von verbranntem Fleisch sitzt unter meiner Haut, in meiner Nase und in meinem Mund.

Ist es das, was übrig bleibt?

Ein Land voller Menschen, die sich gegenseitig abschlachten?

Ich schließe die Augen und lege den Arm über mein Gesicht.

Ich bin müde. So müde.

Der Tag der Versammlung rückt immer näher, Sam hat Unglaubliches vollbracht. Sie hat ein Gebäude gefunden, eine ehemalige Kosmetikfabrik, die in einem alten Industriegebiet liegt, das seit langem nicht mehr genutzt wird. Abgelegen und für unser Vorhaben bestens geeignet.

Ich habe genaue Instruktionen, was ich den Leuten sagen soll, aber ich zweifle an unserer Idee, dem Volk den Frieden zu bringen. Wie soll das gelingen? Niemand wird uns zuhören. Es gibt keine gewaltfreie Lösung. Nicht nach dem, was da draußen los ist. Ich bin froh, dass Hanna nicht mehr hier ist. Zwar vermisse ich sie immer noch jeden Tag, doch die Vorstellung, dass sie in Sicherheit ist, dass es ihr gut geht, hilft mir, es zu ertragen.

Der ekelerregende Geruch meiner Kleidung zieht mir in die Nase, mir wird schon wieder schlecht. Ich springe auf und reiße mir das Hemd und die Hose vom Leib, als könnte ich so das eben Erlebte vergessen. Nur in Unterhose stehe ich mitten im Raum, als die Tür aufgeht und Karl hereinspringt.

»Saii!«

Er rennt auf mich zu, und ich fange ihn auf und wirble ihn durch die Luft. Er juchzt und kichert, lässt seine Ärmchen rudern, als wäre er ein Vogel, und ich muss grinsen. Seit ich wieder da bin, hängt er an mir wie eine Klette. Cleo ermahnt ihn ständig, mir nicht auf die Nerven zu fallen. Dabei ist er der Einzige, der mir ab und zu ein Lächeln entlockt. Ich lasse ihn zu Boden gleiten, gehe in die Hocke und streiche ihm über die verschwitzten Haare. Er reckt seine winzigen Finger und berührt vorsichtig die Narbe auf meiner nackten Brust.

»Hat Saii sich wehgetan?«

Neugierig sieht er mich an und streicht über die wulstige rote Haut. Ich nicke nur, will ihm auf keinen Fall erzählen, was passiert ist.

»Mama kann dir einen Kuss darauf geben, dann ist es gleich besser«, sagt er im Brustton der Überzeugung, den nur kleine Kinder haben können. Kein Zweifel trübt sein Gesicht.

»Ja, vielleicht muss Mama das machen«, lache ich, hebe ihn hoch und setze ihn auf das Bett. »Weißt du, kleiner Mann, das hat gar nicht so wehgetan. Und ich bin auch schon wieder ganz gesund.«

»Warum weint Saii dann immer, wenn es nicht mehr wehtut?« Seine kugelrunden Augen blicken direkt in meine Seele.

Ich schlucke.

»Woher weißt du das?«

»Ich höre dich, Saii. Alle hören dich, wenn du in deinem Zimmer weinst. Auch Mama. Dann weint sie auch und ich küsse sie dann wieder froh.« Er klatscht in die Hände, zeigt mir einen Kussmund und legt seine feuchte Hand, die so groß ist wie mein ganzer Daumen, auf meine Verletzung.

»Weißt du, Karl, ich …« Mein Mund klappt auf und zu, ich weiß nicht, was ich sagen soll. Ich setze mich neben ihn und Karl klettert auf meinen Schoß.

»Ich bin manchmal traurig, weil ich jemanden verloren habe, der mir sehr wichtig war. Und wenn ich denjenigen dann ganz stark vermisse, dann muss ich weinen.« Ich habe schon wieder einen Kloß im Hals, aber Karl nickt mit dem Kopf.

»So wie ich Papa, stimmt's?« Stolz sieht er mich an, weil er genau weiß, von was ich spreche. »Papa hat mir immer eine Geschichte von einem Land erzählt, wo es schöner ist als hier. Ein Land, wo es Menschen gibt, die sich alle gernhaben. Da gibt es auch ein großes Wasser, wo ganz viele Fische schwimmen. Die sind so groß wie ein Haus. Wäle heißen die. Die will ich auch mal sehen. Ich glaube, da ist Papa jetzt.« Sein Kopf bewegt sich immer noch wissend auf und ab, seine großen Augen glitzern begeistert. »Da ist es viel schöner als hier. Vielleicht ist Hanna da ja auch, mit Papa?« Er legt seinen Zeigefinger an das Kinn. »Dann können sie zusammen spielen und die Wäle sehen.« Mit der flachen Hand macht er fließende Bewegungen vor meiner Nase und bläst die Backen auf. »Wuschschsch«, entweicht die Luft aus seinem Schmollmund. »So, siehst du?« Er hört auf und wendet mir sein Gesicht zu. Mir laufen Tränen über die Wangen, und Karl wischt sie mir ungeschickt weg. »Nicht weinen, Saii. Da ist es wirklich schön, Papa hat es versprochen!«

Aufgewühlt drücke ich ihn an mich, seine kurzen Ärmchen schlingen sich um meinen Hals. Er riecht nach kindlichem Schweiß und nach Cleo.

Woher weiß er, dass ich um Hanna weine?

Er versteht mehr, als wir uns vorstellen können. Und plötzlich wird mir klar, dass ich für ihn mein Bestes geben muss. Kinder wie er brauchen uns. Brauchen eine Zukunft in diesem Land. Und egal, wie schwarz und dunkel die Welt für mich aussieht, seine Hoffnung ist ein Licht, das unermüdlich leuchtet. Allein für ihn muss ich es wenigstens versuchen.

Cleo ruft auf dem Flur nach ihrem Sohn, er hopst flink von meinem Schoß und rennt zur Tür. »Ich bin hier, Mama«, sagt er, bevor er sich noch mal umdreht und mich angrinst. »Es gibt Pfannkuchen mit Apfel, hat Mama versprochen.«

Als wäre es das Heilmittel für alles Schreckliche in dieser

Welt, legt er den Kopf schief und leckt sich mit der Zunge über den Mund. Er sieht so lustig aus, dass ich lachen muss. »Na dann, lass uns essen. Sag Mama, dass ich mich noch wasche.« Er reckt den Daumen in die Höhe und huscht aus dem Zimmer, ich schnappe mir ein paar frische Sachen zum Anziehen und gehe ins Bad. Dort mustere ich mich im Spiegel über dem Waschbecken. Mein Anblick ist grauenvoll. Meine Haare sind so lang, dass ich mir schon fast einen Zopf binden kann, ähnlich steht es um meinen Bart, der dicht auf meinen eingefallenen Wangen sprießt. Und ich bin immer noch zu dünn. Die vier Wochen im Bunker haben ihre Spuren hinterlassen. Meine Muskeln und Sehnen stechen ohne ein Gramm Fett unter meiner Haut hervor. Mein Blick wandert zu meiner Schusswunde. Sie hätte mich fast das Leben gekostet. Würde mich Hanna so auch noch lieben? Mit dieser hässlichen Narbe, die überdeutlich meine Verwundbarkeit zeigt?

Wie es ihr wohl geht?

Ob sie glücklich ist?

Wenn ich mir vorstelle, wie sie all die Dinge tut, die ihr hier verboten sind, wie sie lacht und in Freiheit lebt, bin ich erleichtert.

In Gedanken verwandelt sich mein Gesicht im Spiegel in ihres. Das Blau ihrer Augen glänzt auf der glasigen Oberfläche, ihre hellen Haare kringeln sich auf ihren nackten Schultern. Hinter ihr taucht verschwommen die Silhouette eines Mannes auf. Er biegt ihren Kopf zur Seite und hebt ihre Locken an. Dann küsst er sie sanft auf den Nacken. Hanna lächelt.

Heiße Wut erfasst mich. Ich hole aus, schlage mit der flachen Hand gegen das Bild im Spiegel und es zerbricht in tausend Teile, die klirrend in das Waschbecken fallen. Über mein Handgelenk zieht sich ein tiefer Schnitt, das Blut läuft mir in dünnen Fäden den Unterarm entlang und tropft auf die gezackten Überreste im Becken. Aus den Scherben grinst mir mitleidig der fremde Mann entgegen, und ich stoße einen knurrenden Laut aus.

Jemand klopft an die Tür. Es ist Ahmed. »Sayed? Alles in Ordnung?«

»Ja. Danke«, sage ich knapp. Ich kann ihn auf keinen Fall reinlassen, ich benehme mich gerade unmöglich.

Ich sollte Hanna jedes Glück der Welt gönnen. Aber allein der Gedanke, dass jemand anderes als ich sie zum Lachen bringt, lässt mich völlig irrationale Dinge tun.

Das muss aufhören!

Wenn ich so weitermache, ende ich als dämlicher alter Sonderling, über den die Leute lachen. Mit zusammengebissenen Zähnen umklammere ich das Porzellanbecken.

Sayed, altes Haus! Du hast schon ganz andere Dinge geschafft! Reiß dich zusammen, du Schwächling, befehle ich mir und straffe die Schultern.

Als ich mich wieder im Griff habe, sammle ich die Scherben ein. Morgen werde ich einen neuen Spiegel besorgen müssen. Aus dem Schrank krame ich ein altes Handtuch und verbinde mir notdürftig die Schnittwunde.

In der Küche sitzen alle am Tisch.

»Ich habe den Spiegel kaputt gemacht. Irgendwie war die Halterung lose und als ich daran gestoßen bin …«, lasse ich den Satz unvollendet. Niemand glaubt mir diese erfundene Geschichte, das sehe ich in ihren Gesichtern.

Sam schürzt verächtlich die Lippen. »Mal wieder die kleine, arme, hilflose Hanna, was?«

Cleo, die hinter ihr die Pfannkuchen auf die Teller verteilt, gibt ihr einen Klaps auf den Hinterkopf.

»Au! Ich sag doch nur, wie es ist! Wenn er sich nicht bald zusammenreißt, können wir ihn zu den Bekloppten unter die Mainbrücke bringen.« Sie lächelt blöde und schielt mich an.

»Steht dir. Solltest du öfter tragen, Sam.«

Sie streckt mir die Zunge raus.

»Das auch«, setze ich noch oben drauf.

Ich nehme Platz. Cleo bemerkt sofort meine Verletzung.

»Hast du dich geschnitten?« Sie läuft zur Spüle, tränkt einen Lappen mit Schnaps und kommt zu mir.

»Es ist nicht schlimm. Lass gut sein, Cleo.« Trotz meines

Einwandes schält sie mir das blutige Handtuch vom Gelenk und betupft die Wunde mit Alkohol. Es brennt wie Feuer und ich verziehe das Gesicht.

»Das müssen wir die nächsten Tage kontrollieren, es darf sich nicht entzünden«, mahnt sie und bindet ein sauberes Tuch darum.

»Wenn du nicht aufpasst, siehst du bald aus wie ein Monster.«

Sam muss immer das letzte Wort haben und ich belasse es dabei. Das ärgert sie maßlos, wenn ich ihre Provokationen ins Leere laufen lasse. Sie benimmt sich seltsam die letzten Tage. Ständig reizt sie mich und freut sich diebisch, wenn ich darauf anspringe. Ich weiß nicht, was mit ihr los ist.

Ahmed greift zum Besteck und dankt Cleo laut für die Mahlzeit, und wir beginnen schweigend mit dem Essen. Ich bin mit den Gedanken bei den Aufgaben des nächsten Tages, als Ahmed mich anspricht.

»Sayed, mir ist da etwas eingefallen. Wegen Hanna.«

Ich blicke hoch und lasse die Gabel sinken, Ahmed wischt sich den Mund ab und schiebt den Teller zur Seite.

»Die ganze Zeit haben wir nach einer Hanna Mahler gefragt. Aber wir haben nicht daran gedacht, dass sie vielleicht ihren neuen Namen benutzt. Der Pass, den Sam gefälscht hat. Wenn sie dort ist und Angst vor Werner hat, wird sie wohl kaum ihren richtigen Namen benutzen. Sie ist Marie. Marie Heller. Also, das würde ich jedenfalls tun.«

Ich höre auf zu kauen, der Bissen bleibt mir im Hals stecken. Ich verschlucke mich und Ahmed haut mir mit seiner Pranke auf den Rücken. Als ich wieder Luft bekomme, überschlagen sich meine Worte.

»Das ist es, Ahmed!«, rufe ich und schlage mir die Hand an die Stirn. »Deshalb haben wir sie nicht gefunden! Du bist ein Genie! Warum ist mir das nicht eingefallen?« Ich kann nicht glauben, dass ich darauf nicht selbst gekommen bin! »Du musst das sofort überprüfen! Am besten fährst du gleich morgen hin und …«

Sam unterbricht mich.

»Sag mal, spinnst du? Es gibt genug zu tun und Ahmed wird ganz sicher nicht extra deshalb da hochfahren!« Ihr Ton ist kalt und aggressiv, und ich patze sofort zurück.

»Das wirst nicht du entscheiden, Sam! Ahmed kann das sehr wohl alleine.«

Auch ich klinge gehässig. Was bitte kann wichtiger sein als das? Über den Tisch hinweg liefern wir uns ein Duell mit den Augen, blitzen uns böse an, bis Ahmed einschreitet.

»Sayed, so gerne ich würde, aber morgen geht es wirklich nicht. Ich habe Sam versprochen, sie zu einem Treffen der WFH zu begleiten und sie kann unter keinen Umständen alleine in die Innenstadt. Ich fahre nächste Woche, den Tag vor der Versammlung, rauf. Ich muss Leute raus- und reinbringen, da lohnt sich die Tour. Du weißt selbst, wie gefährlich es geworden ist.«

Er muss mich nicht daran erinnern, ich habe es mit eigenen Augen gesehen. Insgeheim weiß ich, dass er recht hat, aber ich habe Sams Benehmen satt. Gerade verzieht sie die Mundwinkel zu einem eindeutigen *Ich hab's dir doch gesagt*.

»Hör auf«, sage ich. »Deine Art ist anmaßend und unangebracht, Fräulein.«

Sie springt auf und faucht wie eine Katze.

»Nenn mich nicht Fräulein! Du hast nur noch Hanna, Hanna, Hanna im Kopf. Du bist zu nichts mehr zu gebrauchen, sieh dich doch mal an! Ständig heulst du wie ein Baby! Wegen ihr!« Winselnd äfft sie mich nach, und meine Zündschnur entflammt. Ich sehe rot, schiebe voller Wut meinen Stuhl zurück und bin mit zwei großen Schritten bei ihr. Sam weicht keinen Zentimeter zurück, wartet auf eine Ohrfeige. Meine Hand schwebt sekundenlang drohend in der Luft, Cleo atmet scharf ein.

»Sayed!« schneidet ihre Stimme durch die Küche. »Die Kinder!«

Langsam lasse ich die Hand sinken.

»Das ist es mir nicht wert. Irgendwann hast auch du deinen Bonus verspielt, Sam!«, funkle ich sie grimmig an, drehe mich um und verlasse den Raum, Sams bebendes Kinn vor Augen.

Ich kann nicht schlafen. Wenn wir nicht aufpassen, zerfleischen wir uns alle noch gegenseitig. Unsere Nerven sind zum Zerreißen gespannt, Angst und Aufregung sitzen uns allen im Nacken. Sam ist nur noch unterwegs, gönnt sich kaum eine Ruhepause, wie jeder von uns. Ich für meinen Teil rechne immer noch jeden Moment damit, dass Werner mich findet, denn die Chancen, dass ich unentdeckt bleibe, werden von Tag zu Tag geringer.

Er ist gut in dem, was er tut, ich darf ihn auf keinen Fall unterschätzen. Die Zustände erschweren ihm zwar das Aufspüren eines Einzelnen, aber das bedeutet nicht, dass er es nicht versucht.

Oft genug wache ich nachts auf und ringe wie ein Ertrinkender nach Luft, das kalte Wasser des Beckens umspült mein Bett und ich strample wie ein Wilder, bis ich zu mir komme. Dann falle ich schwitzend, mit klopfendem Herzen, auf das feuchte Laken und liege bis zum Morgengrauen reglos auf der Matratze. Sollte ich ihm noch einmal in die Hände fallen, bin ich so gut wie tot.

Ich will mir gar nicht ausmalen, was er mit Cleo und Sam und Ahmed anstellen würde, wenn er mich hier findet. Ich sehe, wie er sich Karl schnappt und mit ihm verschwindet. Wie Cleo schreit und mich anfleht, ihn aufzuhalten, und ich stocksteif im Flur stehe und unfähig bin, ihr zu helfen. Die schrecklichen Fantasien hören einfach nicht auf. Mal ist es Hanna, mal Sam und mal eben Karl. Ich hasse ihn so sehr, dass ich ihn töten könnte!

Mittlerweile habe ich mich damit abgefunden, dass die kurze Zeit mit Hanna die einzige in meinem Leben war, in der ich so etwas wie Glück und Frieden gefunden habe.

HANNA

Kritisch mustere ich mich im Spiegel über dem Waschbecken im Gemeinschaftswaschraum.

Ich sehe anders aus.

Meine Haare sind gewachsen und fallen mir dicht über den Rücken, und ich bin zwar immer noch schlank, aber durch die gesunde Ernährung habe ich rundere Wagen und eine frische Gesichtsfarbe. Von der glasigen Oberfläche glänzen mir meine blauen Augen entgegen. Hinter mir taucht verschwommen die Silhouette von Sayed auf. Er biegt meinen Kopf zur Seite, hebt meine Locken an und küsst mich sanft auf den Nacken. Ich lächle, dann wische ich hastig mit der Handfläche über den Spiegel.

Immer noch sehe ich ihn überall. In jeder Scheibe, in jedem Traum, manchmal sogar in einem völlig Fremden.

Schnell spritze ich mir Wasser ins Gesicht, um ihn zu vertreiben.

Hanna, reiß dich zusammen. Du musst ihn gehen lassen! Er wird nicht wiederkommen, ermahne ich mich selbst.

Das muss aufhören!

Wenn ich so weitermache, ende ich als komische alte Jungfer, über die die Leute lachen.

Die letzten Tage habe ich besonders auf mich geachtet, gut

gegessen und viel geschlafen. Ich brauche Kraft und Energie. Wer weiß, wie es mir in Frankfurt ergehen wird.

Fest entschlossen, wieder nach Hause zu fahren, bereite ich mich auf meine Rückkehr in mein Heimatland vor. Ich gehöre nicht hierher und niemand wird mich vom Gegenteil überzeugen.

Zaida bemüht sich redlich, mir meine eigenen vier Wände schmackhaft zu machen. Ich könnte unter ihrer Vormundschaft alleine leben, bis ich volljährig bin. Letzte Woche fuhr sie mit mir in die Stadt, hielt in einem schönen Wohngebiet und zückte den Schlüssel zu einer Wohnung mit einem kleinen Garten. Ich saß im Auto neben ihr und schwankte zwischen unverhohlenem Zorn und liebevoller Dankbarkeit. Sie sah so glücklich und stolz aus, dass ich es nicht übers Herz brachte, wütend zu werden.

»Zaida, du weißt doch, dass ich nicht hierbleiben werde. Warum tust du das?«, sage ich, schüttle leicht den Kopf und sehe sie vorwurfsvoll an. »Jemand anderes könnte das viel besser gebrauchen als ich.«

Sie öffnet ihre Autotür und grinst. »Jetzt sieh es dir wenigstens an!«

Ich kann es ihr nicht abschlagen, sie ist so gut zu mir. Also tue ich ihr den Gefallen, steige ebenfalls aus und schaue mich um. Die Straße ist gesäumt von Bäumen, die ihre Äste kahl in den grauen Himmel recken, alles ist gepflegt und sauber, Autos parken am Bürgersteig.

»Das Viertel ist genau richtig für dich. Das sind normalerweise keine Flüchtlingswohnungen. Ich habe sie über einen Freund besorgt.« Sie zwinkert verschwörerisch, ich folge ihr seufzend zur Haustür. In den Türrahmen sind feine Muster geschnitzt, der Hausflur riecht nach Putzmittel und zwei Fahrräder lehnen an der Wand.

Alles in diesem Land ist so anders als bei uns. Ich bin immer noch überwältigt von der grenzenlosen Freiheit, die hier herrscht. Auch Europa stand kurz vor dem Zerfall, wie ich in etlichen Büchern gelesen habe. Aber die anderen Länder schlossen sich letztendlich doch zusammen und wehrten den drohenden Untergang der Staatengemeinschaft ab. Nur Deutschland zerbrach und versank in seiner eigenen Unfähigkeit.

»Bitte sehr, junge Dame«, unterbricht Zaida meine Gedanken und schließt die Tür zu einer Wohnung im Erdgeschoss auf. Zögernd betrete ich den hellen Flur. Der blank geschrubbte Holzboden sieht wunderschön aus. Ehrfürchtig laufe ich die Zimmer ab, die in frisch gestrichenem Weiß erstrahlen. Von einem der Räume blicke ich einen kleinen Garten.

Die Küche ist gelb, rote Vorhänge mit weißen Tupfen zieren das Fenster.

Das könnte alles mir gehören.

Mir allein.

Ich habe unfassbares Glück, Zaida zu kennen. Sie bietet mir Möglichkeiten, die andere nicht bekommen.

Ich winde mich innerlich. Wie kann ich sie nur so enttäuschen?

Sie hingegen strahlt mich an. »Schön, oder? Ich dachte, wenn wir ein bisschen suchen, finden wir bestimmt ein schönes Sofa und einen kleinen Tisch.« Schon zückt sie einen Stift und Papier und macht sich Notizen.

»Hier«, sie deutet unter das Fenster, das zum Garten hinausgeht, »würde ich mir eine Leseecke einrichten. Da ist es hell und gemütlich. Und hier kannst du …« Ich falle ihr ins Wort.

»Zaida, lass mich doch erst mal in Ruhe alles ansehen.«

Betreten steckt sie den Stift wieder ein.

»Sicher, Kindchen. Entschuldige, ich freue mich nur so.«

Du liebe Zeit! Ich kann ihr nicht sagen, dass ich das alles gar nicht möchte. Ihre Begeisterung ist so voller Liebe, dass ich den Mut nicht aufbringe. Interessiert schlendere ich deshalb von Zimmer zu Zimmer, bis ich beschließe, dass es genug ist.

»Du kannst nächste Woche umziehen. Also du hast ja noch nichts. Keine Möbel, meine ich. Aber keine Sorge, ich helfe dir, dich einzurichten. Ich habe mit dem Lagerverwalter gesprochen. Du könntest im städtischen Krankenhaus eine Ausbildung zur Schwester machen.« Ihre Wangen sind gerötet, sie nimmt meine Hände in ihre. »Ist das nicht fantastisch, Marie? Du könntest einen richtigen Beruf lernen und dein eigenes Geld verdienen!« Sie wirbelt mich in der kleinen Wohnung herum. »Dann, Marie, bist du endgültig frei und unabhängig. Niemand wird über dich bestimmen, du kannst tun und lassen, was du willst!«

Mir ist ganz schwindelig von ihren Informationen. Niemals hätte ich mir das träumen lassen, wovon Zaida spricht.

Der süße Geschmack der Selbstbestimmung wird schal in meinem Mund, wenn ich an all die Menschen in Deutschland denke. An all die Frauen, die nichts wert sind. Deren Identität gestohlen wurde, ihre Eigenständigkeit und Gleichberechtigung. Die Unabhängigkeit, die hier für alle Menschen selbstverständlich ist, lässt meine Erinnerung an mein altes Leben unwirklich erscheinen.

Es scheint, als sei es Jahre her, als ein Tuch über meinem Gesicht zu meinem Alltag gehörte.

Ich muss zurück und mein Volk unterstützen. Ich muss zu Sam und zu Cleo und zu Ahmed.

Sie sind meine Familie geworden, und keiner kann meine Trauer um Sayed besser verstehen als diese Menschen. Keiner kann die Liebe zu meinem Land besser verstehen als sie.

Sie hängen, genau wie ich, an unserer Heimat. An einer Zukunft, die nur wir verändern können.

Und doch höre ich mich Zaida versichern, wie wunderbar ihre Idee ist.

»Sehr gut, Marie. Das ist die richtige Entscheidung, glaube mir. Du kannst immer noch nach Frankfurt, wenn sich die Lage entspannt hat, du wirst sehen.«

Sie drückt mich erleichtert an sich und ich komme mir vor wie eine Betrügerin.

Die folgenden Tage nehme ich mir immer wieder aufs Neue

vor, ihr die Wahrheit zu sagen, aber ich schaffe es einfach nicht. Hinter ihrem Rücken treffe ich mich mit einem Schleuser. Es ist nicht Ahmed, auf ihn warte ich vergeblich. Aber es kommen andere mit ihrer menschlichen Fracht. Die Leute steigen an der Grenze im Wald aus und bejubeln die gelungene Flucht, und während sie das tun, verstauen die Nächsten ihr spärliches Gepäck und können ihre Rückkehr kaum erwarten.

Ich mische mich unter die Neuankömmlinge, unter dem Vorwand, sie einzuweisen, und sobald Zaida beschäftigt ist und ich unbeobachtet bin, kläre ich die Einzelheiten mit dem Fahrer. Er ist kurz angebunden, will nur wissen ob ich einen Pass besitze, falls wir angehalten werden. Ich bejahe seine Frage, als er auch schon weiterspricht. Ob mir klar wäre, dass in Deutschland das Chaos herrsche? Ich nicke eifrig, der Mann sieht mich forschend an.

»Kind, da drüben ist die Hölle los. Ich bin mir nicht sicher, ob du weißt, was das bedeutet? In der Stadt bist du nirgends sicher! Sie schießen und töten völlig wahllos. Hier ist es auf jeden Fall angenehmer, Mädchen«, sagt er eindringlich und kaut auf einem Zahnstocher herum. Die Strickmütze auf seinem Kopf ist verrutscht, und er sieht müde und abgekämpft aus.

»Das lassen Sie mal meine Sorge sein.«

Mein Ton ist scharf. Ich lasse mir von keinem Mann mehr vorschreiben, was ich zu tun und zu lassen habe. Er nickt bedächtig und nimmt den Zahnstocher aus dem Mund. »Gut. Dann übermorgen. Hier. Um acht. Wenn du zu spät kommst, bin ich weg.«

Er wartet meine Antwort nicht ab, steigt ein und schlägt die Wagentür zu. Mein Herz klopft bis zum Hals und ich drehe mich schnell um. Ein kleines Kind hängt an Zaidas Bein, die Mutter fällt vor ihr auf die Knie und küsst den kalten feuchten Waldboden.

Ich muss verrückt sein!

Warum will ich das alles aufgeben?

Morgen früh ist es soweit.

Den letzten Abend verbringe ich mit Zaida, und mein schlechtes Gewissen bringt mich fast um. Sie sitzt vor mir und beschreibt in den glühendsten Farben mein neues Zuhause. Sie hat alle Formalitäten für mich erledigt, mir ein Bett und andere Möbel besorgt, meinem Einzug steht demnach nichts mehr im Wege.

Außer, dass ich dort nie einziehen werde.

Ich beiße mir auf die Lippen und betrachte meinen Fuß, der nervös auf- und abwippt.

»Du bist ja ganz aufgeregt, Marie! Das ist wunderbar, ich freue mich so für dich.« Ihre Wangen sind gerötet, sie kichert wie ein kleines Mädchen. »Ich weiß, ich weiß, ich benehme mich albern. Aber es geht mir immer wieder unter die Haut, wenn ich Menschen wie dir helfen kann.«

Ich weiß, sie meint es nicht so, aber ihre Worte verletzen mich. Es ist, als wäre ich eine Person zweiter Klasse.

Genau das war das Problem in Deutschland, damals während der großen Flüchtlingswelle. Die Menschen, die in unser Land kamen, waren auf unsere Hilfe angewiesen und wir behandelten sie wie eine bedürftige, minderbemittelte Spezies. Ich weiß das auch nur aus Zeitungsartikeln und Berichten, die ich verschlungen habe, aber nun empfinde ich genauso. Die mitleidigen Blicke der Angestellten im Lager, die ständige Bevormundung. Immer ist da jemand, der es besser weiß als ich. Aber die Hanna, die ich früher einmal war, gibt es nicht mehr. An ihre Stelle ist eine selbstbewusste, junge Frau getreten. Ich kenne sie selbst noch nicht besonders gut, aber sie überrascht mich jeden Tag aufs Neue.

»Ich werde morgen früh erst mal alleine in mein neues Zuhause fahren, wenn das okay für dich ist?«, sage ich und meine Lüge geht mir leichter von den Lippen, als ich dachte.

Zaida legt mir die Hand aufs Knie. »Aber sicher, mein Schatz.« Um nichts in der Welt würde sie meine vermeintliche Entscheidung gefährden. »Du kommst dann einfach wieder, wenn die Mittagschicht anfängt. Du weißt doch noch, wie du mit dem Bus fahren musst?« Vor ein paar Tagen hat sie mir die

Adresse ganz genau aufgeschrieben und ist die Strecke zweimal mit mir abgefahren. Außerdem überreichte sie mir feierlich mein Startkapital, das hier jedem zur Verfügung steht.

»Hier, Marie. Dein erstes eigenes Geld.« In ihren Augen schwammen Tränen und ich bedankte mich überschwänglich, weil es von mir erwartet wurde.

Ich will Zaida nicht verlassen, zu viele Menschen, die ich geliebt habe, existieren nur noch in meiner Erinnerung. Mein Herz wird schwer, als Zaida aufsteht und gähnt. »Ich bin erledigt. Das war ein anstrengender Tag. Diese chaotischen Verhältnisse an den Grenzübergängen bringen mal wieder Leben in die Bude, aber ich bin wohl richtige Arbeit nicht mehr gewohnt«, lacht sie und reckt die Arme über den Kopf. »Schlaf gut, Marie. Ich freue mich, wenn du mir morgen Bericht erstattest.«

Bevor sie zur Tür hinausgeht, springe ich auf. »Warte, Zaida!«, rufe ich und renne auf sie zu. Ungestüm falle ich ihr in die Arme und vergrabe meinen Kopf an ihrer Schulter. Zaida schnauft verblüfft und streicht mir über die Haare. »Aber, aber, Schätzchen. Wir sehen uns doch trotzdem jeden Tag. Und natürlich besuche ich dich ganz oft und wir kochen gemeinsam. Ach, Marie, das wird einfach herrlich!«, prophezeit sie. Ich sage nichts, nehme ihren Geruch auf, spüre ihren Herzschlag an meiner Brust. Meine Tränen benetzen ihren Hals.

»Danke, Zaida. Danke für alles, was du für mich getan hast. Ich hab dich lieb.«

»Ich dich auch, Marie. Jetzt fängst du ein neues Leben an. Ich bin so stolz auf dich!«

Ich presse die Lippen aufeinander, um nicht mit der Wahrheit herauszuplatzen. Ehrlichkeit war mir und meiner Mutter das wichtigste Gut, es war unsere stärkste Verbindung.

Wenn sie mich heute sehen könnte, wäre sie dann enttäuscht?

Schütze ich Zaida oder schütze ich mich?

Ich weiß es nicht.

Die Stadt ist ein Ort der Finsternis.

Die Erde hat sich aufgetan und mich verschluckt und ich bin direkt in der Hölle gelandet. Wenn ich dachte, dass es früher schlimm war, hatte ich keine Vorstellung von Krieg.

Es brennt einfach überall.

Die sowieso schon zerstörten Gebäude sind nur noch verkohlte Ruinen. Menschen sind kaum zu sehen, die Straßen sind wie leer gefegt. Läden, in denen man einkaufen konnte, sind zerstört und geplündert, es stinkt nach Rauch und Verwesung. Zu Beginn saß ich noch aufgeregt und voller Spannung am Fenster des Wagens, sog jede Kleinigkeit in mich auf. Doch je näher wir Frankfurt kamen, desto unerträglicher wurde der Blick nach draußen. Krampfhaft halte ich mein Tuch fest, als ob es mich vor dem Grauen schützen könnte. Ich habe mir nachts aus alten Kleidern einen Mantel und ein neues, feines Tuch genäht, in stummer Vorfreude auf meine alte Heimat. In meinen kühnsten Träumen hätte ich mir dieses Inferno nicht ausmalen können.

In den dunklen Ecken der Straßen liegen menschliche Körper. S*ie werden erfrieren, halten sie an,* will ich dem Fahrer zurufen, als mir klar wird, dass sie längst tot sind. Beschämt über meine Naivität verschließe ich die Augen vor der entsetzlichen Realität.

Was soll ich hier?

Das ist kein Ort für mich.

Ich bin keine Kriegerin.

Was dachte ich, was mich hier erwartet?

Ich war so dumm!

Hanna, was du willst und was möglich ist, sind oft völlig verschiedene Dinge, habe ich Sayeds Stimme im Ohr. Wie recht er hatte.

Was ich mir vorstelle und was tatsächlich ist, sind völlig verschiedene Dinge. *Er kannte mich wirklich gut,* denke ich bitter.

Gleich werde ich bei Cleo und Sam und Ahmed sein und alles wird nur noch halb so bedrohlich erscheinen, beruhige ich mich. Der Fahrer lenkt das Auto zielstrebig durch die leeren Straßen, zu der Adresse, die ich ihm genannt habe. Er scheint den Anblick gewohnt zu sein, lässt mich nicht erkennen, ob er meine Bestürzung bemerkt.

Ich atme tief ein, spreche mir Mut zu. *Du hast schon viel Schlimmeres erlebt, Hanna. Du kannst das!*

Um mich aufzuheitern, stelle ich mir Cleos Küche vor. Vielleicht gibt es ja sogar von Sam stibitzten Kaffee. Ahmeds gütige Augen, die mir von Sayed erzählen werden und Karl, der mich aufgeregt begrüßen wird.

»So. Hier sind wir. Keplerstraße.« Der Fahrer hält an. »Auf, Mädchen! Ich kann hier nicht stehen bleiben. Raus mit dir!«, scheucht er mich, und ich schnappe mir meine Tasche und stehe schneller auf der dunklen Straße, als mir lieb ist. Der Kleinlaster braust davon und Dunkelheit umgibt mich.

Nirgendwo brennt Licht, zögerlich setze ich einen Fuß vor den anderen. Der eisige Wind bläht mein Tuch nach oben. Hier ist es nicht ganz so erschreckend wie in der Innenstadt. Es gibt zumindest keine Feuer, keine übermäßige Verwüstung, aber auch sonst kein Anzeichen von Leben. Es ist so still, dass ich mein Herz schlagen höre. Trotz der Kälte läuft mir der Schweiß am Rücken hinab, meine Beine zittern. Was werden die anderen wohl sagen, wenn ich plötzlich vor ihnen stehe? Sie haben so viel riskiert, um mich außer Landes zu bringen, und nun werfe ich alles hin. Werden sie mir böse sein? Wenn ich noch länger hier herumstehe, werde ich es nie erfahren, denn dann erfriere ich einfach. Entschlossen laufe ich zum Eingang und drücke gegen die Tür, die selbstverständlich abgeschlossen ist.

Sayed hatte immer einen Schlüssel, ich habe mich nie darum gekümmert. Ich bin wirklich zu nichts zu gebrauchen. Wie konnte ich das nicht voraussehen? Niemand erwartet mich, keiner weiß, dass ich hier bin. Um mich warm zu halten, trete ich von einem Bein auf das andere, hebe langsam die Hand und klopfe zaghaft an die Haustür, weil ich keine Aufmerksamkeit auf mich ziehen will.

Nichts rührt sich.

Beherzt gehe ich zu einem der Fenster, die an der Straße liegen, stelle mich auf die Zehenspitzen und poche mit dem Knöchel gegen das kalte Glas. Die Vorhänge sind zugezogen, kein Lichtschimmer dringt nach draußen.

»Sam«, wispere ich in die Schwärze der Nacht.

Nichts.

Was, wenn niemand da ist?

Der kleine Teufel Angst hockt auf meiner Schulter und krächzt die Frage in mein Ohr.

»Sam!«, klopfe ich abermals.

Es bleibt still.

Wo sind sie?

»Sam, verflucht noch mal! Ich bin es! Hanna!« Ich verliere die Nerven und rufe viel zu laut.

Und bekomme keine Antwort.

SAYED

»Und?« Sam dreht sich um die eigene Achse, ihr Echo hallt von den kalten Wänden wider. »Wie findest du es?« Ihr Gesicht ist von der Aufregung gerötet, ihr Atem gefriert zu kleinen Wölkchen. Wir stehen in der Fabrik, die Sam ausgesucht hat. In drei Tagen soll hier die Versammlung, *die Friedenswende,* wie sie es nur noch nennt, stattfinden. Die Halle ist wirklich beeindruckend groß. Ich kann kaum bis zum anderen Ende des Kellerraumes blicken. Stahlträger stützen die Betondecke über uns, dicke schwarze Kabel baumeln lose über unseren Köpfen. Es ist riesig und eiskalt.

»Es ist prima, Sam.«

Mein Enthusiasmus hält sich in Grenzen, weil ich mich innerlich immer noch sträube, den Leitwolf zu spielen. Vielleicht kommt ja überhaupt niemand, obwohl Sam behauptet, dass es Hunderte werden. *WOMEN FREE HUMANS* ist in aller Munde und Sam ist so etwas wie ihre Sprecherin für Frankfurt geworden. Sie ist jeden Tag bei einem anderen, geheimen Treffen. Dank ihr flüstern sich unzählige Frauen das Datum und den Ort der Friedenswende ins Ohr. Leise wie der Wind verbreiten sie so unsere Idee eines freien Deutschland ohne Krieg, Tod und Zerstörung.

»So muss es damals angefangen haben, Ahmed, oder?«,

löchert sie Ahmed die ganze Nacht über die Geschichte der WFH, will jede Kleinigkeit wissen. Sie war schon immer gut in dem, was sie tut, aber jetzt ist sie brillant.

»Warum kannst du das nicht einfach machen? Übermorgen?« Ich male mit meinem Stiefel Muster in den staubigen Boden.

»Sayed, ich hab es dir jetzt schon tausendmal gesagt! Fathis Name ist ein Symbol der Freiheit geworden. Und ich bin nun mal nicht sein Sohn, wie jeder unschwer erkennen kann.« Sie schüttelt ihre langen Haare und klimpert mit den Wimpern.

»Hast du deine Rede geübt?«

»Ja, Himmel noch mal!«

Der Text ist gut, das muss ich ihr lassen. Leidenschaftlich, ehrlich und aufrüttelnd. Aber er ist eben nicht von mir. Sam hat ihn geschrieben und er passt viel besser zur ihr. Ich sage aber nichts, Sam hat sich wahnsinnig viel Mühe gegeben und ich will sie nicht verletzen. Wir bewegen uns sowieso auf dünnem Eis. Unsere Auseinandersetzung bei Tisch ist noch nicht vergessen. Nur Cleo zuliebe lasse ich die Sache auf sich beruhen, und Sam scheint es mir gleichzutun.

»Wie willst du verhindern, dass die Leute erfrieren? Und dunkel ist es auch.« Ich knipse meine Taschenlampe aus, wie zum Beweis, dass ich die Hand nicht vor Augen sehen kann.

»Ahmed und noch ein paar andere starke Jungs bringen Blechtonnen her, und dann entzünde ich das Feuer, Sayed!« Sie reißt die Augen auf und breitet die Arme aus. »Dann wird es warm und hell.«

»Mhm.« Ich drehe ihr den Rücken zu. Wenn nur Hanna bei mir wäre. Sie würde genau die richtigen Worte finden, um mich zu bestärken. Denn eigentlich kann ich Menschenmassen nicht ausstehen, sie machen mich nervös.

»Sayed.« Sam steht hinter mir und legt mir die Hand auf die Schulter. »Sieh mich an.« Widerstrebend wende ich mich um, ihr Gesicht ist genau vor meinem.

»Du schaffst das schon. Ich weiß es!« Ihre grünen Augen funkeln wie Edelsteine im Licht der Taschenlampe, sie legt ihre Hand an meine Wange. »Die Menschen werden dir zuhören. Sie werden an deinen Lippen hängen und du wirst sie begeistern.« Ihr Mund glänzt feucht, ihr Atem riecht nach Kaffee. Ich starre sie an, als hätte ich sie noch nie gesehen und kann mich nicht bewegen.

»So, wie du mich begeisterst. Keiner kommt an dir vorbei. Du bist wie die Sonne. Ohne dich ist es dunkel, weißt du das denn nicht, Sayed?«

Sie kommt mir immer näher, flüstert die Worte an meinem Mund, ihre Hand schließt sich um meinen Nacken und zieht mich an sich.

»Sam«, sage ich.

Ihre Lippen nur noch Millimeter von meinen entfernt, schließt sie verzückt die Augen.

»Sam!« Ich werde lauter.

Sie seufzt nur und küsst mich dann. Sekundenlang presst sie ihren Mund auf meinen, kühl und trocken, und ich verharre reglos.

»Findest du das nicht ein bisschen übertrieben?«, nuschle ich mit geschlossenem Mund. Sam öffnet ein Auge.

»Wieso? Gefällt es dir nicht?«, rückt sie von mir ab und blinzelt irritiert.

»Dir etwa?« Ich wische mir über den Mund und hebe die Augenbrauen.

»Ach verdammt! Ich dachte, es hilft vielleicht!« Sie fährt sich ebenfalls mit dem Ärmel ihres Mantels über den Mund und zuckt mit den Achseln. »Einen Versuch war es wert.«

Ich grinse, sie auch.

»Lass uns verschwinden. Genug gearbeitet für heute.« Ich lege ihr den Arm um die Schultern und küsse sie auf den Kopf, sie knöpft sich den Mantel zu.

»Weißt du, dieses ganze Hanna hin und Hanna her hat mich irgendwie völlig verwirrt. Ich musste kurz überprüfen, ob sich meine Gefühle für dich geändert haben«, sagt sie und schüttelt den Kopf, »aber alles beim Alten. Du schmeckst nach Pfefferminz! Ich hasse Pfefferminz!«

Ich lache.

»Ich werde dich nicht im Stich lassen, Sam. Ich gebe übermorgen mein Bestes, versprochen!«

»Ich weiß.« Sie knufft mich in die Seite, und alles ist wieder wie früher, einfach so.

Wenig später betreten wir feixend und glucksend den Flur unserer Wohnung, Sam erzählt gerade, wie ihr Ahmed das Autofahren beibringen will, als Cleo auf uns zustürmt.

»Ahmed hat Neuigkeiten von Hanna, Sayed!«

Von einer Sekunde auf die andere pumpt mein Herz die doppelte Menge Sauerstoff durch meine Adern. Das Blut schießt mir in den Kopf, ich renne den Flur entlang.

Sam folgt uns auf dem Fuße. Ich stürze in die Küche, wo Ahmed am Tisch sitzt und raucht. Das tut er nur selten.

»Er ist da, Ahmed.« Atemlos schiebt sich Cleo an mir vorbei, Ahmed dreht sich mit einem Ruck um und sieht sofort, wie es mir geht. Ich rechne mit dem Schlimmsten, es ist einfacher, sich auf alles gefasst zu machen.

Er hebt die Hände. »Es geht ihr gut, Sayed. Sie ist in Sicherheit.«

Ich taumle zurück, lehne den Kopf an die Wand und schließe die Augen.

Danke! Oh Himmel, ich danke dir!

Ich stoße den angehaltenen Atem aus. »Gib mir auch eine!« Blind recke ich die Hand in Richtung Ahmed, rutsche an der Wand nach unten.

»Eine was?«

Ich schnipse mit den Fingern. »Eine von deinen Zigaretten!«

Geräuschvoll kramt er sein Päckchen aus der Hosentasche, zündet mir eine Zigarette an und steckt sie mir zwischen die gespreizten Finger. Ich nehme einen tiefen Zug, halte den beißenden Rauch in meiner Lunge. Das Nikotin rauscht durch meine Blutbahn, entlädt sich in meinem Gehirn und legt sich wie ein samtener Mantel über meine Nerven. Erst als ich die halbe Zigarette aufgeraucht habe, öffne ich die Augen wieder.

Alle sehen auf mich herab.

»Es geht schon wieder!«, sage ich, stehe auf und

versenke die Zigarette im Aschenbecher. Ich ziehe meine Jacke aus und hänge sie über die Stuhllehne, dann nehme ich Platz.

»Wo ist sie?«

Ahmed verschränkt die Arme auf dem Tisch, alle beugen sich gespannt zu ihm. »Sie ist heute früh in eine neue Wohnung gezogen. Es war, wie ich vermutet habe. Wir haben nach der Falschen gefragt. Zaida hat sie die ganzen Wochen über betreut und wir haben aneinander vorbeigeredet.« Er schüttelt ungläubig den Kopf und ich schlage mir die Faust an die Stirn.

»Wie konnte ich so dumm sein?«

Ich hätte längst Kontakt mit ihr aufnehmen können! Ihr sagen können, dass ich lebe und dass es mir gut geht. Ich will mir die Qualen nicht ausmalen, die sie durchsteht, weil sie denkt, ich sei tot. Alles, was Hanna leiden lässt, schmerzt mich selbst so sehr, dass ich es körperlich spüren kann.

»Wir hätten alle daran denken können, Sayed! Selbst Sam ist nicht auf die Idee mit dem anderen Namen gekommen, oder, Sam?« Er durchbohrt Sam mit seinem Blick.

»Was?« Empört weist sie den stummen Vorwurf von sich. »Ich bin auch nur ein Mensch! Ich kann nicht immer für alle mitdenken. Außerdem hatte ich genug zu tun!« Beleidigt schiebt sie das Kinn nach vorne.

»Ist schon gut, Ahmed«, nehme ich Sam in Schutz. »Das wäre eindeutig meine Aufgabe gewesen. Niemanden außer mir trifft die Schuld. Ich Idiot!«

»Zaida war auch außer sich.« Ahmed kommt auf das Wesentliche zurück. »Sie sagte, es hat sehr lange gedauert, bis Hanna wieder Boden unter den Füßen hatte. Wochenlang sei es ihr so schlecht gegangen, dass sie nicht gesunden konnte. Einmal hätte Hanna einen Namen geschrien, aber Zaida hat sie nicht verstanden und auch nicht nachgefragt. Sie wollte Hanna nicht drängen. Jedenfalls hat sie jetzt erst begriffen, dass du gemeint warst.«

Jedes Wort von Ahmed brennt sich hinter meinen Lidern ein. Ich sehe Hanna, ihr Leid und ihre Pein und könnte mich für meine eigene Dummheit verfluchen! Ich würde mir am liebsten eine Ohrfeige verpassen.

»Zaida hätte im Leben nicht vermutet, dass du gemeint sein könntest. Ich habe ihr ja nie erzählt, dass wir dachten, du seist tot. Wieso auch? Du warst es ja nicht.« Er reibt sich die Stirn. »Was für ein Schlamassel.«

Ich sacke auf meinem Stuhl zusammen.

»Kann Zaida ihr eine Nachricht von mir überbringen?«

Ich muss ihr sagen, dass ich lebe, ich muss sie erlösen. Der Drang, in ein Auto zu springen und zu ihr zu fahren, überkommt mich mit solch einer Vehemenz, dass ich mich an der Stuhlkante festkralle. Meine Beine wippen unkontrolliert, als ob meine Muskeln ein Eigenleben entwickeln.

»Sayed. Du kannst jetzt nicht weg. Das weißt du doch, oder?« Ahmeds Hand liegt schwer auf meinem Unterarm, ich rucke mit dem Kopf auf und ab, mein Kinn zittert.

»Wenn die Versammlung vorbei ist, fahre ich rauf und du gibst mir einen Brief für Hanna mit. Oder eine Nachricht. Alles, was du möchtest. Sie ist heute erst in die Wohnung gezogen, sie läuft dir nicht davon.« Er spricht langsam und bedächtig, und Sam nickt bekräftigend.

»Sie muss wissen, dass ich lebe! Dass mir nichts geschehen ist! Sie muss das wissen, Ahmed! Das ist äußerst wichtig, verstehst du?«

»Ja, Sayed. Du hast vollkommen recht. Und sie wird es erfahren. Ganz sicher.« Cleo ist aufgestanden und reibt mir den Rücken, ich sitze stocksteif auf der Kante, bereit, mit mir ins Gericht zu gehen.

»Beinahe hätte ich sie heute gesehen, als ich oben war. Zaida konnte sich selbst nicht erklären, warum Hanna noch nicht da war. Eigentlich war sie für die Mittagsschicht eingeteilt, sie arbeitet im Lager. Zaida meinte, Hanna hätte vielleicht die Zeit vergessen in ihrem neuen Reich. Stell dir vor, ich hätte ihr sagen können, dass du nicht gestorben bist!« Ahmeds Augen leuchten, er findet die Vorstellung, der Überbringer einer solchen Nachricht zu sein, selbst unglaublich.

»Vielleicht sagt es Zaida ihr auch. Ich habe es ihr nicht

ausdrücklich untersagt. Das ist doch in Ordnung, oder, Sayed?« Verunsichert sieht er mich an und ich höre ihn zwar, kann aber nicht antworten.

»Sayed?«

Ich stehe einfach auf und verlasse den Raum. Gehe in mein Zimmer und schließe leise die Tür. Setze mich auf das Bett und vergrabe den Kopf in den Händen.

»Hanna«, stoße ich rau hervor. Ich habe mir eingebildet, ihren Verlust überwunden zu haben. Mir eingebildet, ich hätte mich im Griff.

Die Realität sieht anders aus.

Seit ich ihren Namen gehört habe, bekomme ich kaum Luft. Riesige Klauen liegen um meinen Hals, drücken auf meinen Kehlkopf. Ich lehne mich zurück, stütze die Arme auf das Bett und weite meinen Brustkorb, aber meine Atmung wird immer hektischer.

Ich muss zu ihr.

Und zwar jetzt.

Wie in Trance stehe ich auf und stopfe wahllos Kleidung in eine Tasche. Niemand wird merken, dass ich weg bin. Ich fahre, sobald alle schlafen, und bin morgen früh wieder zurück.

Ja.

So werde ich es machen.

Ich drehe mich einmal im Kreis, unschlüssig, was ich noch brauche. Wenn ich nur eine Nacht rauffahre, muss ich gar nichts mitnehmen. Fahrig packe ich alles wieder aus und massiere mir die Schläfen, ein stechender Schmerz pocht konstant hinter meinen Lidern.

»Sayed?«

Ich habe Sam nicht kommen gehört. Plötzlich steht sie vor mir, nimmt mir die Kleidung aus der Hand und drückt mich sanft aufs Bett.

»Hör zu, ich verstehe dich. Wirklich. Aber gib Hanna noch ein klein wenig Zeit. Sieh mal, wenn sie sich gerade an ihr neues Leben gewöhnt«, Sam legt den Kopf schief, zwingt mich, sie anzusehen, »wie könnte sie sich dort wohlfühlen, wenn sie weiß, dass du hier bist? Sie kann nicht zurück und du kannst jetzt nicht zu ihr. Das wäre grausam. Lass sie sich erholen, sie braucht ihre ganze Kraft für einen Neuanfang.«

Ich schnelle nach oben und überrage Sam trotz ihrer Größe um Längen.

Es klickt in meinem Kopf. Ich sehe nur noch meine eigene Dummheit. Und Hanna. Und ich weiß, Sam meint es nur gut, aber ich bin so unfassbar wütend auf mich, dass ich sofort ein Ventil brauche.

»Tu mir einen Gefallen, Sam! Misch dich nicht immer überall ein! Du verstehst einen Dreck davon, wie ich mich fühle. Oder Hanna! Niemals hast du jemanden geliebt. Also halte einfach mal deinen Mund!«

Sam will etwas erwidern, aber ich gebe ihr mit einer aggressiven Geste zu verstehen, dass ich es nicht hören will. Stück für Stück spüre ich, wie ich die Kontrolle verliere. Wie ich wegbreche und mich der Zorn ungefragt überrennt.

»Dir geht es doch nur um diese beschissene Versammlung! Nicht um mich und nicht um Hanna! Du bist eine verdammte Heuchlerin!«

Mit jedem Wort schubse ich Sam ein Stück zur Tür, ihr Gesicht ist weiß wie die Wand. Sie stolpert und fällt mir vor die Füße, und wie sie da so hilflos liegt, beuge ich mich über sie. Und obwohl ich weiß, dass ich es nicht tun sollte, gibt es kein Zurück. Ich versetze ihr den Todesstoß. »Du kannst überhaupt niemanden lieben! Nicht bei dem, was du erlebt hast! Du bist egoistisch und zynisch und hast ein Herz aus Stein. Und jetzt … VERSCHWINDE!«, brülle ich mittlerweile. Mein Fuß schiebt sie über die Schwelle wie ein lästiges Insekt, und dabei blicke ich ihr direkt in die tränennassen Augen.

Dann knalle ich ihr die Tür vor der Nase zu.

Ich bin ein schlechter Mensch.

Ein abgrundtief schlechter Mensch.

Sam ist wirklich verschwunden. Seit meinem Ausbruch hat

sie sich nicht mehr blicken lassen, und ich reiße mich deswegen jede Nacht in Fetzen. Am nächsten Morgen setze ich mich mühsam wieder zusammen, um den Tag zu überstehen.

Wie konnte ich ihr das antun? Schon der Gedanke an meine brutalen Worte lässt mich laut stöhnen. Das wird sie mir nie verzeihen. Ahmed und Cleo sind fassungslos über mein Verhalten.

Noch nie haben Sam und ich es so weit getrieben, dass einer von uns beiden tatsächlich gegangen ist. Niemand weiß, wo sie sich herumtreibt, und Ahmed ist schier krank vor Sorge, wenn sie sich zu lange nicht meldet.

»Sayed, was hast du zu ihr gesagt?«, fragt er mich, und so erbost habe ich ihn noch nie erlebt. Stoisch lasse ich seine Wut über mich ergehen, denn ich habe jede Strafe verdient. Ich schreie förmlich nach einer angemessenen Buße. Aber auch das bringt Sam nicht zurück.

Sie kommt nur, wenn es wirklich notwendig ist. So wie heute. In der Küche bespricht sie mit Ahmed kurz die Einzelheiten der Versammlung, die morgen stattfinden wird, und verlässt die Wohnung ungeachtet meiner Bitten, mir zuzuhören.

»Sam, es tut mir leid!«, versperre ich ihr den Weg, breite die Arme aus und will sie abfangen. »Bitte bleib stehen! Ich habe es nicht so gemeint!«

»Verpiss dich, Sayed!«, damit duckt sie sich unter mir weg und huscht aus der Tür, bevor ich mich umdrehen kann.

»Ach Scheiße!« Ich trete gegen eine Kiste mit handgeschriebenen Zetteln, die durch den ganzen Flur flattern wie eine aufgebrachte Schar Hühner.

»Hör auf damit!«, befiehlt Ahmed streng, blitzt mich gereizt an und sammelt die Papiere wieder ein. »Du musst lernen, dich zu beherrschen, Sayed. Du kannst die Menschen um dich herum nicht immer verletzen, weil du mies drauf bist. Irgendwann wirst du ganz alleine dastehen.« Er rückt die Kiste an die Wand und lässt mich alleine.

Missmutig donnere ich die Tür zu meinem Zimmer zu.

Diese dämliche Versammlung zerrt an meinen Nerven, und außerdem brüte ich seit zwei Tagen über einer Nachricht an Hanna. Alles, was ich anfange, landet zerknüllt auf dem Boden. Was soll ich ihr schreiben?

Hallo Hanna, ich bin nicht tot! Tada!

Das ist so dämlich, dass ich mich selbst verabscheue.

Ich will sie sehen, sie riechen und schmecken. Ich will mein Ohr auf ihre Brust legen und nie wieder etwas anderes hören als ihren Herzschlag. Ich will mit meiner Zunge über ihre Haut fahren und nie wieder etwas anderes schmecken als ihren Schweiß. Ich will, dass sie mir vergibt, die Last von meinen Schultern nimmt und mich von der endlosen Schuld befreit, die mich quält.

Die Schuld am Tod meines Vaters.

Die Schuld, einen Mann an den Rollstuhl gefesselt zu haben.

Die Schuld der Verletzung, die ich Sam zugefügt habe.

Ich weiß, dass dies ist unmöglich ist, und ich verzweifle daran.

HANNA

Eine Nachbarin hat sich meiner erbarmt. Seit meiner Ankunft vor zwei Tagen darf ich bei ihr bleiben.

In der Nacht, in der ich voller Entsetzen feststellen musste, dass in der Wohnung niemand mehr ist, setzte ich mich einfach vor die geschlossene Haustür und fing an zu heulen. Es war mir egal, ob mich jemand hörte oder nicht. Es war mir egal, ob ich erfrieren oder verhungern würde. Ich wollte einfach nur dasitzen und warten. Warten auf Cleo, die nach Hause kommt, mich findet und mich mit in die warme Wohnung nimmt. Die mir dort einen Tee kocht und mich in ein weiches Bett steckt. Ich würde schlafen, Karl würde zu mir kriechen und seinen kleinen zarten Körper an mich schmiegen. Und so würde ich dann ausharren, bis die fürchterlichen Zustände in diesem Land vorbei wären.

Bis einfach alles wieder gut wäre.

»Was willst du hier?«

Vor mir steht eine alte Frau, ich hebe den Kopf und schluchze ihr laut ins Gesicht.

»Ich … ich weiß es nicht!«, jammere ich und schlage die Hände vor mein Tuch. Sie soll mich in Ruhe lassen.

»Wieso weißte des nich'?« Sie klingt verärgert. »Dann mach Platz! Ich wohne hier und muss schleunigst rein. Es ist gefährlich hier draußen, du bist verrückt, wenn du hier weiter rumsitzt.« Mit ihrem Fuß schiebt sie mich zur Seite, steckt den Schlüssel ins Schloss und öffnet die Tür.

Ich rutsche ihr freiwillig aus dem Weg, sie scheint mir nicht besonders wohlgesonnen. Sie murmelt etwas, das ich nicht verstehe, knallt die Tür hinter sich zu und ich bin wieder alleine. Ich vergrabe den Kopf zwischen den Knien und will gerade wieder in meinem Selbstmitleid versinken, als ich unvermittelt nach hinten kippe. Offensichtlich hat die Frau die Tür wieder aufgerissen, denn ich liege im kalten Flur wie ein Käfer auf dem Rücken. Ihre kleine Gestalt beugt sich über mich.

»Ich kann Fremde nicht ausstehen«, krächzt sie mir ins Ohr und hebt den Zeigefinger. »Aber ich kann dich auch nicht hier liegen lassen. Die Menschen, die auf den Straßen der Innenstadt elendig verrecken, sind kein schöner Anblick. Das brauch ich nicht auch noch vor meiner Haustüre! Steh gefälligst auf und komm mit!« Sie richtet sich auf, ächzt und legt sich die Hand ins Kreuz. Dann watschelt sie den Flur entlang, ohne sich umzusehen. Kurz zögere ich, dann springe ich auf. Wenn ich hierbleibe, werde ich tatsächlich erfrieren. Außerdem kann sie mir vielleicht sagen, was mit Cleo und den anderen passiert ist.

»Wenn du mich beklauen willst, muss ich dich enttäuschen, ich hab nichts! Und mit nichts meine ich auch nichts, Kindchen!«, belehrt sie mich und betritt die zweite Wohnung im Erdgeschoss, genau gegenüber der Tür, durch die ich mit Sayed so oft ein- und ausgegangen bin.

Und sie hat recht. Ihre Wohnung ist leer. Es gibt keine Möbel, keine Tapete an den Wänden, nicht mal Türen. In der Ecke eines Zimmers liegt eine Matratze, eine dünne Decke darauf ausgebreitet, auf dem Boden steht eine uralte Kochplatte, mit zwei verbeulten Kochtöpfe daneben. Ein Kanister Wasser, eine Packung Tee und trockenes Brot ist alles, was ich an Vorräten entdecken kann. Sie knipst eine Stehlampe an, der imposanteste Gegenstand im ganzen Zimmer. Ihr Lampenschirm ist riesig, gelb mit grünen Troddeln am Saum, und das hässliche

Ding taucht das Zimmer in warmes Licht. Die Frau zieht ihr Tuch vom Kopf und bläst sich in die behandschuhten Hände.

Sie ist uralt. Ihr runzeliges Gesicht wird von schlohweißem Haar umrahmt, die kleinen braunen Knopfaugen sehen mich unfreundlich an.

»Du kannst auf dem Boden schlafen, wenn du willst.«

Geschickt füllt sie einen der Töpfe mit Wasser und setzt ihn auf die Herdplatte.

»Tee und Brot, mehr hab ich nicht. Nimm das oder bleib hungrig.«

Ich nehme ebenfalls mein Tuch ab. »Danke, das ist sehr nett von Ihnen.«

Sie brummt und reicht mir eine Tasse dampfenden Tee, ich schließe meine eiskalten Finger um das Porzellan und die Hitze des Getränkes bringt kribbelnd Leben in meine klammen Hände.

»Wie heißt du?«

»Ich heiße … Hanna.« Ich habe keine Lust, sie zu belügen, es ist sowieso egal.

»Ich kenne dich. Du warst hier immer mit diesem Jungen.«

Mein Herz klopft schneller, sie spricht von Sayed! Ich nicke und verhasple mich, als ich sie frage, ob sie weiß, wo die Frau ist, die hier mit ihren Kindern gewohnt hat.

Als sie grinst, entblößt sie ihr spärliches Gebiss. »Weg sind die, Kind. Woher soll ich wissen, wo die sind? Da war so ein Kerl, von der Regierung. Der hat einen schrecklichen Aufstand veranstaltet. Diese grässlichen Männer, ich kann sie nicht ausstehen! Sie sind aggressiv und böse.«

Sie spuckt einen grünen Klumpen auf den Boden, um ihre Worte zu unterstreichen, und ich blicke angeekelt zur Seite.

»Jedenfalls hab ich sie danach nich´ mehr gesehen. Und den Jungen, diesen Teufel, auch nicht. Alle, die da drüben ein- und ausgegangen sind, sind verschwunden. So wie die meisten Menschen in diesem Land.«

Sie nimmt sich ein Stück Brot, reicht mir ebenfalls eins und beißt mit den Stummeln in ihrem Mund darauf herum. Krümel hängen in ihrem Mundwinkel, und als ich vergeblich versuche, die harte Rinde zu kauen, frage ich mich, wie sie das jemals schaffen will.

»Kannst hier bleiben, aber mach mir keinen Ärger, klar?«, stellt sie klar, trinkt ihren Tee aus und rutscht auf die Matratze.

»Mach die Lampe aus, Mädchen, is´ sowieso gleich kein Strom mehr da.«

Mit diesen Worten bedeckt sie ihren schmächtigen Köper mit der fadenscheinigen Decke, dreht sich zur Wand und schmatzt zufrieden. Ich erhebe mich leise, lösche das Licht und lege mich auf den blanken Boden. Fröstelnd ziehe ich die Knie an die Brust, aber es ist besser als in der Kälte draußen. Nach einer Weile beginnt die alte Frau zu schnarchen, ich starre mit offenen Augen in die Dunkelheit.

»Sayed«, flüstere ich.

Ich habe mir eingebildet, seinen Verlust überwunden zu haben. Mir eingebildet, ich hätte mich im Griff.

Die Realität sieht anders aus.

Ich bekomme kaum Luft, seit ich das Haus hier gesehen habe.

Lange dürre Finger schließen sich um meinen Hals, drücken mir auf meinen Kehlkopf. Ich drehe mich auf den Rücken, lege meine Hände auf meinen Brustkorb, aber meine Atmung wird immer hektischer.

Ich will Sayed wiederhaben. Ich will seinen Pfefferminzgeruch inhalieren und seine Lippen schmecken. Ich will mein Ohr auf seine Brust legen und nie wieder etwas anderes hören als seinen Herzschlag. Ich will mit meinen Händen durch sein Haar fahren und nie wieder etwas anders fühlen.

Ich will, dass er mir vergibt, mir die Last von meinen Schultern nimmt und mich von der endlosen Schuld befreit, die mich quält.

Die Schuld am Tod seines Vaters.

Die Schuld an seinem Tod.

Ich weiß, dass dies unmöglich ist. Er wird nie wiederkommen und ich verzweifle daran.

Ich erwache mit steifen Gliedern, mir tut alles weh. Vorsichtig recke ich meine Muskeln, mein Hals knackst und es ist so kalt, dass die Fensterscheibe von innen gefriert. Die alte Frau ist schon wach und wendet sich um, als sie mich hört.

»Ich weiß, is´ schrecklich kalt hier. Gibt kein Holz mehr, schlimme Zeiten sind das.«

Schlaftrunken frage ich mich, wo sie einen Ofen hat, denn ich sehe keinen. Sie wird doch nicht auf dem blanken Boden ein Feuer entzünden wollen? Insgeheim bin ich dankbar, dass das Holz aus ist. Ich habe Angst vor offenem Feuer, seit ich beinahe in den Flammen, die meine Mutter und meinen Bruder töteten, umgekommen wäre.

»Was willst´n jetzt machen? Hier kannste nicht bleiben, Kind.« Die Alte reicht mir zitternd eine Tasse und ich zucke mit den Schultern.

»Ich weiß es nicht genau. Ich suche jemanden, den ich unbedingt finden muss.«

»Die von da drüben, was?« Sie deutet mit dem Kopf in Richtung Wohnungstür.

»Ja. Die von da drüben«, seufze ich resigniert. »Das ist sehr wichtig für mich, wissen Sie.«

Ihre trüben Augen blicken mich an.

»Weißt du, ich hatte auch mal Familie. Einen Mann und eine Tochter. Sie sind schon lange gegangen.« Sie verdreht die Augen in Richtung Decke. »Da hoch, wenn du verstehst. Beide wurden krank. Erst mein Mann, dann meine Tochter. Anfangs war es nur ein Husten, dann eine Lungenentzündung. Wir hatten kein Geld für einen Arzt. Waren schon immer arm. Mein Mann hatte keine Arbeit. Erst starb meine Tochter und zwei Tage später mein Mann.«

Zum ersten Mal erkenne ich einen Funken Gefühl in ihrem

Gesicht. Sie schnieft und wischt sich über die knubbelige Nase.

»Ich habe hier schon gelebt, da lief es noch ganz anders in Deutschland. Wir waren so verflixt reich und so verflixt arrogant, das kann ich dir sagen! Geschieht uns ganz recht, wie es jetzt ist. Hätten wir uns mal besser auf unsere menschliche Seite besonnen. Nur um euch tut es mir leid. Um euch Kinder. Ihr habt das nicht verdient. Grade ihr Mädchen. Diese Unterdrückung und dieses vermaledeite Tuch über dem Gesicht. Ne Schande is' das!« Sie grabscht nach ihrem Tuch und zerknüllt es in ihrer Faust.

»Die meisten Männer wollten das so gar nicht. Aber da war es schon zu spät. Als sie begriffen haben, was sie uns antun, hat der Karren schon knietief im Dreck gesteckt, Mädchen! Und als sie sich dann wehren wollten, ham se se umgebracht wie die Fliegen.« Ihre Zunge lutscht über ihr Zahnfleisch, pult ein Stück Brot aus einem Zahnstumpf. »Jedenfalls bin ich ja ein großer Freund von diesen Dings da. Diesen WOMEN FREE HUMANS. Kann ja jemand sagen, was er will, aber die haben schon gute Taten vollbracht. Damals wie heute. Und morgen gibt's 'ne Versammlung von denen. Die ganze Stadt weiß davon. Also wenn du die da suchst, dann solltest du dahin gehen. Da ist morgen jeder!« Sie pustet in ihre Tasse und beäugt mich argwöhnisch, ich beiße mir vor Aufregung auf die Lippen. Wenn ich Sam irgendwo finden kann, dann dort!

»Wissen Sie, wie ich da hinkommen kann?« Mir ist ganz schwindelig, vielleicht ist meine Situation doch nicht so aussichtslos!

»Wenn du mir heute hilfst, was Brennbares zu finden, dann verrate ich's dir. Dann kannste bis morgen hierbleiben. Meine Knochen sind zu alt für die Schlepperei.« Ihre stark gekrümmten Finger zeugen von der Gicht, und wie sie es überhaupt geschafft hat, zu überleben, ist mir ein Rätsel. Schwerfällig erhebt sie sich, schlurft aus dem Raum und kommt mit einer großen Feuerschale in der Hand zurück. Sie stellt sie vor mich und scheucht mich auf.

»Los, los! Oder willst du warten, bis wir zu Eis erstarrt sind? Vielleicht findest du ja da drüben noch Holz, das ich verbrennen kann.« Ihre knochigen Hände krallen sich in meine Schulter, mit erstaunlicher Kraft zwingt sie mich, aufzustehen. Ich schüttle sie ab, mag ihre Berührung nicht.

»Sie meinen, da wo Cleo … also in der Nachbarwohnung? Ich habe keinen Schlüssel, wie soll ich denn da reinkommen?«

»Ist offen, Mädchen. Ich war schon oft drüben, aber jetzt gibt´s nichts mehr, das ich tragen kann. Aber du bestimmt. Du bist jung und gesund. Und jetzt raus mit dir!« Sie schubst mich aus dem Raum und ich mache mich schleunigst aus dem Staub, bevor sie mir noch einen ihrer Töpfe hinterherwirft.

Im Hausflur sehe ich mich zögerlich um. Selbst nach all der Zeit rieche ich noch einen schwachen Duft, ein Gemisch aus Sams geklautem Kaffee und dem leichten Benzingeruch, der Ahmed immer anhaftete. Erinnerungen strömen auf mich ein, ich stütze mich an der Wand ab, um nicht umzufallen. Ich habe schrecklichen Hunger, außer dem trockenen Brot gestern Abend habe ich seit zwei Tagen nichts mehr gegessen. Der Gegensatz zwischen dem Wohlstand, den ich in Dänemark erlebte, und den Verhältnissen, die hier herrschen, ist unfassbar. Ein paar Autostunden entfernt ist es so gut wie unmöglich, zu verhungern oder zu erfrieren. Ich bin froh um den dicken schwarzen Pullover und die warme schwarze Jeans, die ich unter meinem Mantelkleid trage. Die gefütterten Winterstiefel dämpfen meine Schritte in dem mir so vertrauten Hausflur. Langsam nähere ich mich der Wohnungstür und drücke die Klinke nach unten.

Die Tür schwingt auf und ich hüpfe erschrocken einen Schritt zurück. Ich will schon laut *Hallo* rufen, kann mich im letzten Moment gerade noch bremsen. Abgestandene Luft schlägt mir entgegen, als ich eintrete, wie hypnotisiert laufe ich den Gang entlang zur Küche.

Sayed ist überall.

Er presst mich im Flur an sich und küsst mich. Er zieht mich auf den Küchenstuhl und schmiegt seinen Kopf an meinen Hals. Er wirft mich auf das Bett und knufft mir in die Rippen, bis ich vor Lachen keine Luft mehr bekomme.

Die Hände zu Fäusten geballt, haste ich mit gesenktem Kopf und steifen Schritten an seinem Geist vorbei.

Ich muss hier so schnell wie möglich raus, das ist zu viel für mich. Ich kann mir keinen Zusammenbruch erlauben, nicht bei der alten Hexe, denn ich habe nicht den Eindruck, dass sie sich großartig um mich kümmern würde.

In der Küche sind tatsächlich alle Stühle verschwunden. Der massive Holztisch, an dem wir so oft beisammensaßen, steht einsam und verloren in dem früher so lebhaften Raum. Die offenen Schranktüren sind hungrige Mäuler, die gierig den Staub der letzten Monate verschlucken.

Alles in mir sträubt sich, aber ohne Holz kann ich nicht zurückkehren. Die Alte setzt mich sonst auf die Straße. Ich atme tief ein, sammle meine ganze Kraft und trete mit brachialer Gewalt gegen den Tisch. Er fällt krachend um und schlittert an die Wand. Dort zerbricht er in zwei große Teile. Ich packe die beiden Tischbeine, stemme das geborstene Möbel in die Höhe und werfe es mit all meiner angestauten Wut und Verzweiflung an die Wand. Dabei stoße ich einen Schrei aus, so schrill, dass ich husten muss.

Und obwohl jetzt genügend Holz zur Verfügung steht, kann ich nicht aufhören. Wie im Wahn ergreife ich den anderen Teil des Tisches und schleudere ihn in hohem Bogen durch die Küche. Ungeahnte Kräfte brechen sich Bahn.

»Du Schwein! Du hast mir meine Mutter und meinen Bruder genommen!«, brülle ich in den Raum.

Brodelnder Zorn wabert aus einem totgeglaubten Ort in meinem Inneren. Ich reiße und zerre an den offenen Schranktüren und brülle mich heiser.

»Ich hasse dich! Du hast Sayed getötet! Ich bringe dich um, wenn ich dich in die Finger bekomme, du mieses Schwein!«

Meine Hände bluten, mein Hals schmerzt und ich schmettere immer noch alles, was ich finden kann, durch das Zimmer.

Wie eine Urgewalt, die endlich entfesselt wurde, wüte ich hemmungslos und bringe Zerstörung und Chaos.

Irgendwann gibt es nichts mehr, was ich noch zertrümmern könnte und ich stehe schwitzend und keuchend vor meinem Werk. Ich fühle mich so gut wie seit Langem nicht mehr. Befreit von einer Last, die ich nicht mehr tragen kann.

Ich werfe den Kopf in den Nacken und kreische die Decke an.

»Komm und hole mich doch! Ich töte dich, alter Mann! Ich werde dich töten, du Feigling!«

Noch nie im Leben wusste ich so klar, was ich tun werde.

Ich werde erst Sam und Cleo und Ahmed finden.

Und dann meinen Stiefvater.

Und dann werde ich unsere letzte Rechnung begleichen, und wenn es mich das Leben kostet.

SAYED

Ich laufe vor Cleo und Karl auf und ab, gestikuliere mit den Händen in der Luft und versuche meiner Stimme einen festen Klang zu geben.

»Und so danke ich euch allen, dass ihr heute gekommen seid, um Deutschland in ein neues, freies und gerechtes Zeitalter zu führen. Lasst uns gemeinsam stark sein, gemeinsam etwas schaffen, das unsere Kinder und Kindeskinder verdient haben!« Ich recke meine Faust in die Höhe und blicke triumphierend in die Gesichter von Karl und Cleo.

»Und? Wie war ich?«

Cleo klatscht eifrig in die Hände, Karl spielt mit einem Stück Pappkarton. Sein kleiner Bruder liegt neben Cleo in eine Decke gewickelt und schläft gänzlich unbeeindruckt von meinem Auftritt mit dem Daumen im Mund.

»Das war ganz prima, Sayed!«

Ich weiß, dass Cleo lügt. Ich klinge nämlich alles andere als mitreißend und begeisternd, und wenn Sam hier wäre, würde sie mich zusammenstauchen, als gäbe es kein Morgen. Aber Sam ist nicht hier und das macht mich mittlerweile verrückt. Unser Zerwürfnis dauert an und ich befürchte, dass unsere Freundschaft Geschichte ist.

Heute Abend, sobald es dunkel wird, werden wir den Lauf der Zeit verändern, wie Sam es genannt hat.

»Das ist wirklich lieb von dir, Cleo, aber ich kann das einfach nicht!«

Ich feuere die Rede auf den Boden und werfe die Arme in die Luft. Sie sieht betreten zu Boden und sagt nichts.

»Ich leg mich hin. Vielleicht hilft das ja. Weck mich, wenn Ahmed da ist.«

Sie nickt nur.

Die Einzige, die mir wirklich helfen könnte, ist Hanna. Ihre ruhige Art, ihr absoluter Glaube an mich und ihr unerschütterliches Vertrauen in meine Fähigkeiten würden mir die nötige Sicherheit geben.

Genervt schmeiße ich mich auf das Bett und ziehe mir ein Kissen über den Kopf. In ein paar Stunden stehe ich vor zehn oder hundert oder tausend Menschen, und in meinem schlimmsten Albtraum versuche ich den Mund zu öffnen, aber er ist zugenäht. Ich sehe total grotesk aus mit den schwarzen Fäden, die durch meine Lippen gestochen sind, hebe verzweifelt meine Hände und versuche die Fäden aufzureißen, und die Menschen vor mir schlagen sich vor Entsetzen die Hand vor den Mund. Vollkommen stumm blicke ich in hunderte Augen, zerre und rucke an den Nähten, und Blut tropft auf den Boden.

Ich boxe auf die Matratze und fluche laut. »Verdammte Scheiße, noch mal!«

Als Ahmed kommt, bin ich ein nervliches Wrack. Er schüttelt nur den Kopf über meine blutleeren Lippen und meine feuchten Hände.

Dann gehen wir los.

HANNA

Mit einem Stück verbranntem Holz auf einer Pappe habe ich mir, so gut es eben ging, eine Wegbeschreibung angefertigt.

Die Alte fuchtelte vor mir mit den Händen in der Luft, von links nach rechts und von oben nach unten, bis ich sie rüde unterbrach.

»Sag mir den Namen der Straße, verflucht noch eins! Ich finde es dann schon!«, fahre ich sie an und bin froh, endlich von ihr wegzukommen. Ihre mürrische Art ist kaum auszuhalten. Ich bin ihr dankbar, dass sie mir das Leben gerettet hat, denn ohne sie wäre ich vermutlich erfroren, aber seit meinem Wutausbruch in der alten Wohnung bin ich genauso unfreundlich zu ihr. Ich verschwende keine Zeit mehr mit Höflichkeiten, ich weiß nämlich nicht, wie lange ich noch leben werde.

Ich werde meinen Stiefvater finden und was dann geschieht, weiß niemand.

»Ich weiß den Namen der Straße nicht, du dummes Ding! Es werden keine Namen genannt, das ist viel zu gefährlich! Deshalb erkläre ich es dir ja. So, wie ich es gehört habe.«

Ich bin gespannt, ob ich überhaupt ankomme. Wenn die Informationen durch so viele Münder und durch so viele Ohren gegangen sind, kann ich nur das Beste hoffen.

Immer noch ist es eiskalt, der Winter hat die Stadt fest im Griff. Ich laufe schnell und zügig, um meinen Kreislauf in Schwung zu halten. Außer dem Brot konnten wir nichts zu essen auftreiben und mein Magen knurrt, als würde er mit mir sprechen.

Ich kenne mich bei Weitem nicht gut genug in dieser Stadt aus, um mich nicht zu verlaufen, aber ich habe keine andere Wahl, als es zumindest zu versuchen. Irgendwann komme ich zu dem Fluss, den die Alte mir in ihrer wirren Erklärung beschrieb, und orientiere mich dankbar an ihm.

»Du musst in Richtung Osten, immer am Main entlang. Du überquerst die große Brücke, die mit den riesigen Stahlseilen. Und immer weiter nach Osten, Mädchen. Ein Gebäude, alt wie ich, mit dicken roten Steinen, auf der linken Seite. Das ist es. Du wirst es schon finden!«, grinste sie, ihr zahnloses Maul weit aufgerissen.

Der Einzige, der mir wirklich helfen könnte, ist Sayed.

Seine ruhige Art, sein Orientierungssinn und sein unerschütterliches Vertrauen in mich würden mir die nötige Sicherheit geben, den Weg zu finden.

Nun, ich muss es ohne ihn schaffen.

Unbeirrt gehe ich weiter und sehe in der Ferne Menschen.

Sie laufen in die gleiche Richtung wie ich.

SAYED

Sam ist da und würdigt mich keines Blickes. Sie wendet sich an Ahmed oder Cleo, wenn sie Fragen hat.

»Kann er seinen Text, Cleo?«, ignoriert sie mich gänzlich, und Cleo sieht peinlich berührt zu mir. Ich verrolle nur die Augen, wenigstens heute könnte Sam sich zusammenreißen.

Im Gegensatz zu mir sieht sie wirklich fantastisch aus. Ihre Augen sind mit schwarzer Kohle umrahmt und schimmern geheimnisvoll, und ihre schwarze Kleidung betont ihre Körpergröße.

Neben ihr komme ich mir schwach und unsicher vor.

In der riesigen Halle stehen überall Blechtonnen, in denen flackerndes Feuer brennt. Es ist warm und das Licht, das sie verbreiten, wirkt beinahe feierlich. Ganz vorne ist eine kleine Tribüne aufgebaut, auf dem Boden liegt eine alte Flüstertüte, damit ich später nicht schreien muss. Noch ist niemand hier, Sams Worte hallen von den Wänden wider.

»Du kannst ihm sagen, er kommt erst nach vorne, wenn ich ihm ein Zeichen gebe.« Immer noch spricht sie nur mit Cleo und deutet nur mit dem Daumen auf meine Silhouette, und mir wird es langsam zu albern.

»Ich bin hier, Sam! Du kannst mir das persönlich sagen. Cleo ist nicht deine Dienerin«, sage ich. Es klingt aggressiv, meine Anspannung ist kein guter Motivator.

Sam dreht sich um und geht einfach weg. Ich bin ihr nicht einmal eine Antwort wert. Niedergeschlagen suche ich Trost bei Cleo, aber die hebt nur entschuldigend die Hände.

»Ich halte mich da raus, Sayed. Du musst einen Weg finden, du hast sie zutiefst verletzt.« Damit wendet sie sich ab und sucht Karl, der johlend und kreischend durch die Halle flitzt. Seinen kleinen Bruder hat sie sich auf den Rücken geschnallt, er schläft.

Ich geselle mich zu Ahmed, der entspannt auf der Tribüne steht und seinen Blick durch die Halle schweifen lässt.

»Sei einfach du selbst, Sayed. Was soll schon groß passieren?« Zufrieden streicht er sich über den Bart.

Er hat gut reden.

»Die Menschen könnten mich auslachen, weil ich stottere wie ein Schwachsinniger. Oder sie verlassen einfach alle die Versammlung, weil ich langweilig bin wie ein schnarchender Hund.« Ich reibe mir gestresst über das Gesicht.

»Dann hast du es wenigstens versucht, Junge. Trotzdem, es wird schon gut gehen.« Spielerisch boxt er gegen mein Kinn.

»Ich seh mal nach, ob Sam nicht Hilfe braucht. Sie ist oben auf dem Gelände und weist die Wachen an ihre Plätze. Drück lieber die Daumen, dass alles klappt, wie wir es geplant haben.« Er klopft sich mit dem Fingerknöchel gegen die Stirn und läuft mit großen Schritten davon.

Ahmed überlegt, ob wir den Menschen, die kommen, die Waffen abnehmen, schließlich stehen wir für Frieden und Gewaltfreiheit. Aber er geht nicht davon aus, dass sich die Leute unserem Wunsch fügen werden. Die Angst um Leib und Leben ist zu groß, niemand wird freiwillig sein Gewehr, sein Messer oder seine Pistole abgeben.

Cleo kommt auf mich zu.

»Sie kommen, Sayed.«

Ehrfürchtig sieht sie mich an. »Sie kommen wirklich. Es sind Hunderte!«, flüstert sie ergriffen.

Ich fange an zu schwitzen.

HANNA

Ich lasse mich von den Menschenmassen mitziehen. Es sind Hunderte, die auf ein verlassenes Gebäude in einer ebenso verlassenen Gegend zuströmen. Meine Sorge, den Weg nicht zu finden, stellt sich als unbegründet heraus. Ich muss nur den vermummten Gestalten folgen, die wie ein Haufen Ameisen alle das gleiche Ziel verfolgen. Es sind so viele Frauen dabei, dass ich beeindruckt bin. Wie verschleierte Königinnen schreiten sie aufrecht, Seite an Seite, neben den Männern. Die Energie im Volk hat sich geändert. Auch wenn die dunklen Tücher ihre Gesichter verhüllen, ist es, als würden mir ihre Antlitze entgegenleuchten. Zum ersten Mal in meinem Leben empfinde ich Stolz, eine Frau zu sein. Unbewusst hebe ich das Kinn, recke meine Schultern und mache mich so groß, wie ich kann. Ich reihe mich in den Strom der Menschen ein, die wie Gestalten aus einer fernen Zukunft erscheinen. Niemand spricht, es ist so still, dass ich die Kiesel unter meinen Füßen knirschen höre. Der Fluss glitzert silbern in der Dämmerung. Wie ein Band der Möglichkeiten, die vor uns liegen, schlängelt er sich träge durch die tote Landschaft.

Eine ungewohnte Ruhe überkommt mich.

Ich habe plötzlich das Gefühl, dass alles, so wie es ist,

richtig ist. Was auch immer geschehen wird, es kann mir nichts anhaben, denn mein Weg ist vorherbestimmt. Er hat mich hierhergeführt, bis zu diesem Punkt. Ich bin ein Teil dieser Bewegung. Wir alle formen uns zu Einem, mit unseren ganz eigenen Schicksalen. Der Tod meiner Mutter und der Verlust von Sayed haben mich zu dem gemacht, was ich heute bin. Eine selbstbewusste und starke Frau. Die natürliche Logik meiner Gedanken erfüllt mich mit einer Leichtigkeit, dass ich juchzen könnte.

Ich habe nichts zu befürchten, alles wird gut werden.

Ich weiß es.

SAYED

Mit verschränkten Armen lehne ich hinter einer Säule, die Halle ist brechend voll. Und es kommen immer noch mehr Menschen. Sie verteilen sich in allen Ecken und Winkeln, rücken eng zusammen. Trotzdem ist es mucksmäuschenstill. Außer einem gelegentlichen Hüsteln oder einem vereinzelten Lachen ist nichts zu hören.

Meine Nervosität ist vor ein paar Minuten ganz plötzlich von mir abgefallen, so unvermittelt, dass es mir erst gar nicht aufgefallen ist.

Eine tiefe Ruhe breitet sich in mir aus.

Alles, was geschehen ist, hat mich zu diesem Moment geführt. Ich bin ein Teil dieser Bewegung, wir alle hier formen uns zu Einem, mit unseren ganz eigenen Schicksalen. Ganz gleich, wie ich mich selbst sehe, die Menschen sind gekommen, um mir zuzuhören.

Ich bin Fathis Sohn. Nicht mehr und nicht weniger.

Ich stoße mich von der Säule ab und atme tief ein. Sam steht auf der Tribüne und wartet geduldig, bis auch die Letzten einen Platz gefunden haben. Der weiche Schein des Feuers flackert in ihrem Rücken und lässt ihre dunkle Silhouette in Flammen stehen. Sie beendet gerade die Begrüßung, ihre Stimme dringt hell und klar durch den Raum.

Ich liebe sie wie eine Schwester. Ich muss das mit uns wieder geradebiegen, aber auch darüber mache ich mir keine Sorgen.

Ich habe nichts zu befürchten, alles wird gut werden.

Ich weiß es.

Sie kündigt mich an und ich erklimme mit federndem Schritt die Tribüne.

HANNA

Ich stehe am hinteren Ende der Halle und es sind so viele Menschen hier, dass mir ihre Köpfe die Sicht versperren. Niemand schubst oder drängelt, über allem liegt eine erwartungsvolle Spannung. Ich versuche erst gar nicht nach vorne zu kommen, das wäre aussichtslos. Ich verspüre keinen Hunger mehr und keinen Durst, keine Müdigkeit und keine Traurigkeit. Als würden wir uns gegenseitig nähren und trösten, warten wir auf den Beginn.

Sams Stimme ertönt. Klar und hell erreicht sie mein Ohr und ich zittere vor Freude. Ich wusste, sie würde hier sein! Nun recke und strecke ich mich doch, um einen Blick auf sie zu erhaschen, aber die Menschen stehen Schulter an Schulter. Ich werde warten müssen, bis die Versammlung zu Ende ist, weiß aber mit absoluter Sicherheit, dass ich sie auf keinen Fall verpassen werde.

Neben mir fängt ein kleines Kind an zu schreien, es windet sich auf dem Arm seiner Mutter und brüllt so laut, dass ich nichts mehr verstehen kann. Sein Gesicht ist vor lauter Anstrengung schon ganz rot. Die Mutter kramt eilig ein Stück Stoff hervor, geformt wie eine Kugel, und steckt es ihm rigoros in den Mund. Sofort fängt es zufrieden an zu nuckeln und ich muss lächeln. Seine großen Augen blinzeln mich interessiert an und ich bin so verzückt, dass die Information erst in mein Gehirn dringt, als mein Ohr sie schon längst begriffen hat.

Ich kenne diese Stimme.

Das ist nicht Sam.

Meine Reflexe verlangsamen sich und ich höre auf zu atmen. Kurz setzt mein Herzschlag aus, um gleich darauf in rasendem Tempo weiterzuschlagen.

Meine Sinne spielen mir einen teuflischen Streich, das kann nicht wahr sein!

»Mein Vater hatte keine Ahnung, was er mit seiner Tat in Gang setzen würde. Wenn er uns heute hier sehen könnte, wäre er unglaublich stolz auf euch alle. Wir müssen dieses Land in die Freiheit führen. Und zwar so, wie er es auch gewollt hätte. In Frieden. Mit einem beispiellosen Miteinander und ohne Gewalt. Nur so gibt es eine Chance für uns.«

Der Rest der Worte verschwimmt in einem einzigen Kauderwelsch. Alles Blut weicht aus meinem Kopf, ich lege mir die Hand an die Kehle und ringe verzweifelt nach Sauerstoff. Die Frau mit dem Baby sieht mich besorgt an und klopft mir auf den Rücken. Ihre Lippen bewegen sich, sie fragt mich leise, ob alles in Ordnung ist.

»Ich muss nach vorne«, krächze ich mühsam und krümme meinen Finger in Richtung Tribüne. »Ich muss da vor, verstehen Sie?«

Panisch rucke ich mit dem Kopf, warte ihre Antwort nicht ab, sondern schiebe sie einfach zur Seite.

»Wir sind auf einem guten Weg, jeder Einzelne von uns. Wir dürfen sie nicht gewinnen lassen, dürfen nicht mit den gleichen Waffen zurückschlagen. Es muss andere Möglichkeiten geben, wie wir uns wehren können!«

Seine Stimme vibriert in meinem Brustkorb, golden wie die Sonne fließt sie durch den Raum. Immer schneller bahne ich mir einen Weg durch die dichte Menge.

»Ich habe ebenso wie ihr Menschen verloren, die mir wertvoll waren. Ich habe Schmerz und Trauer erlebt, so schrecklich, dass ich dachte, es sei das Ende. Aber das ist es nicht, meine Freunde. Es fängt gerade erst an!«

Meine rabiate Art zwingt die Leute zur Seite, flüsternd kündigen sie ihrem Vordermann mein Kommen an. Und so bildet sich allmählich eine Gasse. Ein Weg, den sie für mich freimachen. Sie teilen sich wie von Zauberhand, bis ich ihn endlich sehen kann.

Da steht er, auf der Tribüne, groß und dünn und lebendig. Seine Haare sind viel länger als früher, sein Gesicht schmal und bleich. Und obwohl er nur noch ein Schatten seiner selbst ist, strahlt er eine Autorität aus, die jeden in seinen Bann schlägt.

Nie war er schöner als jetzt.

Sein Anblick trifft mich mit voller Wucht. Als würde mir jemand einen Stein auf die Brust werfen, schwanke ich einen Moment, kralle mich in den Arm einer fremden Person, um nicht zu stürzen, fange mich wieder und gehe wie in Trance weiter. Sayed bemerkt den Tumult und verstummt. Er kneift die Augen zusammen und legt die Hand an die Stirn. Das Feuer blendet seine Sicht. Als er mich sieht, als er mich in der Menge erkennt, lässt er die Hand wie in Zeitlupe sinken, und ein zweifelnder Ausdruck legt sich über sein Gesicht. Angestrengt runzelt er die Augenbrauen, schüttelt langsam den Kopf und sein Mund formt lautlos ein Wort.

Hanna?

Ich erklimme die zwei Stufen zur Tribüne, presse meine feuchten Hände an meine Beine. Mein Mund ist staubtrocken, als ich vor ihm stehe.

»Hanna?«, flüstert er.

Ruhig ziehe ich mir mein Tuch vom Kopf.

Seine Augen weiten sich, strahlen mich an, sein Mund verzieht sich zu einem breiten Lächeln. Er breitet die zitternden Arme aus und will mich an sich ziehen, aber ich weiche zurück.

Ich hole aus und verpasse ihm eine schallende Ohrfeige. Dann hebe ich die andere Hand und schlage nochmals zu, die Menge hinter mir stöhnt kollektiv auf.

»Du Schwein!«, zische ich.

Sayed zuckt nicht mal mit der Wimper. Seine Arme hängen

locker an den Seiten, seine Wangen leuchten feuerrot, aber er lächelt immer noch.

»Wie lange wolltest du mich in dem Glauben lassen, du seist tot?«

Ich bebe am ganzen Körper, meine Gefühle sind völlig durcheinander.

Ich will schreien, weil ich so wütend bin. Ich will meinen Kopf an seiner Brust vergraben und ihn nie wieder loslassen. Ich will wegrennen und gleichzeitig nie mehr fortgehen. Weinend stehe ich da und kämpfe mit meinem Zorn und der Erleichterung. Sayed hebt die Hand. Seine Fingerspitzen zeichnen sacht den Weg meiner Tränen nach.

»Es tut mir so schrecklich leid, Rotkehlchen«, sagt er. »Das wollte ich nicht. Niemals.«

Hemmungslos schluchzend schlage ich die Hände vor das Gesicht, Sayed schließt die Arme um mich, holt stockend Luft.

»Hanna.« Seine Hände streichen mir unablässig über meinen Kopf, er wiederholt meinen Namen in einer Tour.

»Du warst tot, ich habe es selbst gesehen. Er hat dich erschossen. Ich war doch dabei«, stammle ich erstickt an seiner Brust.

»Ich weiß, Rotkehlchen. Ich weiß. Verzeih mir.« Er klingt selbst so verzweifelt, so aufgewühlt, dass ich den Kopf hebe und ihn ansehe.

Nichts existiert mehr. Nur noch sein Gesicht und seine dunklen Augen. Er mustert ehrfürchtig jeden Millimeter meiner Haut, als müsse er sich vergewissern, dass auch alles noch so ist wie immer.

»Ich habe dich so vermisst, Hanna. Ich kann nicht glauben, dass du tatsächlich hier bist.«

Und endlich beugt er sich zu mir herab und küsst mich. Er küsst meine Tränen fort, meine Trauer und meinen Schmerz. Seine Lippen berühren meine Schläfen, meine Stirn, meinen Mund. Es ist das Süßeste, was ich jemals kosten durfte. Ich lege meine Handflächen auf seine Brust, kann nicht fassen, dass unter meinen Fingern sein Blut pulsiert.

Irgendjemand fängt an zu klatschen. Ich glaube, es ist

Ahmed, und der Rest der Leute, deren Anwesenheit ich vergessen habe, fällt mir ein. Verlegen löse ich mich von Sayed, das Blut steigt mir in die Wangen, ich blicke zu Boden.

Ahmed läuft auf mich zu, hebt mich hoch und wirbelt mich einmal um die eigene Achse. Dabei lacht er laut und drückt mir einen Kuss auf die Backe, als ein Mann in die Halle stürzt.

»Sie kommen!«, schreit er durch den ganzen Raum und deutet in Richtung Eingang. »Sie haben uns entdeckt!«

Schlagartig wird es still.

Alle Köpfe drehen sich zu Sayed und Ahmed, in der furchtbaren Ruhe poltern schwere Schritte die Treppe hinab.

Es ist zu spät, um zu fliehen.

Panik erfasst mich, hilflos blicke ich von links nach rechts.

Wo ist eigentlich Sam?, frage ich mich verstört, während Sayed mich langsam hinter sich schiebt, Schulter an Schulter mit Ahmed baut er sich vor mir auf, wie eine Mauer. In der Menge rührt sich niemand, wie Statuen aus Stein bleiben alle auf ihren Plätzen.

Sekunden später stürmen zwanzig oder mehr Regierungsbeamte mit gezogenen Waffen die Halle und prallen vor der schutzlosen Menge überrascht zurück.

Anscheinend haben sie mit Gegenwehr gerechnet, mit Panik und Chaos. Die kaltblütige Ruhe, die ihnen entgegenschlägt, bringt sie aus der Fassung. Unschlüssig bleiben sie vor ihren Landsleuten stehen.

Es ist, als würden alle gleichzeitig die Luft anhalten, als warteten beide Seiten auf eine Reaktion des anderen.

»Wir tun nichts Unrechtes!«, erklingt Sayeds Stimme fest und sicher bis in den hintersten Winkel des Gebäudes. »Wir sind ebenso Menschen wie ihr. Wir lieben das gleiche Land, niemand muss deswegen sterben!«

Langsam hebt er die Hände.

»Seht uns an. Wir sind nicht eure Feinde.«

Wie in einem geheimen Zeichen gehen vor meinen Augen hunderte Hände in die Höhe, verharren dort reglos, in einer einzigen Geste des Friedens. Die Männer des Militärs blicken sich unsicher an, die Waffen immer noch schussbereit.

Die Atmosphäre in der Halle ist zum Zerreißen gespannt. Vor mir atmet Sayed angestrengt ein und aus, sein Hemd klebt feucht an seinem Rücken.

Nach ein paar Sekunden, die mir wie Stunden vorkommen, legt einer der Regierungsbeamten sein Gewehr auf den Boden und dreht sich zu seinen Kameraden um.

»Ich mach da nicht mehr mit, Männer. Es tut mir leid.« Vorsichtig hebt er ebenfalls die Hände, macht zwei Schritte zurück und stellt sich neben eine verhüllte Frau, seine Uniform verschmilzt mit der Menge.

Unentschlossen schwanken seine Genossen, ob sie es ihm gleichtun sollen, als eine schnarrende Stimme ertönt.

»Das kann er ja entscheiden, wie er will, oder, Sayed?«

Ich gefriere zu Eis.

Es ist mein Stiefvater.

Wie aus dem Nichts taucht er hinter seiner Meute auf, seine Waffe schlägt in einem dumpfen Rhythmus gegen einen der Stahlträger.

Sayed versteift sich, Ahmed rückt noch näher an mich heran, verdeckt mich mit seinem massigen Körper.

»Gegen Dummheit gibt es ja, soweit ich weiß, noch kein Gesetz.«

Mit diesen Worten dreht er sich pfeilschnell um, hebt die Pistole in seiner Hand und zielt dem Überläufer auf den Kopf. Er drückt ab und der Mann geht geräuschlos zu Boden. Die Menge weicht entsetzt zurück, seine eigenen Schergen zucken erschrocken zusammen. Eine Blutlache bildet sich um den Kopf des Toten, keiner rührt sich.

»Noch jemand, der einen Sinneswandel vollziehen will?« Fragend schiebt er den Hals nach vorne und blitzt seine Untergebenen an. Diese schütteln nacheinander den Kopf.

»Na dann! Hoch die Waffen, Männer!«, brüllt er und sein Ton duldet keinen Widerspruch. Einer von ihnen hebt das Gewehr des Toten auf und richtet es auf die Menschen, die dichter zusammengerückt sind.

»Sayed!« Werner richtet seine Aufmerksamkeit wieder nach vorne und läuft langsam auf uns zu.

»Tztztz, wie hast du das wieder geschafft? Du bist wahrlich ein Teufelskerl!«, gluckst er und es klingt durch und durch böse. »Eben noch verhaftet, und jetzt? Ich meine, sieh dich an! Du bist ihr Retter, mein Freund!«

Er breitet die Arme aus und verbeugt sich galant. »Hätte ich dich nur verrecken lassen«, faucht er und hüpft mit einem Schritt auf die Tribüne. Er hebt seine Waffe und knallt sie Ahmed blitzschnell an die Schläfe. Ahmeds Beine geben unter ihm nach und er fällt ohnmächtig zu Boden.

Wie auf dem Präsentierteller stehe ich vor meinem Stiefvater, er glotzt mir direkt ins Gesicht.

»Hanna, mein Täubchen! Das ist ja eine Überraschung! Ein Preis für beide, wer hätte das gedacht?«

Sein Atem stinkt nach Zigarren, seine farblosen Augen sehen mich spöttisch an. Die fast weißen Haare sind kurzgeschoren, die rote Kopfhaut hebt sich grotesk dagegen ab.

Sayed stellt sich vor mich. »Lass sie in Ruhe, sie hat mit der ganzen Sache nichts zu tun.«

Werner lächelt nur müde und ruckt mit der Waffe in Richtung Ausgang.

»Abmarsch, ihr beiden!«

Er drückt mir den Lauf in die Rippen und zwingt mich an Sayed vorbei. Ahmed stöhnt zu meinen Füßen, Werner steigt einfach über seinen riesigen Körper und dirigiert uns wie im Gänsemarsch vor sich her.

Ein, zwei Männer wollen uns zu Hilfe eilen, aber sofort verteilen sich seine Häscher und bilden mit gezückten Gewehren einen Kreis um die Menschen in der Halle.

»Haltet sie in Schach, das dürfte nicht lange dauern.«

Mit diesem Befehl verlassen wir die Halle, und Werner schubst mich und Sayed die Treppen nach oben. Helles Mondlicht beleuchtet den asphaltierten Platz, auf den wir hinaustreten, unsere Silhouetten werfen lange Schatten.

Mit jedem Schritt wird meine Angst weniger. Wenn das das Ende sein muss, dann soll es so sein.

Ich wachse, als würden meine Füße Wurzeln schlagen. Der Boden unter mir ist mein Königreich, ich habe das gleiche

Recht wie alle, auf ihm zu wandeln. Auch Werner kann das nicht verhindern, niemand stellt mehr meine Existenz in Frage. Ich verspüre nicht den kleinsten Funken Angst. Er kann mir nichts anhaben. Er ist auch nur ein Mensch, voll von krankem Hass, und plötzlich wird mir bewusst, wie sehr er sich vor mir und Sayed fürchten muss.

Vor dem Leben und unserer Liebe zueinander.

Er hat solche Angst davor, dass er bereit ist, zu töten. Er ist feige und armselig.

Ich nicht.

Werner scheucht uns vor sich her, in die Mitte des Hofes, als Sayed sich unvermittelt mit einem lauten Wutgeheul umdreht und auf ihn stürzt. Das Überraschungsmoment auf seiner Seite, wirft er Werner zu Boden, die Pistole fällt meinen Stiefvater aus der Hand und schlittert über den Kies.

»Nimm die Waffe, Hanna«, keucht Sayed, während er seine Knie auf Werners Oberkörper presst. Ich erwache aus meiner Bewegungslosigkeit und renne los. Als ich an den beiden vorbeistürmen will, schnellt Werners Hand hervor und packt mich am Knöchel. Mitten im Lauf zieht er mir das Bein weg, und ich stürze kopfüber auf den harten Asphalt. Steine schneiden mir in die Handfläche, aus meiner Nase schießt Blut. Ich trete wild um mich, aber sein Griff um meinen Fuß ist eisern. Ich drehe den Kopf und sehe, wie Werner sich mit erstaunlicher Kraft aufbäumt, ohne mich loszulassen. Seine andere Hand kracht donnernd auf Sayeds Brust, genau auf seine Schussverletzung. Mit einem durchdringenden Schmerzensschrei fährt Sayed zurück, und Werner kann sich unter ihm befreien. Auf Sayeds Hemd bildet sich rasend schnell ein riesiger Blutfleck.

»Sayed!«, schreie ich heiser. Immer noch strample ich mit beiden Beinen, recke meine Finger, um die Pistole erreichen zu können. Werner zieht mich gnadenlos näher zu sich heran, auch er hat die Waffe entdeckt. Mit letzter Kraft stoße ich mich noch einmal ab und schubse die Pistole mit dem Handballen so weit weg, wie ich kann. Sie rutscht über die Kiesel, schimmert silbern im Mondlicht und verschwindet im Schatten der Hauswand.

Hinter uns versucht Sayed aufzustehen, eine Hand auf seine blutende Brust gedrückt.

Trotz all meiner Anstrengungen bin ich zu schwach, um meinen Stiefvater abzuschütteln, unaufhaltsam drückt mich sein Gewicht zu Boden. Ich habe keine Chance.

»Hab ich dich, du kleines Miststück!« Mit einer fließenden Bewegung zieht er ein Messer aus seinem Stiefel, reißt meinen Kopf an den Haaren nach hinten und hält mir die Klinge an die Kehle.

»Aufstehen!«

Sein heißer Atem bläst mir ins Ohr, er zerrt mich brutal nach oben. Geschmeidig dreht er uns beide um, die Hand mit dem Messer um meinen Hals gelegt. Sayed kniet vor uns, das Gesicht qualvoll verzerrt, bleich und verschwitzt. Abgehackt saugt er Luft in seine Lungen, Schweiß läuft ihm über die Stirn.

»Hanna«, stöhnt er und streckt die Hand nach mir aus.

»Halt's Maul!«, kreischt mein Stiefvater wie ein Irrer, zittert unkontrolliert und die Klinge schneidet mir ins Fleisch. Warmes Blut läuft an mir herab, Sayed springt auf.

»Ich töte sie vor deinen Augen und dann mach ich dich endgültig kalt, du elender Unruhestifter!«

»Lass sie gehen, Werner. Was willst du noch? Ich bin doch hier.«

Sayed breitet die Arme aus. Durch das zerrissene Hemd klafft die Wunde unter dem Stoff hervor. Wie er so dasteht, sieht er aus wie ein blutiger Engel, die nackte Brust entblößt, die Haare wirr im Gesicht.

Mein Stiefvater lacht, fährt mit dem Messer über meinen Kehlkopf. »Niemals! Erst sie und dann du!«

Sayed macht einen Schritt auf uns zu, sein Blick flackert nach links und bleibt an etwas hängen.

Eine Stimme in meinem Rücken lässt mich zusammenfahren.

»Kann ich ihn haben?«

Werner dreht uns herum, und vor uns steht Sam. In ihrer Hand die Pistole, die Werner gehört. Sie richtet sie auf Sayed.

Meine Augen weiten sich. »Sam?«, krächze ich verwirrt.

Ihre schwarzen Haare flattern wild im Wind, ihr Gesicht ist wutverzerrt. Die grünen Augen sind dunkel bemalt, zwei schwarze Striche zieren ihre Wangen.

Schritt für Schritt nähert sie sich Sayed, bis sie mit der Waffe im Anschlag direkt vor ihm steht. Der sieht sie sekundenlang nur an, lässt dann die Arme langsam sinken und schließt ergeben die Augen.

»Ich würde ihn liebend gern übernehmen, Vater«, sagt Sam schnurrend und ich

kann nicht glauben, was ich höre. Ich muss mich beherrschen, nicht hysterisch zu kichern.

Werner ist Sams Vater?

Das kann nicht sein!

Ich bin so geschockt, dass ich meine aussichtslose Lage vergesse.

»Sam, das ist nicht wahr!«, rufe ich erstickt und sie dreht mir ihr Gesicht zu, die Pistole immer noch auf Sayed gerichtet.

»Was denn, Herzchen? Kennt die kleine Hanna meine Geschichte etwa nicht? Ich dachte, dein ach so feiner Freund plaudert alles aus, was er weiß!«

Sie grinst böse, während Werner seinen Griff um meinen Hals lockert. Auch er scheint überrascht über die Entwicklung.

»Ja, verflucht, ich bin seine Tochter. Meine Güte, jeder hat Eltern, oder? Auch wenn du kein besonders guter Vater warst.«

Sie verrollt die Augen und zuckt mit der Schulter.

»Was willst du, Sam?«, fragt Werner.

»Ich will, dass du ihn mir schenkst. Ich will ihn töten. Er ist ein Schwein. Er hat es verdient.« Sie klimpert mit den Lidern. »Du hast mir schon viele Männer geschenkt, weißt du noch? Ich war zwölf, und seine dreckige Mutter«, ihr Kopf wippt in Richtung Sayed, »hat Mama überredet, dich zu verlassen. Und schwups, war sie einfach weg! Hat mich bei dir gelassen.«

»Sam, tu das nicht«, unterbricht Sayed sie. Er redet so leise, dass ihn der heulende Wind beinahe übertönt. »Es tut mir leid, okay? Tu dir das nicht an. Ich bitte dich!«

Seine Stimme klingt so inständig, so flehentlich, dass mir die Tränen in die Augen schießen. Wie kann er sie immer noch beschützen wollen? Sie richtet eine Waffe auf ihn und er glaubt an das Gute in ihr?

Sam fährt herum, ihre Augen durchbohren ihn hasserfüllt. »War es nicht so, Sayed? Deine Mutter hat mir meine gestohlen und mich zurückgelassen! Bei diesem Schwein! Er hat mich den anderen aufgezwungen, jeden verdammten Tag!« Sie keift und plärrt, ihr ganzer Körper bebt bei der Erinnerung. »Diese alten, dreckigen Schweine, mit ihrem stinkenden Atem und ihren feuchten Händen! Ich war dreizehn! Ein Kind, Sayed! Mama hätte bei mir bleiben sollen!«

Mir wird schlecht, als ich verstehe, wovon sie spricht. Mein Kopf dröhnt von den ganzen Informationen, alles ist eine einzige Mischung aus Fassungslosigkeit, Mitgefühl und Zorn. Ich habe Sam vertraut. Nicht nur ich, sondern wir alle. Ahmed, Cleo und Sayed. Wie konnten wir uns so täuschen?

Ihre Stimme bricht, und Sayeds Gesicht ist schmerzverzerrt. »Ich weiß, Sam.« Hilflos sieht er sie an.

»Genug geheult«, faucht Werner. »Was nun? Willst du ihn töten oder nicht?«

»Ich will, dass sie zusieht, dieses kleine Miststück! Ich hätte jedes Mal kotzen können, wenn ich deinen Hundeblick gesehen habe. Wie du ihn anhimmelst, als wäre er das Universum! Ekelhaft, echt!« Sie schüttelt sich und kommt rückwärts auf uns zu. »Lass sie los. Sie soll genau hinsehen, Vater!« Ihr gackerndes Lachen hallt durch die Nacht. Sie ist genauso wahnsinnig wie ihr Vater!

»Wie kann ich meiner Tochter diesen Wunsch abschlagen«, antwortet Werner mit bizarrem Stolz in der Stimme.

»Auf die Knie, Mädchen!« Er nimmt das Messer von meinem Hals und drückt mich an den Schultern nach unten, bis ich zu Boden sinke. Dann stellt er sich neben Sam und nickt.

Ich hebe den Kopf und blicke Sayed direkt in die Augen. Alles um mich herum verschwindet. Seine Pupillen sind riesig, er wankt, kann sich kaum noch auf den Beinen halten.

Ich liebe dich, Hanna.

Seine Lippen formen diesen einen Satz, und ein friedlicher Ausdruck legt sich über sein Gesicht, ein Lächeln umspielt seine Mundwinkel.

»Mach´s gut, du Ausgeburt der Hölle!«

»Sam! Nicht!«, schreit Sayed.

Dann geht alles ganz schnell.

Ein Klicken ertönt, Sayed macht einen Satz auf uns zu und reißt Sam die Waffe aus der Hand, die sie auf Werners Stirn gelegt hat.

Sam keucht, schnappt mich und zieht mich zur Seite, Sayed schiebt sich vor uns, die Pistole auf Werner gerichtet.

»Schluss damit, Werner. Hände in den Nacken und runter auf den Boden.«

Sam fasst mich um die Taille und wir bewegen uns langsam rückwärts, meine Augen sind so weit aufgerissen, dass es schmerzt. Mein Stiefvater brüllt in den dunklen Nachhimmel, das Gesicht feuerrot, die Adern auf seinem kahlen Schädel pulsieren dick und blau wie Regenwürmer. »Ihr miesen, dreckigen Scheißer! Du! Du bist die Schlimmste von allen!« Sein Zeigefinger hüpft in Richtung seiner Tochter. »Bist nicht besser als diese Kanaken! Lässt dich von Kaffern begrabschen! Meine eigene Tochter!«

»Runter hab ich gesagt!«, donnert Sayed ihm entgegen und krümmt den Finger um den Abzug der Waffe.

Werner kreuzt gehorsam die Hände über dem Kopf, legt sich flach auf den Boden und jammert wie ein altes Waschweib, während Sayed ihm den Stiefel in den Rücken stemmt und seine Taschen nach dem Messer durchsucht. Seine Schwäche von vorhin ist wie weggeblasen. Er zieht das Messer aus Werners Hose und kickt es mit dem Fuß zu Sam, die sich bückt, um es aufzuheben. Ihre Bewegungen sind fließend aufeinander abgestimmt, wie einstudiert verständigen sie sich ohne ein Wort.

Ganz langsam dämmert mir das Ausmaß der Inszenierung, die hier vor meinen Augen stattgefunden hat.

»Hanna!« Sam spricht mich an.

»Du musst mir helfen! Wir gehen jetzt da rüber. Zu den Autos. Und suchen Handschellen oder Kabelbinder oder irgendetwas, mit dem wir Werner fesseln können. Klar?«

Sie wartete meine Antwort nicht ab. Ohne Sayed aus den Augen zu lassen, huscht sie schnell zu dem ersten Wagen, der uns am nächsten steht.

»Beeil dich, ich weiß nicht, wie es unten aussieht. Wenn wir Pech haben, konnte Ahmed die anderen nicht überwältigen, und dann fliegt uns hier gleich alles um die Ohren!«

Sie öffnet die Tür und sucht das Auto ab. Energisch verdränge ich alle wirren Gedanken, alle brennenden Fragen, die mir auf der Zunge liegen und laufe auf das zweite Auto zu. In fliegender Eile öffne ich die Türen, finde nichts als blitzende Sauberkeit. Ich fummle am Kofferraum herum, bis das Schloss klickt, und hebe den Deckel an. Ein schwaches Licht beleuchtet eine Kiste mit durchsichtigen Plastikbändern.

»Sam!«

Sofort kommt sie angerannt.

»Ist das was?«

»Kabelbinder! Perfekt!«

Sie schnappt sich eine Handvoll und sprintet zu Sayed zurück.

Ich greife mir die Kiste und knalle den Deckel des Kofferraums zu.

Stockend gleite ich an dem kalten Blech des Autos nach unten, meine Beine tragen mich nicht mehr. Ich lande auf dem Boden, lehne mich an das Auto und atme flach ein und aus.

Ich kann nicht mehr.

Mein Herz schlägt unregelmäßig, meine Hände zittern und mir fällt die Kiste aus den Fingern.

Ich starre in den schwarzen Himmel. Der Mond hängt riesengroß und rund mitten im Nirgendwo, und ich kann die

Krater und Furchen auf seiner Oberfläche genau erkennen. Er strahlt fast so hell wie die Sonne. Ich kneife die Augen zusammen und er kommt langsam auf mich zu. *Der Mond fällt auf die Erde,* denke ich verwundert. Wie wunderschön er aussieht, so majestätisch und bleich.

»Hanna?«

Sayeds Gesicht schiebt sich vor die weiße Kugel, der Mond umrahmt seinen Kopf wie ein Kranz aus Licht. Ich blinzle nicht einmal, zu schön ist der Anblick. Wie hypnotisiert warte ich auf den Aufprall des monströsen Himmelskörpers.

»Hanna!«

Sayeds Hand wedelt vor meinem Gesicht und versperrt mir die Sicht. Ich hebe kraftlos die Finger und schlage halbherzig gegen seinen Arm.

»Sieh doch nur, Sayed. Der Mond!«

»Ja, schön, nicht?«, murmelt er und seine Arme fahren unter meine Achseln. Er hebt mich hoch, als wäre ich ein Blatt Papier, während ich immer noch die leuchtende Scheibe über uns bestaune.

»Die Sterne, Sayed. Sie sind so hell wie nie zuvor. Du musst dir das ansehen, es ist fantastisch«, stammle ich zusammenhanglos an seiner Schulter.

»Ssh, Rotkehlchen. Ich weiß. Alles ist gut, Hanna.«

Er läuft auf das Gebäude zu, als wiege ich nichts, ich schlinge meine Arme um seinen Hals.

»Jetzt ist alles gut, wir haben es geschafft. Ich lasse dich nie wieder im Stich, ich verspreche es«, murmelt er. Mein Kopf sinkt an seine Brust, der Duft nach Pfefferminz kriecht mir in die Nase.

»Ja, Sayed. Jetzt ist alles gut«, wispere ich noch, dann fallen mir die Augen zu und ich verliere das Bewusstsein.

Etwas Schweres und Warmes drückt auf meinen Brustkorb, als ich mit vom Schlaf verklebten Lidern in einem weichen Bett erwache. Eine einzelne Kerze flackert in der Dunkelheit und beleuchtet Sayeds Arm, der quer über mir liegt. Seine ganze Gestalt ist so dicht an mich gerückt, dass ich mich zwischen ihm und der Wand kaum bewegen kann. Ein sauberer Verband bedeckt seine nackte Brust, die sich gleichmäßig auf und ab bewegt. Sein Gesicht ist mir zugewandt, und ich recke meine Fingerspitzen und erkunde jeden Millimeter seiner Haut. Sanft fahre ich über seine Konturen, über seine dunklen Brauen und seine vollen Lippen, die sich unter meiner Berührung zu einem leisen Schmunzeln formen.

»Hey, Rotkehlchen«, sagt er, die Augen immer noch geschlossen.

»Ich kann nicht glauben, dass du wirklich da bist«, flüstere ich, beuge mich über ihn und küsse seine Stirn. Sayed schlingt seine Arme um mich und zieht mich auf sich. Schläfrig öffnet er die Augen.

»Du musst aufpassen. Ein klein wenig schmerzt es noch.« Er zieht die Nase kraus und ich schrecke ängstlich zurück.

»So schlimm ist es nicht. Bleib bei mir«, murmelt er und umfasst mein Gesicht. Über seinen dunklen Augen liegt ein Schleier, sein Blick ist so intensiv, dass ich tatsächlich rot werde.

»Du hast vergessen, mir mein Herz wiederzugeben, als wir getrennt wurden, Hanna«, wispert er ernst. »Und ohne Herz lebt es sich wahrlich schlecht.«

Sein Daumen streicht über meinen Mund, sein Atem geht schnell.

»Jetzt hast du es ja wieder«, sage ich stockend. Ich sehne mich so sehr nach seinem Kuss, dass ich es kaum noch ertrage. Langsam zieht er mich immer näher an sich heran.

»Das war eindeutig zu lange.«

Er verschließt meinen Mund mit seinen Lippen. Tausend Schmetterlinge explodieren in meinem Bauch, ein nie gekanntes Glücksgefühl durchströmt mich. Ich rutsche noch weiter auf ihn, meine Hände fahren durch seine Haare, ich würde ihn am liebsten verschlingen. Er schmeckt nach Minze und Freiheit und Glück, und ich kann gar nicht mehr aufhören.

»Au.« Sayed zuckt zurück und ich lasse ihn sofort los.

»Tut mir leid!« Ich schlage die Hand vor den Mund, Sayed grinst schief.

»Ein paar Tage wird es noch heilen müssen«, sagt er genervt. Die eine Hand auf dem dicken Verband, streichelt er mit der anderen meinen Hals.

»Komm wieder her, Hanna.« Seine Stimme klingt rau, begierig zieht er mich an meinen Locken zu sich herab. Dieses Mal bin ich vorsichtiger, küsse ihn nur ganz zart und leicht. Das wiederum ist Sayed zu wenig, und in einer einzigen Bewegung schiebt er sich über mich.

»Geht das so?«

»Ist mir egal, Rotkehlchen«, raunt er, und ich versinke in seinem Kuss.

Später liege ich hellwach neben Sayed, er schläft tief und fest. Ich bin viel zu aufgedreht, um zur Ruhe zu kommen. Es kommt mir vor, als hätte ich Dänemark vor Jahren verlassen, um Sam und die anderen zu finden. Die Monate im Lager erscheinen so unwirklich, als hätte ich sie nie erlebt. Wenn ich gewusst hätte, dass Sayed lebt, hätte ich Zaida nie kennengelernt, nie die Freiheit eines demokratischen Landes erlebt. Und doch will ich meinen Platz mit niemandem in der Welt eintauschen. Immer wieder muss ich Sayed anfassen, meine Haut an seine bringen, um sicherzugehen, dass ich keinem grausamen Wunschtraum erliege. Meine Augen können nicht von ihm ablassen, es kribbelt an meinem ganzen Körper, wenn ich an seine hungrigen Berührungen denke. Hundertmal flüsterte er mir ins Ohr, wie sehr er mich vermisst hat, und meine Wangen waren nass von unseren Tränen.

Die Tür öffnet sich leise und Sam steckt den Kopf hinein.

»Ich bin wach«, wispere ich, winde mich behutsam unter Sayed hervor und bringe mich in eine sitzende Position. Sayed stöhnt kurz, dreht sich auf den Bauch und ist viel zu erschöpft, um aufzuwachen.

»Ich will nicht stören, ich dachte nur, ihr habt vielleicht

Hunger?« Zögernd betritt sie das Zimmer, und wie zur Bestätigung knurrt mein Magen in der Stille. Wir fangen beide an zu lachen und Sam reicht mir ein Tablett mit einer dampfenden Suppe und zwei Scheiben Brot.

»Danke, das kann ich jetzt gebrauchen.« Ich rutsche an das Fußende, das Tablett auf meinen Oberschenkeln, und mache Sam Platz. Sie kauert sich neben mich, wir ziehen uns die Decke über die Beine. Sams Kopf nickt in Richtung Sayed.

»Er schläft wie ein Toter.« Sie grinst zufrieden. Ich kann nicht antworten, habe den Mund voll.

Nachdem ich alles aufgegessen habe, stelle ich das Geschirr auf den Boden, und Sam und ich machen es uns bequem. Sayeds Arm liegt entspannt über unseren Knien, als würde er uns beide festhalten wollen.

Eine Weile betrachten wir ihn, jede von uns mit ihren ganz eigenen Gefühlen. Sam bricht das Schweigen.

»Sayed hat mich da rausgeholt.« Sie spricht leise, weil sie ihn nicht wecken will. »Unsere Eltern waren Nachbarn. Wir wohnten im Haus gegenüber. Ich bin ja nur ein paar Monate jünger als Sayed, unsere Mütter freundeten sich nach meiner Geburt an.« Sams Stimme schwankt, ich habe sie noch nie so unbeholfen erlebt.

»Du musst mir das nicht erzählen, Sam, ist schon in Ordnung.«

Sie schüttelt heftig den Kopf, presst die Lippen aufeinander.

»Ich will aber. Ich will, dass du weißt, warum ich Sayed nie etwas antun könnte. Ich will, dass du verstehst, was uns verbindet.«

Ich nicke und lasse ihr Zeit, sich zu sammeln.

Sie holt Luft und fährt fort.

»Werner war ein fürchterlicher Vater und Ehemann. Er hat meine Mutter grün und blau geschlagen, jeden verdammten Tag. Sie war zu schwach, um sich zu wehren, um ihn zu verlassen. Das änderte sich erst, als sie Fathi und seine Frau kennenlernte. Ich war ja noch sehr klein und verstand nicht wirklich, was bei uns zu Hause los war. Aber ich spürte instinktiv, dass meine Mutter sich veränderte. Dass sie stärker wurde. Sayeds Mutter und sie waren jeden Tag zusammen, und so war ich jeden Tag mit Sayed zusammen. Ich bin praktisch mit ihm aufgewachsen und er war wie ein Bruder für mich. Ich kenne ihn, seit ich mich erinnern kann.« Ihr Blick huscht über seinen Verband und kehrt dann in die Vergangenheit zurück.

»Jedenfalls hieß mein Vater die Freundschaft von Beginn an nicht gut. Er hasste diese Schmarotzer, diese verlumpten Flüchtlinge, wie er sie immer nannte. Aber meine Mutter ließ sich nicht mehr alles gefallen und schloss sich gegen seinen Willen den WFH an. Sayeds Mutter unterstützte sie in der Auflehnung gegen meinen gewalttätigen Vater. Er verprügelte sie immer schlimmer, manchmal konnte sie tagelang nicht aufstehen und wenn er dann arbeiten war, kümmerte sich Sayeds Mutter um mich. Sie holte mich zu ihnen, während sie meine Mutter versorgte. Ich war bei ihnen zu Hause, sie waren meine Familie. Ich war glücklich, wenn ich mit Sayed zusammen sein konnte. Wir liebten und stritten uns, wie Geschwister das eben tun.«

Ein kleiner Stich der Eifersucht durchfährt mich, verschwindet aber sofort wieder, als ich mir vorstelle, wie grausam Sams Kindheit war.

»Als das Gesetz zum *Schutze der Frau* eingeführt wurde, wurde es mit meinem Vater noch schlimmer.« Sie lacht abfällig. »Von da an konnte er seine Frau völlig legal fast zu Tode prügeln und es interessierte niemanden. Es war …« Sam schluckt und sucht angestrengt nach Worten. »Es war einfach nur schrecklich, Hanna. Dann starb Sayeds Mutter bei der Geburt seiner Schwester und ich verlor ihn. Er war so wütend und traurig und schottete sich immer mehr von mir ab. Wir sahen uns so gut wie gar nicht mehr, er war ständig unterwegs. Als ich dreizehn wurde, kam ich eines Tages vom Waschen nach Hause und meine Mutter war weg.« Meine Finger sind so fest um meinen Anhänger gekrallt, dass er mir ins Fleisch schneidet. Ich lockere meinen Griff, sitze aber stocksteif neben Sam.

»Niemand sagte mir, was passiert ist. Auch nicht Fathi. Sie war einfach weg, Hanna. Vielleicht hat er sie umgebracht. Sonst hätte sie mich doch mitgenommen? Ich meine, sie hätte mich doch niemals freiwillig bei ihm gelassen, oder?«

Ihre Augen sind riesig, das Grün darin so intensiv, dass es beinahe leuchtet.

»Ein Jahr verbrachte ich mit ihm allein.« Sam schließt die Augen, lehnt ihren Kopf an die Wand. »Er hat mich verkauft. An die Männer in der Nachbarschaft, an seine Parteikollegen, an wen er wollte. Sie kamen abends in unsere Wohnung, drückten ihm ein paar Scheine in die Hand und er ging zur Tür hinaus.« Sam bläst die Backen auf und lässt die Luft ganz langsam entweichen. Ich taste nach ihrer Hand, verschlinge meine Finger mit ihren. Tränen rinnen mir über die Wangen.

»Das ging genau elf Monate. Ich war nur noch eine leere Hülle. Ich redete mit mir selbst, aß nichts mehr und schlief kaum noch. Wie ein Geist schlich ich durch die Wohnung und zählte voller Angst die Stunden, bis es Abend wurde und mein Albtraum von Neuem begann. Eines Tages besuchte mich überraschend Sayed. Er tauchte einfach auf, als wäre alles wie früher, als wäre er nie fort gewesen. Er erschrak bei meinem Anblick zu Tode. Ohne ein Wort zu fragen, packte er meine Sachen, nahm mich an der Hand und brachte mich rüber zu Fathi. Die beiden brachten mich sofort in ein sicheres Versteck und dort erzählte ich, was er mit mir machte. Sayed schrie und tobte und wollte Werner zur Rechenschaft ziehen, aber Fathi beschwor ihn auf Knien, es nicht zu tun. Werner suchte mich überall. Wie ein Besessener klapperte er die Nachbarschaft ab, durchsuchte Wohnungen und leerstehende Gebäude. Er hängte eine Zeichnung von mir an jeden Laternenpfahl. Er war vollkommen verrückt!«

Jetzt schlucke ich.

Wir haben die gleiche Geschichte. Fast als wären wir Schwestern. Er war auch mein Vater, auch ich war seine Tochter. Auch mich hat er gesucht. Sein Fanatismus beherrscht unser beider Seelen.

Gänsehaut überzieht mich, wenn ich denke, wie lange ich

mit ihm unter einem Dach gelebt habe. Wie knapp ich einem Martyrium, wie Sam es erlebt hat, entkommen bin, weil Sayed mich gerettet hat.

»Fathi schaffte mich aus der Stadt. Zu einer Familie, die sich um mich kümmerte. Sayed kam jeden Tag den langen Weg zu mir raus. Anfangs sprach ich kaum mit ihm, starrte nur vor mich hin. Aber Stück für Stück holte er mich ins Leben zurück. Er brachte mich zum Lachen, ohne dass ich es merkte. Und er bestand darauf, dass ich aß und wieder zu Kräften kam. Ohne ihn wäre ich nicht mehr auf die Beine gekommen, Hanna. Mit sechzehn kehrte ich dann in die Stadt zurück. Ziemlich schnell übertrugen er und Fathi mir kleine Aufgaben, die ich für den Untergrund erledigen sollte. Ich kam mit WOMEN FREE HUMANS in Kontakt, und endlich konnte ich etwas gegen die Ungerechtigkeit, die den Frauen widerfährt, tun. Das war das schönste Gefühl, das ich seit Langem hatte. Ich wurde gebraucht und wurde immer besser auf meinem Gebiet.« Stolz schwingt in ihrer Stimme mit, sie bindet sich die Haare zu einem Zopf.

»Naja, und so kennst du mich jetzt.« Sie zuckt mit den Schultern, ihr Ton klingt wieder ganz nach der alten Sam. Ihre Geschichte ist schrecklich und doch so alltäglich. Eine Weile sage ich nichts, muss das Gehörte verdauen. Dann muss ich sie fragen. Ich muss wissen, ob es ihr geht wie mir.

»Hättest du ihn getötet, Sam?«

Sie weiß sofort, von wem ich spreche und antwortet mir, ohne zu zögern.

»Ja«, sagt sie.

»Oh, gut!«, stoße ich erleichtert aus.

Sam sieht mich an.

»Ohne ihn wären wir ganz schön aufgeschmissen, was?«, sagt sie und deutet grinsend auf Sayed, der vollkommen friedlich zwischen uns schläft.

Ich nicke und fange an zu kichern, und Sam stimmt mit ein. Kleine Fältchen bilden sich um ihre Augen, zwei Grübchen erscheinen auf ihren Wangen und mir fällt auf, dass ich sie noch nie so habe strahlen sehen.

Unser Kichern verwandelt sich in ein Lachen. Wir sehen uns an und immer, wenn die eine aufhören will, platzt es aus der anderen wieder heraus.

Ich presse mir die Hand vor den Mund, um den Reiz zu unterdrücken, aber wir werden immer lauter. Ich kann nicht anders und Sam offensichtlich auch nicht. Das Lachen befreit uns für diesen Moment von unserer Schuld, von unseren schrecklichen Erinnerungen und der Trauer um die Menschen, die wir verloren haben. Mittlerweile halten wir uns den Bauch, gackern hemmungslos und Tränen laufen uns aus den Augenwinkeln. Sams ganzer Körper wackelt, und ich bekomme kaum noch Luft. Unter uns bewegt sich Sayed träge, zieht die Beine an und schubst Sam unvermittelt aus dem Bett. Ihr schreckgeweitetes Gesicht sieht so komisch aus, dass ich erst recht nicht mehr an mich halten kann. Sie wälzt sich vor mir auf dem Boden und schüttet sich aus vor Lachen, ich robbe glucksend über das Bett und halte ihr die Hand hin, um ihr hochzuhelfen. Sam ergreift sie und zieht mich mit einem Ruck nach unten. Ich falle auf sie, prustend und japsend entwirren wir unsere Gliedmaßen. Mein Bauch schmerzt und meine Wangen sind schon ganz steif.

»Ich kann nicht mehr, Hanna! Hör auf, sonst verpass ich dir eine!«

»Oder ich dir, du miese Verräterin!«

Wir beruhigen uns nur allmählich, als Sayeds verschlafenes Gesicht über dem Bettrand erscheint.

»Welche Veranstaltung verpasse ich da gerade?« Seine Haare stehen ihm wild vom Kopf ab, auf der einen Seite seines Gesichtes hat er einen roten Abdruck vom Kissen. Sam und ich blicken uns an und prusten wieder los.

Sayeds Mundwinkel gehen nach oben und seit Monaten wieder höre ich das schönste Geräusch, das es für mich gibt.

Irgendwann verstummen wir, ich wische mir erschöpft über das feuchte Gesicht.

»Morgen hab ich Muskelkater«, schnaubt Sam, »und zwar im Gesicht!« Sie erhebt sich und boxt mich auf die Schulter.

»Du bist schwer in Ordnung, Hanna.«

Ich stütze mich auf die Ellenbogen und zwinkere ihr zu.

»Du auch, Sam.«

Sie dreht sich zu Sayed und fuchtelt mit ihrem Zeigefinger vor ihm herum.

»Glaub ja nicht, dass ich keine Entschuldigung mehr erwarte, nur weil du mich wieder vor einer Dummheit bewahrt hast!«

Sayed wirft ihr ein Kissen an den Kopf. »Lass uns alleine, du Biest. Ich hab hier einiges nachzuholen.«

Sie wirft ihm eine Kusshand zu und schließt mit einem anzüglichen Grinsen die Tür.

»Komm her, Hanna.« Sayed streckt mir die Hand entgegen und ich rutsche auf allen vieren zu ihm, bis mein Gesicht genau vor seinem schwebt.

»Du sollst doch nicht so weit weg gehen, habe ich gesagt.«

Er umfasst meinen Nacken, versenkt seine Nase an meinem Hals und atmet tief ein. »Das ist schon besser«, flüstert er an meinem Ohr und ich lächle.

»Das wird schwierig werden, wenn ich gar nicht mehr von deiner Seite weichen soll, Sayed aus Gold.«

»Du kriegst das schon hin, Rotkehlchen, ich bin mir sicher.«

Am Abend sitzen wir in alter Tradition in der Küche, und mein Blick schweift über meine Freunde, meine Familie.

Sam lacht und scherzt mit Ahmed, Cleo füttert Karls kleinen Bruder, während Karl um den Tisch rennt, einen Papierflieger, den ich ihm gebastelt habe, in der Hand. Sayed sitzt mir gegenüber, den Kopf in die Hände gestützt, und sieht mir unverwandt in die Augen. Ich lese in ihnen das Gleiche, das auch ich empfinde. Tiefe Dankbarkeit, unbändige Zufriedenheit und lächerliches Glück.

Wir verständigen uns ohne Worte. Sie sind hier und jetzt nicht nötig.

»Hanna, lass dich drücken.« Ahmed steht vor mir, die Arme ausgebreitet. »Es wundert mich, dass Sayed keine

Besuchszeiten für dich vorschreibt, so, wie er dich in Beschlag nimmt.«

Ich lache und erhebe mich, Ahmeds massige Gestalt umfängt mich. Ich reiche ihm gerade mal bis zum Rippenbogen.

»Ich bin stolz auf dich, Mädchen. Du hast dich wacker geschlagen«, sagt er und klopft mir auf den Rücken. »Dass du zurückgekommen bist, war sehr mutig von dir. Wir sind froh, dass du wieder da bist.«

»Ich danke euch. Ihr seid meine Familie, wo sollte ich wohl sonst hin?« Ich bin so gerührt, dass ich mich verschämt aus seiner Umarmung löse.

»Jetzt muss Saii nicht mehr weinen, stimmt´s?« Karl sagt es ganz beiläufig, aber alle drehen die Köpfe zu ihm. Er steht neben Sayed und blickt mit ernsten Augen zu ihm hoch. Sayed wuschelt ihm über den ungekämmten Haarschopf. »Nein, Karl. Jetzt muss ich nicht mehr weinen.«

Ich schlucke.

»War es schön im Land der Wäle, Hanna? Hast du meinen Papa gesehen?«

Ich laufe um den Tisch und gehe vor Karl in die Hocke.

»Es war ganz wunderschön dort, Karl. Ich musste nur noch mal zurück, weil ich noch was Wichtiges zu erledigen habe.«

»Ja, ich weiß. Du musst machen, dass Sayed nicht mehr traurig ist.« Er nickt, seine Finger falten geschäftig einen neuen Papierflieger.

»Ja. So ist es, Karl. Du bist ein kluger Junge. Und heute Abend, wenn du schlafen gehst, erzähle ich dir, was mir dort am besten gefallen hat, ja?«

Karls Hand schießt in die Höhe und sein Flieger saust über den Tisch. Meine Antwort genügt ihm, flink wie ein Wiesel krabbelt er unter den Tisch und hebt sein Flugzeug wieder auf.

Ich wende mich zu Sayed um, er zieht mich wortlos auf seinen Schoß. »Jetzt bist du ja wieder da«, sagt er für die anderen unhörbar, schlingt seine Arme um meinen Bauch und legt sein Kinn auf meine Schulter.

»Morgen ist die nächste Friedenswende, Sayed. Du hast das nicht vergessen, oder?«

»Nein, Sam, ich habe es nicht vergessen. Keine Sorge.«

Mir sind die nächsten Schritte nicht bekannt, Sayed und ich hatten andere Dinge zu klären.

»Wie geht es denn jetzt weiter?«, frage ich.

Sam und Ahmed fangen gleichzeitig an zu reden, bis Ahmed ihr mit einer galanten Geste den Vortritt lässt.

»Unser Plan war von Anfang an, Werner zu erwischen. Wir rechneten fest mit seinem Auftauchen auf der Versammlung. Es gab keine andere Möglichkeit, an ihn heranzukommen, er schützte sich rund um die Uhr durch seine Leibwächter. Also mussten wir es so versuchen. Niemals wäre ihm diese Information entgangen. Dafür ist er zu gut in dem, was er tut.«

»Nur dass du dort erscheinst, das war nicht geplant«, Sayed küsst meinen Nacken, »da mussten wir wohl oder übel ein wenig improvisieren.«

Sam grinst ihn über den Tisch hinweg an. »Haben wir doch ganz gut hinbekommen, oder?« Sie zwinkert mit ihrem rechten Auge und wirft ihre Haare zurück. Sie ist unverkennbar stolz auf sich, und das kann sie auch sein.

»Ich gebe zu, das hat mich ganz kurz aus der Bahn geworfen«, ihr Zeigefinger schnellt in die Höhe, »aber nur kurz! Wir haben alles auf eine Karte gesetzt. Niemand konnte voraussahnen, ob wir das Militär auf unsere Seite ziehen können. Aber wir mussten es wenigstens versuchen. Nur so konnten wir die Stimmung herausfinden, die bei den Menschen vorherrscht. Deutschland ist soweit, Hanna. Es fehlt nur jemand, der ihnen sagt, wie es geht.«

Alle blicken zu Sayed.

»Fathi hat den Anfang gemacht, Sayed. Jetzt bist du an der Reihe«, sagt Ahmed.

Sayed vergräbt sein Gesicht an meinem Rücken.

»Ich weiß, ich weiß, Leute«, murmelt er. »Ich würde es mir freiwillig nicht aussuchen, aber ich habe wohl keine Wahl. Ist schon in Ordnung, denke ich.«

Sam klatscht in die Hände. »Das wird ganz prima, Sayed. Du machst das schon!«

»Wo ist eigentlich Werner?«, unterbreche ich ihren Redefluss.

Es wird ganz still, niemand antwortet mir.

»Ihr habt ihn doch nicht …?« Ich muss meine Frage nicht zu Ende bringen, jeder weiß, was ich meine. Eine Mischung aus Furcht und Erleichterung überkommt mich. Einerseits hoffe ich, dass er ein für alle Mal aus unserem Leben verschwunden ist, andererseits kann ich den Gedanken nicht ertragen, dass ihn jemand von uns getötet hat, so sehr ich es auch verstehen könnte.

»Er ist an einem sicheren Ort, wo er niemandem schaden kann.«

Ich warte, dass Sayed weiterspricht, aber das tut er nicht.

»Wie meinst du das?«, frage ich leicht pikiert, weil ich mich nicht so einfach abspeisen lassen will. Immerhin habe ich ein Recht zu erfahren, was mit ihm passiert ist.

»Sayed, hör auf! Ich bin kein kleines Kind!«

Ich werde wütend und rücke von ihm ab. Ich gehöre genauso dazu wie alle anderen, auch wenn Sayed am liebsten alles Schlechte von mir fernhalten möchte. Aber er sieht stur an mir vorbei, seine Lippen bleiben verschlossen. Ahmed erlöst mich.

»Er ist in einem provisorischen Gefängnis. Dort in der alten Fabrik. Wir haben sie zu unserem Hauptquartier gemacht, bis klar ist, was hier in Frankfurt weiter geschieht. Wir wollen niemanden töten, Hanna, aber wir können sie nicht auf freien Fuß setzen, wenn sie uns töten wollen.«

»Dem miesen Drecksack geht es noch viel zu gut da unten«, schnaubt Sam aggressiv. »Ein, zwei Tage hungern würde ihm nicht schaden!« Ihre Augen funkeln böse, und insgeheim gebe ich ihr recht.

»Sam!«, warnt Cleo und verweist mit einer leichten Geste auf Karl.

»Schon gut, schon gut. Bin schon still.« Sam bewegt die Finger vor ihrem Mund, als würde sie ihn mit einem

Schlüssel verschließen, und hinter mir höre ich Sayed leise lachen.

»Ich dachte, es wird schwieriger, Werners Schergen zu überzeugen. Aber wir mussten gar nichts tun. Er hat mit seinem Wahnsinn die ganze Arbeit selbst erledigt. Als er einen seiner Männer erschossen hat, war die Sache schon so gut wie erledigt«, sagt Sayed, und ich durchlebe die schreckliche Szene noch einmal. Der ungläubige Ausdruck im Gesicht des Mannes, als er begriff, dass er sterben würde. Das Blut, das sich dunkel und zäh unter seinem Kopf ausbreitet, eine rote Pfütze der Endgültigkeit. Die entsetzten Gesichter seiner Kameraden und die Abscheu vor ihrem Befehlshaber. Die Gleichgültigkeit, mit der sich Werner von ihm abwendete. Der Tod eines Menschen bedeutet ihm gar nichts. Ein leichtes Zittern durchfährt mich, und Sayed zieht mich wieder an sich.

»Alles wird gut, Hanna. Hier bist du in Sicherheit. Er kann dir nichts mehr tun.« Er redet so leise, dass nur ich ihn verstehe. Sein warmer Atem streift mein Ohr und verursacht mir eine Gänsehaut, und der Drang, ihn zu küssen, wird übermächtig. Unruhig rutsche ich auf seinem Schoß herum und halte mich nur mit Mühe zurück, nicht da weiterzumachen, wo wir vorhin aufgehört haben.

»Ich muss mich hinlegen. Ich bin immer noch total fertig.« Sayed steht unvermittelt auf und nimmt meine Hand. »Bis morgen dann«, sagt er und zieht mich so forsch hinter sich her, dass ich fast das Gleichgewicht verliere.

»Der hat´s aber eilig«, höre ich Sam noch, als hinter uns auch schon die Tür von Sayeds Zimmer ins Schloss fällt.

»Ich kann das ganze Gerede nicht mehr hören, Rotkehlchen«, sagt er und drückt mich gegen die geschlossene Tür. Er stützt seine Arme links und rechts neben meinem Kopf an der Wand ab, seine schwarzen Augen nageln mich fest. »Keine Sekunde hätte ich es mehr ausgehalten.« Die Ader an seinem Hals pocht, sein Kehlkopf hüpft auf und ab. Die Lippen leicht geöffnet, neigt er den Kopf, schließt die Augen und presst seinen Mund auf meinen. Mein Herz klopft wie verrückt in meiner Brust, mein Magen flattert. Sein Kuss wird immer drängender, er nimmt die Hände herunter und fährt langsam unter mein Hemd. Seine Finger ertasten meine Schulterblätter, meine Wirbelsäule, meine Rippen. Ich kann mich kaum noch auf den Beinen halten, nur die Tür in meinem Rücken stützt mich noch. Sayeds Lippen teilen die meinen und seine Zunge findet die meine. Er stöhnt, als meine Hände unter sein Hemd gleiten, über seine Muskeln, und ich spüre unter meinen Fingerspitzen die feinen Härchen auf seiner Haut. Er schiebt sein Knie zwischen meine Beine und drängt mich zum Bett. Im Gehen hebt er meine Arme an und zieht mir mit einer schnellen Bewegung das Hemd über den Kopf. Wir fallen rückwärts auf die Matratze, immer noch küsst er mich wie ein Ertrinkender. »Du machst mich wahnsinnig, Hanna.« Seine Stimme klingt heiser, als seine Lippen an meinem Hals entlangfahren.

Ich kann ihm nicht antworten, ich stecke in diesem Augenblick fest. Ohne Grenzen von Zeit oder Raum, ohne Schmerz und Trauer, ohne Wut und Vergeltung.

Nur Sayed.

Sein Geruch und sein Geschmack, seine Lebendigkeit, sein Herz, das unermüdlich für mich schlägt.

Ein Mensch, dem ich so wichtig bin, dass er für mich sterben würde.

Und ich für ihn.

EPILOG

Drei Monate später

Der Frühling ist da. Die Nächte sind lau und warm, die Tage lang und neu.

Alles ist anders.

Ich bin anders und Sayed ist anders.

Sam und Ahmed und Cleo sind anders.

Und Deutschland. Deutschland ist anders.

Mein Land ist auf dem Weg in die Freiheit. Wild und ungezügelt, wie ein Kind, das seinen Spielraum noch nicht kennt.

Und das tun wir auch nicht.

Es ist immer noch chaotisch und laut und verzerrt.

Und es geschehen immer noch schlimme Dinge. Gegensätze prallen aufeinander, wie sie größer nicht sein könnten. Menschen mit den unterschiedlichsten Ansichten bewegen sich aufeinander zu und stoßen sich ab, wie Magneten, die ihre Pole verwechseln.

Aber es geschehen auch gute Dinge.

Viele gute Dinge.

Die Freiheit und der Frieden schaffen sich ihren Platz an den unmöglichsten Plätzen.

In den Schulen weigern sich manche Lehrer zu unterrichten, solange keine Mädchen zugelassen sind.

Frauen werden beim Einkaufen entweder gar nicht bedient oder sie stehen selbst stolz hinter ihrer eigenen Ladentheke und arbeiten wieder.

In Frankfurt werden in den Gemeindezentren die Türen weit geöffnet, die Verdunklungen von den Fenstern gerissen und das glockenhelle Lachen der Menschen, ob Mann oder Frau, schallt aus den Räumen.

Die ganz Mutigen singen. Sie singen und klatschen zu ihrem eigenen Rhythmus auf den Straßen. Lieder aus einer längst vergessenen Zeit.

Es ist ein einziges Durcheinander.

Ein gutes Durcheinander.

Wir sind ohne Regierung. Niemand weiß, was zu tun ist. Es herrscht Anarchie. Aber wir formen uns.

Langsam und sperrig zwar, mal sind wir ein Dreieck, dann wieder ein Quadrat, aber immer öfter werden wir zu einem Kreis. Rund und weich und nachgiebig schließt sich alles zu einem großen Ganzen.

Wir sind auf dem Hinrichtungsplatz. Die Tribüne mit dem Galgen ist weg.

Übrig gebliebene Holzbalken und Bretter liegen verloren auf dem Pflaster. Sie sind die letzten Zeugen der Verbrechen, die hier begangen wurden.

Die Sonne scheint von einem stahlblauen Himmel. Hunderte Menschen stehen auf dem riesigen Platz, und es kommen immer mehr.

Sayed und ich sitzen im Schneidersitz auf dem Boden, Sam, Cleo und Ahmed neben uns. Karl hopst vor uns auf und ab, eine leichte Brise kühlt meine erhitzten Wangen.

Gleich wird Sayed sprechen, das hat er die letzten Monate dauernd getan. Vor kleineren und vor größeren Gruppen, aber noch niemals vor so einer Menschenmenge. Er hat eine gewisse Routine entwickelt, die Nervosität ist fast verschwunden.

Sein Gesicht und seine Arme sind leicht gebräunt, denn wir waren ständig draußen. Wir vertrieben die Wintermonate, die grausame Zeit ohne einander, aus all unseren Poren.

Seine Augen leuchten, er gestikuliert wild vor Sam herum und ich weiß nicht, was er ihr erzählt. Sam lacht herzlich und wirft den Kopf in den Nacken. Wenn ich ihn ansehe, kann ich meine Freude nicht in Zaum halten. Er ist so wunderschön, dass es mir immer noch den Atem raubt. Sein Blick findet mich und ein Strahlen erhellt sein Gesicht. Ich grinse zurück und könnte platzen vor Stolz.

Legen wir los?, formen seine Lippen lautlos und ich nicke. Sayed steht auf und klopft sich den Staub von der Hose.

Ich bleibe sitzen, er braucht mich nicht. Meine Augen wandern über die vielen Menschen, die vor uns stehen. Die Stimmung ist ausgelassen, Kinder rennen schreiend durch die Beine ihrer Eltern, es wird gelacht und geredet. Sam hat ein Megaphon aufgetrieben, weiß der Teufel woher, nachdem Sayed zwei Tage lang so heiser war, dass er nur flüstern konnte.

Er hebt es vom Boden auf und reckt sich zu seiner vollen Größe. Seine Haare fallen ihm in die Stirn, er steckt die andere Hand locker in die Hosentasche.

Ich zwirble an meinem Tuch herum, bin angespannt, wie jedes Mal, wenn eine Versammlung stattfindet. Was für die anderen schon normal ist, ist für mich immer noch ein Wunder. Die neue Gesinnung in unserem Land ist sonderbar, ich kann noch nicht begreifen, was hier geschieht. Sayeds kräftige Stimme holt mich aus meinen Gedanken.

»Leute, seid mal still. Ich will anfangen, bevor es dunkel wird!«

Vereinzelte Lacher sind zu hören, aber es wird ruhig um uns herum.

»Danke.« Sayed grinst und verbeugt sich spielerisch. Sein

Talent, vor so vielen Menschen zu sprechen, ist ihm nicht bewusst und gerade das macht ihn so faszinierend.

»Für alle, die nicht wissen, wer ich bin …«

Sayed macht eine kurze Pause, die Leute tuscheln, ich höre in den ersten Reihen Fathis Namen fallen.

»Es ist egal, wer ich bin. Ich bin niemand Besonderes. Ich bin wie du. Oder du. Ich bin Sayed. Ein Flüchtlingskind aus Syrien. Ich bin ein Bürger dieses Landes. Oder einfach ein junger Mann. Oder ein Sohn. Oder ein Freund. Ich kann wütend sein. Oder komisch. Ich lache und ich weine. Ich schlafe und esse. Ich habe Menschen, die ich liebe und die mich lieben.«

Sein Kopf dreht sich in meine Richtung, er zieht eine Augenbraue nach oben und lächelt.

Es ist so leise, dass ich ihn atmen hören kann, alle Aufmerksamkeit ist auf ihn gerichtet.

»So wie ihr alle hier. Ihr seid alle aus dem gleichen Grund hier. Für den Frieden in unserem Land. Für die Freiheit und die Gleichheit. Völlig egal, welche Farbe unsere Augen und unsere Haut haben oder wie unterschiedlich unsere Statur oder unser Geschlecht ist. Egal ob Mann oder Frau, Junge oder Mädchen, Kind oder Erwachsener. Wenn es nur einen unter euch gibt … einen Einzigen, der bereit ist, einem anderen die Hand zu reichen, ihm in seiner Not zu helfen, dann habe ich Hoffnung.«

Er hebt die Hand und reckt den Zeigefinger in die Höhe, und in dieser Sekunde könnte man eine Stecknadel fallen hören.

»Ein Einziger kann so viel bewirken wie Hunderte. Und Hunderte schaffen das, was einer alleine nicht kann. Seht in euer Herz, Freunde. Seht ganz genau nach. Wenn ihr dort fündig werdet, bin ich hier oben überflüssig.«

Sayed lässt das Megaphon sinken.

Ich halte die Luft an. So schön wie heute hat er noch nie gesprochen.

In der Stille, die sich über den Platz senkt, stehe ich langsam auf. Ich weiß, was ich zu tun habe.

Ich stelle mich neben Sayed.

Meinen Gefährten.

Meinen Freund. Und ergreife seine Hand.

Ich hebe die andere Hand und ziehe mir mein Tuch vom Kopf. Es rutscht einfach so auf meine Schultern, schwebt zu Boden und landet direkt vor meinen Füßen.

Sayed drückt meine Hand, sekundenlang geschieht gar nichts.

Dann tritt eine Frau aus der Menge. Sie dreht sich um und tut es mir gleich. Ihre grauen Haare ergießen sich über ihren Rücken, leuchten im Sonnenlicht.

Und wie eine einzige Hand, die über uns schwebt, lassen die Frauen nacheinander ihre Verhüllung fallen.

Immer mehr schleudern ihr Tuch von sich und schütteln ihre Haare. Lang und unbändig, dunkel und hell, alt und jung.

Hunderte Augen, vorher versteckt und verborgen, blicken mir ins Gesicht. Der Moment ist vollkommen.

Nichts gibt es mehr zu sagen.

Sayed küsst mich.

Mitten auf den Mund.